Guy. Vincent.

FOLIO POLICIER

Caryl Férey

Mapuche

Gallimard

Ce livre a bénéficié de la bourse Stendhal, décernée par l'Institut français, ainsi que du soutien actif et efficace du Centre national du livre.

Caryl Férey, né en 1967, écrivain, voyageur et scénariste, s'est imposé comme l'un des meilleurs auteurs du thriller français en 2008 avec *Zulu,* Grand Prix de littérature policière 2008 et Grand Prix des lectrices de *Elle* Policier 2009, et *Mapuche,* prix Landerneau polar 2012 et Meilleur Polar français 2012 du magazine *Lire.*

à Alice,
vivante au combat

aux Mères et Grands-Mères de la place de Mai,
à la mémoire de leurs disparus

à Susana et Carlos Schmerkin,
échappés des griffes de ces fils de pute

à la collision Hint-Ez3kiel,
mes porteurs d'eau dans le désert

PREMIÈRE PARTIE

PETITE SŒUR

0

Un vent noir hurlait par la portière de la carlingue. Parise, sanglé, inclina son crâne chauve vers le fleuve. On distinguait à peine l'eau boueuse du Río de la Plata qui se déversait depuis l'embouchure.

Le pilote avait mis le cap vers le large, en direction du sud-est. Un vol de nuit comme il en avait fait des dizaines dans sa vie, bien des années plus tôt. L'homme au bomber kaki était moins tranquille qu'à l'époque : les nuages se dissipaient à mesure qu'ils s'éloignaient des côtes argentines et le vent redoublait de violence, secouant le petit bimoteur. Avec le vacarme de la portière ouverte, il fallait presque crier pour se faire entendre.

— On va bientôt sortir des eaux territoriales ! prévint-il en balançant sa tête vers l'arrière.

Hector Parise consulta sa montre-bracelet ; à cette heure, les autres devaient déjà avoir expédié le colis… Les crêtes des vagues miroitaient sur l'océan, ondes pâles sous la lune apparue. Il s'accrocha aux parois de la carlingue, géant chancelant sous les trous d'air. Le « paquet » reposait sur le sol, immobile malgré les soubresauts de l'appareil. Parise le fit glisser jusqu'à la portière. Six mille pieds : aucune lumière ne scintillait dans la nuit tourmentée, juste les feux lointains d'un cargo, indifférent. Sa sangle de sécurité battait dans l'habitacle exigu.

— O.K. ! rugit-il à l'intention du pilote.

L'homme dressa le pouce en guise d'assentiment.

Le vent fouettait son visage ; Parise saisit le corps endormi par les aisselles et ne put s'empêcher de sourire.

— Allez, va jouer dehors, mon petit...

Il allait basculer le paquet sur la zone de largage quand une lueur jaillit des yeux ouverts — une lueur de vie, terrifiée.

Le colosse tangua dans la tourmente, pris de stupeur et d'effroi : shooté au Penthotal, le paquet n'était pas censé se réveiller, encore moins ouvrir les paupières ! Était-ce la Mort qui le narguait, un jeu de reflets nocturnes, une pure hallucination ?! Parise empoigna le corps avec des frissons de lépreux, et le précipita dans le vide.

1

« Las putas al poder !
(Sus hijos ya están en él)[1] *»*

Le graffiti plastronnait sur les tôles du hangar, tagué en rouge sang. Jana avait dix-neuf ans à l'époque mais la rage restait intacte. Toutes les classes dirigeantes avaient participé au hold-up : politiciens, banquiers, propriétaires du secteur tertiaire, FMI, experts financiers, syndicats. La politique néolibérale de Carlos Menem avait enfermé le pays dans une spirale infernale, une bombe à retardement : accroissement de la dette, réduction des dépenses publiques, flexibilité du travail, exclusion, récession, chômage de masse, sous-emploi, jusqu'au blocage des dépôts bancaires et à la limitation des retraits hebdomadaires à quelques centaines de pesos. L'argent fuyait, les banques fermaient les unes après les autres. Corruption, scandales, clientélisme, privatisations, « ajustements structurels », externalisa-

1. « Les putes au pouvoir ! (Leurs fils y sont déjà) » (*Toutes les notes sont de l'auteur.*)

tion des profits, Menem, ses successeurs aux ordres des marchés, puis la débâcle financière de 2001-2002 avaient parachevé le travail de destruction du tissu social entamé par le « Processus de Réorganisation nationale » des généraux.

La crise s'était muée en banqueroute. L'Argentine, dont après guerre le PIB égalait celui de l'Angleterre, avait vu la majorité de sa population plonger en dessous du seuil de pauvreté, un tiers sous le seuil d'indigence. Une misère noire. Des enfants s'évanouissaient de faim dans les écoles, on avait dû laisser les cantines ouvertes en période de vacances pour qu'ils puissent recevoir leur seul repas de la journée. Dans les *barrios,* les gamins de Quilmes comparaient le goût du crapaud grillé à celui du rat, d'autres volaient les câbles en cuivre des lignes téléphoniques, les couvercles en aluminium protégeant les circuits électroniques des feux de la circulation, les plaques de bronze des monuments... Jana avait vu des vieilles s'écorcher les mains aux grilles des banques, des vieux pleurer en silence dans leur costume élimé sorti pour l'occasion, et puis la colère des gens ordinaires : les premières émeutes, les pillages des supermarchés montés en épingle par les médias comme témoignages d'insécurité plutôt que de détresse, *que se vayan todos ! y que no quede ninguno !* « qu'ils s'en aillent tous, et qu'il n'en reste aucun ! », les charges des policiers à cheval pour disperser les manifestants à coups de cravache, les cocktails Molotov, les cortèges, les fumées, des femmes matraquées, leurs filles traînées sur les trottoirs, les tirs tendus sur la foule — trente-neuf morts —, leur sang dans les rues et les places de la capitale, l'état de siège décrété par le président De la Rúa, la contestation qui grossit, les concerts de casseroles et les cris — « l'état de siège, on en a rien à foutre ! ». Le blocage des routes par les *piqueteros*, les foulards sur les visages des jeunes, leurs torses nus offerts aux balles, les pavés, les vitrines qui explosent, les jets de pierre sur les blindés, les canons à eau, les sections anti-émeutes, les boucliers, les cris des mères, les drapeaux argentins brandis en guise de défi, la peur, le feu, les déclarations à la télévision d'État, *que se vayan todos !*, les liasses d'argent liquide qui quittaient le pays par camions entiers, huit milliards de dollars par convois blindés pendant que les banques baissaient leurs rideaux, les huiles réfugiées à l'étranger dans des villas climatisées, la puanteur des gaz, les voitures renversées, les émeutes de la faim, la fumée noire du caoutchouc brûlé, le chaos, la fuite par hélicoptère du président De la Rúa depuis les toits de la Casa Rosada, la liesse des majeurs tendus saluant la débandade, les responsables politiques qui un à un jetaient l'éponge, quatre présidents en treize jours : *que se vayan todos*, « et qu'il n'en reste aucun ! ».

Jana venait d'entrer aux Beaux-Arts lorsque était survenue la banqueroute. Elle avait quitté sa communauté en stop quelques semaines plus tôt, avec le poncho de laine que lui avait confectionné sa mère, le vieux couteau à manche d'os des ancêtres, quelques affaires et de quoi payer les frais d'inscription à l'université. C'était tout. S'ils s'étaient retrouvés par millions naufragés de la crise financière, si la classe moyenne avait volé en éclats, si l'Argentine entière était à vendre, une Indienne déracinée sans liens et sans logement pouvait toujours disputer sa part aux chiens et aux miséreux qui rôdaient dans les rues de Buenos Aires.

Comme d'autres étudiantes sans ressources, Jana avait été contrainte de se prostituer pour survivre. Ne pas renoncer aux figures métalliques qui traversaient sa cervelle. Elle s'était postée à la sortie des cours, devant la fac, des paquets de mouchoirs dans le sac, une colère froide entre les cuisses.

Les richards passaient en Mercedes, les mêmes qui avaient ruiné le pays, des types qui pouvaient être son père et qui venaient faire leur marché. Vendre son corps pour sauver son esprit : l'idée même lui répugnait. Jana avait taillé ses premières pipes en pleurant, et puis elle avait tout ravalé : sa colère indienne, le sperme de ces porcs, cette folie qui lui mâchait le cœur et la secouait comme un pitbull pour lui faire lâcher prise. Elle était devenue du fil barbelé.

Trois ans d'études…

Elle en avait sucé des bites au latex, petites, grosses, molles, toutes à vomir, elle avait défendu son territoire au couteau quand ils voulaient la lui enfoncer dans le cul ; ils pouvaient penser ce qu'ils voulaient, faire d'elle une poupée de chiffon où ils s'essuyaient la vertu comme le mécano le cambouis et revenir chez eux bon père ébouriffant les cheveux du petit dernier, Jana s'était réfugiée derrière ses barbelés, avec les restes de son intégrité morale et ce corps qu'ils occupaient comme un parking payant, glands tendus et fiers encore… Les porcs. Les profiteurs de guerre. Jana essayait de se calmer — l'Art, l'Art, ne penser qu'à l'Art. Elle dormait dans les parcs, les squats et les théâtres où les artistes avaient décidé de jouer gratuitement (« Buenos Aires resterait toujours Buenos Aires »), chez des gens, parfois des inconnus ; Jana ne restait jamais longtemps, dessinait dans les bars ou les boîtes où elle finissait ses nuits, quand le tapin et la fatigue lui laissaient un peu de répit.

C'est dans un de ces clubs un peu louches du centre-ville qu'elle avait rencontré Paula, au plus fort de la crise.

Paula, alias Miguel Michellini, un travesti au minois de porcelaine dont les yeux bleu-mésange semblaient mouiller dans un port lointain. « Elle » avait aussitôt abordé l'Indienne qui rasait les murs et, après une brève lecture de son regard noir en amande, l'avait embrassée chaleureusement, en guise de bienvenue : « Tu peux me demander tout ce que tu veux ! » avait-elle souri sous les spots, comme si le monde était aussi grand.

Jana était restée dubitative : avec ses bas blancs sur ses guiboles cagneuses, ses perles d'huître en plastique sur son cou gracile, ses faux cils et sa bouche cerise, Paula lui faisait l'effet d'une poupée abusée. « Tu peux me demander tout ce que tu veux » : la pauvre avait l'air sincère…

Début du millénaire, ici sur Terre : avis de gros temps pour les faibles, les vulnérables, les mal blindés. En marge c'était pire. Jana avait ramassé le travesti deux mois plus tard sur les docks de l'ancien port de commerce, gisant à demi mort après le passage des supporters de Boca Juniors : le club fétiche de Buenos Aires venait de perdre le derby contre River, et Paula son incisive.

Jana l'avait soignée ce soir-là avec les moyens du bord, quelques caresses sur son front trempé de peur, trois mots rassurants auxquels elle ne croyait pas beaucoup, affectueuse toujours. Elles étaient devenues amies et l'étaient restées, tant par esprit de fidélité que d'aversion pour la brutalité du monde, ce grand débile. Sous ses airs de chiot cassé, Paula était drôle, généreuse, dotée d'un enthousiasme de majorette qui contrastait avec un fond de détresse qu'aucun être normalement constitué ne pouvait lui envier. À trente ans passés, sans diplômes ni autre obsession que celle de s'habiller en femme, Paula vivait toujours chez sa mère, blanchisseuse dans le quartier populaire de San Telmo, et arrondissait leurs fins de mois en tapinant sur les docks. Le travesti voulait devenir artiste, quelle surprise, et rêvait comme Jana à des jours meilleurs. Paula aussi était déracinée — dans son corps. Jana avait trouvé en elle une sœur de misère et d'espoir. Ça ne lui rendrait pas sa part de féminité volée. Ni sa poitrine…

Près de dix ans s'étaient écoulés depuis leur rencontre interlope. Les quartiers des bas-fonds et des marins s'étaient transformés en un ensemble de tours d'acier et de verre où les multinationales avaient érigé leurs sièges — les *Catalinas*, rares constructions à avoir radicalement changé le paysage urbain de la ville : Jana habitait la friche de l'autre côté de l'avenue, un squat de l'ancienne gare de Retiro, face à l'hôtel**** *Emperator*.

Sculpteur : « Celui qui fait vivre » chez les Égyptiens.

Jana avait récupéré l'atelier de Furlan, l'artiste qui avait investi la friche avant elle ; mentor à plein temps, amant d'occasion, buveur chronique, Furlan était parti un beau jour en laissant tout en chantier — leur amour bancal, la Ford Taunus piquée de rosée dans la cour, le hangar bordant les rails de la gare désaffectée qui, désormais, portait la marque de son territoire. Jana y passait ses nuits à tordre le fer, souder, plier des tôles, composant les formes monstrueuses qui s'appliqueraient au masque des Hommes.

Le confort se réduisait à l'eau, l'électricité et un poêle aux émanations toxiques en guise de chauffage. L'air y était étouffant l'été, glacé en hiver. Jana vivait seule ici depuis quatre ans. On disait Furlan en France, elle s'en fichait. Elle n'avait plus besoin de lui ni des autres pour survivre. Les minima sociaux et la vente de ses premières sculptures la maintenaient juste au-dessus du seuil d'indigence, le nouveau président Kirchner, inconnu jusqu'à la crise, avait redressé la barre de l'économie sans tenir compte des injonctions du FMI, le pays respirait de nouveau et elle se sentait libre. À vingt-huit ans, c'était son seul luxe.

Jana n'avait pas d'iPhone, de télévision, de vêtements débordant du placard, de cartes bancaires ; elle n'avait que l'Art pour échappatoire et les terres ancestrales pour cible au milieu de l'atelier.

Son œuvre en cours — son chef-d'œuvre : la carte du cône Sud de l'Amérique, dressée, monumentale, sur un socle de béton armé, dont elle défonçait les anciens territoires autochtones à coups de masse.

Jana était mapuche, fille d'un peuple sur lequel on avait tiré à vue dans la pampa.

Chasseurs d'oreilles ou d'âmes impies, les chrétiens n'avaient pas fait de quartier. Elle non plus : la masse s'écrasa sur le territoire ranquele, déjà bien amoché, expulsant des fusées de pierre vers ses yeux. Son short noir était trempé, la sueur lui coulait sur les cuisses, les tempes, le cou, ses seins morts, les muscles bandés vers l'objectif : le monde, une peau de béton qu'elle massacrait avec une joie salvatrice.

Cartographie d'un génocide :

Charrúa.

Ona.

Yamana.

Selk'nam.

Arracan.

Les chrétiens les avaient dépossédés de leurs terres, mais les esprits-ancêtres lui couraient comme des fourmis rouges dans le sang. Poudre de béton sur corps tendu : la Mapuche abattit son arme encore une fois et, l'œil vissé sur l'impact, constata les dégâts. Une vraie boucherie.

Huit cent mille morts : non, les chrétiens n'avaient pas fait de quartier.

C'est ce qui les unissait...

Jana s'échinait sur son ouvrage quand le téléphone sonna. Elle se tourna vers la palette qui servait de table, vit l'heure au réveil — six heures du matin —, laissa sonner : Jesus Lizard faisait trembler les parois du hangar et une pluie dense tambourinait, rythmant le chaos apparent qui régnait dans l'atelier. Jana jubilait. Le vent s'était levé, ce vieux chien de David Yow s'arrachait les poumons depuis les enceintes et une rage magnétique coulait, azote fumant, dans ses veines indiennes.

— Haush.

— Alakaluf.

— Mapuche !

La masse retomba enfin sur le sol pailleté. Jana évaluait les contours des cratères qui parcouraient sa carte ethnocide, les bras douloureux, quand la sonnerie du téléphone retentit de nouveau. Six heures vingt au réveil. L'album de Jesus Lizard venait de s'achever, la pluie avait cessé. La sculptrice décrocha, l'esprit ailleurs — ses pieds nus faisaient des traces de loup dans la neige de béton…

Elle revint vite sur Terre — c'était Paula.

— Ah ! Chérie, enfin tu réponds ! s'esclaffa-t-elle. Désolée, je te dérange, mais je te jure que j'appelle pas pour une histoire de maquillage ! C'est à propos de Luz, enchaîna-t-elle, en apnée. Je suis inquiète : elle m'a laissé un message sur mon portable tout à l'heure, comme quoi elle devait me parler d'un truc super important, mais je l'attends toujours et son portable ne répond pas : c'est pas normal !

Jana essuya la pellicule de poussière sur ses lèvres — Luz était le travesti qui partageait les quais avec Paula depuis six mois.

— C'est pour ça que tu appelles ?

— Je ne connais que toi ! plaida Paula. On avait rendez-vous à cinq heures, ça fait deux plombes que je l'attends et elle ne répond pas à son téléphone : ça va pas !

— Luz l'a laissé à quelle heure, son message ?

— Une heure vingt-huit, répondit son amie pardessus le brouhaha.

— Elle a peut-être été embarquée par les flics, avança Jana.

— Non, il lui est arrivé quelque chose, j'en suis sûre. Elle voulait me voir, insista Paula. Je te jure, c'est pas normal !

Jana détestait qu'on la dérange en plein travail : elle ne se laissa pas attendrir par l'air dramatique de sa copine.

— Luz tapinait hier soir ? demanda-t-elle.

— Oui !

— Elle a peut-être rencontré le prince charmant, fit la sculptrice : laisse-lui au moins le temps de descendre de cheval.

— C'est pas drôle. Écoute, je suis vraiment inquiète. Pour une fois, c'est pas du chiqué. J'ai besoin de toi. Tu ne veux pas venir ?

Il y avait de la musique derrière elle, assourdissante.

— Tu es où ?

— Au Transformer, répondit Paula.

La boîte de trav' où les paumés de son genre se retrouvaient après le trottoir. Jana lança un regard à sa sculpture de béton, lui promit un bref sursis.

— Bon, souffla-t-elle dans le combiné, j'arrive…

*

Les étoiles s'effaçaient une à une dans le buvard cosmique ; Jana fit coulisser la porte de bois vermoulue, boucla le cadenas et foula le bout de terrain vague qui ceinturait le hangar. La grosse Ford prenait la rouille devant la grille, sous l'œil crevé d'une poule géante shootée à l'acide — une de ses premières sculptures à base de matériaux de récup', tiges d'acier, boulons, fer à souder, traverses, qui trahissaient encore l'influence de Furlan… Les autres installations aussi commençaient à s'éroder.

Jana prit place sur le siège de Skaï craquelé, salua le pilote de l'Aéropostale à l'entrée de la cour et s'engagea sur l'avenue Libertador — la veine à douze voies qui traversait les artères de la ville. Jana ne pensait plus à son œuvre en cours ; le vent faisait le ménage dans l'habitacle (un connard lui avait cassé la vitre côté passager le mois précédent), répandant un tourbillon de cendres dans sa poubelle roulante. Les grilles des commerces étaient encore tirées le long de Córdoba, les feuilles des arbres bruissaient avant la cohue, à l'heure où les *cartoneros* rentraient chez eux. Elle dépassa un groupe de retardataires, hardes fumantes inclinées sous leur monticule de bouteilles écrasées, tirant leurs charrettes après la nuit de collecte.

Palermo Viejo. Jana gara la Ford sur un espace livraison et marcha jusqu'au *cuadra* voisin. Elle avait enfilé un treillis noir et ses Doc à la hâte, son débardeur était encore couvert d'éclats de béton, et elle n'avait pas un sou en poche.

L'entrée du Transformer était un simple trou découpé dans un rideau de fer. Une lesbienne piercinguée parée pour la chasse au gros gibier filtrait les entrées du club : Jil, quatre-vingts kilos de violence perchés sur un tabouret à même le trottoir. Travestis et prostituées lui obéissaient au doigt et à l'œil, trop peureux de perdre leur lieu d'after et la possibilité de se renflouer si la nuit avait été mauvaise...

— Salut.

— Salut...

Jana n'avait pas mis les pieds au Transformer depuis des années mais Jil la laissa s'engouffrer, impassible sous sa brosse de GI péroxygénée. Jana courba l'échine dans l'entonnoir lugubre qui menait à la boîte, et poussa la porte capitonnée. Il faisait presque aussi sombre à l'intérieur, meilleur moyen de dissimuler la crasse et l'état du mobilier. Une faune zombie errait à l'ombre de la piste, érigée à hauteur d'hommes ; cibles de tous les regards, deux trav' aux strass made in China se tortillaient à la barre du dance floor, deux défoncés qu'elle ne connaissait pas. Pour le reste, le Transformer n'avait pas changé, avec ses morsures de clopes sur les banquettes, son champagne tiède et ses amours à la carte. Les couples qui se formaient *incognito* dans le noir accédaient aux backrooms par la piste, flashés par des spots intermittents, mais les travestis semblaient fatigués ce matin. Pas de revue délirante sous les lumières à facettes, de rires déployés pour amortir les coups et les brimades : les clients se terraient à l'ombre des enceintes qui crachaient une *house* désœuvrée, dévisageant les nouveaux arrivants comme des messies en bout de course.

La semelle de ses Doc collait au sol poisseux de la boîte : Jana se dirigea vers le bar, repéra enfin Paula parmi les bateaux ivres. Elle sniffait de la coke sur le comptoir en compagnie de Jorge, le gérant du lieu.

— Tiens tiens, fit-il en voyant l'Indienne débarquer dans son antre. Regardez qui voilà : « La Pampa »...

Son petit surnom, en hommage à son torse aussi plat que les plaines argentines. Jana détestait ce fils de pute.

— Je croyais que tu étais une grande artiste, fit-il avec la suffisance d'un agent immobilier : qu'est-ce que tu fais ici ?

— Je m'asphyxie en respirant ton haleine : ça se voit pas ?

Jorge ricana. Râblé, gourmettes et chemise blanche ouverte sur un nid de poils surmonté d'une impayable chaîne en or, le gérant allongea trois lignes de cocaïne sur le comptoir et une paille humide, qu'il tendit à Jana d'un air narquois.

— Un petit trait, pour l'enfant prodigue ?

— Non.

— T'as arrêté ça aussi ?

— Fous-moi la paix, dit-elle entre ses mèches brunes. O.K. ?

Paula grimaça sous le spot pourpre qui trahissait la blancheur de ses narines : un signe du boss et Jil les jetait dehors, la pomme d'Adam retournée dans la gorge si ça lui chantait. Jana tira sa copine à l'autre bout du bar, où la musique était moins forte.

— Tu devrais y aller doucement sur la coke, mon cœur, dit-elle au trav' juché sur ses talons : il n'y a que du laxatif là-dedans. Tu devrais surtout te tenir loin de cette vermine.

Jorge les narguait depuis le comptoir.

— J'étais trop nerveuse, confessa Paula en s'époussetant le nez.

— C'est vrai que ça calme, la coke.

— Écoute, il est arrivé quelque chose à Luz, répéta sa copine, j'en suis sûre. Je ne t'aurais pas appelée sinon.

Paula portait une robe blanche à volants et des boucles d'oreilles en forme de cœur ; son fond de teint succombait au petit matin et, à cette heure, ses macarons n'attendrissaient plus que ses cousines mésanges.

Jana secoua la tête.

— C'est la poudre qui te rend parano.

— Je te jure que non, répondit Paula, les yeux comme des soucoupes. J'ai demandé aux filles, dit-elle en se tournant vers les accros du lap dance : elles non plus n'ont pas vu Luz de la nuit. Ça fait au moins dix forfaits que j'explose en messages :

même si Luz avait perdu son portable, elle serait là. Je ne sais pas ce qui se passe…

— Il disait quoi au juste son message ?

— Juste qu'elle voulait me parler d'un truc important, qu'elle me donnait rendez-vous à cinq heures ici, après le Niceto…

La boîte de Palermo où Paula auditionnait.

— Au fait, rebondit Jana, comment ça s'est passé ?

— Bien ! Ils m'ont dit qu'ils me tiendraient au courant !

Paula sourit avec des yeux de Bambi sous barbituriques — c'était son premier rendez-vous avec le monde du spectacle.

— Tu as vu qui, blagua Jana, le portier ?

— Non, non, le chorégraphe ! Gelman, genre Andy Warhol en plus jeune. Dis donc, j'ai vu un bout de la répétition, ça a l'air bien barré comme show ! Écoute, Jana, s'assombrit-elle, Luz n'a pas pu me poser un lapin. C'est pas son style, encore moins si elle avait un truc important à me raconter. Sans parler de l'audition au Niceto… (Paula posa sa main sur la sienne.) J'ai un mauvais pressentiment, Jana. Autrement je ne t'aurais pas appelée. Tu sais comme je tiens à Luz. S'il te plaît, aide-moi à la retrouver.

Paula fronça son petit nez en trompette, une mimique connue d'elles seules. Il manquait une dent à son sourire, le reste tenait bon sous le plâtre. Jana soupira dans l'air vicié de la boîte — O.K… Des silhouettes se glissaient dans l'obscurité : fêtards sur le retour, habitués, homos camés, mateurs, puceaux décidés, la valse des backrooms battrait bientôt son plein. La voix de Jorge supplanta alors le disco latino des enceintes.

— Hey, La Pampa ! cria-t-il à la cantonade. Y a deux gauchos qui demandent si tu te fais toujours monter pour cent pesos ! Oh, l'Indienne ! T'entends ?!

— L'écoute pas, glissa Paula à sa copine, il est trop con…

Jana avait un goût de fer dans la bouche ; de l'autre côté du bar, Jorge riait avec l'élégance d'un semi-remorque sous la pluie. Elle prit la main du travesti et l'entraîna vers le sas de sortie.

C'était ça ou foutre le feu à ce trou à rats.

*

Buenos Aires était née de rien, une terre de broussailles et de boue au bord d'un estuaire ouvert sur l'océan où soufflaient des vents contraires. C'est ici que les colons avaient construit le port de commerce, La Boca, mâchoires fermées sur le continent amérindien. La Boca colorée par le sang des vaches qu'on y égorgeait jusqu'à ce qu'il inonde les trottoirs, celui des filles qui croyaient migrer d'Europe vers un nouvel eldorado ou qu'on enlevait sous de fausses promesses de mariage avant de les envoyer à l'abattoir, soixante clients par jour sept jours sur sept, dans les bordels à marins — un autre siècle.

Le port était maintenant à l'abandon et La Boca ne devait plus sa renommée qu'aux maisons de tôle ondulée peinte avec les restes des pots des bateaux, à ses rues artisanales et ses jolies bâtisses du *Caminito* abritant des galeries bariolées où Maradona, Evita et Guevara se déclinaient à toutes les sauces. On y trouvait le sosie du *Pibe de oro* version fin de carrière, des petites culottes aux couleurs de l'Argentine, des commerçants faisant du gringue aux *gringas*, des gosses en maillots de foot, des restaurants en enfilade et autant de rabatteurs. Car si en journée La Boca avalait du touriste à la pelle, le quartier se vidait à la nuit tombée : prostitués, vendeurs de came, paumés, racailles, indigents, une faune interlope rôdait jusqu'au petit jour. Même les maisons peintes prenaient un aspect macabre.

La Ford de Jana roulait au ralenti le long des docks, un modèle des années 80 qui ne déparait pas le décor. Des bateaux prenant l'eau purgeaient leur peine dans l'ancien port de commerce, à demi chavirés ou couverts d'algues ; les tours des logements sociaux se dressaient, grisâtres, les linges pendus aux balcons comme autant de langues tirées à la bienséance portègne. Paula observait les lieux de perdition par la vitre cassée ; la descente de coke la mettait à cran, elle se sentait responsable de Luz et les pressentiments lui nouaient le ventre.

Los bosteros, les bouseux, c'est comme ça qu'on appelait les gens de La Boca : Luz, qui avait commencé sa carrière de travesti en taillant des pipes aux routiers de Junín, n'avait guère été dépaysée en débarquant dans le quartier. Luz, alias Orlando, avait fui son destin de station-service le long de la *Ruta 7* avec pour seul contact un cousin qui l'avait mis dehors en découvrant ses affaires de femme dans sa valise. Le jeune travesti avait alors erré dans les bars et les boîtes en quête d'un homme qui voudrait bien de lui comme elle était, avant de tomber sur Paula.

Si la plupart des travestis voyaient dans leurs homologues au mieux des amateurs, au pire des concurrents, Paula avait le cœur pour deux. La

Samaritaine était surtout bien placée pour savoir comment finirait son histoire. Submergée par le besoin de s'habiller en femme, Luz avait déjà tout perdu — liens familiaux, travail, amis. Après des premières passes plus fantasmatiques qu'alimentaires autour des ronds-points, la prostitution était vite devenue sa bouée de sauvetage. Une mort d'usure, qui finirait les dents déchaussées : une mort de caniveau. Perdue dans Buenos Aires, Paula lui avait proposé de faire équipe avec elle sur les docks de La Boca ; elles se protégeraient mutuellement, en attendant mieux, et Paula lui apprendrait le métier…

— Tu t'inquiètes pour rien, fit Jana. Je suis sûre que Luz a ramené un type chez elle.

— Non, répondit Paula. Règle Numéro Un, toujours baiser chez les autres, jamais chez soi. Si le type est un cinglé qui veut te faire la peau, il devra se débarrasser du cadavre, tandis que chez toi il n'a qu'à claquer la porte… Non, répéta le pygmalion pour s'en convaincre, Luz n'aurait jamais commis une imprudence pareille.

Jana roulait au pas sous les lampadaires capricieux, épiant les ombres entre les entrepôts abandonnés, les terrains vagues. Un vapeur finissait de pourrir en grinçant contre le quai défoncé, plus loin quelques grues fatiguées et une péniche de sable complétaient l'impression de déshérence. Les rues s'étaient vidées avec l'aube : les travestis, voitures-poubelles de la course à la prostitution, étaient rentrés chez eux…

— Sauf à renifler le cul des chiens, il n'y a rien à faire ici, observa Jana.

Paula acquiesça sur le siège, serrant son sac en faux zèbre sur ses genoux.

— Faisons un tour du côté du stade, dit-elle. On a quelques habitués dans le secteur, on sait jamais…

Le stade de La Boca était un cube de béton jaune et bleu pétrole badigeonné d'enseignes Coca-Cola : c'est ici que Maradona avait fait ses premières armes avant de venger tout un pays de l'humiliation des Malouines en battant l'Angleterre à lui tout seul.

Dieguito se repassait le « coup du sombrero », l'équipe anglaise mystifiée, le But du Siècle, en boucle.

— Whaaa…

Dieguito dribblait les étoiles. L'effet du *paco*, du résidu de résidu de cristal qu'il venait de sniffer après la tournée dans le quartier.

Cent mille *cartoneros* descendaient chaque jour des banlieues pour ramasser et revendre les ordures recyclables : papiers, métaux, verre, plastique, cartons, à raison de quarante-deux centavos le kilo — quelques centimes d'euro. Beaucoup d'enfants parmi eux, qui se reconnaissaient par quartiers ou clubs de foot. Dieguito et sa bande portaient le maillot de Boca Juniors, le club de foot monté après le départ de River vers les quartiers riches — trahison depuis jamais pardonnée. Le numéro 10 revenait par nature à leur chef.

— Whaaa…

Dieguito délirait. Le reste de la bande buvait un mélange de jus d'orange et d'alcool à 90° dans des bouteilles en plastique, avachis sur les parterres piétinés qui longeaient l'entrée Nord : aucun ne vit la Ford se garer à l'ombre du stade.

Dieguito sentit bientôt une présence au-dessus de lui, cligna les paupières pour en définir les contours et eut un geste de recul : un trav' le surplombait, dans un manteau crème taché au col et une robe sous le genou… Il lui fallut quelques secondes pour sortir de sa transe et reconnaître Paula.

— Qu'est-ce tu fais là ? balbutia le *cartonero*.

— On cherche Luz, répondit son ange gardien. Elle tapinait ce soir sur les docks : c'est votre secteur, tu as dû la voir, non ?

Dieguito s'adossa au pilier de béton. Il y avait une Indienne avec le trav', que le gamin reluqua d'un air dégoûté — même pas de nichons.

— Luz ? dit-il, la bouche pâteuse. Bah, non…

— Tu ne l'as pas vue parce que t'étais défoncé ou parce qu'elle n'était pas là ?

— Ho ! s'ébroua le gamin. On a bossé toute la nuit pendant que tu te faisais enfiler : tu sais où tu peux te coller tes réflexions ?!

— Dis donc, tu veux mon sac à main sur la gueule ?

Le reste de la bande émergeait doucement, perché sur des lunes bancales ; ils se levèrent sans entrain.

— On te demande juste si vous avez vu Luz tapiner cette nuit, recadra Jana.

— J'en sais rien, moi ! glapit le mioche.

— Tu ne l'as pas vue de la nuit ? insista Paula.

— Nan ! Faut t'le dire sur quel ton ?!

— Ça te dérangerait d'être aimable, Pinocchio ?

— Pine au cul, ouais !

La bande entamait un mouvement d'encerclement autour du trio.

— Un problème, Dieguito ? lança un des *cartoneros*.

Paula frissonna sous sa robe à volants : certains se baissaient pour attraper des cailloux…

— Ne restons pas là, souffla Jana.

Elles regagnèrent la voiture sous la menace des pouilleux en short et démarrèrent sans s'attarder sur les insultes. Des nuages noirs plombaient l'aurore. Le moral du travesti aussi tombait en flèche.

— Peut-être que Luz est malade, dit Jana, qu'elle est restée chez elle avec la crève et qu'elle dort comme une marmotte. Le truc dont elle voulait te parler n'est peut-être pas si important que ça… Tu flippes trop, mon lapin.

— Elle m'aurait prévenue, fit Paula d'un air maussade. On avait rendez-vous…

La Mapuche bâilla au volant du tas de ferraille.

— On verra ça demain, dit-elle. Je te dépose chez ta mère.

— Je ne pourrais pas dormir avec toi ? minauda sa copine. Juste pour cette nuit ?

— Non, tu donnes trop de coups de pied.

— C'est parce que je cours beaucoup dans mes rêves.

— Un guépard avec du vernis à ongles, ouais.

— J'ai peur d'avoir une crise d'angoisse, Jana. Regarde, renchérit-elle en plaquant sa main sur ses faux seins, j'ai le cœur qui joue du Parkinson !

— Tss…

Don Pedro de Mendoza : la Ford longeait l'avenue du port qui les ramènerait vers le centre quand elles aperçurent les feux giratoires d'une voiture de la police, au bout des quais.

*

L'ancien transbordeur paissait dans l'eau saumâtre du Riachuelo, exhalant une odeur de vase et de décomposition. Quelques arbustes mal en point avaient poussé contre le ponton vermoulu, des roseaux où s'accumulaient détritus huileux, bouchons et bouteilles en plastique. Un grand type de cent vingt kilos se tenait incliné sur l'eau trouble, flanqué d'un gringalet qui dirigeait une lampe torche le long de la structure métallique.

— Ça sent pas bon, chef ! nota Troncón.

— Éclaire donc, triple buse…

Le sergent Andretti maugréa en suivant le faisceau de lumière qui tremblait : un corps flottait parmi les bidons et les papiers gras, à demi immergé dans la fange compacte. Un corps blanc d'éphèbe, nu visiblement, qu'on avait jeté au pied du transbordeur…

Le policier se retourna vers le véhicule qui se garait au bout des quais : un étrange couple en sortit bientôt, un trav' et une fille aux cheveux noirs en tenue de guérilla urbaine.

— Qu'est-ce que vous faites là ?

Paula fit quelques pas vers les flics penchés devant le pont, découvrit le cadavre illuminé par la torche, qui baignait dans la mélasse… Elle enfonça ses ongles dans le bras de Jana, les yeux exorbités : Luz.

2

— Qu'est-ce qu'y a ? lança Andretti. Elle se sent mal, ta copine ?

Paula vomissait ses tripes sur les pavés, tandis que deux flics appelés à la rescousse jouaient les équilibristes au pied du transbordeur. Jana toisa le policier sous les flashs intermittents des gyrophares.

— Ça vous amuse ?

Fabio Andretti portait une moustache en poils de sanglier et une bonne trentaine de kilos en trop malgré sa corpulence. Le sergent haussa les épaules, en guise de réponse. Il était payé pour nettoyer le quartier de ses parasites, les trav', il laissait ça aux services sociaux. Son équipier se tenait en retrait, l'agent Troncón, qu'il avait dû réveiller à coups de pied au cul dans la cellule du commissariat pour partir en patrouille. La vingtaine boutonneuse sous une casquette trop grande, Jesus Troncón n'en menait pas large : il n'avait jamais vu de cadavre nu flottant dans la merde. On le tirait justement vers les quais.

Andretti remonta la ceinture qui supportait son attirail et la poussée inexorable de son ventre. Le jour gagnait sur les tours grises des HLM — pas d'autres témoins que ces deux guignols… Il se tourna vers l'Indienne qui le toisait toujours, pommettes hautes, rétine fixe.

— Bon, soupira-t-il. On va tout reprendre de zéro… C'est quoi son nom ?

— Luz, répondit Jana.

— Luz comment ?

— Je n'en sais rien.

— Je croyais que tu la connaissais ?

— Je ne connais que son nom de trav', expliqua Jana.

— Ah ouais. Et toi là-bas ?! lança-t-il au type en robe. Tu connais son nom de baptême, au macchabée ?

Paula s'arrachait des hoquets douloureux, juchée sur ses talons aiguilles, ridiculement menue face à l'ancien désosseur : elle ne voulait pas croire que c'était Luz, ce petit singe recroquevillé au pied du transbordeur…

— Or… Orlando, dit-elle enfin.

— C'est tout ?

Paula opina, réalisant avec amertume qu'elle ne connaissait même pas son nom de famille. Elle sortit un mouchoir en papier de son sac zébré pour essuyer sa bouche pendant qu'Andretti griffonnait l'information sur un carnet, ses gros doigts boudinés mangeant la moitié du stylo.

— Qu'est-ce que vous foutez par ici à cette heure ? relança le policier.

— Luz a posé un lapin à ma copine, dit Jana. Comme on savait qu'elle travaillait sur les docks, on est allées voir.

L'odeur du flic coulait sur elle, sorte d'after-shave pour les pieds.

— Voir quoi ?

— Pourquoi elle n'était pas venue au rendez-vous. Luz et Paula tapinent ensemble, vous devez le savoir puisque vous êtes du quartier.

Andretti mata ses seins dépressifs.

— Et toi, t'es qui ?

— Juste une amie.

— Et lui, fit-il en désignant Paula. C'est qui, sa tante ?

Fabio Andretti avait la carrure du catcheur vieillissant et l'humour au tapis.

— Si c'était une mère qui pleurait son gosse assassiné, vous parleriez autrement, remarqua Jana. Tandis qu'un pédé qui pleure une pute, c'est tellement risible, n'est-ce pas ?

— Attention à ce que tu dis, ma petite.

— Toi aussi.

Troncón se raidit comme sous l'effet d'une piqûre. On se tutoyait facilement en Argentine mais la *negrita* jouait avec le feu. Le sergent affûta son regard bovin.

— Tu veux qu'on t'embarque, toi et ta pédale ?

Le colosse portait la main sur la matraque qui pendait à son ceinturon — un plaisir de lui dévisser les côtes — quand un des flics pesta dans son dos.

— *La concha de tu madre*[1] *!* Chef ! Chef, venez voir !

— Qu'est-ce qui se passe ?

— Chef…

1. « La chatte de ta mère ! »

Andretti vit alors le cadavre de Luz qu'ils venaient de hisser sur les pavés, dégoulinant d'eau putride, et ravala sa morgue : l'éphèbe n'avait plus de sexe… Pénis, testicules, tout avait été sectionné du pubis au scrotum. Il ne restait qu'une plaie noire, malsaine, mêlée à la vase.

— Merde, marmonna-t-il sous sa moustache.

Masque de cire épouvanté, Paula eut un ultime haut-le-cœur et expulsa un liquide noir au pied de Troncón, qui recula trop tard. Andretti pâlit à son tour devant le corps émasculé du jeune homme. Les flics de l'équipe de nuit restaient silencieux, mains croisées, solidaires de leurs attributs.

— Tirez un cordon de sécurité, souffla Andretti. Allez !

Des gens commençaient à converger au bout des quais. Le sergent se tenait toujours accroupi devant le cadavre, découvrant la raie de ses grosses fesses. Ce n'était pas la procédure, il passerait outre : Andretti enfila une paire de gants plastifiés et retourna la dépouille. Il n'y avait aucun impact de balles dans le dos mais une plaie profonde sous l'omoplate gauche. Couteau peut-être — difficile à estimer avec tous ces résidus de vase… La tête n'avait visiblement pas souffert, ni les reins. Pas de vêtements à proximité, ni de sac à main. Ils feraient le tour des poubelles alentour, avec un peu de chance le meurtrier s'en sera débarrassé à la sauvette… Un détail attira alors son attention. Le policier pointa sa Maglite sur la zone rectale, particulièrement abîmée : une chose informe pointait, un amas de chair et de poils. Il déglutit. Un sexe ? Quoi d'autre ? Quoi d'autre que celui du jeune type ?

Andretti se redressa, un peu plus lourd. Ses hommes avaient tiré un cordon sur la scène de crime, les pompiers arrivaient, attirant les badauds.

— O.K., dit-il à l'assistance, on remballe…

À deux pas de là, Troncón avait les souliers souillés de vomissures.

— Qu'est-ce qu'on fait des deux putes, chef ?

Le trav' tremblait sur le pavé, soutenu par l'Indienne.

— On les embarque, grogna Andretti.

*

« *Pelotudos* », « *Cornudos* », « *Soretes* », « *Larvas* », « *Culos rotos* », « *Flor de san puta*[1] » : à croire les graffitis qui criblaient les murs du commissariat, les flics de La Boca faisaient l'unanimité.

Chef de l'équipe de nuit, Fabio Andretti avait commencé sa carrière comme garçon boucher à Colalao del Valle, un village du Tucumán, lorsqu'un ami de son oncle lui avait proposé d'entrer dans la police, où il « connaissait des gens ». Fabio avait accepté et très vite compris les intérêts à tirer de ce travail. De commissariats miteux en postes déglingués, il avait fait plus d'une fois le coup de poing avec les officiers et leurs subalternes qui arrondissaient leurs étrennes en délestant les baltringues du quartier, voleurs ou trafiquants qui ne risquaient pas de porter plainte. De promotions pour bons et loyaux services en mutations, Fabio Andretti avait intégré la brigade de nuit de La Boca, Buenos Aires, où son grade de sergent le dispensait de rendre des

1. « Couillons », « Cocus », « Enfoirés », « Larves », « Culs cassés », « Sainte essence de pute ».

comptes, sinon au commissaire qui, entre deux discours officiels évoquant les nouvelles directives que personne ne suivrait, passait de temps en temps ramasser les enveloppes. Une pratique courante, qui ne datait pas d'hier. Le président Alfonsín avait bien coupé quelques têtes trop voyantes à la fin de la dictature mais, Menem fermant les yeux sur tout ce qui ne concernait pas l'argent, la plupart des policiers avaient gardé leur poste et évoluaient toujours en quasi-impunité. Assassinats, « cas de gâchette facile », séquestrations, tortures ou passages à tabac, mille plaintes par an concernaient des mineurs torturés ou étranglés dans les commissariats.

Celui de La Boca sentait la semelle usée et la naphtaline : deux chaises cassées près d'une plante sèche décoraient le hall où Paula et Jana attendaient depuis trois quarts d'heure, assises sur un banc qui faisait face à l'accueil. On leur avait refusé un coup de fil, un verre d'eau, l'accès aux toilettes, paraît-il bouchées.

— Ça va aller, Trésor, chuchotait Jana à son amie. Ça va aller quand on sera sorties de là…

Des larmes silencieuses coulaient sur les joues de Paula, ruinant définitivement son fond de teint.

— C'est affreux, répétait-elle dans ses mouchoirs en papier. Tu as vu dans quel état on l'a mis ?

Luz, dans la mort, était redevenu un homme.

— Essaie de ne pas y penser, dit Jana en cajolant sa main faiblarde.

Mais Paula n'écoutait pas.

— Quelle bête a pu faire une chose pareille ? Quel monstre ? Et Luz ? Je ne comprends pas comment il a pu se faire piéger, comme ça…

Luz était sa protégée, son chaton au bord de la route, son associé, Paula lui avait appris la nuit, les quartiers, les heures à éviter, les pigeons à amadouer, les hôtels de passe, les backrooms, les risques et les règles à respecter : c'était incompréhensible. Et puis la tuer, pourquoi ? Parce qu'elle était différente ? Parce qu'elle était en bas de l'échelle sociale, et que l'éternel humain consistait à s'en venger ?

— C'est dégueulasse.

— Oui, confirma Jana. Mais tu n'y es pour rien.

— Si je n'avais pas eu ce rendez-vous au Niceto, j'aurais pu être là : les choses se seraient passées différemment.

— Ça sert à rien, je te dis.

L'agent Troncón les surveillait du coin de l'œil, moins fringant qu'en présence de son chef. Élevé à coups de pied dans le cul par un père qui même le matin semblait sortir d'une *pulpería* — les bars de campagne à l'époque des gauchos —, Jesus Troncón culminait en haut d'une morne plaine trahie par des yeux courts, une acné persistante et un duvet de moustache comme des pattes d'araignée sur des lèvres renfrognées. L'apprenti policier déambula un moment dans son uniforme trop court et finit par les héler depuis le couloir.

— Oh ! C'est à vous !

Paula se contracta sous son manteau crème bon marché. Elle connaissait le sergent Andretti de réputation — à éviter. Jana l'aida à se lever du banc où elles marinaient, invectiva du regard le blanc-bec sous sa casquette. Le bureau du chef se situait à droite au fond du couloir, après le distributeur vide.

— Allez, y a pas que ça à faire ! gueula Troncón pour la forme.

Paula avança à pas d'oiseau.

— Tu déconnes pas, hein ? souffla-t-elle à sa copine avant d'entrer.

— Non. Promis.

Une antique odeur de sueur sourdait des murs du bureau, tapissés d'avis de recherches, d'affiches de prévention contre la drogue et de posters de bonnes femmes à poil plus très frais. Son quintal calé au fond d'un siège gémissant, Andretti jaugea le couple sous sa moustache épaisse — un travesti au cou de girafe attifé d'une invraisemblable robe blanche à volants et une Indienne au torse de guenon, les fesses moulées dans un treillis noir : les pédés le dégoûtaient, la petite pute par contre, avec son cul rebondi et ses jambes d'amazone, mériterait bien un séjour en cellule…

— On peut savoir ce qu'on fait là ? demanda Jana en guise de préambule.

— Comment ça, qu'est-ce que vous faites là ? Il s'agit d'un meurtre, ma petite, la rabroua le flic, et c'est moi qui pose les questions. Trois coupables sur quatre sont des proches de la victime, tu sais ça ?

Paula rapetissait sur la chaise voisine.

— On est témoins que je sache, remarqua Jana. Pas suspects.

— Et l'histoire du tueur qui revient sur les lieux du crime, tu la connais ?

Placardée dans le dos d'Andretti, une fille aux seins refaits se mordillait l'index d'un air coquin.

— N'importe quoi, rumina Jana.

— C'est ce qu'on va voir : tu étais où entre minuit et six heures du matin ?

— Chez moi, répondit-elle sans se démonter. Dans mon atelier.

— Atelier de quoi ?

— Je suis sculptrice.

— Ah oui, tu fais quoi, des totems ?

— Tordant.

— T'as surtout pas d'alibi, ma petite : voilà ce que je vois, asséna le chef de l'équipe de nuit. Et toi, le trav', lui lança-t-il, tu étais où ?

Le rimmel de Paula avait fui de chagrin, ses escarpins et ses bas étaient mouchetés de vomi, la vision d'Orlando mutilé l'avait rendue muette et ce sale type lui fichait la frousse.

— Elle était au Niceto pour une audition, répondit Jana à sa place. Une boîte de Palermo : deux mille personnes pourront vous le confirmer.

— Ça veut dire que votre copain Orlando était seul sur les docks quand on l'a agressé, déduisit le policier.

— Massacré serait plus précis.

— Ouais. Il avait des ennemis, Orlando ?

La Mapuche secoua la tête.

— Non… On connaît un tas de salopards mais aucun de ce genre.

— Un règlement de comptes, tu y as pensé ?

— Orlando et mon amie ici présente travaillent pour leur propre compte, et elles gagnent à peine de quoi vivre : ça ne mérite pas un acharnement pareil.

Le policier fit la sourde oreille.

— Luz avait qui d'autre comme proches ?

Jana se tourna vers Paula, ou son ombre falote.

— Que nous, bredouilla-t-elle depuis sa chaise.

— T'es redevenu parlant, toi ! observa le sergent. Alors : tu connais personne qui pourrait nous renseigner sur Orlando ?!

— Non… Non.

Le colosse se retira comme une marée de mazout au fond du fauteuil, coinça ses battoirs derrière sa nuque.

— Si je comprends bien, vous prétendez que la victime n'a pas d'autres amis que vous, qui êtes proches d'elle mais pas au point de connaître son nom de famille, se gaussa-t-il. C'est beau l'amitié !

— C'est pas de l'amitié, c'est de la solitude, dit Jana.

— Ho ho ! Vous savez au moins où il habite, votre meilleur ami ?

La Mapuche grimaça — aucune idée.

— Dans un *barrio*, la relaya Paula. La Villa 21. Un bidonville du centre.

— De la famille ?

— À Junín… Enfin, c'est ce que m'a dit Luz. Orlando… Il a coupé avec sa vie d'avant pour venir à Buenos Aires…

— Où il est tombé sur la mauvaise personne au mauvais endroit, continua Andretti.

Paula se mélangeait les doigts sur la chaise. Le sergent repoussa le clavier de son ordinateur, qui rappelait les immeubles miteux du quartier.

— Puisque vous n'avez rien d'autre à me dire, vous pouvez rentrer chez vous, annonça-t-il.

— Vous ne prenez pas notre déposition ? s'étonna Jana.

— Pour écrire quoi : que vous connaissez son prénom ?!

— Vous allez quand même prévenir ses parents ?

Andretti eut un rictus particulier à son encontre.

— Tu sais ce qu'on dit ici, l'Indienne : mêle-toi de tes affaires…

Un vieil adage, qui avait fait fureur pendant la dictature. Jana n'était pas née.

— Notre copain a été massacré par un psychopathe et il y a de fortes chances pour qu'il rôde encore dans le quartier, dit-elle. Luz avait un sac à main, des vêtements : si vous n'avez rien retrouvé, c'est qu'il a dû embarquer Luz dans sa voiture pour l'assassiner quelque part, avant de jeter le corps dans le port…

— Dis donc, c'est pas une petite pute qui va m'apprendre mon boulot ! gronda le policier en agitant ses bajoues. Maintenant débarrasse le plancher, *India de mierda*, avant que je te colle au trou. À poil, ça te dirait ?

Paula frissonna sur sa chaise. Les murs du commissariat suintaient la violence, l'arbitraire et les coups. Jana retenait son souffle, les yeux brûlant de haine. Il n'y avait pas que Jorge, le gérant du Transformer, pour les flics aussi elle ne serait jamais qu'une suceuse de bites, une sous-humaine ou impropre à l'espèce qu'on s'envoyait dans les voitures, une bâtarde grandie dans la poussière et jetée à la ville comme en prison, une Indienne qui pissait le sang des siens : rien.

Rien qu'une pute…

Elle prit la main glacée de Paula.

— *Rajemos*[1] !

1. « Tirons-nous ! »

3

« Les Mexicains descendent des Aztèques, les Péruviens des Incas, les Colombiens des Mayas, les Argentins descendent du bateau », raillait le dicton.

De fait, Buenos Aires existait avant tout par les yeux de l'Europe. Un jeu de miroir et de reflet qui aiguisait l'âme des *Porteños*. Les autochtones liquidés, les perdants du Vieux Continent s'étaient retrouvés dans ce port ensablé et sans quais, qu'on gagnait à bord de chariots à demi immergés tirés par des chevaux. Fumant sur du vide, la poussière indienne à peine retombée, les colons européens avaient bâti cette ville, Buenos Aires, que Daniel Calderón aimait tant.

Était-ce pour cela qu'il la quittait si souvent, comme une maîtresse passionnée, pour mieux la retrouver ? Quand il en parlait, Daniel avait le *duende*, cette fulgurance créatrice chère à Lorca qu'on trouvait parfois dans la passe d'un torero, la voix d'une chanteuse ou la transe d'une danseuse de flamenco. Ce *duende* qui « renvoie muses et anges / comme des chiens savants dans la fange »,

Rubén le retrouvait dans les poèmes de son père, feux et lumières qui avaient ébloui son enfance. Daniel et Elena Calderón lui avaient donné ce prénom en hommage à Rubén Darío, instigateur du mouvement d'indépendance de leur langue et précurseur du manifeste *Martín Fierro*, la revue poétique avant-gardiste qui avait marqué le début du siècle argentin, dont Daniel Calderón était l'un des héritiers les plus novateurs.

Rubén avait découvert Buenos Aires par les yeux de son père, poète lié à sa ville comme la plaine à la pluie : très tôt, Daniel lui avait raconté ses tours de passe-passe, ses bars où l'on fumait à l'aube en parlant de politique, du tango revenu des bordels et ses femmes penchées sous le désir de l'autre, les couleurs et le prisme de cette Europe qui les hantait. Des heures durant assis sur les bancs ou à la terrasse des cafés de Florida, son père lui avait appris à observer les gens, à reconnaître la première fois qu'une jeune adolescente marchait seule dans la rue, si fière et si touchante de se montrer libre devant tous, l'élégance des amants sur les pavés que la nuit faisait briller, à deviner les réflexions des vieillards dans les parcs, ces pensées perdues qu'il fallait rattraper pour eux, la désinvolture des chats dans les cimetières, l'allégresse paisible des femmes mûres lorsqu'elles étaient de nouveau amoureuses, la vitalité émouvante de certaines femmes quand elles faisaient don de leur grâce au monde, ainsi réenchanté. Ensemble ils imaginaient la vie des passants, comme ce personnage à chapeau croisé devant l'opéra qui, en suivant l'itinéraire de Borges, finirait par serrer la main de Pinochet (une blague typique, le grand écrivain ayant à la fois dressé son

« itinéraire idéal » à travers le damier de Buenos Aires, et serré la main du dictateur chilien avant de « quelque peu » se rétracter...). Rubén grandissant, les femmes devinrent leur terrain de jeu privilégié, là où l'abstraction passionnelle se faisait la plus féconde. Les poèmes, les idées s'amoncelaient sur les cahiers qu'ils remplissaient, le *duende* hispanique en ligne de mire.

Beauté, beauté... /
Je voudrais mourir avec toi, en beauté... /

Rubén marchait dans des pas de géant quand était survenu le *Golpe*, le coup d'État de Videla du 24 mars 1976...

« Un mort, c'est un chagrin ; un million, une information. » Trente mille : c'était le nombre de disparus.

La méthode appliquée par les militaires dupliquait les pratiques utilisées par les nazis durant la guerre : l'enlèvement de personnes. Avantages du procédé : aucune information sur les conditions de détention, image préservée face à la communauté internationale, possibilité d'éliminer des individus protégés par leur âge (mineurs), leur sexe (jeunes filles, femmes enceintes) ou leur notoriété. Les contacts établis avec des officiers français ayant combattu en Indochine, puis avec des membres des groupes Delta de l'OAS revenus d'Algérie allaient banaliser avec la gégène un supplément de terreur, dès lors utilisé de manière systématique sur les détenus : la *picaña*... Ces méthodes et les liens avec le nazisme n'avaient rien d'inédit : l'icône nationale, Juan Perón, avait reçu une somme considérable en vendant huit mille passeports aux agents de l'Axe alors en fuite. De nombreux officiers nazis avaient ainsi formé les militaires et les policiers argentins, des brochures circulaient dans les casernes — « SS en action », « Hitler avait peut-être raison » et le fameux faux « Protocole des Sages de Sion », qu'on trouvait toujours dans les librairies d'occasion de Corrientes. Outre des instructeurs, les plus grands criminels de guerre avaient transité par le pays, Mengele, Boorman, qu'on disait propriétaire du « trésor nazi », Eichmann, dont la maison donnait sur un cimetière juif.

À l'instar du commandant d'Auschwitz, le général Camps, un des hauts gradés de la junte argentine, avait déclaré n'avoir « personnellement jamais tué un enfant », ce qui ne l'avait pas empêché, au plus fort de la répression, de proposer qu'on arrête les enfants de subversifs dans les écoles primaires afin de museler toute contestation future. Pressé par l'administration tatillonne de Carter, Videla, le premier chef de la dictature, avait finalement renoncé — pour une question d'image...

Tous les militaires étaient mouillés dans ces opérations secrètes, le personnel soumis aux rotations. Il leur était interdit de parler ou de commenter ces missions de « purification », mais on laissait filtrer les rumeurs pour terroriser la population. Menacés de représailles, certains voisins augmentaient le son de la radio pour couvrir les cris des gens qu'on enlevait. Les Ford Falcon sillonnaient la ville sans plaque d'immatriculation, avec un officier à l'arrière. Les interventions avaient surtout lieu de nuit ou au petit matin, le week-end de préférence : le Groupe d'Intervention coupait l'électricité du quartier si l'opération s'annonçait délicate et, en cas de résistance, tirait dans le tas — « assaut antiterroriste », notait alors l'officier dans son rapport. Après quoi ils vidaient la maison avant de livrer les subversifs dans les « Centres de Traitement ».

Participer à des réunions d'étudiants de gauche, à des activités syndicales, avoir critiqué à haute voix les militaires, porter le même nom qu'un suspect, avoir assisté à un enlèvement, être juif, enseigner ou étudier la sociologie, conseiller des pauvres ou des suspects en matière juridique, soigner des suspects ou des pauvres, écrire des poèmes, des romans, des discours, être étranger et « trop bruyant », être réfugié d'un pays sous régime militaire, recherché pour des raisons politiques, exercer le métier de psychologue ou psychanalyste — influencés par des théoriciens juifs —, donner un récital de piano devant des ouvriers ou des paysans, être « trop » passionné d'histoire, être un jeune soldat qui en sait trop ou qui conteste, être « trop » fasciné par l'Occident ou réaliser des films « trop » axés sur des sujets de société ou contrevenant à la « bonne morale », militer dans une association des Droits de l'Homme, avoir un frère, une sœur, un cousin ou un ami proche d'une personne disparue : les militaires et la police enlevaient les gens pour n'importe quelle raison. Était considéré comme subversif quiconque se dressait contre le « mode de vie argentin ».

« La subversion est ce qui oppose le père à son fils », avait précisé le général Videla. Un paternalisme phallocratique qui puisait son idéologie dans le catholicisme, étendu à toute la société : trois cent quarante camps de concentration et d'extermination opérationnels répartis sur onze des vingt-trois provinces du pays, pour une efficacité maximum — quatre-vingt-dix pour cent de la population incarcérée n'avait jamais revu le jour…

Rubén Calderón faisait partie des rescapés.

On l'avait libéré au milieu de la liesse populaire qui avait suivi la victoire de l'équipe nationale lors de la Coupe du Monde de football, un jour de juillet 1978 sans explications.

Sans doute fallait-il des gens pour raconter les atrocités qui se déroulaient dans les prisons clandestines, et de manière suffisamment convaincante pour refroidir les récalcitrants. Ou plutôt l'avait-on épargné pour qu'il raconte ce qui s'était passé lors de son incarcération, qu'il le raconte à Elena et à ses Mères de malheur qui, tous les jeudis, se réunissaient sur la place de Mai : pour la rendre folle, justement…

Mais Rubén s'était tu.

Raconter l'ineffable, c'était le revivre, laisser remonter l'angoisse, le chagrin, la douleur, parler, c'était redonner à ses tortionnaires le pouvoir de l'écraser. Il n'avait rien dit à sa mère de ses mois de captivité à l'École de Mécanique de la Marine, ce qu'étaient devenus son père et sa sœur — impossible.

Elena Calderón ayant intégré le mouvement de résistance des *Madres de la Plaza de Mayo*, Rubén ne pouvait pas rester à Buenos Aires sans offrir un moyen de pression aux répresseurs : on l'avait caché à la campagne, chez des amis qui ne s'occupaient pas de politique — comme beaucoup de gens à l'époque, « ils ne savaient pas », ou ne voulaient pas savoir. Reclus dans le grenier aménagé de leur maison, se barricadant de livres comme une souris de laboratoire littéraire, Rubén accueillait sa mère avec des sourires trompeurs.

Il était l'ami des hiboux, des pierres. Il se vidait les tripes la nuit sur la lande et ne s'arrêtait qu'à bout de souffle, les poumons brûlants, s'affalait dans l'herbe pour revisiter les histoires qu'ils se racontaient jadis aux terrasses des bistrots — le poète était mort mais sa voix résonnait dans la mémoire prodigieuse de son fils —, des histoires où les femmes traversaient en puma l'obscurité et ses bois, où l'on partait à plusieurs sur des chevaux percés de clous, des histoires de passantes que Rubén se répétait sous les étoiles, pour se donner le courage d'écrire un jour, à défaut de parler. Mais les mots fuyaient. Ils fuyaient toujours…

Sa mère donnait des nouvelles de Buenos Aires où la contestation grondait. Économie en lambeaux, légitimité mise à mal, grèves : après six ans de dictature, l'espoir renaissait. Lui ne disait rien, la peau retournée au cœur de l'inframonde, ce cercueil ouvert au grand silence, messager d'une nouvelle qu'il n'avait jamais donnée.

Rubén pourtant avait l'âme bleue. Il donnait le change auprès des sœurs de l'*estancia* voisine — comment un amant si doux pouvait collectionner de telles cicatrices ?! —, développant une musculature longiligne d'animal boosté au grand air qui demain lui donnerait la foudre.

— Que tu es beau, mon fils ! s'aveuglait Elena lors de ses visites.

Rubén ressemblait il est vrai de plus en plus à son père — démarche, inclination de la tête, vivacité et couleur des yeux, et ce sourire désarmant qui ébranlait les plus revêches. Bien sûr Elena était partiale, mère par-dessus le marché, elle était surtout toujours amoureuse de son mari disparu. Elle ne voyait pas que Rubén couvait un monstre, chaque jour plus fort à mesure qu'il se taisait. Les jeunes filles de la campagne aimaient ses yeux d'orage sans savoir sur qui il tomberait un jour, ses bras noueux qui tentaient de les serrer, prenaient ses frissons pour des retours de caresses. Rubén revenait de leur lit pantelant, partagé entre la reconnaissance et l'effroi. Abonnés à *La Nación*, les gens qui l'hébergeaient n'y voyaient que du feu…

Rubén avait vingt ans quand la défaite des Malouines précipita la chute de la dictature. Les Grands-Mères de la place de Mai et d'autres associations de victimes se portèrent aussitôt partie civile contre les exactions commises durant le « Processus de Réorganisation nationale » : l'époque des premiers procès, qui devaient durer des années. Les lois d'amnistie succédant aux lois d'exception, la lassitude au temps, l'armée, la police et la plupart des répresseurs passèrent entre les mailles de la justice. Les Grands-Mères se retrouvaient seules à prêcher dans un désert où se perdait la mémoire du pays.

Rubén abandonna le journalisme qui le faisait vivre depuis son retour à Buenos Aires, et trouva l'appartement à l'angle de Perú et San Juan, qui deviendrait son agence. Il étudia les techniques d'interrogatoires des tortionnaires, la résistance à la douleur, les filatures, avec acharnement, il étudia l'histoire, la politique, l'économie, les réseaux d'immigration nazie, le droit international, l'anthropologie légiste, le tir sur cible mouvante, les arts martiaux des sections combat des *Montoneros*, de l'ERP ou du Mossad : pour rendre les coups.

Son agence de détective n'avait pas pour but de retrouver les disparus — il était bien placé pour savoir qu'ils avaient été liquidés — mais les responsables.

Dans un pays où neuf juges sur dix exerçant sous la dictature avaient été confirmés dans leur fonction, Rubén Calderón était l'ennemi déclaré, le bras armé des Grands-Mères, celui qui recevait des têtes d'animaux par la poste, des menaces téléphoniques, des injures. Lui accumulait les rapports d'enquêtes, réglait ses comptes.

Les militaires le détestaient, la moitié des flics de la ville lui auraient volontiers troué la peau, les autres n'auraient pas pleuré longtemps : Calderón chassait sur leur terrain.

« Ricardo Ravelli, né le 07/07/1952, capitaine de corvette intégré à l'ESMA, où il exerce comme interrogateur jusqu'en 1981, soupçonné d'avoir participé au faux accident de voiture de Monseigneur Angelleli, évêque proche du Concile Vatican II, opposé à l'ultraconservatrice Église argentine qui supportait les généraux : suicidé. »

« Victor Taddei, né le 19/01/1943, membre de la police fédérale de 1967 à 1984, où il collabore avec les renseignements militaires : quitte le pays et sa famille en 2000 sans laisser d'adresse. »

« Ricardo Perez, né le 02/05/1941 à Mendoza, juge au tribunal militaire (1975/1982) puis à la Cour suprême : retrouvé baignant dans ses excréments, à quelques pas de son domicile. »

« Juan Revalde, né le 25/11/1950, officier interrogateur au Campo de Mayo (1976/1980), agent des services de renseignements (SIDE) jusqu'à sa mise à la retraite en 2003 à l'arrivée de Kirchner : mutique depuis deux ans, interné à l'hôpital psychiatrique de Rosario. »

« Hector Mancini, né le 14/06/1948, capitaine de frégate dans la Marine (1971/1981), décoré deux fois lors de la guerre des Malouines : héroïnomane, aujourd'hui sans domicile fixe. »

« Miguel Etschecolaz, né en 1929, directeur des enquêtes de la police provinciale de mars 1976 à décembre 1977, soupçonné d'être le planificateur de la "Nuit des crayons" où plusieurs étudiants furent enlevés, torturés et tués : retrouvé nu à l'aube, dans un terrain vague du *Gran Buenos Aires*. »

« Juan Cavalo, ministre de Carlos Menem et ancien ministre du Travail du gouvernement d'Isabel Perón ayant signé en 1975 le décret pour l'"éradication des subversifs" dans la province de Santa Fe : ruiné, s'exile au Paraguay en 2006. »

La liste était longue, non exhaustive. Elena Calderón ne savait pas tout — c'était leur destin de rescapés. En quinze ans d'exercice pour le compte des Grands-Mères, Rubén avait échappé à deux fusillades en pleine rue, à une fuite de gaz, au capot d'un véhicule sans plaques qui passait devant chez lui, aux promesses de viol sur sa mère et à trois agressions physiques sans conséquences graves. « Mémoire, vérité, justice » : depuis sa sortie de prison, les Grands-Mères n'avaient rien changé de leur méthode de harcèlement. C'était trop tard. Aucune menace, loi ou décret ne leur ferait lâcher prise : car c'étaient elles, désormais, les Mâchoires de l'Histoire.

*

L'été touchait à sa fin, et la vague de chaleur qui stagnait depuis un mois au-dessus de la ville s'était soudain vue balayée par un vent violent : le soir tombait et des trombes d'eau s'abattaient sur le trottoir *avenida de Mayo,* chassant les vendeurs de loterie sous les kiosques à journaux.

Des touristes trempés faisaient la queue devant le *Café Tortoni* malgré l'heure tardive ; Rubén lança une vanne au portier grisonnant qui, sous son parapluie et dans une livrée impeccable, l'accompagna jusqu'à la lourde porte aux poignées de laiton. Le *Tortoni* était le plus vieux bar de Buenos Aires : Borges y avait encore sa table, Gardel sa statue sous les vitraux astiqués. Le brouhaha feutré des clients contrastait avec le concert des assiettes que les serveurs endimanchés réexpédiaient en cuisine. Rubén traversa la salle au luxe d'une autre époque en répandant de l'eau de pluie sur la moquette épaisse ; il aperçut le visage débonnaire de Carlos derrière la vitre du salon fumeurs et salua son ami d'un fraternel *abrazo*, l'accolade locale.

Issu d'une famille de Juifs ukrainiens qui avaient fui les pogroms, Carlos Valkin avait milité chez les *Montoneros*, le parti péroniste révolutionnaire. Arrêté au journal qui l'employait en 1975 (quand les incarcérations étaient encore officielles), les protestations de Daniel Calderón et d'autres artistes ou personnalités en vue l'avaient sauvé, avant qu'il ne se réfugie à l'étranger. Carlos n'était plus *Montonero* depuis la guerre des Malouines lorsque, face au déchaînement patriotique et sous prétexte d'une Angleterre impérialiste, les responsables du parti exilé avaient tenté de recruter des soldats pour combattre sous le commandement de leurs assassins. Une désillusion générationnelle qui n'avait pas entamé sa soif de justice : Carlos avait abandonné le militantisme mais pas la politique puisqu'il était aujourd'hui journaliste d'investigation à *Página 12*. Un travail dangereux en Argentine.

Rubén avait travaillé avec lui pour le quotidien

de centre gauche. Ensemble, ils avaient refait le monde tard dans les bars, à l'heure où l'on envoie son désespoir en fumée, parlé de femmes et d'amour, du temps d'avant et surtout à venir. Carlos vivait à soixante ans comme à trente, arborait une courte barbe blanche sur un visage souriant, un moral inamovible malgré les turpitudes du passé et des yeux gourmands d'un bleu à vider le ciel.

Des tableaux anciens ornaient les murs du petit salon fumeurs, délicieusement désert. Ils commandèrent une bouteille de Malbec et deux *bife de lomo* en échangeant quelques nouvelles. Leur vieux rituel leur interdisant d'en donner de mauvaises avant d'avoir gueuletonné, ils attendirent d'être servis et attaquèrent la pièce de résistance.

La culture du McDo n'avait guère pris auprès des Argentins, dont les bœufs élevés à l'herbe de la pampa formaient le traditionnel *asado*, le barbecue dominical. Gastronome à fort atavisme carnivore, Carlos pesta contre le fait que les meilleurs morceaux, les Premium, soient depuis peu réservés à l'exportation.

— Tu verras qu'un jour nos vaches aussi seront délocalisées ! prophétisa le journaliste, la fourchette brandie vers le plafond rococo.

— Pour aller où, en Inde ? s'amusa Rubén.

— Rigole : nos meilleurs vins rouges sont hors de prix, nos blancs puent la vanille, même nos femmes se mettent à la salade !

— J'aime autant ça qu'au tricot, nota Rubén en achevant sa viande. Au fait, tu es toujours avec ta copine, là… Alex ?

Les deux amis ne s'étaient pas vus de l'été.

— Non, répliqua Carlos avec une pointe de nostalgie, non, la pauvre en a eu marre de moi. Mais j'ai trouvé une veuve, une Allemande : très sympa. Intelligente, riche, sexy… Enfin, autant qu'on peut l'être à soixante ans ! s'enthousiasma l'amoureux chronique. Ah ! Ruth ! « Le charme de la connaissance serait mince si, pour l'atteindre, il n'y avait pas tant de pudeur à vaincre ! » déclama-t-il, le cœur plein les yeux.

— C'est quoi, fit Rubén, du Goethe ?

— Du Nietzsche. Mais traduit en argentin, hein ? relativisa Carlos.

— Arch !

— Et toi, brigand, toujours personne à me présenter ? Non ? Ah ! s'esclaffa-t-il devant le haussement d'épaules de son ami. C'est ça les hommes à femmes !

— Une à la fois suffirait, dit Rubén.

Carlos n'était pas sûr qu'il plaisantait mais, garçon jusqu'au bout, fit tout comme.

Un vieux couple d'Américains en short à carreaux fit une brève apparition dans le salon fumeurs. Rubén alluma une cigarette pour accompagner le dessert de Carlos.

— Bon, dit-il enfin, ce n'est pas pour parler de femmes que tu voulais me voir.

— Eh bien, si, en quelque sorte…

Carlos essuya sa bouche avec une serviette en papier, la jeta en boule dans les vestiges de tarte et tira une photo de son veston, portrait numérique qu'il fit glisser sur la table : Rubén découvrit le visage d'une brune, la trentaine, le regard trouble de ceux qui pensent à autre chose devant l'obturateur. Des cheveux bouclés, plutôt jolie…

— Tu connais ? demanda Carlos.

Il secoua la tête.

— Non.

— Maria Victoria Campallo. Elle m'a laissé un message hier au journal, en me disant qu'elle rappellerait. Elle ne l'a pas fait. J'ai essayé plusieurs fois de la joindre, sans succès. Je suis passé chez elle tout à l'heure mais il n'y a personne. Maria Victoria est photographe, précisa-t-il.

— Il disait quoi, ce message ?

— Rien. Juste qu'elle voulait me voir, que c'était urgent. J'étais en déplacement, je n'ai eu son message que ce matin, sur le répondeur.

Rubén enfuma un peu plus le salon.

— C'est quoi le problème ?

— Maria est la fille d'Eduardo Campallo, l'homme d'affaires. Tu sais qu'il y a bientôt des élections dans ton pays : Campallo est le principal soutien financier du maire, Torres. Je ne sais pas s'il y a un lien, mais la fille de Campallo connaît forcément la couleur de notre journal…

Son œil acéré brillait sous les volutes du cigarillo qu'il venait d'allumer, guettant la réaction de son ami.

— Elle t'a laissé son numéro de portable ? demanda Rubén.

— Non : elle téléphonait d'un *locutorio*…

Les centres d'appels publics.

— Campallo s'affiche rarement en compagnie de Torres, poursuivit Carlos, mais il est son pourvoyeur de fonds pour les élections. Campallo a commencé dans le béton en reprenant la boîte de son père dans les années 70, dont il a multiplié le chiffre d'affaires avant de se sucrer sur les offres de marchés publics lors des privatisations. Il renvoie depuis les ascenseurs à tour de bras, à commencer par ses amis politiques : il arrose aussi les syndicats et les *alcahuetes*[1] qui gravitent autour de la Casa Rosada, les lobbys... Un investissement, en quelque sorte, ironisa-t-il pour masquer son amertume. Ça fait longtemps qu'on a Campallo dans le collimateur, mais ce type est un gros gibier. Je ne sais pas ce que me voulait sa fille, pourquoi elle reste muette depuis son message au journal mais, à l'entame de la campagne électorale, avoue que c'est tentant d'y voir une coïncidence.

Rubén l'observait d'un œil inquisiteur.

— Pourquoi tu me dis tout ça ?

— Parce que tu es détective, fit Carlos dans un sourire à deux faces.

— Je m'occupe des disparus et de leurs enfants, rappela Rubén. Pas des gosses de riches.

— Maria Victoria fait aujourd'hui partie des disparues...

Ça n'avait pas l'air de le convaincre.

— Si elle a appelé d'un *locutorio*, objecta Rubén, peut-être que son portable ne marche plus, qu'elle est partie en reportage ou en lune de miel.

Carlos secoua sa crinière blanche.

— Non. J'ai interrogé le concierge de l'immeuble, il n'a pas vu Maria Victoria depuis deux jours et son chat miaulait à la porte, dans le couloir. Le concierge l'a recueilli en attendant le retour de sa maîtresse, sauf qu'elle semble avoir disparu dans la nature... Je n'ai rien pour prouver ce que j'avance, Rubén, à moins que tu trouves quelque chose.

1. « Lèche-bottes. »

Il dévisagea son ami journaliste.

— Argent, politique, pouvoir : tu me demandes de mettre les mains dans la merde, résuma-t-il.

— Tu es le seul qu'elle n'éclabousse pas.

Rubén secoua la tête — tu parles.

— Maria Campallo ne donne plus signe de vie, insista Carlos, la voix plus grave. Peut-être qu'elle se cache, qu'on lui a dit de se taire, de changer d'air, je ne sais pas. Aide-moi à la retrouver.

Le sexagénaire écrasa son cigarillo dans le cendrier de marbre. Leurs verres étaient vides sur le bois patiné.

— Il me faudrait des renseignements sur Campallo, soupira Rubén, sa fille… Je n'ai rien.

Carlos tira une enveloppe kraft de son veston.

— Tout est là, dit-il.

*

Superposition d'immeubles, de rues pavées, de marbre, de ferraille et d'ordures, foyer de la révolution sud-américaine, vivant le coup d'État comme une seconde nature, culturelle, péroniste et hautaine, Buenos Aires savait que son âge d'or était passé et ne reviendrait pas.

Maintenant des gamins en guenilles erraient devant les buildings du Centro, des types dormaient sur des bouts de carton dans les rues et les parcs, triaient les déchets ou se reposaient le long des trottoirs, des hommes-sandwichs déambulaient sur Florida ou aux feux rouges, des taxis fatigués et pas toujours légaux arpentaient les avenues gazolinées, les boutiques d'antiquaires de San Telmo étaient pleines des lustres d'antan, de meubles, d'argenterie et d'authentiques bijoux de famille qui nourrissaient une nostalgie dynamique. Les cinémas géants des grands boulevards avaient laissé la place à des commerces franchisés ou à des môles au luxe impersonnel, et si la culture du bistrot avait persisté, les tarifs prohibitifs du centre-ville laissaient les Portègnes à distance ; les banques et des multinationales avaient fait les poches du cadavre politique du pays, n'abandonnant que les crachats sur leurs verrières glacées.

On y pratiquait donc naturellement et sans modération l'art de l'insulte ; la colère imprégnait les murs de la capitale, mais le parfum d'exil qui s'en dégageait n'empêchait pas les couples de s'embrasser à pleine bouche dans les rues, jeunes et vieux sans pudeur ni façons, comme pour conjurer le sort qui s'acharnait sur l'Argentine. Les gens ici avaient la peau et le cœur blancs comme le fer qui avait marqué le siècle.

Le quartier de San Telmo où vivait Rubén avait été déserté par la bourgeoisie à la suite d'une épidémie de fièvre jaune : aujourd'hui les herbes folles s'échappaient des murs des maisons décrépies et des balcons de fer forgé. Bastion populaire au sud du centre-ville, la municipalité essayait de réhabiliter le quartier autour de la *Plaza Dorrego*, ses bars et son marché aux puces. Rubén Calderón habitait rue Perú, un immeuble Art nouveau dont le charme suranné lui convenait — marbre gris au sol, boiseries d'époque, poignées et baignoire 1900. Une verrière aux teintes bleues donnait sur la cour intérieure, la cuisine était aveugle mais la fenêtre de la chambre se situait face à l'angle de San Juan...

La pluie avait cessé quand le détective poussa la porte blindée de l'agence ; il déposa l'enveloppe kraft sur la table basse, ouvrit la fenêtre du salon qui faisait office de bureau pour chasser l'odeur de tabac froid et prépara un cocktail. Pisco, jus de citron, sucre, blanc d'œuf, glace : il secoua vigoureusement le tout dans un shaker avant de remplir un verre à pied. Pisco *sour*, effets dynamisants garantis. Il mit le CD de Godspeed You ! Black Emperor acheté la veille, but le cocktail en regardant le ciel au-dessus des toits sous les plaintes lascives des guitares.

Avec le temps, le bureau de l'agence avait gagné sur l'appartement, dont l'espace privé se résumait à une chambre au fond du couloir. L'informatique avait permis de réduire le nombre de volumes, développer le champ des recherches et croiser les sources — banque ADN des corps des disparus identifiés, pedigree des tortionnaires en fuite ou amnistiés, témoignages —, le tout relié aux fichiers des Mères de la place de Mai, dont Elena assurait les mises à jour, et à ceux des *Abuelas*, qui recherchaient spécifiquement les enfants de disparus. L'agence tournait avec les droits d'auteur de son père, toujours édité à l'étranger, les honoraires que les clients pouvaient payer et des fonds privés ou arrachés aux anciens répresseurs. L'argent de toute façon ne l'intéressait pas beaucoup — on passe son temps à compter celui qui nous manque, et ses pertes à lui étaient sèches, indélébiles.

L'air était humide par la fenêtre, charrié par un vent capricieux qui remontait jusqu'à lui ; Rubén posa son verre sur la table basse, s'assit sur le canapé sixties qui faisait face à la bibliothèque surchargée et décacheta l'enveloppe kraft.

Carlos était bien placé pour décrypter les montages financiers de l'empire Campallo, ses ramifications : spécialiste d'économie politique, le journaliste était aussi membre d'un groupe de pression composé de juristes, d'intellectuels et d'avocats réclamant une CONADEP (une commission nationale semblable à celle des disparus) pour juger ceux qui avaient ruiné l'Argentine lors de la crise de 2001-2002. Le groupe de Carlos mettait spécifiquement en cause les propriétaires fonciers qui, en contrôlant la source principale de devises du pays, avaient bloqué les dollars tirés de leurs exportations et caché leurs revenus réels pour payer moins d'impôts. Liée à la finance, cette oligarchie avait exporté ses énormes excédents de capitaux à l'étranger, spéculant contre le peso et son propre pays, jusqu'à le rendre exsangue.

Eduardo Campallo faisait partie des hommes qui avaient su tirer leur épingle du jeu. Ingénieur et urbaniste de formation, Eduardo avait fait des études aux États-Unis avant de prendre les rênes de l'entreprise familiale au décès prématuré de son père, dont on peut dire qu'il était mort à la tâche. Eduardo avait dirigé Nuevos, une entreprise de construction basée à Buenos Aires, à partir de 1975. L'année suivante, les militaires chargeaient Nuevos de raser les bidonvilles du centre et de bâtir de nouveaux immeubles. Un chantier gigantesque qui avait mis le pied à l'étrier au jeune entrepreneur tout en multipliant ses réseaux. Martínez de Hoz, le ministre des Finances de la dictature et des gouvernements suivants (de Hoz, rebaptisé Hood Robin, car il dépouillait les pauvres pour donner aux riches), avait été formé dans la même école de commerce aux

États-Unis que Campallo. Simple accointance idéologique ? Nuevos, qui avec le temps deviendrait STG puis Vivalia, avait quadruplé son chiffre d'affaires durant la dictature avant d'exploser sous les années Menem. Poursuivant sa politique de désengagement, l'État avait alors bradé des terrains viabilisés dans le centre-ville de Buenos Aires, à charge pour Campallo d'y ériger un centre d'affaires — plus-value : deux cents pour cent. Même type d'opération deux ans plus tard avec l'aménagement des résidences de luxe de Puerto Madero, la réfection des anciens docks en lofts avec, là encore, des bénéfices records qui avaient propulsé Campallo dans les hautes sphères économiques. Commissions, transferts d'argent vers des banques off-shore via des sociétés écrans, faux et usage de faux, Carlos et ses amis soupçonnaient Eduardo Campallo d'avoir arrosé la classe politique impliquée dans les affaires en échange de ses largesses.

Campallo avait par la suite diversifié ses activités dans les médias et la communication — il possédait plusieurs journaux, magazines people ou à sensation, une radio privée et des parts dans plusieurs chaînes câblées. La banqueroute de 2001 avait ralenti l'expansion de l'empire Campallo dans le centre de la capitale, mais pas dans la province de Buenos Aires, la plus peuplée d'Argentine : Vivalia avait entre autres construit la résidence ultrasécurisée de Santa Barbara, un *countrie* entouré de murs à cinquante kilomètres de la ville, avec bretelle d'accès à l'aéroport international réservée aux résidents, gardes armés, aires de sport, services urbains, espaces verts… Campallo côtoyait l'élite d'un pays qui ne manquait pas de prétendants. Certains étaient naturellement devenus ses amis, à commencer par le maire de Buenos Aires, Francisco Torres.

Rubén acheva son pisco *sour*. Si Carlos avait réuni un dossier complet sur l'homme d'affaires, il possédait peu d'informations sur sa famille. Eduardo Campallo s'était marié en 1974 avec Isabel De Angelis, issue de la haute bourgeoisie locale. À présent âgée de cinquante-neuf ans, catholique et mère de deux enfants — Maria Victoria, l'aînée, et Rodolfo, de deux ans son cadet —, Isabel Campallo exerçait diverses activités caritatives, sans rapport avec celles de son mari. Grosse fortune personnelle. Leur fils Rodolfo travaillait comme animateur dans une radio privée appartenant à son père, Maria Victoria comme photographe de plateau. Souvent en déplacement, d'après le concierge, qui se chargeait alors de nourrir son chat. Que faisait-il dans le couloir ? Carlos avait joint une photo numérique de Maria Victoria, l'adresse et le code d'accès de l'immeuble.

Rubén s'habilla de noir et prépara son matériel.

*

La jeunesse bohème avait investi Palermo, drainant boutiques de marques, bars et restaurants à la mode world qui faisaient le bonheur des touristes et des spéculateurs immobiliers. Le quartier était désormais coupé en deux, Palermo Viejo et Hollywood, ainsi rebaptisé depuis que les artistes et les gens de cinéma y résidaient.

Nicaragua 1255, trois heures du matin. Un bus chromé aux couleurs exubérantes passa au large, vaisseau fabuleux traversant la nuit ; Rubén écrasa sa cigarette sur le trottoir aux plaques de marbre défoncées et composa le code d'accès de l'immeuble. Pas d'ascenseur ni âme qui vive dans le hall ; il passa devant les rideaux tirés de la conciergerie, grimpa l'escalier jusqu'au palier du troisième et dernier étage. Il y avait de la musique chez le voisin. Le détective examina le verrouillage de la porte, fit le tri parmi ses passes, tritura la serrure jusqu'à ce qu'un clic indiquât l'ouverture. Il pénétra sans bruit dans le loft de Maria Victoria, se dirigea à la lumière du dehors, baissa les stores qui donnaient sur la rue et alluma la lumière. L'appartement de la photographe était spacieux, moderne et sobre : cuisine américaine, deux longs canapés noirs ornés de coussins bariolés, une table d'architecte près de la haute baie vitrée et un studio de prises de vue aménagé derrière un paravent — lampes parapluies, projecteurs, fond blanc pour les shootings... Rubén fit quelques pas sur le parquet brun : une douzaine de photos pendaient à un fil tendu à l'angle de la pièce, tenues par des pinces à linge. Ses derniers tirages sans doute. Il reconnut le regard occupé de la jolie brune aux cheveux bouclés — un autoportrait de Maria Victoria, avec un charmant petit lézard tatoué qui grimpait sous son oreille —, les autres clichés, des photos de scène, représentaient un chanteur de rock ; cette tête rasée, ces yeux maquillés de noir et ces poses alambiquées lui disaient quelque chose... Il les copia sur son Black-Berry, enfila une paire de gants plastifiés et jeta un œil au coin bureau.

Un slogan était affiché au-dessus d'une lampe vintage : « Ne pas créer des modèles de vie, mais des vies modèles. » On y trouvait des dossiers de presse empilés, des cartes fantaisistes punaisées au mur, un agrandissement de Newton où une grande blonde nue nichée sur des talons aiguilles bravait l'objectif, deux cendriers sans mégots où trônait la carte d'un cordonnier du quartier, une petite boîte de style péruvien remplie de grains de café et, au milieu du bureau, ce qui semblait être l'emplacement d'un ordinateur portable... Rubén observa le lieu, s'imprégna de l'atmosphère.

Nourriture dans le frigo, achats récents, vêtements dans la machine à laver, il y avait mille façons de mettre en doute l'hypothèse d'une fugue ou d'un suicide. Il ouvrit les placards de la cuisine, le frigidaire. Une bouteille de jus de fruits entamée, les restes de plats préparés, quelques œufs et des yaourts au soja constituaient les aliments périssables. Rien de très instructif. Un antique Polaroid était posé sur la commode, près du téléphone à fil. Rubén actionna le répondeur : une voix mécanique indiqua un nouveau message, émis à midi — une certaine Miss Bolivia, qui la remerciait pour ses photos... Rubén prit les coordonnées. Pas de carnet d'adresses ni d'agenda visibles autour du téléphone : il fouilla brièvement parmi la paperasse administrative consignée dans un dossier, empocha la dernière facture télécom et composa le numéro de portable de Maria, à tout hasard : téléphone en dérangement. Avait-elle coupé sa ligne ? Le détective grimpa à l'étage, dubitatif, se retint de fumer.

Le lit de la chambre était fait, des vêtements jetés en travers de la couette. Pas trace de l'ordinateur portable. Maria était sans doute partie avec. Il se dirigea vers la salle de bains adjacente, ouvrit les étagères de la pharmacie : une boîte de somnifères, des anxiolytiques, le reste en produits de beauté. Pas d'ordonnance. Il reflua vers la chambre à coucher, passa en revue les tiroirs de la table de nuit — babioles, préservatifs, un godemiché court chromé, du gel chauffant, quelques revues de photo, un sachet de marijuana à l'odeur en partie éventée, un autre de poudre... Rubén humecta son doigt : cocaïne. Qualité bien dégueulasse. On trouvait de tout à Buenos Aires, en particulier de la coke, sans que la proximité de la Colombie ne changeât rien au goût de kérosène. Il abandonna la petite commode, ouvrit les placards, dénombra une vingtaine de paires de chaussures. La fouille minutieuse des vestes et des pantalons ne donna rien, ni celle des vêtements qui reposaient sur le lit. Il se pencha et vit trois cheveux noirs, qui croisaient le fer sur l'oreiller : longs, bouclés, semblables à la chevelure de la photographe. Rubén les logea dans un sachet en plastique avant de descendre l'escalier en colimaçon.

Il prit au passage la carte du cordonnier dans le cendrier, atteignit le vestibule et ôta les affaires tire-bouchonnées de la machine à laver. Les vêtements n'avaient pas été lessivés. Il inspecta les poches et trouva une feuille de papier à cigarettes froissée à l'arrière d'un jean, quelques mots griffonnés au crayon : *Ituzaingó 69...*

Une demi-heure déjà qu'il était là : Rubén observa une dernière fois le loft. Impossible de savoir s'il avait été fouillé avant lui, si Maria était partie en catastrophe, pourquoi elle ne donnait plus signe de vie. Il n'avait pas vu de marques de griffures sur la serrure, la porte d'entrée n'avait donc pas été forcée mais quelque chose le dérangeait, sans qu'il sût le définir. Il jeta un œil aux toilettes avant de partir — la litière du chat était sale — et remarqua une étrange série de pendentifs contre la porte, des compositions d'art plastique accrochées à un fil. Sa spécialité, on dirait. Des sortes de ready-made à l'esprit plaisant : « Scalp de télé », « Peau d'échappement », « Pince-ton-saigneur », « Sèche-mots », « Suppositoire de Satan », certains avaient des titres, d'autres non… Rubén vit alors le test de grossesse pendu à la porte des toilettes — « Terme au mètre ».

Le test de grossesse était positif.

4

Rubén n'avait pas de chat. Ils passaient leur temps à lui grimper dessus, à se rouler dans ses vêtements s'il avait le malheur de les laisser traîner, à y frotter leur museau en cherchant l'aisselle, et il préférait de loin la compagnie des femmes, même épisodique. Le fait qu'il n'ait jamais vécu avec qui que ce soit n'altérait pas son imaginaire féminin, ses désirs de nouvelles aventures : « elles » ne duraient pas, voilà tout. Il avait mis des années à se reconstruire après ses mois de détention. L'équilibre était fragile, certes aléatoire, qu'importe. Rubén vivait dans un fossé d'archives, de visages disparus, trop de poussière, de dossiers, de cadavres entre les pages et sur les murs, une cage d'où il regardait passer les femmes. Aucune ne s'était arrêtée très longtemps, ou il n'en avait retenu aucune, ce qui n'était pas la même chose mais qui, pour lui, revenait au même : Rubén se disait qu'à quarante-sept ans c'était trop tard. Il n'attendait rien de particulier et sa solitude n'avait besoin de personne. Le temps des passantes était passé, la poésie de son père qu'il avait au bout des doigts ne lui servirait à rien, il était réduit au silence, au néant, les mots l'avaient trahi il y a longtemps, les étoiles s'en foutaient.

Il tenait au vide. Quant à chercher l'âme sœur, elle était déjà là, enfermée dans le placard, près de ce lit où aucune femme ne dormait jamais…

Rubén mit un CD d'Ufomamutt pour couvrir le vacarme du pont aérien qui surplombait le carrefour de San Juan, aéra la chambre où il se réveillait et déjeuna d'un café-croissant-cigarette qui peina à ramasser les poubelles d'une nuit trop courte. Cette histoire de chat continuait de le tarabuster : si le concierge de l'immeuble l'avait retrouvé miaulant sur le palier, Maria Victoria l'avait délibérément mis dehors pour qu'on le recueille — auquel cas la photographe avait fui sans même prendre le soin de le confier au concierge —, ou bien il s'était échappé… Comment ? Les fenêtres du loft étaient fermées, mais l'animal avait pu déguerpir en profitant de l'ouverture de la porte d'entrée. L'irruption d'un inconnu l'avait-il effrayé ?

Des moineaux émoustillés piaillaient à la fenêtre, charmants petits monstres importés de France qui avaient chassé la *calandria* autochtone. Rubén leur donna les vestiges du petit déjeuner, prit une douche et dressa mentalement la liste de ses pistes.

— Un message téléphonique laissé la veille depuis un portable (« Miss Bolivia »).

— Les photos d'un chanteur pendues à un fil.

— Un papier plié dans la poche d'un jean mis au sale, avec ce qui semblait être une adresse (« Ituzaingó 69 »).

— La carte d'un cordonnier du quartier.

— Trois cheveux sur l'oreiller.

— Une facture télécom datant du mois précédent.
— Un peu de dope dans la table de nuit — marijuana, cocaïne.
— Pas d'ordinateur ni d'agendas.
— Un test de grossesse, positif.

Rubén l'avait déposé dans la boîte aux lettres du Centre d'Anthropologie légiste en rentrant du loft, avec le sachet renfermant les cheveux et un mot explicatif pour Raúl Sanz, qui dirigeait l'équipe de chercheurs. Réponse en fin de journée, d'après le sms reçu sur son BlackBerry… Midi. Le détective commença par appeler le numéro sauvegardé sur le répondeur de Maria Victoria, laissa sonner. La dénommée Miss Bolivia aux abonnés absents, il laissa un message sur son portable avant de poursuivre ses recherches sur Internet.

« Ituzaingó 69 » : des dizaines de réponses fusèrent, allant de la fameuse bataille entre les troupes argentines et brésiliennes qui déciderait du sort de l'Uruguay à la ville de la province de Corrientes en passant par un groupe de Garage et plusieurs adresses dans le *Gran Buenos Aires*. Rubén nota les coordonnées avant de visiter le site de la photographe, qu'elle semblait mettre à jour régulièrement. Maria Campallo suivait les artistes sur les tournées ou les films, ce qui justifiait ses nombreux déplacements. Il répertoria les musiciens avec lesquels elle avait travaillé : le dernier en date, un chanteur de pop guimauve qui faisait fureur sur le continent latino, avait joué à Santa Cruz un mois plus tôt, mais lui et son staff avaient poursuivi la tournée en Colombie… Surfant sur le site, Rubén croisa le visage de l'homme figurant sur les photos pendues dans l'atelier. La date du concert indiquait que les clichés avaient été pris fin novembre lors du festival de rock de Rosario. Ensemble de cuir noir, bottes, crinière d'étalon gominée, crayon noir soulignant des yeux tourmentés, quelques kilos en trop mais une aura indéniable sous les cris des groupies qu'il devait ramasser à la pelle : Jo Prat, c'était le nom du vampire, l'ancien leader des *Desaparecidos*, méconnaissable sous son maquillage et ses kilos. Rubén appela Pilar, une copine responsable des pages culturelles de *Clarín*.

Pilar Dalmontes aimait bien baiser avec son mari mais aussi avec d'autres hommes : elle décrocha à la troisième sonnerie.

— Ça fait longtemps, mon petit saligaud ! l'accueillit-elle en voyant le numéro de Rubén affiché.

— Content que tu te souviennes de moi.

— J'aurais préféré t'oublier plus souvent, concéda Pilar, visiblement en forme à l'heure du déjeuner. Mais tu sais comment je suis…

— Formidable.

— Flatteur ! Ne me dis pas que tu as une heure à me consacrer ?

— Une minute, c'est possible ?

— À ce tarif, je ne suis pas sûre de t'être très utile.

— Il me faudrait un contact, dit Rubén. Jo Prat. C'est dans tes cordes ?

— Hum, j'aime quand tu prends ta voix de velours, ironisa la journaliste people. Qu'est-ce que tu lui veux, à Nosferatu ?

— Apporter un peu de soleil dans sa vie, fit Rubén.

— Comment va la tienne ?

— Super.

— Je ne te vois nulle part, oiseau de nuit : tu as

quelque chose contre tes contemporains ? Les femmes mariées ?

— Au contraire. Alors ?

Pilar cherchait dans son carnet d'adresses.

— Gurruchaga 3180, annonça-t-elle bientôt. Tu veux son numéro ou le mien suffit à ton bonheur ?

— Devine.

— Je n'ai que son fixe, dit-elle.

— Je ferai avec. Tu sais si Prat est dans le coin en ce moment ?

— Je crois qu'il est au programme du festival de Lezama la semaine prochaine.

— O.K.

Rubén nota le numéro, remercia la reine des potins qui faisait semblant de minauder et appela le chanteur dans la foulée. Encore un répondeur. Il laissa son nom et ses coordonnées, intimant Prat de le contacter d'urgence. Le ciel était toujours maussade par les vitres du salon. Il réchauffa un reste de paella, joignit les numéros qui figuraient sur la facture télécom de Maria Campallo, des contacts administratifs ou professionnels qui ne lui apprirent rien de probant. Même résultat avec la boutique du cordonnier, fermée ce jour-là et le lendemain — le dénommé Gonzalez faisait relâche le lundi. Tout ça ne l'avançait pas beaucoup. Miss Bolivia finit par rappeler.

Avenante, la jeune femme lui donnait rendez-vous dans une heure à « La Trastienda », un bistrot voisin où elle se produisait pour la promo de son album. Elle aussi était chanteuse : Rubén trouva son profil sur Facebook, enregistra les infos. Dehors le temps virait à la tempête. Les moineaux avaient fui le rebord de la fenêtre, chassés par le vent. Le détective quitta l'agence sous des trombes d'eau.

Le marché couvert de San Telmo n'attirait pas une foule huppée, avec ses bazars aux culottes antédiluviennes exposées en vitrine, ses bric-à-brac et ses boutiques de ferronnerie poussiéreuses. *Plaza Dorrego*, quelques retraités jouaient du violon pour arrondir les pensions que Menem leur avait rognées, imperturbables malgré les rafales qui malmenaient les étalages des vendeurs ambulants et des brocanteurs. Rubén traversa la place où piétinaient des touristes réfugiés sous des coupe-vent en plastique, et trouva Miss Bolivia au comptoir de La Trastienda, un des cafés-concerts du quartier.

Porte-voix d'un rap ethnique et explosif, un mètre quarante-cinq égaré dans un short et des grosses baskets sur ressort, Miss Bolivia était entourée de ses fans, une demi-douzaine de petites poupées lesbiennes qui la suivaient partout. Le courant passa aussitôt. Rubén paya une tournée de Coca. La rappeuse confirma avoir appelé Maria la veille, au sujet de la pochette de son prochain album. La petite Bolivienne ne l'avait pas vue depuis le shooting dix jours plus tôt, c'était la fin des vacances, tout le monde était encore un peu à droite à gauche. Maria Victoria n'était de toute façon pas une amie intime, elles s'étaient juste croisées pour le boulot : elle ne savait pas si la photographe avait un mec attitré, ce qu'elle fichait de ses nuits, si elle s'intéressait à la politique, à l'astrophysique ou au toilettage pour chiens.

— Tout ce que je peux te dire, c'est que Maria est hétéro, certifia Miss Bolivia.

Les petites poupées gloussèrent dans son dos. Il quitta le bar avec le CD de la rappeuse.

Des filles aux seins en obus faisaient celles qui aimaient ça sur les flyers mal photocopiés : Rubén envoya balader la dizaine de rabatteurs qui racolait *Plaza Dorrego* et rentra chez lui. Jo Prat rappela sur son portable alors qu'il arrivait, à demi trempé.

*

Jo Prat avait créé son groupe de rock au début des années 80, quand les militaires avaient dû lâcher du lest face à la pression sociale. *Los Desaparecidos* avaient salué la victoire de la démocratie au stade Obras Sanitarias, portés par une foule vengeresse :

Milicos, hijos de puta ! Qué es lo que han hecho
con los desaparecidos ?!
La guerra sucia, la corrupción son la peor
mierda que ha tenido la nación !
Qué paso con las Malvinas ?
Esos chicos ya no estan, no podemos olvidarlos
y por eso vamos a luchar[1] *!*

La suite avait été moins glorieuse : le groupe avait écumé les salles et les festivals pendant quatre ans sans prendre de vacances, supporté le stress, la promiscuité et la défonce, avant de sombrer dans les querelles d'ego et l'alcool. La colombienne et les

1. « Militaires, fils de pute ! Qu'avez-vous fait des disparus ?! La guerre sale, la corruption, voilà la pire merde arrivée à la nation ! Que s'est-il passé aux Malouines ? Ces enfants déjà ne sont plus, nous ne pouvons pas les oublier et pour ça nous continuons la lutte ! »

paillettes des années Menem avaient fini de l'écœurer : clash, dépression, cure, Jo Prat avait traversé plusieurs déserts où il avait séché mille fois. Les désillusions et les coups venus de gens qui la veille le caressaient dans le sens du cuir l'avaient rendu taciturne, sombre et amer — « Du charbon à ciel ouvert », comme il disait dans ses chansons… Courageux ou téméraire, Jo Prat reprenait à cinquante ans une carrière solo avec un album et une tournée qui avait débuté en novembre, avant les festivals d'été.

Gurruchaga 3180, Palermo Hollywood. Les rues pavées étaient ombragées par des platanes aux troncs criblés de slogans amoureux. Jo habitait à deux *cuadras* de la *Plaza Cortázar*, réputée pour ses bars à bières, ses écrans géants et ses boutiques branchées hors de prix, une bâtisse blanche à deux étages avec balcon perché dans les feuillages d'un gommier.

Un peintre voltigeur harnaché à ses poulies repeignait les volets du petit immeuble voisin, sous les aboiements perçants d'un cabot ; Rubén croisa le visage accablé de l'ouvrier, shoota dans le clébard pour le faire détaler, jeta sa cigarette au fil du caniveau et s'engouffra dans le hall. Un escalier de marbre patiné menait à l'étage. Prévenu de sa visite, le chanteur ouvrit aussitôt.

Le dernier Grinderman passait dans le salon d'un appartement au design raffiné qui tranchait avec l'aspect lugubre du personnage : empâté, les yeux maquillés, vêtu d'un pantalon de cuir noir malgré la chaleur humide, Jo Prat eut un accueil plutôt froid.

— Vous n'avez pas une tête de privé, fit-il remarquer alors que Rubén pénétrait dans son antre.

— Vous vous attendiez à un type avec un chapeau et une flasque dans la poche ?

— Je ne bois plus que du thé vert, déclara l'ancien rocker. Vous en voulez ?

— *Vamos...*

Il y avait une Fender accrochée au mur, des estampes et une théière ouvragée fumante sur la table du salon japonais. Un chat angora blanc sorti d'un vieux Walt Disney sauta du fauteuil où il dominait la plaine et, intrigué par les bottines italiennes de l'étranger, les renifla avec une application de fauve professionnel.

— Ledzep, fit Jo Prat en guise de présentation.

L'animal se frotta au cuir comme s'il voulait en faire sortir un djinn, avant de se détendre un peu. Rubén rangea ses jambes sous le siège nippon tandis que le maître des lieux faisait le service. Un inhalateur traînait sur la table. Ventoline.

— Alors ? s'enquit le chanteur.

Rubén expliqua la situation, le coup de fil de Maria Victoria à *Página 12*, le silence qui depuis entourait la photographe. Le visage de Jo Prat se rétracta à mesure qu'il parlait, ce qui n'arrangea pas son double menton.

Le chat faisait le forcing pour s'installer sur ses genoux mais Rubén tenait à peine assis.

— Vous l'avez vue, ou eue au téléphone dernièrement ? demanda-t-il, le visage plein de poils.

— Non, répondit Jo. Pourquoi, vous croyez qu'il lui est arrivé quelque chose ?

— C'est ce que je cherche à savoir... Je peux fumer ?

— Tant que vous ne m'envoyez pas votre poison dans la gueule…

Ledzep n'appréciait pas trop la cigarette, mais il resta concentré sur son objectif.

— Maria vous parlait d'elle, ou de ses problèmes ? continua Rubén.

— Pas vraiment… En tournée on se dit surtout des conneries. C'est ça ou le stress, ajouta le musicien, pragmatique.

— J'ai trouvé des anxiolytiques chez elle : Maria a des tendances dépressives ?

— Bah…

— Elle suit une thérapie ?

— Comme tous les gens ici, non ?

Buenos Aires ou le plus fort taux de psychanalystes au monde.

— Hum. Maria a quoi comme rapports avec ses parents ?

Jo haussa les épaules.

— Normaux…

— C'est-à-dire ?

— Elle les voit peu, d'après ce que j'ai compris.

— Vous savez pourquoi ?

— Ma foi non.

— Son père est une des plus grosses fortunes du pays, insinua Rubén.

— Justement, il n'y a pas de quoi se vanter, grinça le rebelle en resservant une tournée de thé vert.

— Maria a une raison de lui en vouloir ?

— À son père ? Bah, je sais que Maria a eu sa période grunge quand elle était ado, ou gothique, mais bon, pas de quoi se jeter d'un pont. Et puis, c'est l'âge où on s'oppose à ses parents : les siens sont peut-être pourris de fric mais Maria a trouvé avec la photo le chemin et les moyens de son indépendance, vis-à-vis de ses parents comme du reste du monde.

— Une solitaire ?

— Plutôt quelqu'un qui sait compartimenter sa vie : privée d'un côté, professionnelle de l'autre. C'est ce qui nous rapproche.

Au prix d'un âpre combat avec la pesanteur, Ledzep trouva l'équilibre sur les cuisses de Rubén. Le temps qu'il s'installe, ils en avaient pour une heure.

— Maria est engagée au niveau politique ? demanda le détective.

— Vous voulez dire à gauche ?

— Oui.

— Vous connaissez des artistes de droite ? railla Jo Prat.

— Personne n'est parfait, concéda Rubén en repoussant la queue angora qui l'empêchait de voir son interlocuteur. Et ça ne répond pas à ma question.

— Non, pas spécialement engagée. Juste dans ce qu'elle fait. C'est déjà bien, remarqua Jo en le prenant à témoin. Dites, Calderón, pourquoi vous n'interrogez pas directement ses parents ? S'il y a quelqu'un qui peut vous aider, c'est eux, il me semble ?

Ils rentraient aujourd'hui de Mar del Plata d'après Carlos, qui avait fini par contacter l'employée de maison. Rubén écrasa sa cigarette dans l'écuelle à sashimis sans déranger le chat.

— Vous habitez le même quartier que Maria et vous ne vous êtes pas vus depuis des semaines, avança-t-il.

— Je suis en tournée depuis le début de l'été, répliqua le chanteur. Je repasse chez moi entre deux séries de dates. De toute façon, on ne se voit pour ainsi dire jamais en dehors du boulot... Pourquoi vous me posez toutes ces questions ?

Ledzep faisant le mort, il fallut que Rubén l'hélitreuille jusqu'au parquet pour atteindre la poche de sa veste. Il actionna son BlackBerry et montra les clichés trouvés dans le loft de Maria.

— Ces photos ont été prises fin novembre, dit-il, lors de votre concert à Rosario. Vous en pensez quoi ?

Le chanteur fit la moue devant l'écran miniature, révélant des bajoues naissantes.

— Elles sont plutôt avantageuses, non ?

Vexé, Ledzep eut un regard hautain vers l'étranger.

— Maria Victoria ne vous a pas contacté depuis le tirage ? demanda Rubén.

— Je vous l'aurais dit.

— Sauf si vous avez quelque chose à cacher.

— J'ai assez à faire avec mon gras du bide, ironisa le rocker.

— J'ai trouvé de la marijuana et de la cocaïne dans sa table de nuit : elle se droguait ?

— Si baiser sous ecstasy vous pose un problème, c'est vous le problème. Maria n'était pas une junkie, assura Jo. Depuis le temps, je les repère à des kilomètres.

Sûr.

Rubén le fixait de ses yeux anthracite, de l'autre côté de la table.

— Je peux savoir pourquoi vous me regardez comme ça ?

— Parce que Maria Victoria est enceinte, annonça le détective à brûle-pourpoint.

Jo Prat marqua un temps d'arrêt.

— Enceinte ?

— De trois mois, d'après les analyses, confirma-t-il. Je ne suis pas fortiche en enfants, mais à mon avis Maria compte le garder.

Le séducteur fronça ses sourcils, criblant son front de rides épaisses.

— Vous couchez souvent ensemble ? demanda Rubén comme une évidence.

— À peu près chaque fois qu'on se croise, répondit Jo Prat sans ciller.

— La dernière fois fin novembre, à Rosario ?

— Possible. Si vous m'incluez parmi les géniteurs potentiels, sachez qu'en trente ans de tournées je dois être le père d'une bonne douzaine de lardons.

Rubén ralluma une cigarette, moins avenant.

— Ça vous émeut aux larmes, la paternité…

— Je n'ai jamais voulu d'enfants dont je ne pourrais pas m'occuper, expliqua Jo. Arrangez-vous avec le reste. Sans compter que Maria a pu coucher avec d'autres mecs à la même période.

— Elle est tombée enceinte fin novembre d'après les analyses, vous étiez ensemble cette semaine-là et vos portraits pendent au milieu de son loft. Désolé de vous l'apprendre, mais tout laisse croire que le bébé est de vous…

Les cernes du chanteur s'alourdirent un peu plus sous son maquillage.

— J'imagine qu'elle ne vous a rien dit pour éviter d'avoir à avorter clandestinement, au cas où vous insisteriez en ce sens, ajouta Rubén.

On n'avortait toujours pas légalement en Argentine. Jo Prat sortit de ses marécages.

— Vous croyez que le fait d'être enceinte a un rapport avec sa disparition ?

— Je ne sais pas.

Une sirène hurla dans la rue. La nouvelle laissait l'ex-star au milieu d'un champ de mines. Il resta un moment perplexe devant son thé froid. Les images se bousculaient dans sa tête : le sourire de Maria quand ils avaient baisé dans la chambre d'hôtel de Rosario, le champagne auquel elle avait à peine touché, lui sans préservatifs — comme d'habitude avec les femmes qu'il connaissait déjà —, son air doux et paisible sur l'oreiller quand ils s'étaient endormis, enlacés après l'amour… Maria savait-elle déjà, par quelque sortilège féminin, qu'elle portait un enfant de lui ? Comptait-elle le lui dire un jour ?

Le silence qui suivit la révélation rappelait la voix de Nick Cave dans les enceintes. Jo releva sa chevelure gominée.

— Vous savez quoi d'autre, Calderón ?

— Que le père de Maria Campallo finance la campagne de Torres, qu'elle a laissé un message à un journaliste d'opposition et qu'on n'a plus de nouvelles depuis. Pour le moment, c'est à peu près tout.

Le vampire blêmit à l'ombre du crépuscule qui filtrait par les persiennes. Même si Maria avait caché l'existence de cet enfant, même si elle ne cherchait en lui qu'un géniteur, c'est lui qu'elle avait choisi. Il ne pouvait pas la laisser comme ça, perdue dans la nature…

— Vous travaillez pour qui ? lança-t-il au détective.

— Personne.

— Vous croyez que Maria a disparu ?

— Oui.

— Pourquoi ?

— C'est ce que je cherche à savoir…

Jo Prat hésita un moment. Puis il se leva, sans un mot, enjamba le chat blanc répandu sur le parquet et se dirigea vers le secrétaire près de l'entrée. Il fouilla dans un tiroir, revint vers Rubén, toujours prisonnier du banc japonais.

— Voici trente mille pesos, dit-il, l'œil noir. À titre d'avance… (Une enveloppe s'échoua sur la table basse.) Retrouvez-la, conclut le rocker. Elle et mon putain de gosse.

5

Un entrefilet dans les journaux du jour parlait d'un corps non identifié retrouvé la veille au pied du vieux transbordeur de La Boca : un homme d'une trentaine d'années. Rien de plus. Les actes de barbarie, la piste d'un crime sexuel, le genre de la victime, tous les détails sordides de l'affaire étaient passés sous silence.

Jana s'était levée tôt pour acheter la presse et avait appelé le commissariat de La Boca dans la foulée pour obtenir des explications : d'après le flic joint au téléphone, l'enquête suivait son cours. Impossible de connaître l'identité complète de la victime, de savoir si sa famille avait été avertie, si la police avait interrogé des témoins ou retrouvé le sac à main de Luz dans les environs. Jana avait insisté mais le flic au téléphone s'était énervé : si elle avait des révélations à faire, elle pouvait prendre rendez-vous avec le sergent Andretti, dans le cas contraire, il était inutile de rappeler…

Un vent de cathédrale soufflait sur les structures métalliques du hangar de Retiro. Il était dix heures du matin, Jana finissait son petit déjeuner, pensive, quand Paula fit coulisser la porte de l'atelier.

Le travesti portait une robe lait cru sur des collants noirs, un collier de perles opalines et un mur de maquillage défraîchi après sa tournée dans les clubs de la ville.

— Salut !

— Salut, Jana ! Déjà debout ?!

Ses talons crissèrent sur les particules de verre et de béton qui jonchaient le sol, stoppèrent devant la sculpture monumentale.

— Tu fais des travaux ? lança-t-elle pour déconner.

L'île de la Grande Tortue et ses territoires autochtones, pulvérisés par ses soins — son chef-d'œuvre. Jana laissa tomber :

— Tu veux une bière ?

Paula reluqua les restes du petit déjeuner sur le bar, des petits gâteaux à la confiture de lait, les *alfajores,* dont les gamins raffolaient, tenta son va-tout.

— Tu n'as pas du café ?

La pluie se remit à tambouriner sur le toit. Jana partit vers la cuisine pendant que sa copine s'affalait sur les banquettes de 404 de l'« espace salon ». Elle avait écouté le message de Luz laissé sur le portable la nuit du meurtre : des mots brefs — « il faut que je te parle d'un truc super important », sans autre indice qu'une musique de fond, indéfinissable.

— Alors ? lança la Mapuche en tordant le cou d'une cafetière italienne.

— J'ai écumé tous les bars, les boîtes, les afters et les baisodromes du pays, souffla la désœuvrée. Personne n'a vu Luz, nulle part… Putain, je suis dégoûtée.

Paula inspecta son rimmel dans le miroir tiré de son sac, pas brillant non plus.

— Tiens, dit Jana en tendant une tasse de café noir à l'oiseau de nuit.

— Merci…

Jana s'installa avec elle sur les sièges de bagnole.

— Il était plus d'une heure quand Luz t'a laissé le message et il y avait de la musique : peut-être qu'elle n'est pas allée bosser ce soir-là.

— Elle me l'aurait dit.

— Sauf si elle avait une raison de te le cacher : un plan avec un type spécial par exemple, avança Jana.

— Qui aurait à voir avec ce « truc super important » ?

— Peut-être, oui.

Paula fit une moue mal poudrée.

— Si ce fameux type était le meurtrier, Luz n'aurait pas eu le temps de m'appeler pour me donner rendez-vous ; elle aurait demandé du secours, ou dit de quoi il retournait.

— Hum…

Jana élaborait des scénarios mais aucun ne lui convenait. Les flics de La Boca gardaient leurs informations sous le coude, sans doute pour ne pas alerter la presse à scandales, aussi minable ici qu'ailleurs, éviter de créer la psychose ou plus sûrement cacher leur grande incompétence — d'après Paula, il fallait que les coupables soient nuls au point de téléphoner avec les portables de leur victime pour que la police résolve une affaire…

— C'est qui d'habitude, les clients de Luz, demanda Jana, des dopés ?

— Aussi, oui. Des gens seuls le plus souvent.

— Elle se défonçait ?

Paula haussa ses épaules en serrant les genoux sur la banquette.

— Bof.

— Crack ? Coke ? Héro ?

— Non... Non. Une petite ligne de temps en temps. Mais elle ne se droguait pas.

— Comme Chet Baker, quoi.

— Quand même pas.

— Elle dealait ?

— Non, je l'aurais su, ça aussi... (Paula bâilla malgré elle.) Pauvre Luz, soupira-t-elle tristement. Dire que je ne connais même pas son nom de famille. Tu connais le mien au moins ?

— Michellini. Miguel Michellini. Ne t'inquiète pas, tu n'es pas faite pour l'anonymat. (Jana écrasa sa cigarette dans la soucoupe où s'entassaient les mégots du petit déjeuner.) En tout cas, il est hors de question que tu retournes tapiner, ma petite : pas tant qu'un malade traîne sur les docks.

Paula allongea ses yeux de mésange sur la banquette.

— C'est bien joli, Cendrillon, mais il doit me rester deux cents pesos en poche. Si je ne travaille pas un peu, on ne tiendra pas un mois à la blanchisserie. Ça va mal, tu sais, ajouta-t-elle, la mine contrite. Les frais pour les soins de maman s'accumulent, on n'a pas de quoi payer et côté ciboulot, ça s'arrange pas non plus. Tu connais pas la dernière ? Je l'ai trouvée hier soir en train de mâchonner des reçus : ouais, des factures ! certifia Paula. Elle bouffe n'importe quoi ! Putain, si ça se trouve elle a même avalé des billets de banque !

La Mapuche grimaça.

— La Vieille Sorcière à Cornes...

— Tu sais bien que c'est plus compliqué que ça, soupira le travesti.

Jana rumina — elle avait vu la vieille une fois, à la blanchisserie : complètement marteau.

— On en a déjà parlé, fit-elle. Pourquoi tu ne viens pas t'installer dans le jardin ? Ta loge est déjà prête, tu n'as qu'à pousser tes frusques et installer un matelas !

— Ça ne règle pas le problème de ma mère, rétorqua Paula. Je ne peux pas la laisser dans cet état, encore moins en ce moment : entre les dettes, son état de santé, et le chorégraphe qui ne me rappelle pas... Qu'est-ce qu'on va devenir ? se lamenta-t-elle bientôt. Je suis bien obligée de travailler sur les docks !

— Pas tant qu'un psychopathe traîne dans le coin, répéta la sculpteuse, catégorique. Tu as envie de finir comme Luz ?

— Non, mais...

— Promets-le-moi ! Le temps qu'on trouve une solution.

Paula acquiesça devant son regard noir, où brillait une pure amitié.

— O.K., concéda-t-elle. Mais il va falloir en trouver une, et vite... (Elle regarda sa montre et fit un bond sur le siège de 404.) Oh merde, on est dimanche, je vais être en retard ! Putain, il faut que je me démaquille sinon l'autre va en bouffer son rosaire !

— Bonne idée, commenta Jana.

Paula enfourcha ses talons et traversa l'atelier sur un fil invisible.

— Je t'appelle tout à l'heure, hein ! Bye, mon ange, bye bye !

Jana voulut lui dire d'envoyer paître sa mère à l'autre bout du cosmos, mais une moitié d'« elle » avait déjà filé sous la pluie.

Peu de travestis étaient des hommes efféminés : leur psychologie était féminine, pas leurs épaules. Miguel Michellini avait les traits fins, un corps menu, des manières délicates… Jana ne savait pas pourquoi il n'avait pas changé de sexe : Miguel n'avait jamais été un homme.

C'est bien ce qu'on lui reprochait.

*

Miguel avait rêvé d'une femme complice à ses côtés, qui lui prêterait ses vêtements, ou, mieux, d'une femme qui lui *procurerait l'illusion* qu'on le forçait à s'habiller en fille — et qu'il cédait à sa requête… Aussi loin qu'il se souvienne, l'univers féminin l'avait toujours attiré : leurs mouvements, leurs vêtements, leurs jeux. Miguel avait d'abord refoulé cette pulsion mais l'attraction ressurgissait selon les circonstances et les témoins — féminins toujours. Et puis il y avait eu ce jour au début de sa puberté, quand une cousine qui s'était amusée à le travestir avait vu la bosse grossir sous la robe qu'il portait : ce frôlement, cette sensation d'être armé de soie en se glissant dans le tissu, l'ardent frisson sur sa peau, c'était tout bonnement délicieux. Son orientation sexuelle s'était définie ce jour-là, dans une chambre d'été où sa cousine riait.

Le désir de recommencer avait grandi avec son corps. Miguel s'était toujours senti seul au monde. C'était comme s'il lui manquait un bout de lui-même, sans père, sans frère et surtout sans sœur : sa passion pour l'univers opposé comblerait sa solitude. Il ne s'était jamais senti bien dans sa peau. Ou alors dans celle d'un autre inconnu. Comme si sa place n'était pas la sienne, qu'un vide intense l'emplissait, comme s'il manquait de lui, de sa propre identité… Très vite, il lui avait fallu des habits de femme ; se cachant de sa mère, Miguel avait commencé par faire les poubelles avant de venir rôder sur les marchés, dans les fripes de magasins discount. La vue de certaines pièces ou étoffes entraînait chez lui un affolement sexuel qui le poussa bientôt à ne plus se masturber que travesti. Restait à affronter la rue. Il comprit que la sobriété n'était pas assez trompeuse, que la sophistication l'était trop, s'habillait en conséquence. Miguel apprit à marcher, à se livrer au regard des autres, à ressentir avec fulgurance ce que percevait le passant à l'instant où ils se croisaient, à s'asseoir en gardant les genoux joints ; avec le temps, Miguel avait appris à devenir Paula. Devant sa glace, « elle » pouvait répéter mille fois le même geste, comme pour s'en imbiber — tout cet autoérotisme qui le rendait si seul. Car le premier public du travesti, c'était lui-même…

— Je t'ai pris un rendez-vous chez le docteur, lança Rosa depuis l'arrière-boutique de la blanchisserie. Cette fois-ci, tu as intérêt à y aller !

Miguel se retourna vers sa mère : la vieille femme triturait le rosaire qui pendait à l'accoudoir de son fauteuil roulant, en le fixant avec des yeux de mouette. Miguel reposa le fer à repasser sur son socle.

— Je n'ai pas besoin d'aller chez le docteur, maman, répéta-t-il. Je ne suis pas malade.

— C'est pas ce que dit le pape ! (Rosa réfugia ses doigts malades sous sa couverture à carreaux.) Ni le frère Josef !

— Aaah… Il commence à me les briser, celui-là.

— Ils disent que c'est contre nature ! s'étrangla la bigote. Ah ! Ah ! (Elle s'énervait.) Ils en savent tout de même plus long que toi !

Miguel plia les chemisiers sans plus écouter ses sornettes. La pauvre femme mélangeait tout, le pape, la Vierge, Guadalupe, Dieu et sa mère… Miguel n'arrivait pas à lui en vouloir. Rosa avait trop mal vécu et, l'âge avançant, les malheurs s'accumulaient : après trente années de veuvage et de solitude, la crise et les coupes claires dans les retraites qui avaient ramené sa pension de l'armée à une misère, sa hanche avait rendu l'âme, condamnant sa mère à finir sa vie en fauteuil roulant. Miguel, qui s'occupait des comptes et l'aidait à la blanchisserie, rapportait des docks de quoi surnager : la moitié du quartier savait qu'il se prostituait, mais sa mère ? Après sa hanche, son esprit aussi lâchait prise : la pauvre entrait pour des broutilles dans des rages folles où les anges et l'Église perdaient leur latin, maladie stigmatisée par cette nouvelle manie qui la rongeait.

Rosa faisait des boulettes de tout ce qui lui passait à portée de main : elle déchirait les morceaux de papier, les mastiquait de ses dernières dents avant de les avaler. Les livres, passe encore, Rosa ne lisait que des revues stupides, mais les factures, les reçus, la comptabilité ? La situation devenait impossible : Pascual, le seul cousin avec lequel Miguel gardait contact et qui venait de se marier, avait été clair (« assez d'une hystérique à la maison »), ils n'avaient pas les moyens de payer une aide à domicile, un lieu de retraite ou un endroit médicalisé. Un asile d'aliénés, voilà ce que le destin réservait à sa mère : la blanchisserie de la rue Perú ne valait rien, les rares clients qui venaient encore lui déposer leurs vêtements le faisaient par charité, Rosa n'avait pas d'économies, rien à vendre, qu'un héros mort au combat et ce fils maudit pour mausolée.

Ça non plus Rosa ne l'avait pas compris. Ou pas voulu. Ou ça lui cassait le crâne. Elle pensait que le bon Dieu la pourrissait, qu'Il la mettait à l'épreuve : elle avait voulu un enfant, un fils de préférence, pas… ça, ce gosse au teint pâle qui s'enfermait dans sa chambre au lieu de jouer au foot avec les autres garçons du quartier, ce gringalet efféminé qu'on mimait dans les cours d'école, braves crétins hachés de rire en tordant leurs fesses sur une ligne imaginaire, Miguel la risée, le souffreteux incapable de courir dix mètres sans s'essouffler, lopette sur toute la longueur, Miguel la fille aspirant aubépine et sa sensiblerie grotesque, sa fragilité, ses penchants insupportables, dégoûtants, Rosa était outrée de honte. Non, elle ne voulait pas comprendre pourquoi son mari était parti en lui laissant ce paquet de linge sale, pourquoi elle se retrouvait seule avec ce quart d'homme mal fichu, l'esprit tordu par ce maudit sexe : ça l'obsédait, le malpropre ! Pour ça, ils s'étaient bien fait avoir sur la marchandise ! C'était pas du tout ce qu'ils avaient commandé ! Le bon Dieu avait laissé faire, c'était sa pénitence, son calvaire d'alcôve, un secret entre elle et le Très-Haut qui lui faisait des tours de singe pour lui apprendre. Les choses se mélangeaient dans sa tête, les souvenirs et le présent, Rosa ne savait plus si c'était la crise ou sa Punition divine qui chassait les clients de la blanchisserie — comme si les gens ne repassaient plus leurs chemises ! —, si elle devait payer pour sa Faute, cet enfant possédé, et puis elle souffrait le martyre, toujours cette satanée hanche, ces migraines indéchiffrables, ces cris d'enfants dans la rue qu'elle ne supportait plus, ces cauchemars qui lui bouillaient la tête Cocotte-Minute. Oui, Miguel avait attrapé la maladie des filles : c'était encore une saloperie du Seigneur, une chose dont il faudrait s'expliquer au confessionnal, comme le jour où elle l'avait surpris dans sa chambre travesti de la tête aux pieds en compagnie d'un autre garçon ! Fureur vomie, damnation !!!

— Tu entends ce que je te dis ?! siffla-t-elle en brandissant sa canne.

Miguel respirait la lavande des chemises empilées sur la table de repassage : il couina de douleur.

— Aïe !

Surpris par la piqûre, il se retourna vivement et grimaça : la vieille femme tenait une canne hérissée d'un pic, comme celle des éboueurs pour ramasser les papiers dans les caniveaux, qu'elle agitait sous ses yeux effarés — d'où sortait-elle cet engin ?

— Tu m'as fait mal ! la rabroua-t-il en se frottant la fesse.

Rosa n'écoutait pas, trop fière de sa colère, avec ses bouts de papier mâché sur ses lèvres luisantes.

— Qu'est-ce que tu manges encore ?! Maman !

— Tu as toujours été malade ! le fustigea-t-elle. Toujours !

Un éclair de haine tremblait dans ses yeux. Son bras maigre et flétri balançait la pointe de sa canne devant son visage. Miguel croisa son regard démoniaque et recula contre la table à repasser.

— Lâche ça, maman.

— Ne me touche pas ! (Elle harponnait l'air.) Tu m'entends ?!

— Lâche cette canne, s'il te plaît !

— Jamais ! cria Rosa. Jamais !

— Maman !

Mais elle avait déjà rué de son siège amovible. Miguel esquiva la pointe qui visait son torse, attrapa le manche à la volée tandis qu'elle retombait sur le fauteuil, mais sa mère s'y accrochait mordicus : elle bava ses boulettes sur sa blouse à fleurs, brinquebalée sur son fauteuil.

— Donne-moi cette putain de canne !

— Au secours ! (Elle s'arc-boutait.) À l'aide !

La furie refusait de céder : le visage cramoisi, les mèches de cheveux expulsés du chignon, elle hurlait, les yeux délavés sortis de leurs orbites.

— Le frère Josef ! s'époumona-t-elle. Il va venir, tu vas voir ! professait-elle. Tu vas voir qu'il va te corriger le cerveau !

Miguel abandonna la canne à la harpie et reflua dans l'arrière-boutique, effaré. Cette fois-ci c'était sûr : sa mère devenait folle… Folle à lier.

*

Jana avait enfilé le short délavé pendu à l'antique paravent qui délimitait la chambre avant d'attaquer sa sculpture, la cartographie plastique d'un ethnocide organisé. La « Conquête du Désert » selon l'expression officielle, comme si les Mapuche n'existaient pas.

Écrasés militairement lors de la Grande Battue à travers la pampa, tirés comme des lapins à coups de Remington, livrés aux écoles religieuses ou comme esclaves aux *estancieros* qui s'étaient partagé leurs territoires, parqués, acculturés, appauvris, réduits au silence, mentant sur leur origine lors des rares recensements, oubliant par honte ou désœuvrement leur culture, les Mapuche avaient traversé le siècle comme des ombres. Des fantômes. En rayant vingt-cinq ans de traités signés avec l'Espagne, la Constitution de 1810 avait purement et simplement nié les Mapuche, les « gens de la terre » qui vivaient ici en nomades depuis deux mille ans.

Sanctuaire des ancêtres, demeure des dieux, mythe et point de départ de toute représentation symbolique, fondement rituel et élément constitutif de leur identité, la terre pour eux était tout. Sans elle, les Mapuche n'étaient rien. Certaines communautés s'étaient accrochées à leurs fermes et leurs troupeaux, mais beaucoup avaient dû vendre leurs terres sous la menace, au risque de disparaître d'autant plus facilement qu'ils ne figuraient sur aucun état civil. Aujourd'hui, les Mapuche ne représentaient plus que trois pour cent de la population argentine, concentrés dans les régions pauvres du Sud ou noyés dans les bidonvilles des lointaines banlieues…

Jana travailla tout l'après-midi, d'arrache-pied : elle tailla le fer, aiguisa les cratères de béton, incorpora des collages de tissu et de verre aux couleurs des nations autochtones mais, en dépit de ses efforts de concentration, la mort de Luz et ses conséquences n'en finissaient plus de polluer son esprit.

Paula était une tête brûlée sans cervelle quand elle agissait pour son propre intérêt, mais elle avait raison sur une chose : sans ses passes sur les docks de La Boca, qui payerait les factures et les soins de sa mère ? La situation semblait inextricable. Un tueur s'en était pris à Luz et la barbarie du meurtre laissait craindre qu'il recommencerait. Les flics bottaient en touche pour des raisons qui lui échappaient, et le destin d'un trav' anonyme n'intéressait personne… À moins d'en parler à quelqu'un : à qui ? un détective privé ? Jana abandonna son travail et ouvrit les pages de l'annuaire. Les noms défilèrent, par ordre alphabétique. Elle nota qu'un « Calderón » avait son agence rue Perú, à quelques *cuadras* de la blanchisserie. Un signe ?

Le ciel tombait sur l'ancienne gare de Retiro quand Paula déboula dans l'atelier, affolée : le chorégraphe venait de rappeler, il voulait la revoir à dix heures avant l'ouverture du Niceto pour la revue pour laquelle elle avait passé l'audition, le soir même ! Le travesti était dans tous ses états : il sortait de chez sa mère, évidemment habillé en homme, un bon maquillage prenait deux heures, et, à force de gesticuler comme un papillon à la lumière d'un lampadaire, ne savait plus où donner de la tête.

— Dix heures ! Je ne serai jamais prête !

— Calme-toi, mon cœur, tempéra sa copine. Le soleil tombe à peine.

— Il s'écrase, tu veux dire !

Jana sourit. C'était étrange de voir Miguel avec ses cheveux courts plaqués, ses yeux nature et le pantalon informe qui effaçait sa silhouette.

— Oh ! Jana ! s'enflamma le travesti en serrant les mains de son amie. Imagine que Gelman me prenne pour la revue ! Avec tout ce qui arrive en ce moment, c'est… tellement dingue !

La confusion gagnait : les docks, Luz, le Niceto, le meilleur tutoyait le pire. Fallait-il en rire ou en pleurer ?

— Au fait, demanda Jana, tu connais le détective de la rue Perú ?

Paula resta un moment interdite au milieu des sculptures, chercha dans le fleuve tumultueux où nageaient ses souvenirs.

— Calderón ? Oui, oui, on se croise de temps en temps au marché. Pourquoi, renchérit-elle, tu penses à lui pour l'affaire de Luz ?

— Lui ou un autre.

— Lui c'est mieux.

— Pourquoi ?

— Il marche, on dirait un puma qui roule des épaules ! s'enthousiasma Paula.

Jana secoua sa tignasse, pleine de poussière — n'importe quoi.

— C'est qui, demanda-t-elle, un ancien flic ?

— Je sais pas, je crois qu'il recherche des disparus. J'ai jamais osé lui parler mais on m'a dit qu'il était en lien avec les Grands-Mères.

— Ah oui.

— C'est peut-être lui, la solution, fit Paula. Tu verrais ses yeux !

— Je ne vois pas le rapport.

— C'est parce que tu ne les as pas vus ! Je ne sais pas quel âge il a, poursuivit-elle, mais il ne le fait pas ! (Elle vit l'heure sur sa montre en plastique.) Bon, il faut que je me dépêche ou je vais tout rater ! Mais c'est une bonne idée, le détective !

Le travesti se dandina vers la porte coulissante et soudain se rétracta.

— Il y a un problème, Jana, dit-elle en se retournant.

— Oui, quoi ?

— Comment on va faire pour le payer ? On n'a pas d'argent.

Jana haussa les épaules.

— Je vais me débrouiller… Va donc te faire une beauté.

— J'y cours !

Paula fila vers le jardin sans voir le regard sombre de la Mapuche.

*

Vega 5510, Palermo Hollywood. L'enseigne du Niceto Club clignotait derrière le pare-brise graisseux de la Ford. Paula ajusta sa perruque brune, inspecta pour la cinquième fois son visage poudré dans son miroir à l'effigie de Marilyn, rangea enfin la trousse de maquillage dans son sac en moumoute zébrée et se tourna vers son amie au volant.

— À part la dent pétée, tu me trouves comment ? demanda-t-elle dans un sourire.

Jana eut une moue de circonstance.

— Ça fait un peu *tuning*, autrement ça va.

Mais Paula n'y connaissait rien en voitures. Il était dix heures du soir, son visage scintillait sous le reflet des lampadaires, les noctambules riaient sur le trottoir mouillé de Palermo, écumant les bars et les restaurants du quartier avant l'ouverture des boîtes de nuit.

— Allez, vas-y ou tu vas fondre sur le siège, l'encouragea Jana.

— Tu as raison. En avant toute !

Paula sortit genoux serrés de son carrosse à trous, adressa un dernier signe amical à Jana par la vitre cassée et slaloma entre les flaques, son sac en peluche en guise de parapluie. La sculpteuse attendit qu'elle disparaisse par l'entrée des artistes pour filer vers San Telmo.

1030, rue Perú : la pluie battait le trottoir quand elle sonna à l'interphone.

6

L'obélisque, d'un blanc immaculé, se dressait fièrement *avenida 9 de Julio*. Pour quelques centavos, des gamins pieds nus jonglaient devant les voitures arrêtées au feu rouge : l'un d'eux, qui n'avait pas quatre ans, fit tomber une des deux boules de cirque devant le capot. Son grand frère, six ans, avait plus de pratique : trois balles voltigeaient dans l'air chargé de gaz d'échappement. Rubén donna deux pièces aux petits crasseux avant que le feu vert ne les fasse détaler comme des moineaux.

Deux millions de familles pauvres, un enfant sur cinq souffrant de malnutrition : Rubén salua la statue de Don Quichotte qui faisait la circulation au carrefour de la grande artère, remonta vers le Centro et ses immeubles aux terrasses grillagées — pillages, cambriolages, les souvenirs de la crise avaient laissé des traces… Une averse fouetta les devantures des magasins, chassant les types en costard vers les banques d'affaires qui repoussaient comme des champignons. Rubén ouvrit la vitre pour fumer, un œil vénéneux pour les types en cols blancs qui avaient ruiné le pays. Non loin de là, une poignée de manifestants portant drapeaux et revendications sociales bloquaient l'avenue Sarmiento, jonchée de tracts, ceinturés par une centaine de policiers casqués : canons à eau anti-émeutes, véhicules blindés, les flics d'élite de Torres ne badinaient pas avec l'intimidation. L'approche des élections, sans doute. Rubén contourna le cortège et roula jusqu'au Malba, le centre d'art contemporain.

La Recoleta était le quartier des ambassades, des propriétés privées, du vieil argent non soumis aux aléas du virtuel, des dorures républicaines. Les avenues étaient larges, propres, dégageant un parfum d'hôtels particuliers au style très européen, avec ses façades milanaises lézardées et son architecture séculaire. Rubén gara la voiture dans une rue perpendiculaire et marcha sous les grands palétuviers, dont les racines soulevaient le bitume : la famille Campallo habitait un peu plus loin, une bâtisse du début du XXe en partie recouverte de lierre qu'on apercevait derrière les hauts feuillages.

Un endroit paisible après la furie du centre-ville, pour des gens de toute façon peu enclins à se mélanger. L'accès à la propriété était filtré par une grille noire aux pointes hérissées et une caméra de surveillance dernier cri : Rubén sonna à l'interphone, l'œil panoptique en ligne de mire.

On décrocha enfin. Une femme.

— Oui ?

— Bonjour, dit-il en se collant à l'interphone. Vous êtes madame Campallo ?

— Oui, répondit la voix métallique. Que voulez-vous ?

— Vous parler de votre fille, Maria Victoria. Je suis un ami.

— Elle n'est pas là… C'est à quel sujet ?

— Eh bien, justement, dit-il d'une voix affable. Personne n'a de nouvelles depuis des jours et je la cherche…

Un bref silence emplit les ondes.

— Comment ça, pas de nouvelles ? demanda sa mère.

— Vous en avez ?

— Eh bien, non. Qui êtes-vous ?

— Rubén, un ami.

— Je ne vous connais pas.

Il écrasa sa cigarette sur le trottoir.

— Madame Campallo : si j'étais vous, j'ouvrirais…

Il y eut un blanc dans l'interphone, l'écho lointain d'un doute qui sembla durer deux ou trois éternités, puis le clic d'ouverture de la grille.

Une allée de graviers blancs serpentait entre les plantes géantes du jardin. La résidence principale de l'homme d'affaires était une grande et belle maison blanche, véritable petit manoir au milieu d'un parc ombragé. Rubén respira l'arôme des fleurs, suivit la spirale des insectes qui sortaient avec l'éclaircie. La mère de Maria Victoria attendait sur le perron, les bras croisés sous un châle en cachemire bordeaux, des lunettes fumées aux montures criardes lui masquant la moitié du visage.

Belle femme, Isabel De Angelis aurait pu faire une carrière de miss s'il n'y avait eu cette particule qui l'empêchait de travailler. Eduardo l'avait cueillie à vingt ans comme une rose à peine éclose pour s'en faire une boutonnière et la gardait comme talisman d'un succès sans faille. Isabel Campallo avait les cheveux teints montés en chignon, une robe de marque sur des genoux tout en rotules et la mine sévère pour quelqu'un qui rentrait de vacances. De loin, la femme de l'homme d'affaires pouvait passer pour une de ces vieilles beautés bronzées sous Lexomil combattant l'anorexie à l'American Express, de près c'était deux lèvres pincées débordées par un rouge à lèvres orange et un air vertical chargé de tenir le monde à distance.

Un trentenaire joufflu en costume se dandinait à ses côtés.

— Qui êtes-vous ? lança-t-il au visiteur.

— J'imagine que vous êtes le frère de Maria Victoria ? renvoya Rubén.

Le ventre arrondi sous une chemise blanche sans cravate, Ray-Ban perchées sur un crâne dégarni, montre Porsche et mocassins rutilants, Rodolfo Campallo affichait l'embonpoint d'une réussite sans complexes.

— Rubén Calderón, dit-il en montrant sa plaque de détective.

— Je croyais que vous étiez un ami de Maria Victoria ? s'étonna sa mère.

Rodolfo jaugea le privé : des cheveux bruns trop longs, l'élégance faussement tranquille sous une veste de peau retournée noire, athlétique et arrogant malgré le vernis de classe, son air provocateur, ses yeux gris-bleu anthracite, tout l'agaçait chez lui.

— Que venez-vous faire ici ?

— C'est au sujet de votre sœur, répondit Rubén au pied des marches. Elle n'est pas chez elle et ne répond plus à son portable depuis trois jours : je pensais que ça pouvait vous intéresser…

Le cadet se renfrogna, mouché. Il y avait une table en teck à l'ombre d'un grand saule frémissant, l'écho d'un jardinier qui taillait les roses au sécateur au fond du parc ; Rubén se tourna vers Isabel Campallo, emmitouflée dans son châle.

— Vous préférez rester debout ? demanda-t-il avec prévenance.

— Non… Non…

D'un pas mécanique, la femme se dirigea vers le salon de jardin et, ignorant le regard de son fils, prit place sur un fauteuil avec la précaution d'un bouquet fané.

— Que savez-vous au sujet de ma fille ? s'enquit-elle depuis ses verres fumés.

— Peu de choses, l'endormit le détective. Vous avez vu Maria Victoria ces jours-ci ?

— Eh bien, non, pas récemment… Mon mari et moi étions en vacances à Mar del Plata, expliqua l'ex-star des rallyes de la haute bourgeoisie ; j'y suis restée tout le mois, mon mari une quinzaine de jours, et Maria Victoria n'est pas une fana du téléphone… Vous dites qu'elle ne donne plus de nouvelles ? s'inquiéta-t-elle.

Un christ en or pendait au creux de son vieux décolleté.

— Disons qu'elle est injoignable… Vous l'avez eue quand la dernière fois ?

— Eh bien… Je lui ai laissé un message il y a une dizaine de jours, dit-elle, mais vous savez comment sont les enfants, ils rappellent quand ils ont le temps. Je sais juste qu'elle comptait profiter des vacances pour travailler ses photos. C'est ce qu'elle fait d'ordinaire à cette époque de l'année…

Un soupir la vida de moitié. Rodolfo les avait rejoints sous le saule.

— Pour qui travaillez-vous ? demanda-t-il.

— Peu importe, répondit Rubén en se concentrant sur la mère de famille. Vous n'avez aucune idée de ce qui pourrait expliquer le silence de votre fille ?

Isabel secoua ses cheveux laqués, serrant son châle sous les bourrasques qui chantaient dans les arbres.

— Non, dit-elle, décontenancée. Non…

— Aucun voyage, rendez-vous ou événement particulier ?

— Non. Non… (Sa mémoire patinait sur une rivière aux chevaux pris dans la glace.) Pourquoi ? demanda l'aristocrate. Qu'est-ce qui se passe ?

— Maria Victoria attendait un enfant, annonça Rubén.

La mère et le fils eurent pour la première fois la même expression.

— Depuis trois mois, reprit-il. Vous n'étiez pas au courant visiblement…

Isabel rassembla ses nerfs sur le fauteuil de jardin.

— Non…

— D'où sortez-vous cette information ? s'interposa Rodolfo.

— D'après vous, pourquoi votre fille ne vous a rien dit ? poursuivit Rubén.

— Je ne sais pas, balbutia sa mère, ébranlée. Nous sommes une famille très catholique, Maria Victoria sait qu'un enfant en dehors des liens du mariage nous attristerait terriblement, mais… enfin, je ne comprends pas.

— Une idée du père ?

— Mon Dieu, non !

— Maria Victoria ne vous a présenté personne ? Jamais ?

— Non… Se marier n'est malheureusement pas une de ses préoccupations principales.

— L'arrivée d'un bébé a pu bouleverser sa vie, avança Rubén. Expliquer son silence ou sa fuite.

Rodolfo se dandinait sous le saule, exaspéré.

— Vous ne répondez pas aux questions qu'on vous pose, le recadra-t-il. Pour qui travaillez-vous ?!

— J'ai cru comprendre que Maria Victoria n'a pas toujours bien vécu son adolescence et les années qui ont suivi, le snoba Rubén. Elle s'est rebellée contre son milieu social ?

— Où voulez-vous en venir, monsieur Calderón ? se refroidit Isabel.

Il alluma une cigarette — quelque chose l'irritait chez ces gens, quelque chose qui n'avait rien à voir avec l'argent, le luxe ou quoi que ce soit d'ostentatoire.

— Maria Victoria ne s'est jamais engagée politiquement ? lança-t-il.

— Comment ça ?

— Contre votre mari et ses puissants amis, par exemple.

— Qu'est-ce que c'est que cette histoire ?! s'emporta Rodolfo. Ma sœur n'a rien à voir avec une communiste !

Rubén eut un sourire mauvais — drôle comme certaines personnes pouvaient user des extrêmes pour justifier la véracité de leur point de vue. Porcinet commençait à l'agacer.

— Votre mari a bâti sa fortune pendant le Processus avant de surfer sur la crise, lâcha-t-il à l'intention d'Isabel. Maria Victoria a pu se poser des questions sur l'acquisition de cette richesse.

— Vous êtes là pour quoi, Calderón ? fulmina le cadet. Remuer la merde ?!

— C'est comme ça que vous considérez la vie de votre sœur ?

— Non, s'empourpra Rodolfo. Votre métier !

— Je crois savoir que le tien n'est pas mal non plus, mon gros, l'asticota-t-il. Animateur radio, c'est ça ? Conneries et rires à gogo. J'espère que tu as dit merci à ton papa…

Le cadet rosit, engoncé dans sa chemise blanche — comique de service dans l'émission matinale d'une radio privée appartenant effectivement à son père, le job de Rodolfo consistait à faire chier les gens au téléphone en se faisant passer pour quelqu'un d'autre, coups de fil « pièges » la plupart du temps truqués qui amusaient on ne sait qui.

On n'entendit plus que le bruit des sécateurs parmi les rosiers et le bruissement du vent dans le saule qui les surplombait.

— Je ne passerai pas une seconde de plus en présence de cet individu, siffla Rodolfo à sa mère.

— Bonne idée, fiston, nota Rubén.

— Mets-le dehors, maman, ou j'appelle le service de sécurité.

— Oui.

Mais, pétrifiée derrière l'écran de ses lunettes, Isabel Campallo ne bougea pas. Rodolfo hésita une seconde : sa mère était bouleversée, cet oiseau de mauvais augure les provoquait, mais une peur diffuse le retenait de se charger de la besogne et son portable était resté dans la maison.

— J'appelle papa, dit-il sèchement, avant de tourner les talons.

Isabel serra le châle sur ses épaules faméliques, livide malgré la carotène et les vacances à la mer.

— Vous savez quelque chose, n'est-ce pas...

— Non. Non, mais mon fils a raison, se reprit Isabel. Je ne sais pas d'où vous tirez vos informations, mais je vous prie de vider les lieux. Sur-le-champ, ordonna-t-elle, retrouvant son statut dominant.

Rubén écrasa sa cigarette.

— Je cherche à savoir si votre fille est vivante : ça vous pose un problème ?

— Ça me rend folle d'inquiétude, si vous voulez tout savoir ! rétorqua Isabel.

— Vous savez quelque chose, la tança-t-il. Quelque chose que je ne sais pas...

Les flèches bleues de ses iris la traversaient de part en part.

— Non, dit-elle, agressée. Je ne sais rien et vous n'êtes pas le bienvenu chez nous. Partez, souffla-t-elle. Sur-le-champ !

Isabel se tourna vers le perron, fit un geste pour se lever mais il la retint par le poignet.

— Vous mentez, insista Rubén. Pourquoi ?

— Cessez de me tourmenter. Je n'ai rien à vous dire. Lâchez-moi.

L'air du jardin était chargé d'électricité. Rubén resserra son étreinte, sans presque s'en rendre compte.

— Vous me faites mal !

— Vous mentez.

— Non !

— Dites-moi alors ce qui vous fait peur.

Isabel Campallo frémit en croisant le visage du détective qui la fixait méchamment. Envie de lui casser le poignet. De lui broyer les os.

— Vous, répondit-elle d'une voix tremblante. Vous…

*

Un camion fendit le crépuscule en hurlant. Rubén écrasa sa cigarette contre le rebord du balcon, sourd au larsen des roues sur les plaques métalliques. Sa chambre donnait sur le pont de l'autoroute aérienne qui balafrait le quartier, à l'angle de la rue Perú et de San Juan. Les camions furibonds y passaient jour et nuit en vomissant leur gasoil, mais Rubén n'entendait plus que les pleurs du bébé sous les piliers de béton, les mêmes depuis quinze jours…

Une famille vivait en contrebas, un couple de *cartoneros* et deux enfants pouilleux qui n'avaient pas connu de lit ni d'école. Juste ce pont. Deux ans déjà qu'ils en avaient fait leur abri, avec des ustensiles de cuisine, des bouteilles d'eau, des conserves, ce pauvre foutoir qui constituait leur trésor. Un bébé venait de naître, un bébé catastrophe, le troisième, langé avec les moyens du bord. Où la mère avait-elle accouché : dans la rue ? Ceux-là ne ramassaient pas seulement les cartons, ils vivaient parmi eux. Une famille entière, anonyme, recyclée elle aussi. Ils s'étaient construit une barricade, une coquille vide qu'ils refermaient derrière eux la nuit venue pour se protéger du froid, des chiens errants, des paumés ; ils en ressortaient le matin, raides d'un sommeil sans mémoire, tout de guenilles et sales, incapables de dire merci aux rares passants qui leur donnaient la pièce.

Ils étaient devenus cartons.

Rubén oscilla dans la brise humide, les pleurs du bébé comme des réminiscences obsédantes. Le temps passa, à reculons. Tous ces sanglots, ces cris d'enfants qui couraient au plafond, ces petits pas d'orphelins insouciants au-dessus de sa cellule… Une haine sourde lui comprimait le cœur. Les premières étoiles apparurent dans le ciel mauve. Rubén ravala sa salive, les jointures blêmes. Il n'y eut bientôt plus qu'un fantôme pendu au balcon, et ce bébé qui braillait dans la nuit…

— Il reviendra, papa ?

— Bien sûr, pourquoi tu dis ça ?

— L'étranger, c'est loin. Et puis, il raconte toujours des histoires…

— Ouais. C'est même sa spécialité.

Rubén souriait en tenant la main de sa petite sœur — il la trouvait marrante. Et fine mouche : à deux ans déjà Elsa parlait presque couramment, sans prendre ces intonations de princesse gnangnan qui en attendrissaient certains. Sa jeune sœur avait la langue bien pendue, comme Lucky, le grand chien noir qui les escortait sur le chemin de l'école.

— L'étranger, c'est fait pour en revenir, décréta Rubén pour la rassurer. Autrement ça devient chez nous.

Elsa avait levé la tête vers l'adolescent aux cheveux longs qui lui serrait la main — ce qu'il faisait vieux pour même pas quinze ans ! — sans bien comprendre ce qu'il venait de dire, mais bon, elle fit semblant.

Leur père était parti en France depuis trois semaines mais Rubén avait changé, comme si c'était désormais lui, l'homme de la famille. Comme s'il savait des choses qu'on ne lui avait pas dites, comme si elle était trop petite : douze ans, ce n'était quand même pas une mioche ! Elsa était persuadée que son frère lui cachait quelque chose : même leur mère, d'ordinaire si sereine, n'était plus la même.

— Tu crois qu'on sera obligés de partir ? demanda-t-elle. De quitter la maison ?

— Ça te dérangerait ?

Elsa avait agité ses petites nattes brunes.

— Non. Enfin, un peu…

Rubén sourit devant les taches de rousseur autour de son nez, stigmates de ses moustaches de chat. Elle entrait au collège, ne connaissait pas encore grand monde. Silences plombés dans les rues de Buenos Aires, menace diffuse, professeurs engoncés dans des blouses qui ne semblaient pas les leurs, comme si la craie sur le tableau pouvait les trahir : à part le chien Lucky (mais ils pouvaient l'emmener), Elsa n'aurait rien regretté s'ils devaient quitter l'Argentine. S'exiler. Beaucoup l'avaient fait.

— C'est comment la France ? demanda-t-elle.

Rubén avait haussé les épaules.

— Plein de fromages, il paraît.

Elle rit. C'était le but.

Le Mundial *argentin était encore loin, quelques mois, la junte profiterait de l'événement pour resserrer le sentiment d'identité nationale, blouser les médias étrangers en poussant tout un peuple derrière son équipe de football : sous couvert de conférences, Daniel était parti en France organiser la résistance, dénoncer officieusement la supercherie de la Coupe du Monde auprès des journalistes qu'il serait amené à côtoyer ou des figures médiatiques qui avaient pris fait et cause pour leurs aspirations démocratiques. Il fallait gâcher la fête, retourner la situation à leur avantage. Rubén ne savait rien de tout ça. Les parents ne lui avaient rien dit, mais Daniel lui avait demandé de veiller sur sa sœur pendant son absence ; il serait l'homme de la situation…*

C'était la fin de l'été, le soleil courait sur les flaques abandonnées par l'orage qui les ramenait de l'école. Elsa et Rubén marchaient main dans la main, Lucky chassait le trottoir comme si une armée d'os fuyait sous sa truffe, ils arrivaient devant le fleuriste à l'angle de Perú et de San Juan : le chien avait d'abord stoppé son pas avant de baisser les oreilles. Une voiture surgit soudain de nulle part, manquant de renverser les bouquets entreposés sur le trottoir, une Ford Falcon verte sans plaques qui bloqua la rue. Trois hommes en civil jaillirent aussitôt des portières, armes au poing. Rubén tira sa sœur en arrière mais une main s'abattit sur sa nuque. Rubén se protégea sans lâcher Elsa, qu'il entendait hurler près de lui.

— Rubén !!!

Ils essayaient de les séparer. Lucky mordit l'un des assaillants, qui se mit à jurer, jusqu'à ce qu'un homme dégaine l'arme sous son blouson de cuir et vide son chargeur, d'abord dans les reins du brave chien, avant de l'achever d'une balle dans l'œil. Accrochée à son frère, Elsa hurlait de terreur. Rubén tenta de se dégager, frappait au petit bonheur, sa sœur aussi donnait des coups de pied désespérés, en vain ; les hommes les jetèrent à terre en les couvrant d'insultes, les empoignèrent en vrillant une arme sur leur tempe, les tirèrent sans ménagement vers la Ford et les précipitèrent à l'arrière. Rubén ne résistait plus. Il voyait trouble. Tout s'était déroulé en quelques secondes et du sang coulait sur ses paupières.

Le regard effaré du fleuriste, le cadavre de Lucky sur le trottoir, les passants statues de pierre, l'arrière de la Ford Falcon, les sacs de toile de jute où on fourra leur tête, le noir oppressant, les pleurs étouffés de sa sœur à ses côtés, son corps tremblant pressé contre lui sur la banquette, les insultes encore, les menaces, le trajet : le temps s'était contracté.

— Rubén…

— La ferme, sale mioche !

Des kilomètres d'angoisse. Enfin, le véhicule stoppa. On les tira de la banquette. L'obscurité se fit plus opaque derrière la cagoule quand on les poussa à coups de crosse vers un endroit plus frais. Interdit de parler, de bouger. Ils n'étaient pas seuls, Rubén le sentait dans les ondes : d'autres gens étaient retenus prisonniers, eux aussi effrayés. Une odeur de pneus, de cambouis. Il fallut qu'on arrache les cagoules pour que Rubén reprenne pied avec le réel. Une ampoule, qui les éblouit un instant, pendait au sous-sol d'un garage : ils étaient une douzaine sous la lumière crue, hommes et femmes confondus, à trembler comme des moutons devant les rires aigres des loups qui les cernaient. Des hommes jeunes pleins de morgue et de certitudes martiales, certains en tenue militaire, d'autres la chemise débraillée et le holster sous l'aisselle, mâchant leur chewing-gum bouche ouverte.

— Déshabillez-vous ! ordonna celui qui semblait être le chef.

Un coup de matraque eut raison des hésitations. On obéit, la peur au ventre. Leurs corps nus grelottèrent bientôt sur le ciment froid du garage Orletti. Elsa pleurait en silence, les pieds nus recroquevillés :

celui qui ouvrait la bouche se ferait corriger à mort, ils l'avaient dit, alors elle pinçait ses lèvres roses en laissant échapper des geignements de souris. Ils riaient de les voir nus — c'était amusant. Rubén osait à peine lever les yeux. Sa sœur était la plus jeune, la plus apeurée aussi : il devinait sa silhouette à ses côtés, affreusement gênée de se retrouver nue devant tous ces gens, avec ses petits seins qui pointaient, sa toison de jeune adolescente qui lui valait des remarques déplacées. Mais on ne rit pas longtemps : l'officier à moustaches aboya des insultes, « Chien de Rouges », « Hippies », « Communistes ». Rubén ne savait pas ce qu'on allait leur faire, même s'il avait surpris ses parents à parler des enlèvements un soir, dans la cuisine… Il ne flancha pas. Pas encore. On les sépara, les hommes d'un côté, les femmes de l'autre, dans le plus grand tumulte : les coups se mirent à pleuvoir sous l'ampoule obscène du garage.

— Rubén ! Rubén !!!

C'est la dernière image qu'il avait de sa sœur : un bout de femme tordue de larmes qui l'implorait de ses grands yeux verts, tentant désespérément de croiser les cuisses sur son sexe pubère. Elsa qui l'appelait au secours et qu'on tirait brusquement en arrière pour l'emporter, au milieu des cris d'épouvante :

— RUBÉN !!!

Le rugissement des camions perçait depuis le balcon de la chambre. Rubén respira la robe qu'il serrait entre ses mains, sa préférée, la rouge orangé, avec le petit col noir : profondément. L'odeur s'était volatilisée depuis longtemps, il la sentait pourtant à volonté.

« Un disparu, c'est quelqu'un qui n'est pas là, et à qui on parle »...

Revenant de son exil à la campagne, Rubén avait trouvé les vêtements d'Elsa à leur place, soigneusement pliés dans le placard de sa chambre d'enfant. Leur mère n'y avait pas touché. Elle ne toucherait aucune affaire, stylo ou paire de chaussures, jusqu'à ce que son mari et sa fille « réapparaissent en vie », le slogan des Mères de la place de Mai. Mais ni Daniel ni Elsa n'étaient revenus. Ils ne reviendraient pas. Comme des milliers d'autres, ils resteraient à jamais des fantômes. Enfin, les années passant, Rubén avait proposé à sa mère de donner les vêtements de sa sœur aux nécessiteux — la ville n'en manquait pas et, même si par miracle Elsa revenait un jour, ses habits ne lui iraient plus, n'est-ce pas ? Elena avait accepté, de guerre lasse. Peut-être était-ce mieux ainsi... Mais Rubén avait menti à sa mère. Il n'avait pas donné les vêtements de sa sœur aux pauvres : il les avait transportés jusqu'à l'appartement de la rue Perú qu'il venait d'acheter, face au carrefour maudit de San Juan où on les avait enlevés un jour d'été 1978. Il avait rangé les affaires d'Elsa dans le placard de sa chambre, le Placard interdit, qu'il veillait toujours.

Toutes ses robes étaient là, pliées sur l'étagère du haut, la rouge orangé qui rappelait ses taches de rousseur et les autres, ses tee-shirts, ses shorts. Rubén dormait avec les restes de sa sœur, ses petits os tristes et le cahier d'écolier où il avait enfermé leur cauchemar.

Proie.

Ou charogne.

Rubén reposa la robe, ferma les yeux en souhaitant ne plus jamais les rouvrir.

— Mon petit coquelicot…

La pluie tombait quand elle sonna à l'interphone.

7

Jana était grande pour une Indienne, une femme svelte aux cheveux mi-longs aussi noirs que son regard, dont la tristesse ancestrale semblait dégouliner avec les gouttes de pluie sur le paillasson.

— Vous êtes Rubén Calderón ? dit-elle d'une voix éraillée.

— Oui…

Une Mapuche d'après ses yeux en amande. Elle portait un treillis sombre et moulant, une vieille paire de Doc au bout élimé, un blouson de toile à demi trempé qu'elle tenait à la main et un débardeur qui soulignait ses épaules rondes. Pas de soutien-gorge — pas besoin.

— On m'a dit que vous recherchiez des disparus, fit-elle. Le fils de la blanchisseuse, en bas de chez vous…

— Oui. Oui, entrez… (Rubén sortit de ses brumes, présenta le fauteuil club qui faisait l'ordinaire de ses visiteurs.) Asseyez-vous.

— Je m'appelle Jana, dit-elle. Je préfère rester debout.

La sculptrice fit un bref panoramique de l'agence

— cuisine américaine, bibliothèque, bureau en capharnaüm avec lampe 1900 et des avis de recherches de disparus punaisés au mur, des témoins de procès enlevés, des dizaines de visages qui semblaient la regarder depuis leur tombeau sans sépulture. Jana se retourna vers le détective qui venait de refermer la porte blindée, reconnut le tableau au-dessus du canapé sixties — *Les Ménines* de Velázquez.

— C'est un original ? fit-elle d'un air badin.

Il sourit.

— Café ?

— Non.

— Autre chose ?

— Non, rien, merci.

Paula avait raison au sujet de Calderón — une pure élégance comparée à ses fripes, et deux yeux anthracite piqués de petites fleurs myosotis dont l'éclat bleu translucide la laissa sans voix. On aurait dit qu'il venait de pleurer…

— Je vous dérange peut-être ?

— Non, mentit-il. Je ne vous aurais pas fait monter.

Jana se détendit un peu.

— Calderón, c'est votre vrai nom : comme le poète ?

Le détective releva les sourcils.

— Vous connaissez ?

Jana haussa les épaules. La poésie noire de Daniel Calderón l'avait bercée dans les ténèbres — et leur avait tordu le cou. L'écrivain avait disparu pendant le Processus, comme Haroldo Conti, Rodolfo Walsh… Torturés, battus, liquidés.

Rubén n'avait pas envie de parler de son père.

— On peut savoir ce qui vous amène ?

Jana oublia les visages des morts sur le mur et les petites fleurs bleues qui envoyaient des signaux de détresse.

— Il y a eu un crime l'autre nuit sur le port de La Boca, répondit-elle. Le cadavre d'un homme retrouvé au pied de l'ancien transbordeur… Vous êtes au courant ?

— Oui, j'ai vu ça dans le journal.

— Vous avez de bons yeux, c'est presque passé inaperçu… (Rubén alluma une cigarette du paquet qui traînait sur la table basse, la laissa poursuivre.) La victime est un ami à nous, dit Jana. Luz, un travesti qui tapinait sur les docks. La police a tu l'info mais Luz a été torturée avant d'être jetée dans le port. On l'a émasculée, ajouta-t-elle, la voix plus grave. Je crois aussi qu'on l'a violée.

— Comment vous savez ça ?

— On cherchait Luz quand on est tombées sur les flics de La Boca, qui remontaient son cadavre sur les quais. Ils nous ont embarquées au commissariat pour nous interroger, mais ils ont refusé de prendre notre déposition et nous ont foutues dehors, expliqua-t-elle. Je les ai rappelés ce matin pour savoir où en était l'enquête, mais ils m'ont envoyée balader. Il faut que quelqu'un s'en occupe. Le type qui a massacré Luz ne s'en tiendra pas là, affirma-t-elle. Personne ne pouvait lui en vouloir, je veux dire personnellement : le tueur est un malade, un pervers de la pire espèce.

Rubén la dévisageait, elle et ses yeux noirs passés à l'eau de pluie.

— Mon travail consiste à rechercher les disparus et leurs bourreaux, soupira-t-il. Désolé, mademoiselle, les affaires privées ne sont pas de mon ressort.

— Le fils de la blanchisseuse est travesti lui aussi : c'est mon seul ami et j'y tiens, fit Jana. Un tueur s'en prend aux trav' de La Boca, les flics s'en fichent et je ne veux pas que Paula soit la prochaine sur la liste.

— Votre ami aussi se prostitue ?

— Tous n'ont pas la chance de faire du music-hall.

— Ni de vieux os.

— C'est pour ça que je suis venue vous voir, rétorqua-t-elle. Personne n'a vu Luz avant le meurtre, ni sur les docks ni ailleurs. On ne sait pas ce qui s'est passé, si le tueur est un client ou un sadique : on sait juste que Luz a laissé un message sur le portable de Paula dans la nuit pour lui parler d'une chose importante, et qu'on l'a retrouvée au petit matin dans le port… Paula l'avait prise sous son aile, ajouta-t-elle comme une explication. (Jana tira une feuille de son treillis, une page arrachée d'un bloc-notes.) Je n'ai pas de photos de Luz à vous donner, mais je l'ai dessinée… De mémoire, dit-elle en lui présentant le papier. Si ça peut vous aider…

Un bus passa dans un bruit de tonnerre, faisant vibrer les vitres de l'agence. Rubén déplia la feuille qu'elle lui tendait, découvrit le visage d'un jeune homme aux yeux mélancoliques… Un dessin au fusain.

— Vous êtes artiste ? dit-il en relevant la tête.

— Sculptrice. Je vous ai mis au dos la liste des lieux où Luz et Paula ont l'habitude de traîner la nuit. Ma copine est allée faire un tour hier, elle n'a rien trouvé mais vous pouvez être plus chanceux. Il y avait de la musique en bruit de fond sur le message de Luz. Un endroit public visiblement…

Jana tenait sa veste trempée dans les mains, cherchant à décrypter les pensées de l'homme derrière son rideau de fumée. Il se tenait devant la table basse du coin salon, un peu plus grand qu'elle.

— Alors, c'est d'accord ?

Rubén lui redonna son dessin.

— Désolé, je ne connais rien au milieu des travestis. Et puis surtout je n'ai pas le temps.

— Mais vous allez accepter, rétorqua Jana.

— Ah oui ? Qu'est-ce qui vous fait croire ça ?

— Parce que c'est la seule façon de découvrir ce qui est arrivé.

Elle parlait par syllogismes. Rubén posa le dessin qu'elle refusait de prendre sur la table.

— Vous vous trompez sur mon compte, dit-il. Je ne suis pas l'homme qu'il vous faut : pas pour ce genre d'enquête.

— Vous n'en savez rien avant d'avoir essayé, insista Jana. Aidez-moi à arrêter ce salopard avant qu'il ne s'en prenne à quelqu'un d'autre. Avant qu'il s'en prenne à ma copine.

Rubén s'enfuma un peu plus. Il n'aurait jamais dû la faire monter.

— Je m'occupe des disparus de la dictature, répéta-t-il. Que des disparus.

— Paula est obligée de tapiner pour vivre. J'ai peur pour elle, de ce qu'on pourrait lui faire : vous comprenez, ou vous aussi vous êtes en pierre ?

Des larmes avaient séché au fond de ses yeux noirs, il y a longtemps. Rubén contemplait le désastre quand Jana fit un pas vers lui.

— Je n'ai pas d'argent mais je peux vous payer autrement, dit-elle crânement.

Rubén se figea quand elle posa sa veste sur le dossier du fauteuil.

— Je n'ai pas besoin d'argent, dit-il.

— Mais vous devez avoir envie de me baiser.

Il la jaugea brièvement.

— Non.

Ses pupilles brillaient. Menteur.

— Ne faites pas le gentleman gominé, railla Jana avec cynisme. Tout le monde a envie de baiser. Et puis je m'en fiche.

Rubén écrasa le mégot qui lui brûlait les doigts.

— Je suis désolé pour vous.

— Vous êtes bien le seul.

Ses yeux d'Indienne le fixaient comme un loup dans la mire.

— Vous avez tapé à la mauvaise porte, mademoiselle. Je ne peux rien pour vous. Encore moins de cette manière. Je ne suis pas un profiteur de guerre, ou de désespoir, appelez ça comme vous voulez.

Jana avait la gorge sèche. Elle le défia de son mètre soixante-quinze.

— Je ne vous plais pas ?

Le monde était lâche autour d'eux.

— Rentrez chez vous, dit Rubén, soudain las.

Jana n'avait pas desserré les mâchoires — ça lui apprendrait à demander l'aide d'un *winka.* Le rouge lui montait aux joues quand elle songea à sa poitrine de rat sous son tee-shirt. Sûr qu'il devait être dégoûté, le *Porteño* aux belles mains délicates, sûr qu'il devait être habitué à une autre camelote. La honte allait la minéraliser, là, au milieu de l'agence.

— Je suis désolé, répéta Rubén en voyant les larmes perler à ses paupières. Je n'ai pas le temps en ce moment, mais j'ai une copine flic qui connaît son métier : je peux lui en toucher deux…

— Laissez tomber, coupa-t-elle.

Jana empoigna sa veste et quitta la pièce sans un regard pour le détective : un courant d'air l'aida à claquer la porte blindée, animant un bref instant les visages des morts sur le mur…

L'orage tonnait par la fenêtre entrouverte. Rubén resta immobile, triant des sentiments contradictoires. Une chape de cafard tomba sur ses épaules, inexorable. Il vit le bloc-notes abandonné sur la table, le visage au fusain que l'Indienne avait fait pour lui, persuadée sans doute qu'il accepterait sa proposition… Une boule de pitié se ficha dans sa gorge — le dessin était magnifique.

*

Jana avait reçu un couteau de son arrière-grand-mère, sur son lit de mort. Angela était la dernière femme selk'nam, ce peuple cousin des Mapuche qui avait vécu des siècles en Terre de Feu. Des bateaux de pêche étaient arrivés un jour sur leurs îles froides et glacées, avec leurs maladies et leurs armes, et les Selk'nam étaient tous morts. Il ne restait plus qu'elle, Angela, si vieille que ses mains n'étaient plus que rides. Jana n'avait que sept ans mais elle était la fille aînée, et un peu de sang selk'nam coulait dans ses veines. Angela avait donné son vieux couteau à manche d'os de baleine à la petite, que son souvenir au moins se perpétue : elle lui avait surtout livré le secret du Hain, ce théâtre fantastique. Jana avait gardé l'un et l'autre, au chaud dans sa mémoire, pleine d'histoires que la vieille femme lui contait depuis son plus jeune âge : Shoort, Xalpen, Shénu, Kulan descendue du ciel pour tourmenter les hommes, des histoires fabuleuses…

Jana avait grandi dans la pampa du Chubut, parmi les plaines les plus fertiles du monde. Pour elle alors, il y avait surtout deux vaches, une génisse timide qu'il avait fallu aller chercher au fond du ventre de sa mère, *Eyew* (« là-bas » en mapudungun), et sa sœur *Ti kude* (« la vieille », allez savoir pourquoi). Enfant câline, vive et curieuse, Jana connaissait le son des herbes hautes et du vent qui leur courait dessus, déchiffrait ses voix multiples, les cordes aux sons lugubres ou les sifflements brefs des tiges raides comme des fils de fer, les gémissements du vent qui s'enflaient et mouraient entre les joncs lisses des marécages, porteur de pluie fine ou d'orage. La platitude des lieux lui faisait voir ce qu'on devine, deviner ce qu'on ne voit pas. Jana avait onze ans et, comme toutes les petites filles mapuche de la campagne, savait peu de choses du monde alentour. Elle connaissait la voix déterminée de son père, les mains ouvrières et le sourire rare de sa mère, les courses et les bagarres avec ses frères, mais elle ne connaissait pas encore les *winka* — les étrangers. Traditionnellement, l'État et la société occidentale étaient considérés par les Mapuche au mieux comme un corps étranger, au pire comme un ennemi irréductible. Pour elle, ils n'étaient encore que des silhouettes abstraites, des noms.

Certains venaient parfois chez eux avec leurs grosses voitures, leurs costumes étriqués et leurs cravates. Ils discutaient avec son père *werken*, le messager de la communauté, Cacho, dont l'éloquence l'autorisait à parler au nom des autres. De son savoir-faire dépendait leur sort à tous. On comptait sur lui, car les problèmes se multipliaient. Cacho devenait plus sombre de jour en jour. Il n'avait pas parlé à ses enfants des expulsions qui frappaient la communauté, de leurs revendications pour garder leurs terres ancestrales — qu'ils continuent d'aller à l'école, fassent des études et deviennent avocats pour défendre les droits de leur peuple.

Personne ne se doutait de ce qui arriverait. Jana dormait dans son lit, avec sa sœur, quand les carabiniers avaient fracassé la porte de la maison. Des géants aux crânes de fer avaient fait irruption chez eux en hurlant comme des diables, armes au poing. Les filles s'étaient réveillées, terrorisées. Ils les avaient tirées hors du lit avant de les jeter dans les bras de leur mère, qui tremblait de peur dans la cuisine avec le reste de la famille. Ils les avaient insultés en castillan, cassant tout ou le peu qu'ils avaient, avec une frénésie féroce. Les crampons de leurs bottes projetant le mobilier contre le mur, leur carrure militaire, leurs voix de poutre qui s'écroulent sur vous, les insignes guerriers sur leurs uniformes, leurs casques : Jana était restée pétrifiée, hypnotisée par la fureur de leur violence.

Quand il n'y eut plus rien debout, quand tout fut mis en miettes, ils se mirent à battre son père, le messager, à coups de rangers et de matraque sur le crâne, la colonne vertébrale ; les carabiniers y allaient au défouloir, à plusieurs, gueulant pour s'encourager pendant que le *werken* mordait la poussière. Sa femme geignait comme le font les pumas devant le fusil du chasseur, écrasée par la peur, serrant ses filles contre sa chemise de nuit. Jana ne voyait qu'eux : les *winka* étaient laids, effrayants, hauts comme des grues détruisant tout sur leur passage, vociférant des insultes qu'à onze ans elle ne comprenait pas. Battu, gisant parmi les débris de la cuisine dévastée, son père ne protestait plus. Un filet de bave sanguinolente s'épanchait de ses lèvres éclatées. Les paupières closes, Cacho ne vit pas les hommes casqués écarter les enfants pour s'emparer de sa femme. Jana, elle, avait vu.

Elle avait vu le Mal, dans les yeux. Elle avait vu sa figure blanche et grimaçante, pupille contre pupille, et sa mère gémir de terreur quand ils avaient arraché sa chemise de nuit en riant, pour l'humilier.

Jana avait onze ans et depuis ses seins n'avaient plus poussé. Pas le moindre frémissement. Les jours, les mois, les années étaient passés mais sa poitrine était restée désespérément sèche, une terre aride, privée de vie, comme ses ancêtres chassés de leurs terres. Sa poitrine était devenue son tabou, sa douleur et sa honte. Une insulte suprême et cruelle à la féminité dont tous les hommes se gausseraient, des seins d'os, de terre brûlée, deux poissons crevés à la surface, des papillons épinglés, des seins qui n'avaient rien à donner, ou du lait de sang caillé, des seins sans femme et qui n'auraient jamais d'enfants : à onze ans, Jana s'était auto-amputée.

Elle n'en avait pas parlé, ne les montrait à personne, jamais, pas même à Paula. Le premier garçon avec qui elle avait fait l'amour n'avait pas posé de questions, les suivants ne pensaient qu'au sexe, Furlan à ses sculptures, aucun autre homme n'avait compté plus que le temps de se soulager... Jana écrasait ses maxillaires au volant de la Ford — elle croyait quoi, qu'elle allait amadouer Calderón avec ses sales petits monstres ?!

Les essuie-glaces ramaient sous l'orage. Vega 5510, Palermo Hollywood. Paula attendait devant le Niceto, à l'abri de la pluie, quand elle aperçut les phares de la guimbarde : le travesti fit claquer ses talons sur le trottoir, son sac zébré sur la tête pour protéger sa perruque, courut sans s'étaler sur les pavés, ouvrit la portière et fondit en sanglots dans les bras de Jana.

— Qu'est-ce qu'il y a ? s'inquiéta-t-elle bientôt. Ça s'est mal passé ?

Elle tentait de la calmer mais ses frêles épaules tressautaient sous son manteau perlé de pluie. Impossible de l'arrêter. Jana repoussa doucement sa copine, qui étalait son rimmel sur ses joues échaudées après l'entrevue de tout à l'heure.

— Alors ?

— Je… je suis prise pour la revue, hoqueta le travesti. Un désistement… J'ai vu le chorégraphe, Gelman. Il m'engage pour les trois dates à Buenos Aires… C'est… inespéré, Jana, tellement inespéré !

La Mapuche eut un rictus de joie bagarreuse devant les larmes du travesti : ce n'était pas trois spectacles dans une boîte à la mode qui allaient sortir Paula de l'ornière, des pipes dans les bagnoles et des dents déchaussées au hasard des mauvaises rencontres, mais les premiers pas étaient les plus difficiles, n'est-ce pas ?

— C'est formidable, ma vieille, je suis sûre que tu vas faire un malheur ! Allez, la rabroua-t-elle gentiment, arrête de pleurer, tu fous du rimmel partout !

La pluie tombait toujours sur le pare-brise étoilé de la Ford. Un bonheur confus l'étreignait, si fort qu'il fallut deux bonnes minutes à Paula pour reprendre ses esprits. Jana lui tendit le paquet de mouchoirs qui prenait la poussière sur le vide-poches, l'aida à sécher ses larmes.

— Merci, renifla-t-elle. Merci... Et toi, au fait ? lança le travesti, à peine remis de ses émotions. Le détective, ça a donné quoi ?

— Il m'a envoyé sur les roses, se rembrunit la sculptrice.

— Ooh...

— Ouais.

— Je suis déçue, s'attrista Paula. Il avait pourtant la tête d'un mec sympa.

— Tu vois, ça ne suffit pas.

Jana avait marché un quart d'heure sous l'orage avant de reprendre la voiture, pour se calmer — oui, elle s'était vraiment comportée comme la dernière des connes.

— Mais c'est pas grave, décréta-t-elle. On va se débrouiller sans lui.

— Ah ?

— La semaine prochaine la troupe aura quitté le Niceto et tu te retrouveras à la rue. Hors de question que tu traînes avec un tueur dans les environs. Luz a peut-être laissé des papiers dans son squat qui permettront de l'identifier : à partir de là, les flics seront obligés de prévenir sa famille et mener une enquête digne de ce nom. Tu sais où habite Luz, non ? Allons voir chez elle si on trouve quelque chose.

Un silence cosmétique passa dans l'habitacle.

— Dans le *barrio* ? déglutit Paula. En pleine nuit ?

— Ne t'en fais pas : à cette heure, il n'y a plus personne.

— Justement, si on nous attaque ?!

Sa grimace faisait trois fois le tour de sa bouche. Jana eut un rire bref qui leur fit un bien fou — elle aussi était à bout de nerfs.

*

La pauvreté s'était diluée dans le damier portègne. Contrairement aux bidonvilles du *Gran Buenos Aires* installés sur des décharges ou des zones inondables, les *barrios* formaient des poches au cœur même de la ville. Les gens qui s'y pressaient connaissaient des conditions de vie insoupçonnables dans l'imaginaire de la classe moyenne, sans équivalent sur le continent sud-américain. Expulsés du centre durant la dictature, réoccupant les espaces libres au retour de la démocratie, ils étaient aujourd'hui cent cinquante mille à vivre disséminés dans les *barrios*, manquant de tout — eau potable, éducation, médicaments. Analphabétisme, violence et délinquance complétaient le tableau d'une population pauvre qui, ici comme ailleurs, n'était pas à la noce.

Coincée derrière la gare routière de Retiro, où transitaient employés venus des banlieues et touristes en partance pour les chutes d'Iguazú, la Villa 31 était le bidonville le plus voyant de Buenos Aires. Luz habitait le terrain vague voisin, cinq hectares laissés vacants en bordure de la gare ferroviaire de San Martín, que des centaines de familles souvent étrangères avaient investis quelques mois plus tôt dans l'effervescence — et quelques coups de feu pour régler les contentieux. Francisco Torres, le maire, avait envoyé les forces de police mais les squatteurs les avaient repoussées, revendiquant les terrains et l'accès à l'eau et l'électricité.

Avec les trous qui gagnaient le plancher, la serviette de bain coincée dans la portière pour protéger de la pluie, la Ford de Jana ne déparait pas beaucoup le décor : elles arrivaient en zone sinistrée, une succession de baraquements faits de bric et de broc difficilement identifiables dans la nuit. D'après Paula, qui avait aidé sa protégée à aménager, Luz habitait une bicoque près d'une étable.

Le chemin de terre qui traversait le *barrio* était jonché de détritus : la Ford jongla avec les nids-de-poule et les chiens endormis, défiant les ombres qui dansaient au bout des phares. Elles dépassèrent quelques habitations sans éclairage où s'entrecroisaient des raccordements sauvages, avant de tomber sur l'étable en question. Luz squattait le logement voisin, un amoncellement de briques rouges et de parpaings surmonté d'une tôle ondulée.

Jana éteignit les phares de la voiture, les plongeant aussitôt dans le noir. L'endroit était sinistre, désert.

— Allons-y, dit-elle en attrapant la lampe dans le vide-poches.

Elles refermèrent les portières avec précaution, comme si les ténèbres pouvaient les trahir. Paula avait beau marcher sur un fil d'or, ses talons glissaient dans la bouillasse.

— Ça va, Lady Di ? souffla Jana.

— Putain, maugréa-t-elle en se rattrapant à son bras.

Deux points lumineux apparurent dans le faisceau de la torche : les yeux d'un chien galeux qui rôdait derrière la baraque. Un cadenas gisait à terre. Plus de chaîne. Jana poussa la porte branlante et, guidée par la lampe, balaya l'intérieur du squat. Les ustensiles de cuisine, les meubles bricolés, le placard à vêtements, le paravent de tissu oriental, les tentures sur les murs de brique : tout avait disparu. Il ne restait que les fenêtres bâchées de sacs plastique, qui battaient dans la brise nocturne. Les voisins, sans doute, avaient embarqué ce qu'ils pouvaient… Jana inspecta le sol, trouva des emballages de nourriture, des bouts de plastique, de pinces à linge, de photos de magazine piétinés.

— Si Luz avait des papiers, ils ont dû disparaître avec le vol des corbeaux, dit-elle.

— Hum…

Paula pensait aux perruques. Luz avait commencé par des articles bon marché, la chevelure la plus longue possible alors qu'elle accentuait la masculinité des traits, mais Paula avait choisi pour elle une perruque plus courte, qui avait transformé son visage.

— Les perruques, chuchota-t-elle dans l'obscurité.

— Quoi, les perruques ?

— Luz avait une boîte à chapeaux que je lui ai offerte en arrivant ici. Elle la cachait forcément quelque part. Les belles perruques coûtent une jambe : Luz ne les aurait jamais laissées en évidence dans le squat. Sans perruque, on n'est rien, ajouta le trav'. Si elle avait des choses précieuses ou importantes à mettre quelque part, c'est là.

Le vent s'engouffrait par les plastiques éventrés. Jana balaya le sol du squat.

— En tout cas, ça m'étonnerait qu'il y ait une trappe mystérieuse sous ce tas de merde…

Paula serra son manteau crème sur son décolleté pendant que la Mapuche sondait les murs de brique ; l'épaisseur était partout la même, excepté entre le coin cuisine et la chambre, où la cloison était plus large… Jana se pencha, nota qu'une douzaine de briques n'étaient pas cimentées aux autres. Elle tendit la torche à sa copine, qui grelottait dans son dos.

— Tiens, éclaire-moi au lieu de te branler.

— Aaah ! s'offusqua Paula pour la forme.

Jana cala la lame de son couteau dans l'anfractuosité et dégagea rapidement une première brique. Les autres suivirent avec plus de facilité. Enfin, elle tira un objet rond du mur.

— C'est elle, fit Paula par-dessus son épaule.

La boîte à chapeaux qu'elle lui avait offerte. Jana l'épousseta avant de l'ouvrir. Il y avait bien une perruque à l'intérieur, un carré court blond vénitien que Luz portait souvent, un boa, une paire de gants de velours noir, un stylo plume rose, mais aussi des enveloppes. Des dizaines de lettres cachetées, sans timbres, toutes destinées à la même adresse : M. & Mme Lavalle, Junín… Ses parents ? La Mapuche fouilla le fond de la boîte, trouva deux tubes d'aspirine, dont elle vida le contenu au creux de sa main : des petits sachets renfermant des cristaux apparurent à la lumière de la torche. Elle goûta du bout de la langue, grimaça : du *paco* visiblement, résidus chimiques qui démolissaient les plus fauchés… Paula se fissurait sous son fond de teint.

— Pas droguée, hein ? maugréa Jana.

*

Elles avaient regagné la friche avant de lire le contenu des enveloppes, une vodka glacée pour se remettre.

Il y avait une trentaine de lettres, écrites sous la forme d'un journal intime, pour le moins étrange… Orlando « Luz » Lavalle semblait entretenir une correspondance avec ses parents, dans le plus pur style sud-américain. Les premières missives dataient de son arrivée dans la capitale fédérale. Orlando y racontait la beauté de Buenos Aires, l'abondance de ses musées, ses parcs enchanteurs où les chats dormaient entre les sculptures néo-romantiques, l'architecture des bâtiments publics, l'opéra, si parisien. Une âme d'esthète animait les lignes fiévreuses du jeune homme, archétype du provincial débarqué à la ville. Dans les lettres suivantes, Orlando racontait qu'il avait trouvé un premier job comme plongeur, puis garçon de café, enfin serveur dans un restaurant de Florida, l'artère du centre-ville. La paye selon ses mots était bonne, et il espérait quitter la chambre sous les toits qu'il louait un puits d'or à un vieux roublard acariâtre répondant au nom d'Angelo Barbastro. Les lettres suivantes évoquaient sa rencontre avec Alicia, une jeune femme qu'il croisait souvent au restaurant, Alicia qui lui avait demandé un soir à quelle heure il finissait son travail pour qu'il la rejoigne dans un café à la mode de Palermo, où la jeunesse bohème se retrouvait. Alicia était peintre et belle comme le jour qui les avait réunis. Elle avait remarqué les croquis des clients qu'Orlando s'amusait à gribouiller lors de ses pauses. Alicia estimait le portrait qu'il avait fait d'elle particulièrement réussi ; elle avait beaucoup d'amis artistes, des gens étonnants de gaieté qui l'aideraient s'il voulait. Tous les espoirs étaient permis pour qui travaillait dur : le prix de la passion, les galères, Orlando était prêt à tout. Et puis un soir Alicia l'avait raccompagné jusqu'à sa chambre de bonne, ils s'étaient embrassés en bas de l'immeuble et depuis ne se quittaient plus, les amis artistes finissaient de l'adopter, ses dessins formidables, bla-bla-bla... Orlando fantasmait, de bout en bout.

La réalité c'était la crasse, la faim, la peur, se lever dans le froid ou la chaleur étouffante d'un squat sans eau ni électricité, aller chier dans un champ d'ordures, s'asperger dans la bassine, aider le collecteur de farine à confectionner le pain, nourrir les gamins aux yeux collés de mouches, se préparer enfin pour sortir, rêver le temps d'un reflet dans le miroir avant de retrouver les coups, les menaces, les flics, les supporters violents et homophobes qu'il fallait éviter sous peine de finir édenté comme Paula, Jil la lesbienne aux poings de fer à l'entrée du Transformer, Jorge l'addict à la cocaïne et les autres, la réalité c'était Luz, le petit trav' qui tapinait au bout des docks et qu'on s'envoyait pour quelques pesos quand on ne lui fichait pas une raclée pour lui apprendre à être pédé, le *paco* qu'il refourguait à d'autres paumés, tous ces mensonges pathétiques que Luz/Orlando s'inventait pour tenir le coup sans froisser ses parents, qui pourtant n'en savaient rien.

Paula se sentait trompée, trahie. Non seulement son protégé ne lui avait pas tout dit, mais il avait menti à tout le monde. Jana aussi faisait grise mine sur la banquette de l'atelier. Le jeune travesti n'avait pas été victime d'un crime barbare au hasard des docks : on l'avait assassiné pour une raison précise, et qui leur échappait...

8

Une odeur d'encens flottait depuis les allées de marbre. Rosa Michellini tira un peu plus le rideau de tissu du confessionnal, comme si quelqu'un pouvait la surprendre. L'église était pourtant vide à cette heure.

— Vous avez parlé à votre fils ? demanda le frère Josef.

— Oh, non ! Mon Dieu, non !

— Mais l'histoire dont vous m'avez entretenu l'autre jour, insinua le prêtre.

Rosa jeta un regard de perruche à l'homme en chasuble qu'elle devinait derrière les croisillons : de quoi parlait-il ?!

— Votre fils, Miguel, reprit-il d'une voix douce. Vous vous souvenez ?

— Oh, oui ! s'esclaffa sa mère, comme sauvée par le gong. Oui, je lui ai dit de se faire soigner ! Qu'il avait la maladie des femmes ! C'est ça, se souvint-elle : je lui ai dit d'aller chez le docteur !

Elle tripotait son rosaire comme dans sa tête comptent les Chinois.

— C'est tout ?

— Parlez pour vous, mon père ! s'enhardit la vieille femme. Après tout ce que j'ai dû supporter pour lui ! Cette nuit encore il est rentré à pas d'heure !

Rosa ne s'en souvenait plus. Trop de crapauds à coasser dans sa mare.

— Vous ne lui avez rien dit d'autre ? réitéra le prêtre. Vous ne vous rappelez pas de tout, vous savez. Les voies du Seigneur sont impénétrables, mais le repos de votre âme passe par la confession. Parle, et Dieu t'aidera.

— Oui… Oui.

Mais Rosa Michellini semblait de nouveau absente : elle déchira le bulletin de messe sur ses genoux en petits morceaux, qu'elle roula avec une maniaquerie étrange. Un signe de grande nervosité, songea le prêtre, qui l'avait déjà vue faire avec ses cheveux — un spectacle au demeurant assez effrayant.

— Rosa, dit-il sur un ton apaisant. Rosa, je peux vous aider…

La blanchisseuse sourit aux anges, sensible à la caresse de sa voix. Brève accalmie sous un crâne en tempête : elle priait, elle priait pour Miguel pourtant, elle priait nuit et jour pour le salut de son corps et de son âme dénaturés, Rosa n'en pouvait plus de prier pour rien, comme si ses mains jointes n'étaient pas les bonnes, qu'elles aussi payaient pour des fautes qu'elles n'avaient pas commises, ou pas vraiment — pas toutes seules… C'est vrai, après tout, songeait-elle, son mari aussi était dans le coup, même si c'est elle qui avait insisté pour avoir un enfant, on peut dire que le pauvre homme s'était fichtrement mal débrouillé !

Elle roulait nerveusement ses billes de papier, l'esprit ailleurs.

— Vous n'avez rien dit à votre fils de la visite que vous avez reçue la semaine dernière ? insista le frère Josef, tout de velours.

— Je ne reçois jamais de visite ! certifia Rosa, sursautant sur son fauteuil de handicapée. Miguel encore moins : je ne le lui permettrais pas !

Elle goba une boulette sans même s'en apercevoir.

— Rosa, je vous parle de la visite dont vous m'avez parlé le jour où vous êtes venue, avec le papier. Vous vous souvenez ? Vous l'avez toujours ? Vous l'avez montré à votre fils ?

— Rien du tout !

— Que voulez-vous dire ?

— Vous savez qu'il prend des pilules ?! Je l'ai vu faire l'autre jour dans l'arrière-boutique : des hormones, j'en suis sûre ! Pour se faire pousser les seins ! s'emporta la malheureuse. Vous verrez qu'un jour il se fera réduire la verge ! Aah ! Mon Dieu ! gémit-elle dans le réduit du confessionnal. Mon Dieu, qu'ai-je fait pour mériter tout ça ?! La vie est une chierie ! Je vous en prie, frère Josef, sauvez-moi : sauvez-moi du Mal !

Le jeune prêtre se racla la gorge, garda sa constance.

— Le document que vous m'avez montré, Rosa, vous l'avez toujours ?

— C'est un secret !

— Oui, oui, tempéra-t-il. Vous l'avez dit à quelqu'un d'autre ?

— Hein ?

— À Miguel, votre fils, peut-être ?

— Il faut que vous veniez lui causer ! s'agita la handicapée. Tout de suite ! Il faut que vous veniez avant qu'il ne soit trop tard !

— De… de quoi parlez-vous, Rosa ?

— De sa verge ! fit-elle en gobant une boulette du bulletin de messe. Le démon est capable de tout ! Même de se la couper ! C'est affreux ! Il faut… il faut que vous m'aidiez ! s'étouffa-t-elle.

La blanchisseuse toussa, prise d'une quinte ravageuse, jusqu'aux larmes. Le frère Josef soupira à l'ombre des croisillons, perplexe : cette vieille femme devenait démente.

— Soit, dit-il enfin. Je viendrai parler à votre fils…

Des résidus de papier mâché s'accrochaient à ses lèvres.

— Ha ha ! s'étrangla Rosa. Gare à lui ! Cette fois-ci, gare à lui ! Ah, ça va barder !

Oui, songea le prêtre, de jour en jour plus démente…

9

Rubén et Anita Barragan avaient grandi dans le même quartier, San Telmo. D'abord de loin — la petite fille était décemment trop blonde pour qu'il s'y intéresse — avant qu'Anita ne prenne dix centimètres l'année de ses douze ans.

La métamorphose n'était pas passée inaperçue dans le quartier, mais le problème d'Anita restait le même : ce fichu visage, qu'elle cachait sous ses cheveux devenus châtain clair, la frange comme un rideau tiré sur son théâtre triste. Peu importe ses mensurations, ce grand corps tout neuf qui ne demandait qu'à s'user, c'est avec sa sale gueule qu'Anita se réveillait tous les matins. « Rendez-vous à O.K. Corral », comme elle disait. Ce nez aquilin qu'elle voyait tordu, ses yeux trop petits, sa peau trop blanche, ses lèvres en papier à cigarettes, Anita avait du mal à supporter cette figure neutre, statique, voire dissymétrique, qui n'obéirait aux canons d'aucune époque. Anita fuyait les miroirs sous son masque à sourire, le reflet des vitrines, comme si sa « sale gueule » prenait toute la place. Les garçons d'ailleurs ne s'y trompaient pas : s'ils la suivaient dans la rue et la sifflaient parfois, aucun ne se retournait sur son passage.

Anita vivait de dos.

Côté pile.

Elle avait perdu la face.

Anita délirait.

Elle était amoureuse depuis sa précoce puberté : se croyant moche, Anita avait choisi le plus beau, le plus impressionnant, le plus inaccessible des garçons du quartier, Rubén Calderón évidemment, un grand brun à la démarche terriblement sexy qui avait perdu son père et sa sœur durant le Processus : un héros en somme, avec des yeux à fendre l'âme, un naturel impérial et un petit nez aux antipodes du sien. Anita l'avait abordé dans la rue, alors qu'il parlait à une jolie brune en minijupe ; elle s'était plantée devant lui en tendant un paquet soigneusement enveloppé, que le jeune homme de l'époque avait fini par ouvrir avec une curiosité amusée. Il y avait un dessin faussement naïf à l'intérieur — un bateau voguant sur une mer de larmes, Anita en guise de capitaine, qui lui faisait coucou depuis le pont… « Pour t'accompagner dans la vie qu'on ne vivra jamais ensemble », avait légendé la préado de sa plus ronde écriture. Rubén avait laissé tomber la jolie brune et payé une glace italienne à la fraise à Anita, la meilleure de toute sa vie.

Ils s'étaient revus des années plus tard sous les fenêtres de Juan Martin Yedro, un policier amnistié : Anita et ses amis étudiants, grisés par les chants de vengeance d'une jeunesse vitaminée à l'illusion après la chute de la dictature, jetaient des bombes de peinture rouge sur les murs du tortionnaire, se tenant par les coudes sans cesser de sauter — « Police fédérale ! Honte nationale ! » Rubén était resté seul à l'écart, comme si le journaliste de l'époque observait son futur terrain de chasse, avant de l'inviter à déjeuner. Le début de leur amitié d'adultes. Qu'Anita Barragan intégrât sept ans plus tard cette même police n'était pas le moindre de ses paradoxes. Son diplôme de droit en poche, elle avait passé avec succès son examen pour devenir inspectrice avant d'être trimballée de poste en poste par une administration machiste ; Anita avait finalement échoué dans le commissariat du quartier où elle avait grandi, San Telmo, et à la brigade du « 911 » qui assurait les patrouilles dans le centre-ville de Buenos Aires.

Le commissaire Ledesma, un vieux flic paternaliste relativement hermétique à la corruption, dirigeait l'équipe, une quarantaine d'agents, que la nouvelle police d'élite mise en place par le maire avait fini par ringardiser.

Avocat, homme d'affaires et ancien président du club de Boca Juniors, Torres briguait le poste suprême à la Casa Rosada, le palais présidentiel. Son père, Ignacio, avait fait fortune dans le vin avec le boom des années 90 et financé la première campagne de son fils : Francisco Torres roulait ouvertement pour l'aile droite péroniste qui formait la principale coalition d'opposition, et il était de notoriété publique que le maire en prendrait la tête. Équipements, armes, techniques d'investigation, police scientifique, formations, le maire avait modernisé le système répressif de Buenos Aires à grand renfort de communication. Torres avait chargé Fernando Luque de manager cette unité d'élite destinée à devenir la « police argentine de demain ». On ne lésinait pas sur les moyens, ni sur les méthodes : Luque avait été incriminé l'année précédente dans une affaire d'écoutes illégales avant d'être blanchi — par un juge proche de Torres…

En attendant, les Fiat bicolores du 911 ramassaient les ivrognes, les maris violents, les fauteurs de troubles, quelques voleurs, des pickpockets. Inspectrice sans enquête, Anita se retrouvait à former des stagiaires boutonneux qui passaient plus de temps à mater ses seins qu'à observer la rue, un boulot peu motivant loin de ses compétences initiales. À bientôt quarante ans, elle qui aspirait à des passions solaires vivait seule dans un studio de Parque Patricios avec Nuage, le chat gris qui squattait le bout de son lit, et végétait comme agent de patrouille.

Anita et Rubén se retrouvèrent à *El Cuartito*, une antique pizzeria du Centro bondée à l'heure du déjeuner. Des posters jaunis tapissaient les murs jusqu'à l'étourdissement, Maradona et d'autres footballeurs en short moulant des années 70 et 80 qui faisaient oublier l'odeur de fromage fondu à la chaîne émanant des cuisines. Mêlés aux employés de bureau, Anita et Rubén tiraient les fils d'une pizza XXL, *incognito* dans la bronca des commentaires concernant le prochain match. Il portait une chemise et une veste de peau retournée noire qui prenait le graillon sur la chaise, elle son uniforme bleu marine, trois boutons ouverts pour laisser respirer ses prodigieux poumons. Le détective l'avait entretenue du coup de fil de Maria Campallo au journal, de sa visite chez ses parents, de la réaction de sa mère en apprenant l'existence du bébé, du chanteur-géniteur qui l'avait engagé pour retrouver la photographe.

Les serveurs dribblaient les chaises de la *cantina*, les mains encombrées de plateaux fumants. Anita se pencha vers son amour d'enfance pour éviter de brailler.

— Tu me demandes quoi ? De lancer un avis de recherche concernant la fille d'un des hommes les plus puissants du pays, comme ça ? fit-elle en claquant les doigts.

— Personne n'a signalé sa disparition, répondit Rubén.

— Un suicide, tu y as pensé ?

— Tu as déjà vu une femme enceinte se suicider ?

— Ça dépend de ce qu'elle a dans le ventre, renchérit la célibataire. Imagine que l'enfant ne soit pas celui de Jo Prat, qu'elle porte un monstre, le fruit d'un viol ou je ne sais quoi d'abominable ?

— Tu lis trop de revues féminines, *querida*.

« Chérie », le surnom qu'il lui donnait pour l'aider à s'aimer. Rubén essuya ses lèvres avec une serviette en papier, la froissa et l'envoya valser dans son assiette, à peine entamée.

— O.K., résuma Anita. Admettons que Maria Victoria se soit volatilisée, qu'elle ait découvert quelque chose au sujet des activités de son père, ou d'un de ses amis liés à la campagne de Torres, imaginons qu'elle se cache ou qu'elle ait peur. Tu as vu beaucoup d'enfants reprocher à leurs parents de se remplir les fouilles ?

— Maria n'a pas appelé Carlos au journal pour parler layette, objecta Rubén.

— Elle était engagée politiquement ? Je veux dire contre son père ?

— Pas à ma connaissance.

— Pour lancer un avis de recherche, avoue que c'est un peu court.

— Son ordinateur aussi a disparu, ou Maria a fui en l'emportant. Il contient peut-être la clé du problème. Carlos est sur le coup, mais ça va prendre du temps, enchaîna-t-il. J'ai besoin de toi pour la retrouver, Anita. Si la fille de Campallo se sentait menacée, elle a pu fuir à l'étranger. Vois avec l'Immigration s'ils ont sa trace quelque part. Il me faudrait aussi les factures détaillées de son portable, ajouta Rubén en écrivant des chiffres sur un coin de table. Je n'ai pu me procurer que le relevé du mois dernier… (Il déchira la nappe en papier et glissa le billet sous son verre.) Voilà son numéro.

Anita souffla sur sa frange blonde — elle suait sous son chemisier, parmi tous ces mâles braillant au rythme des pizzas qui jaillissaient des fours, et Rubén l'affligeait d'un de ses sourires désarmants dont le divin salaud avait le secret.

— Tu sais que personne peut te saquer chez les flics, lui rappela-t-elle. Si je leur dis que l'info vient de toi, je vais me faire taper sur les doigts.

— Tu es plus maligne que ça.

— C'est pas toi qui es sous le marteau.

— Ni au manche. Tu as un copain à l'Immigration, non ?

— On ne couche plus ensemble depuis longtemps, rétorqua l'inspectrice.

— Je suis sûr qu'il en a gardé l'usage de la parole.

— Tss…

Anita rumina au-dessus des croûtes de pizza. Ses années de flic avaient terni son teint, l'uniforme ruiné son sex-appeal, mais Rubén la revoyait, gamine, avec sa glace à la fraise devant le marchand et ses yeux d'ado qui le dévoraient tout frais.

— O.K., soupira-t-elle en empochant le numéro. Je vais voir ce que je peux faire…

— Merci, *querida*.

— C'est ça, ouais.

Anita se leva au milieu du brouhaha, lança sa serviette au visage de Rubén et, dans un clin d'œil vieux d'un siècle, s'éclipsa vers les toilettes en chaloupant des fesses. Il commanda deux cafés, profita de son absence pour régler l'addition.

La blonde revint rapidement, repoudrée, presque pimpante malgré son accoutrement.

— Merci, dit-elle en voyant les billets sur la table.

— C'était dégueulasse, fit-il pour la rassurer.

Le sourire mollasson d'Anita rappelait les pizzas. Ils expédièrent le café.

Des nuages noirs brassaient le ciel quand ils quittèrent la *cantina* du Centro ; Rubén alluma une cigarette, et se sentit mieux à l'air libre. Il pensait à la sculptrice de la veille au soir, à sa requête au sujet du meurtre de La Boca. Il avait montré le portrait au fusain du travesti à Anita un peu plus tôt : l'agent de patrouille avait eu vent du cadavre retrouvé au pied du transbordeur, pas de ce qu'on lui avait fait…

— Merde ! s'exclama-t-elle en voyant l'heure. Je suis en retard !

La blonde lui porta l'accolade — elle sentait la vanille, le goût le mieux partagé du monde.

— Au fait, lança Rubén avant de la laisser filer. Ituzaingó 69 : ça te dit quelque chose ?

Anita fronça les sourcils sur son visage curieusement dissymétrique.

— Non, dit-elle. C'est quoi, un club échangiste ?

*

Ituzaingó 69, quelques mots griffonnés retrouvés dans le jean de Maria Campallo. Rubén avait visité l'immeuble de l'artère de San Martín qui portait le même nom, interrogé un couple de travailleurs syndiqués qui avaient tout perdu avec la vague de privatisations, emploi et dignité, survivant tant bien que mal en participant à des clubs de troc, des gens qui n'avaient jamais entendu parler de Maria Victoria Campallo ni de son père. Le détective avait suivi une autre piste la nuit dernière, celle d'un groupe de rock, Ituzaingó, du quartier éponyme, dans la zone de Castelar Norte : les musiciens avaient joué deux semaines plus tôt au Teatro de la Piedad, à l'angle de Bartolome, un bar de nuit associatif assez *roots* où la bassiste du groupe Ituzaingó se produisait ce soir-là en solo. Voix épurée, sons envoyés d'un ordinateur, ambiance *Cocorosie* en station lunaire : interrogée après le set, la jeune brune avait certifié n'avoir jamais rencontré la photographe — ils n'étaient qu'un groupe autoproduit de la banlieue Nord.

La piste était froide. Rubén laissa tomber et fila à Palermo où le cordonnier de Maria Victoria, après deux jours de congé hebdomadaire, avait rouvert son échoppe. Il lui présenta la carte trouvée dans le cendrier du loft sans s'appesantir sur l'odeur de cuir et de pieds qui régnait dans la boutique. Le cordonnier, fort aimable, confirma que Mlle Campallo avait en effet déposé une paire de chaussures la semaine précédente, pour un ressemelage.

— Maria n'est pas venue les chercher ?

— Non, répondit l'homme aux cheveux grisonnants. C'était paraît-il urgent, mais je l'attends toujours… Ces jeunes ! souffla-t-il avec empathie.

— Vous savez pourquoi c'était urgent ?

— Bah, pour aller danser !

— Danser ?

— Le tango évidemment.

Évidemment.

— Vous pouvez me les montrer ?

L'homme posa bientôt une paire à talons sur le comptoir de son fourbi, des chaussures de tango qui avaient dû cirer bien des parquets.

— Si vous comptez vous y mettre, je vous conseille un autre modèle, plaisanta le commerçant.

— Maria danse souvent, on dirait. Vous savez où ?

— Je sais qu'elle prend des cours à La Catedral, répondit-il. Depuis un moment déjà…

Un club de tango pas loin du centre. Rubén voulut payer la réparation, pour le dérangement, mais le cordonnier refusa.

— Elle viendra les chercher toute seule, la petite !

Pas sûr.

Rubén rentra chez lui, le cœur un peu plus lourd. Il pensait toujours à l'Indienne qui avait sonné à l'agence la veille au soir, à ses yeux noirs passés à l'eau de pluie, à sa proposition. La pauvre, était-elle désespérée à ce point ? Le soir tombait sur les façades de la rue Perú quand Anita rappela sur son portable. D'après l'Immigration, Maria Victoria Campallo n'avait pas quitté le pays le week-end précédent : elle s'était en revanche rendue en Uruguay, un aller-retour pour Colonia, le mercredi, soit deux jours avant sa disparition.

— Colonia ?

— Oui, par bateau.

Rubén tapa le nom sur Internet. Bingo. « Ituzaingó 69 » : ce n'était pas une adresse en Argentine, mais à Colonia del Sacramento, Uruguay.

*

Un tas de sculptures au rebut s'amoncelait le long des entrepôts désaffectés — bouts de ferraille, moteur, cadres de vélo, roues de tricycle, tuyaux, plaques rouillées, écrous de locomotive, vilebrequins attaqués par les ronces. La « loge » de Paula se situait au fond du jardin, après le géant débile en tôle pliée à l'effigie de la police fédérale : une caravane verdie de mousse montée sur parpaings où le travesti avait rapatrié ses trésors féminins, loin des yeux de sa mère.

Paula avait besoin de paillettes, de parfums, de gens comme « elle », avec des reflets de solitude dans leurs rires échevelés : Miguel avait besoin d'hommes qui le considéreraient comme une femme. Sa mère ne l'avait jamais compris, ou accepté comme tel. Les choses auraient-elles été différentes s'il y avait eu une présence masculine à la maison ? Miguel gardait peu de souvenirs de son enfance, presque aucun de son père Marcelo, décédé lors du conflit des Malouines, quand le navire amiral de la flotte argentine avait sombré avec ses trois cents marins. Une page noire de l'Histoire : la leur s'arrêtait là. Miguel avait cinq ans et sa mère pour seul tuteur, Rosa, une femme pieuse attachée à la propreté et à l'ordre qui, très tôt, avait révélé ses tendances maniaco-dépressives. Déjà petit, elle le bordait avec tant d'acharnement que le lit prenait des allures de sarcophage : la poitrine compressée par les draps, Miguel dormait avec la sensation d'étouffer — une explication psychosomatique à ses problèmes de cœur ? Les objets et les meubles étaient disposés avec une rigueur toute militaire, ses jouets réduits à un lot de petites voitures ou de figurines guerrières dont le garçonnet n'avait que faire. La vie s'était figée depuis la mort du père, héros dont Rosa entretenait le culte. Les rires dans la maison étaient considérés comme des offenses au défunt qui, par son absence, occupait toute la place.

Hormis pour aller à l'école, Miguel ne sortait guère, sinon pour accompagner sa mère à l'église, où l'ambiance ne changeait guère de la maison. À rebours, il se disait que l'arrivée des cousines n'avait été qu'un passage à l'acte. Miguel devait combler le vide qu'il avait dans le cœur, un vide affreux, qu'il ne s'expliquait pas… Sans diplôme, contraint d'aider Rosa à la blanchisserie, le travesti n'avait jamais eu ou pris les moyens de son indépendance. Un amour partagé l'aurait sans doute aidé à quitter sa mère, mais son besoin de se transformer s'interposait entre le désir et *l'autre* : dès l'âge de vingt ans, Miguel comprit qu'il ne pourrait aimer personne. Jamais vraiment — jamais comme l'idée qu'on s'en fait. Et qu'il en crèverait. C'était lui, *l'autre*.

Narcisse. Une histoire de reflet, d'un cruel manque de soi, qu'il comblait en vain en se travestissant. Miguel n'était pas le seul à être « malade » : alerté par la subite aggravation de son cas, il s'était renseigné au sujet des délires maniaques de sa mère.

Les gens atteints de géophagie mangeaient de la terre, les coprophages des excréments ; les personnes souffrant du syndrome de Rapunzel ingurgitaient leurs cheveux, du papier mâchonné ou divers débris alimentaires. Rosa risquait l'occlusion intestinale ou d'autres complications sérieuses liées à ce que la médecine considérait comme des conduites boulimiques : dans tous les cas, un suivi psychiatrique restait indispensable. Un souci de plus pour Miguel. Depuis quand sa mère était-elle frappée de ce syndrome ? Avalait-elle n'importe quoi dès qu'il avait le dos tourné ? Quelle quantité ? Devait-il la faire hospitaliser, au plus vite ? Et le chorégraphe, la revue du Niceto : que se passerait-il s'il avait la possibilité de poursuivre la tournée avec la troupe, comme Gelman venait de le lui laisser entendre ? Devrait-il encore abandonner toute idée de vie heureuse pour veiller sa mère folle ?

C'était ce soir la première : Paula avait à peine eu le temps de répéter sa chorégraphie, et le télescopage du réel la mettait dans un état d'excitation confuse — serait-elle à la hauteur de ses rêves ? Une perruque blond vénitien trônait sur le reposoir de la coiffeuse, sa préférée ; Paula finissait de se maquiller quand Jana la trouva devant la psyché, un bandeau sur ses cheveux tirés, épinglés, au milieu des fanfreluches et des cotons.

— Tu es prête ? fit-elle en entrant dans la « loge » du travesti.

Ses cils de girafe papillonnèrent brièvement.

— Presque !

Ça sentait la poudre pailletée et le patchouli dans la caravane : Paula reposa ses ustensiles de beauté, évalua les traits de son visage.

— Ça commence à quelle heure, ta revue ?

— Deux heures sur scène, répondit l'artiste. Mais il faut que j'y sois à onze heures pour le maquillage et les costumes… Oh ! Jana, je suis morte de trouille mais c'est génial ! piaffait-elle, les yeux sur orbite devant le miroir. Une tournée, tu imagines ! Je pourrais réparer ma dent, peut-être même m'acheter… m'acheter…

— Des chewing-gums, l'aida sa copine.

— J'ai baratiné à l'audition, mais j'ai jamais fait de show pareil ! continua Paula, dans sa bulle à strass. Si ça se trouve, je serai comme une tortue : toute pétrifiée ! Tu sais ce qu'on dit du trac ? Il paraît qu'on peut en chier dans sa culotte !

— Ça va être chouette ton spectacle, fit remarquer Jana.

— Tu viens, hein ?

— Évidemment.

Paula avait obtenu une invitation pour son amie, qui ne sortait pour ainsi dire jamais de ses sculptures en fer. Ça lui ferait du bien, à elle aussi.

— Paula ?

— Oui, mon cœur ?

— Pourquoi tu ne viendrais pas habiter ici définitivement ? N'attends pas que ta mère soit internée. C'est inéluctable de toute façon, et cette tournée est peut-être la chance de ta vie : ne la gâche pas.

Jana revoyait la cinglée, avec ses vieux cheveux roux grisonnants filasse et sa tête mauvaise, incapable d'aimer : qu'elle crève en enfer.

— Hein ? insista-t-elle.

— Je ne sais pas, soupira le fils de la blanchisseuse. Je ne sais plus…

— Ce genre d'opportunités ne se renouvellera pas

tous les quatre matins, Paula. C'est un signe qu'on t'envoie. La vie en est placardée. Suis-le.

— Tu as peut-être raison. Peut-être que c'est Luz qui m'envoie un signe, de là où il est… Pauvre chéri.

— Alors ?

La perruque ajustée, le travesti pivota sur son siège à moumoute rose.

— Je suis prête !

Paula souriait, maquillée comme pour un mariage sur Vénus. Jana soupira — quelle bourrique…

*

Sarmiento 4006, à l'angle de Medrano : loin des clubs de San Telmo, où les grandes voix de la ville se produisaient pour une clientèle triée sur le volet, « La Catedral » ne payait pas de mine avec son hall d'immeuble passé au néon, son escalier de carrelage années 50 et son entrée à dix pesos.

Une fois à l'étage, tout changeait.

Testostérone, toxines, empreintes codées et phéromones s'entrechoquaient comme des passions aveugles dans le clair-obscur de la salle. Rubén pénétra dans l'antre du tango, théâtre de la danse née il y a plus d'un siècle dans les *conventillos,* ces vieilles bâtisses louées aux familles immigrées ou transformées en maisons closes. Le lieu devait son nom à l'ancienne cathédrale de bois, qui abritait aujourd'hui un temple d'un autre genre. La lumière y était chaude et brillante, sur d'immenses drapés rouges qui délimitaient l'espace, d'une beauté impressionnante. Un portrait géant de Gardel surplombait la piste où les couples se mesuraient : on y dansait des tangos transversaux, fatalement renversants. À l'ombre, les danseurs qui attendaient leur tour s'épiaient depuis les tables dans un jeu d'œillades subtil : il faudrait s'enlacer tout à l'heure, souvent sans se connaître et parfois sans un mot, sentir et deviner l'intention du cavalier, avant d'engager le premier pas, dès lors inéluctable.

Deux jeunes blondes scandinaves attendaient près de la piste qu'un étalon vienne les débourrer ; Rubén songea à son père (Daniel Calderón avait écrit plusieurs poèmes sur le « monstre bicéphale » du tango), puis se dirigea vers les lourdes tentures rouges ; elles donnaient sur le bar, long comptoir de bois patiné où les aficionados venaient boire un verre entre deux danses. De vieilles affiches grimpaient aux murs de brique décrépis sous les lampions dégingandés ; la sculpture d'un plasticien pendait à la charpente principale de l'antique cathédrale, un gros cœur bâillonné d'un rouge écarlate qui semblait flotter sous les poutres.

— Ça vous rappelle quelque chose ? demanda une voix tandis qu'il visait le ciel.

Rubén se retourna sur une quadragénaire au décolleté pigeonnant, une femme brune et fort avenante malgré son nez sinueux.

— L'amour, non ? dit-il.

Elle évalua l'œuvre qui les surplombait.

— Hum, acquiesça-t-elle. Vous dansez ?

Il vit qu'elle portait des chaussures adéquates.

— Comme un pied, répondit Rubén.

— Ah ? Ce n'est pas l'impression que vous donnez ! s'esclaffa-t-elle dans un rire franc.

— Ne vous fiez pas à l'éclairage, je suis un piètre cavalier. Vous venez là souvent ?

— Non.

— Dommage.

— Oui, sourit-elle. Dommage…

Un jeune homme élégant sous une barbe négligée ramassait les bières vides sur le comptoir : Rubén abandonna la danseuse solitaire, commanda un pisco *sour* au barman et lui présenta la photo de Maria Victoria.

— Tu connais cette fille ? Ou tu l'as déjà vue ici ?

— Non, répondit bientôt le jeune homme. On voit beaucoup de monde…

— Maria Victoria Campallo, annonça Rubén tandis qu'il pilait la glace. Elle vient danser ici, m'a-t-on dit…

Le barman finit de préparer le cocktail, reluqua de nouveau la photo glissée sur le comptoir, fit une moue évasive en agitant le shaker.

— Je ne sais pas… (Il remplit sa coupe d'une mousse blanche.) Faudrait demander à Lola et à Nico : ils connaissent tout le monde.

— Et on les trouve où, les tourtereaux ?

— Là-bas, fit le barman d'un signe de tête.

Lola et Nico faisaient une pause à la table voisine, à l'écart des danseurs. Rubén laissa un généreux pourboire et embarqua son verre.

Maquillage outrancier, chapeau noir, bas résille, robe rouge moulant les hanches, hormis les baskets qu'elle venait d'enfiler pour soulager ses pieds, Lola avait gardé sa panoplie de tango. Contraint comme beaucoup d'Argentins de multiplier les petits boulots, le couple se produisait en journée sur les terrasses des bars de La Boca où, fascinés par le coït mimé du tango, des touristes pataudes se faisaient photographier pendus à leur cou dans des poses sensuelles, moyennant quelques pesos. Le soir, ils donnaient des cours à La Catedral. Nico parlait le *lunfardo*, l'argot des *conventillos*. Son amie Lola faisait la gueule : elle aurait voulu être puéricultrice, pas danseuse de rue aguichant le pigeon. Rubén les trouva attablés dans un coin, massant leurs pieds fatigués après les cours du soir. Il se présenta, expliqua brièvement sa requête, photo de Maria Victoria à l'appui. Nico, tout en angles, se pencha sur le visage en papier mat.

— Oui, opina-t-il bientôt. Je lui ai donné quelques cours cet été… Une fille sympa, plutôt douée.

Lola près de lui garda sa moue hautaine.

— Tu l'as vue dernièrement ? demanda Rubén.

— On s'est croisés l'autre week-end. Elle était là, dit Nico en désignant une table à l'ombre des spots. Mais elle ne prenait pas de cours…

Le détective sentit le picotement sur sa peau.

— C'était quand ?

— Vendredi.

Le jour où Maria avait appelé Carlos au journal. De nouveaux couples ombrageux s'enroulaient sur la piste, Rubén ne les cadrait plus.

— Il y avait quelqu'un avec elle ?

— Oui. Oui, une petite rousse maquillée, le genre voiture volée, se moqua Nico pour éviter les foudres de sa panthère. Ils ont dû rester une heure… Pourquoi ?

— Ils ? releva Rubén.

— Pas besoin d'être physionomiste pour voir que la rousse était un trav' ! glapit le danseur gominé sous les cris du bandonéon.

Rubén avait encore le dessin au fusain de Jana dans sa poche, qu'il avait montré ce midi à Anita.

Il déplia la feuille du bloc-notes, plus nerveux qu'il voulait le laisser paraître.

— Un travesti dans ce genre ?

Nico affina son trait de moustache, jeta un œil à sa compagne, qui confirma d'un regard détaché.

— Oui, opina-t-il. C'est plutôt ressemblant.

Rubén frémit à la lumière chaude des spots : Luz.

10

Un jeune Yankee ivre mort sortit d'un taxi, une bière à la main, et quelques pesos en liquide qu'il jeta au chauffeur pour sa course. Décidé à impressionner les quatre majorettes qui l'accompagnaient, il voulut doubler la longue queue à l'entrée du Niceto Club, insista sur son statut de leader naturel du monde libre, protesta quand Rubén passa devant sa cour, et se fit jeter par le physionomiste qui renvoya les vedettes au bout de la file sous les sarcasmes des noctambules.

La boîte la plus hype de Buenos Aires était bourrée à craquer pour le show de cette nuit, qui battait son plein : machine à sons et stroboscopes sur foule extatique, ils s'agglutinaient par centaines devant une scène immense. Le spectacle qui s'y déroulait laissa Rubén un instant médusé.

Une blonde sculpturale sortie d'un comics érotique affublée d'une jupette et d'un uniforme de marin dansait avec volupté sous les lights, roulant à l'occasion des pelles à son alter ego féminin, une liane brune aux cheveux gominés vêtue d'un costard d'homme, qui enlaçait la super bimbo de ses jambes voraces. Aveugle aux attouchements des deux beautés, un trav' chauve de cent soixante kilos drapé de soie sodomisait un jeune gladiateur masqué et musculeux armé d'un trident ; ses collègues de la Légion romaine enfonçaient leurs épées dans les fesses d'éphèbes terriblement consentants, léchaient la lame de plastique et adressaient des mimiques gloutonnes au public, qui jubilait avec eux, pris dans la transe. Mise à mort sexuelle, acte de luxure débridée, échangismes multiples, lesbienne, homo, trav', femme ou homme déshonorés, toutes les combinaisons s'enchaînaient sur la scène du Niceto, sorte de lupanar orgiaque mimé par les sbires d'un Sade en grande forme. Le Club 69, c'était le nom de la troupe : une chorégraphie porno-comique extravagante.

Il était quatre heures du matin, c'était la troisième boîte que Rubén écumait et Paula se tenait côté jardin, tortillant son cul dans une robe à strass rouge aux mille reflets ; rayonnant, un sourire à dix carats compensant sa dent manquante, le fils de la blanchisseuse taillait une pipe géante au bec d'un cygne rose, qui décorait le fond de scène. Ils se croisaient depuis des années rue Perú. Rassasiée, Paula tapota la croupe du volatile à paillettes pour en souligner le bon goût, se tourna vers le public qui applaudissait à n'importe quoi, et reconnut l'homme devant le proscenium — le détective lui faisait signe qu'il l'attendait au bar, après le spectacle…

Rubén traversa la cohue en proie à la soûlographie et commanda un verre au comptoir le plus proche. Il reconnut les jeunes Américaines au sex-appeal pasteurisé qui se déhanchaient sur la *techno house*, reçut sa consommation par-delà une haie de buveurs dont la moyenne d'âge n'excédait pas trente ans. Rubén observait la parade ivre des paons autour des blondes, pensif, quand il aperçut Jana à l'autre bout du bar. Chevelure brune évanescente, débardeur noir et bras de fée : elle aussi l'avait vu.

Il se fraya un passage à travers la faune.

— Qu'est-ce que vous faites là ?! lui lança la sculptrice, encore surprise par ce qui ne pouvait être une coïncidence.

— Je vous cherchais, répondit Rubén au milieu du vacarme.

Jana voulut lui faire une place mais on les pressait contre le comptoir.

— Je croyais qu'on ne valait pas une roupie ? feignit-elle de s'étonner. Comment vous saviez qu'on serait ici ?

Rubén se pencha sur son oreille.

— Vous m'avez laissé une liste de lieux où traînaient vos amis trav', dit-il dans ses cheveux. J'ai écumé trois dance floor avant que le type à l'entrée me parle du show de ce soir. Ça m'a forcément mis la puce à l'oreille !

— Bravo, Rintintin ! s'esclaffa-t-elle sous les basses.

Rubén déposa un billet sur le comptoir poisseux de bière.

— Je peux vous offrir un verre sans que vous me le balanciez dans la gueule ?

— Je ne voudrais pas abîmer votre costume d'hidalgo, dit-elle avec prévenance.

Calderón portait une chemise sous une veste de peau à la coupe sixties qui devait valoir deux ou trois de ses sculptures.

— Je n'ai pas grandi avec une cuiller en argent dans la bouche, l'informa-t-il.

— Elle était trop grosse ?

Rubén éclata de rire parmi les ivrognes, et eut soudain dix ans de moins.

— Alors, vous prenez quoi ?

— La même chose que vous, dit-elle.

Il accrocha le regard du barman, commanda deux piscos *sour*. Jana était presque aussi grande que lui, si proche qu'il pouvait sentir son odeur de musc.

— Qu'est-ce que vous lui voulez, à Paula ? demanda-t-elle.

— Je vous l'expliquerai quand on aura récupéré nos verres : c'est trop le bocson ici.

Il fallait presque se crier à la gueule pour s'entendre.

— En tout cas je vous ai menti l'autre soir, confessa Jana, pressée par la foule poisseuse. Je n'ai plus du tout envie de vous !

— Vous vous seriez lassée de toute façon.

— Pas mon genre.

Il se pencha pour qu'elle répète.

— Quoi ?

— Vous n'êtes pas mon genre ! cria-t-elle.

Rubén lui tendit son verre qui venait d'atterrir sur le comptoir, et l'entraîna en quête d'un endroit moins bruyant. On dansait jusque dans les allées du club, où déambulaient les soûlards. Ils trouvèrent une table jonchée de verres vides assez loin de la piste pour soutenir une discussion ; un borgne avec un bandeau de pirate ronflait sur la banquette voisine, la chemise débraillée, abandonné probablement par ses comparses. Ils s'assirent sur les poufs vacants sans déranger l'ivrogne. Rubén ôta sa veste, ajusta les manches de sa chemise.

— Alors, demanda la sculptrice, son blouson de toile jeté sur la banquette, vous vouliez nous voir pour quoi ?

— Votre copain Luz a été vu dans un club de tango vendredi dernier, dit-il. Une femme l'accompagnait, Maria Victoria, la fille d'Eduardo Campallo, un riche industriel qui finance la campagne du maire. Vous connaissez ?

Jana matait l'intérieur de ses avant-bras : elle aspira d'un trait la moitié du pisco, la petite paille fichée entre ses lèvres, et répondit par une moue négative.

— Jamais entendu parler.

— Maria Campallo a disparu le soir où Luz a été assassiné, poursuivit le détective. Je ne sais pas ce qui lui est arrivé, mais je la cherche depuis des jours. Il se trouve que deux témoins les ont vus ensemble à La Catedral quelques heures avant le meurtre de votre ami travesti... (Jana grimaça.) Maria Campallo est photographe, dit-il. J'espérais que vous ou votre copine Paula pourriez m'aider à recoller les morceaux...

— C'est plutôt dingue votre histoire, fit Jana en guise de commentaire.

— Oui.

— Vous croyez que la fille de Campallo aussi a été assassinée ?

— On le saurait si les flics draguaient le port. Mais, vous l'avez dit, ils n'ont pas l'air de se bouger.

La Mapuche gambergea au-dessus de son verre, oublia la honte qui l'avait submergée la veille à l'agence — étranges retrouvailles...

— Drôle comme les choses se retournent, hein ? fit-elle remarquer.

— C'est parce qu'elles vont ensemble, répondit Rubén.

Leurs regards se croisèrent, familiers. Jana changea de mode naturellement.

— Je ne sais pas si ça te servira à quelque chose mais je suis allée fouiller le squat de Luz la nuit dernière, avec Paula. On a trouvé des lettres adressées à sa famille, censée vivre à Junín. J'ai cherché à les contacter mais je n'ai pas vu leur nom dans l'annuaire. Ils sont peut-être sur liste rouge, ou décédés. Luz baratinait tout le monde, expliqua-t-elle, à commencer par ses parents : il faudrait se rendre sur place, mais je ne suis pas sûre que ma bagnole tienne le coup.

Junín était à cinq cents kilomètres, en pleine pampa.

— C'est quoi leur nom ?

— Lavalle. Luz s'appelle en réalité Orlando, Orlando Lavalle. On a aussi trouvé de la dope dans le squat, ajouta Jana. Des doses de *paco*, que Luz devait dealer dans le quartier. Elle n'en a jamais parlé à Paula.

Rubén opina : la photographe avait de la coke et de l'herbe dans sa table de nuit, rien de très méchant comparé au *paco.*

— Tu sais qui lui fournissait la came ? demanda-t-il.

— Non, mais Luz a pu marcher sur les plates-bandes d'un caïd de La Boca, un salopard qui l'aura massacrée en signe d'avertissement.

Une guerre de territoire, avec la fille d'Eduardo Campallo au milieu des balles perdues… La Boca jouxtait San Telmo : Rubén connaissait les dopés du quartier, ceux qui vous plantaient un couteau sous la gorge pour se payer leur dose et qu'on retrouvait morts un jour dans la cour d'un *conventillo.* Maria avait pu se retrouver au mauvais endroit au mauvais moment, en compagnie de Luz, mais quelque chose ne collait pas dans le scénario.

— Maria était enceinte quand elle a disparu, dit-il, et le *paco* est la pire merde sur le marché. Je la vois mal intoxiquer son bébé avec un truc pareil.

— Sauf si elle voulait le tuer.

— Tu as de drôles d'idées.

— Quelque chose pourtant les a réunis.

Jana acheva son cocktail sous le tremblement des basses. Elle aperçut Paula par-dessus l'épaule du détective, juchée sur une colonne grecque que deux gladiateurs en string poussaient dans la fosse : le travesti se dandinait sous sa robe de rubis illuminée par la poursuite, envoyait des baisers poudrés à la foule hystérique, souriante de bonheur, comme s'il existait.

Rubén la fixait, l'esprit ailleurs visiblement. Elle profita du bug pour observer les savantes mèches brunes qui couvraient son front.

— Tu connais le nom du flic qui a ramassé Luz au pied du transbordeur ? se réveilla-t-il.

— Andretti, répondit Jana. Le chef de l'équipe de nuit. Le genre à bouffer des chauves-souris.

Rubén connaissait l'énergumène de réputation. Il jeta un œil à sa montre : bientôt cinq heures du matin.

— O.K., acquiesça-t-il.

— Quoi ?

— Je vais aller lui dire deux mots, fit Rubén, le regard sombre.

Il reposa son verre sur la table humide. Celui de Jana était déjà vide. L'alcool et des picotements couraient dans ses veines indiennes.

— Je viens avec toi.

*

La police argentine était considérée comme une bande rivale par les malfrats et les gangs, un groupe armé chargé de protéger la haute délinquance de la petite. Une porosité ténue : les armes tournaient dans des circuits illégaux en connexion avec la police et l'armée, les jeunes zonards arrêtés étaient sévèrement battus avant de négocier leur liberté en échange d'une partie ou de la totalité de leur larcin : la maigreur de ces derniers expliquant la propension des flics à les liquider, passer à l'ennemi était un moyen pour les délinquants de gagner de l'argent « légalement », et accessoirement de sauver leur peau.

Souffre-douleur, équipier, homme à tout faire, le rôle de l'agent Troncón variait selon les humeurs de son supérieur, Andretti. Jesus Troncón avait d'abord nettoyé les chiottes du commissariat et les cellules des poivrots avant que le sergent n'eût l'idée de l'embaucher pour des opérations spécifiques. « Apprenti électricien », disait la fiche du blancbec : il pouvait toujours trafiquer les systèmes d'alarme, déclencher des feux dans des squats pour le compte de promoteurs immobiliers.

On l'avait mis à l'accueil ce soir-là. Troncón reconnut l'Indienne qui venait de faire irruption dans le commissariat de nuit, mais pas le grand brun au regard électrique qui fondait sur son comptoir.

— Le sergent Andretti est là ? lança-t-il sans se présenter.

Jesus rangea sa revue de fesses sous des papiers mal photocopiés. L'élégance du type ne cadrait pas avec la vétusté du lieu et il voyait mal ce qu'il faisait là avec la *negrita*.

— Il est pas disponible, déclara Troncón en prenant un air de circonstance. C'est pour quoi ?

— Le meurtre du travesti que vous avez repêché dans le port, répondit Rubén.

— Ah oui.

— Va le chercher, je te dis.

Jana se dandinait près des plantes en plastique : le commissariat était désert, sans même un ivrogne ou un dopé en manque à hurler dans les cellules.

— J'ai des ordres, s'empourpra l'agent Troncón, le front court et buté. C'est moi qui prends les dispositions !

L'andouille se mélangeait les pinceaux.

— Bon, s'impatienta Rubén, il est où le bureau du chef ?

— Au fond à droite, répondit Jana.

— Il est pas là ! objecta l'apprenti policier.

— Tu louches quand tu mens, Averel.

— Personne ne passe ! (Troncón prit position au milieu du couloir, les mains aux hanches, sur son ceinturon.) Il faut prendre rendez-vous !

Rubén poussa le débile contre le mur.

— Chef ! s'écria-t-il en rattrapant sa casquette. Chef, chef !

— Qu'est-ce qui se passe ici ?! tonna alors une voix dans le couloir.

Alerté par les bruits, le colosse sortait de son bureau : le sergent Andretti, cent trente kilos, un peu flasque mais encore capable d'éborgner une jument d'un coup de poing.

— C'est quoi ce bordel ?!

Lui aussi connaissait Calderón, de vue comme de réputation, celle d'un fouille-merde violent dopé au droit-de-l'hommisme qui collectionnait les dossiers sur les anciens répresseurs. Andretti vit l'Indienne dans le dos du détective, celle qu'il avait interrogée l'autre soir, et grimaça. Rubén se posta face au gros flic.

— J'enquête sur une disparition et le meurtre d'Orlando Lavalle, dit-il sans montrer sa plaque, le trav' que vous avez repêché l'autre nuit. Je sais qu'il a été torturé avant d'être jeté au pied du transbordeur. L'autopsie, elle dit quoi ?

— J'ai pas à te répondre, répliqua Andretti, les manches de chemise repliées sur des avant-bras poilus. Et j'aime pas les privés. Fous-moi le camp avec ta pute !

L'ancien désosseur concourait à la testostérone.

— Mademoiselle est le témoin d'un meurtre. Tu préfères peut-être qu'on avertisse les journalistes ? suggéra Rubén. Un trav' de La Boca émasculé et balancé comme une merde dans le port, ça peut faire la Une de pas mal de journaux. T'en dis quoi, mon gros père ?

Le sergent eut un rictus désagréable. Il vit la tête de Troncón qui dépassait au bout du couloir et souffla dans ses naseaux.

— Alors ? insista Rubén. Elle raconte quoi, l'autopsie ?

— Rien du tout, répondit Andretti. Elle dit rien parce que y a pas eu d'autopsie. On n'a pas retrouvé le sac à main du trav' et y avait rien non plus dans son squat : pas de papiers, rien pour l'identifier, que dalle.

— Ça ne vous dispense pas de faire votre boulot.

— On a pour consigne de faire des économies : vous savez combien ça coûte, une autopsie ? fit le sergent en prenant Jana à témoin.

— Pratique, non ?

— C'est pas moi qui donne les consignes.

— Où est le corps ?

— À la fosse commune.

— La place pour les gens comme lui, c'est ça ? (Rubén se concentra sur le regard trouble du policier.) On escamote le corps, ce qui dispense de mener une enquête.

— On a mené une enquête ! se défendit Andretti. On la mène toujours, qu'est-ce que tu crois ! Y a en ce moment deux voitures qui patrouillent sur les docks : vous voyez bien que le commissariat est vide, qu'on fait le maximum !

— Le maximum pour qu'un deuxième meurtre ne vienne pas mettre en lumière vos pratiques, enchaîna Rubén. Il conclut quoi, ton rapport, Andretti ? Qu'un travesti non identifié s'est coupé la bite en s'épilant le maillot avant de trébucher tout nu dans le port ?

— Ah ah !

— Alors ? le pressa-t-il, glacial.

Le sergent jaugea Calderón, visiblement prêt à en découdre, pesa le pour et le contre.

— Personne a vu le trav' tapiner ce soir-là, déclara-t-il. Ça nous aide pas à avancer.

— Luz/Orlando gardait de la dope chez lui, relança le détective, des dizaines de doses de *paco* qu'il dealait dans le quartier. Tu sais qui était son fournisseur ?

— Non, grogna-t-il en collant sa masse contre la porte du bureau.

— Toi, Andretti, répondit Rubén. Toi et tes petits copains de l'équipe de nuit, qui doivent toucher leurs étrennes.

Le colosse gonfla ses pectoraux.

— Dis donc, petit con…

— Je me fous de tes trafics : tu as enterré l'enquête pour qu'on ne vienne pas mettre le nez dans vos affaires, exact ? Maintenant réponds à une question, la seule qui m'intéresse. Je sais que Maria Campallo a vu le travesti quelques heures avant sa mort : pourquoi ?

La casquette de Troncón dépassait toujours à l'angle du couloir. Son chef rosissait à vue d'œil.

— Je connais pas cette Maria, répondit-il bientôt. (Il secoua ses bajoues.) C'est qui ?

Son air innocent faisait mal aux dents.

— La fille d'Eduardo Campallo, dit Rubén, un richard qui finance la campagne du maire.

Il lui montra le portrait de la photographe, que le policier inspecta avec circonspection.

— Je connais pas… Jamais vue dans le quartier, ni ailleurs.

— Elle était pourtant avec Orlando peu avant le meurtre.

— Peut-être, dit-il en haussant ses épaules de buffle. Mais pas par chez nous…

Rubén eut un regard en coin pour Jana, à la lumière crue du couloir — pour une fois, ce gros lard avait l'air sincère.

— Luz avait des clients réguliers ? demanda-t-il. Des clients huppés ?

— Je sais pas, bougonna le policier. C'est pas mon business.

— Non, ton business, c'est juste refourguer de la dope à un trav' paumé pour qu'il pourrisse d'autres paumés. Tu vises une médaille d'or chez les bienfaiteurs de l'humanité ?

Leurs regards se croisèrent, deux crocos dans une mare à la saison sèche. Le flic ne dit rien, fulminait dans un silence éloquent…

— Si tu es dans le coup, Andretti, souffla le détective, je te jure que je te fais bouffer ta graisse de phoque.

— Va te faire foutre, Calderón.

Mais le chef de l'équipe de nuit n'en menait pas large. Rubén fit signe à Jana qu'il était temps de vider les lieux. Ils quittèrent le commissariat de La Boca sans un regard pour l'andouille au comptoir.

Dehors l'air était doux, le ciel d'améthyste. Jana, qui avait observé la joute, laissa Rubén redescendre sur une terre plus hospitalière. Ils firent quelques pas sur le trottoir, entre brume moite et vent de poussière. Rubén lui avait presque fichu la frousse tout à l'heure, quand il avait regardé Andretti. Le détective ruminait dans sa barbe, l'âme alcaline fumant sous les fils électriques reliés aux *conventillos*.

— Une fausse piste, hein ? fit Jana, lisant dans ses pensées.

— On dirait, oui.

La voiture était garée à un bloc.

— Qu'est-ce qu'on fait ? demanda la sculptrice.

Rubén croisa son regard étoilé sous la lune descendante.

— Je te ramène…

*

Les phares réveillèrent l'aviateur aux yeux à ressorts qui montait la garde dans la cour, à l'entrée de la friche. Jana avait laissé les clés de la Ford dans la loge du Niceto, mais Paula n'était pas encore rentrée. Rubén gara la voiture dans la cour.

— Je vais chercher l'adresse des parents, fit la Mapuche en poussant la portière.

Il la laissa filer vers son atelier, profita de la brise pour observer son territoire. Des fourmis rouges géantes paissaient dans les orties, antennes pardessous tête, sous l'œil narquois d'un crocodile aux dents en vis ; plus loin, un varan rouillé en boulons de locomotive errait dans les broussailles, et qu'on laissait pourrir là… Le jour pointait au-delà du hangar, quelques oiseaux pépiaient sur les poteaux dénudés. Jana le retrouva dans la cour.

— Tiens, dit-elle.

Rubén écrasa sa cigarette au pied de l'aviateur, empocha l'enveloppe avec l'adresse des parents d'Orlando.

— Merci…

— Tu comptes faire un tour à Junín ?

— Hum. Avoir quelques infos en tout cas, dit-il, évasif.

Il avait mis Anita sur la piste de Colonia. Quel rapport entre Luz/Orlando et l'aller-retour de Maria Campallo en Uruguay ? Six heures sonnaient quelque part et la fatigue commençait à peser sur ses épaules.

— Tu veux venir boire un verre en attendant Paula ? proposa Jana. Telle que je la connais, elle ne sera pas de retour avant dix heures du mat'.

Il releva des sourcils circonflexes.

— Je t'ai menti tout à l'heure dans la boîte, ajouta-t-elle sur le ton de la confidence. Quand je t'ai dit que tu ne me plaisais pas…

Rubén la dévisagea sous les astres fuyants : pour la première fois, son regard en amande avait quelque chose de *joyeux*.

— Tu as de l'énergie à revendre, on dirait, sourit-il doucement.

— Non, c'est gratuit… Chez moi, tout est gratuit. Tu n'avais pas remarqué ?

Rubén tenta d'esquiver ses longs yeux noirs, sans y parvenir. Elle trouva la mire et ne la lâcha plus. Leurs mains s'attendaient depuis longtemps.

— Jana…

— Chut, murmura-t-elle en approchant.

Jana éparpilla ses lèvres sur sa bouche et se sentit fondre comme un bonbon quand il enroula sa langue à la sienne. Elle n'entendit bientôt plus que le gazouillis des oiseaux. D'une main, Rubén ramassa sa croupe et la pressa contre lui, si tendrement qu'elle se laissa porter par ses yeux ouverts : noir, gris, bleu, les bouquets d'orage explosaient dans la cour. Jana ne voulait plus penser ni respirer, elle caressait ses cheveux flous, les petites boucles sur son front, sentit son sexe le long de son entrejambe et gronda de plaisir. L'ardeur, légère et folle, l'électrisa. Sa main sous ses fesses semblait la soulever de terre, leurs langues étaient deux petits serpents d'eau douce qui lui coulait jusqu'au creux des cuisses… Ils s'embrassaient à pleine bouche quand le klaxon d'un camion les sépara.

Les oiseaux s'enfuirent de leur perchoir, le cœur comme eux à cent à l'heure.

Jana resta une seconde interdite, les lèvres encore humides, tandis que s'éloignaient les éboueurs. Elle voulut dire des choses simples, des choses qu'elle n'avait jamais dites pour ne les avoir jamais vécues, mais une ombre dénatura le visage de Rubén.

— Il faut que je rentre, dit-il en lâchant sa main.

Jana recula d'un pas, désarçonnée.

— Maintenant ?

— Oui… (Rubén se dirigea vers la voiture.) À plus tard…

Et il la planta là, sous l'œil désaxé de l'aviateur au costume de fer.

11

La brusque dépression qui sévissait depuis trois jours sur Buenos Aires avait fait place à un ciel bleu de fin d'été. Rubén écrasa sa cigarette dans le bac à fleurs ; l'enceinte vitrée de la gare maritime abritait des boutiques de souvenirs, un bureau de tabac et une rangée d'employées engoncées dans des uniformes aux couleurs de leur compagnie.

Une blonde décolorée souriait sous son maquillage de toucan : il prit un ticket Buquebus pour Colonia, de l'autre côté de l'embouchure, présenta son passeport à l'Immigration. Le ferry pour l'Uruguay clapotait dans l'eau brune du port ; Rubén se mêla aux passagers qui s'émerveillaient devant le luxe en toc du salon principal, la mine sombre malgré le soleil revenu. Il avait dormi une poignée d'heures en rentrant de la friche, il se sentait toujours fébrile et des images parasites brouillaient son esprit. Une voix de haut-parleur signifia le départ imminent. Il commanda un expresso au comptoir de bois vernis, ouvrit le journal pour oublier la musique d'ambiance : on y parlait des élections à venir, de Francisco Torres, le maire de la ville, qui d'après les derniers sondages réunissait près d'un tiers des suffrages, du foot et des nouvelles frasques de Maradona, mais toujours pas un mot quant à la disparition de Maria Victoria Campallo… Le bateau avait à peine quitté le quai qu'un crooner en mise en plis installa son clavier sur la scène du grand salon pour un tour de chant. Sous un parterre de vieilles aux bras flasques dégoulinant d'or, le séducteur entama *My Way*, échangeant des clins d'œil ripolinés avec les mémés.

On était loin des Pistols.

Rubén grimpa à l'étage — il y avait un bar à l'air libre et les dorures lui tapaient sur le système — mais ce ne fut pas mieux : deux murs d'enceintes crachaient une *techno house* tonitruante, chassant les touristes vers les bancs du pont supérieur. Avait-on peur à ce point que les gens s'ennuient ? En croyant remplir les temps morts, on créait des espaces vides ; loin des basses qui continuaient de vider le pont, Rubén trouva un endroit à peu près tranquille à la poupe du navire et fuma accoudé au bastingage, le regard perdu sur l'eau terreuse qui grumelait des hélices. Les grues du port de commerce surveillaient les containers tandis qu'ils prenaient le large. Un trois-mâts rutilant revenait vers la marina, il pensait toujours à Jana, à son odeur dans ses bras, à ce qui l'avait poussé à l'embrasser dans la cour. La Mapuche avait surgi du néant : pour quoi sinon y retourner ? Âge, origines sociales, ethniques, tout les séparait. L'ardeur de leur baiser à l'aube trahissait un profond et commun désespoir, qu'il ne se sentait pas de taille à affronter. C'était trop tard de toute façon, trop tard pour tout… Le vent fraîchit sous le soleil du large. La pollution faisait une bande grise au-dessus de la désormais lointaine Buenos Aires, vaisseau fumant sous le crachat des usines de banlieue ; Rubén oublia la jeune Indienne et l'onde des vagues qui couraient sous la houle.

Anita avait réuni des infos précises concernant l'adresse de Colonia et l'aller-retour effectué par Maria trois jours avant sa disparition : José Ossario, l'homme qui résidait au numéro 69 de la rue Ituzaingó, ne figurait pas dans l'annuaire, mais Anita avait retrouvé la trace de sa voiture dans les fichiers de la police routière — une Honda blanche immatriculée à Colonia del Sacramento. La suite se trouvait sur Internet.

De nationalité argentine, José Ossario avait d'abord travaillé pour différentes revues de science-fiction avant de publier un premier livre, en 1992, *La Face cachée du monde*, fatras de scientisme sur fond de théories du complot mêlant espionnage, astrologie et paranoïa aiguë. José Ossario y élaborait sa propre vérité, délirante, convaincue, gagnant en notoriété dans les cercles d'initiés. Il avait par la suite travaillé comme paparazzi, avant de monter plusieurs agences de presse au destin invariable : impayés, exercices comptables farfelus, dépôts de bilan, arnaques diverses… Expert en chantage et en extorsion de scoops, Ossario était passé entre les gouttes jusqu'en 2004 et la parution d'une série de photos mettant en scène l'ancien directeur de cabinet de Menem, Rodrigo Campès, et la fille du principal dirigeant syndicaliste du pays, en tenue légère sur la plage de Punta del Este, où les amants séjournaient dans la suite d'un palace — dont personne visiblement ne payait la note. L'affaire défrayant la chronique, Ossario avait cru son heure de gloire arrivée avant de retomber sur Terre. N'en étant pas à ses premiers démêlés avec la justice, enseveli sous les frais de dossiers et d'avocats, blacklisté, José Ossario avait fini par jeter l'éponge. Aucune nouvelle depuis son exil en Uruguay, trois ans plus tôt, excepté un livre, *Contrevérités*, un récit choc tiré à mille exemplaires chez un petit éditeur de Montevideo, qui n'avait rencontré pour public qu'un mur de silence. À présent âgé de cinquante et un ans, l'ancien paparazzi résidait au numéro 69 de la rue Ituzaingó, seul visiblement...

Rubén écrasa sa cigarette sur le pont métallique. On arrivait à Colonia.

*

À l'instar du Brésil, l'amnistie pour les bourreaux de la dictature avait assuré la transition démocratique en Uruguay. De récentes avancées laissaient entrevoir le bout du tunnel mais le pays semblait vivre au ralenti, comme si l'occultation du passé avait figé le présent dans la cire.

Colonia del Sacramento, l'ancienne capitale coloniale du pays, ne dérogeait pas à la somnolence ambiante. Vieilles bâtisses à l'abandon, lampadaires 1900, ruines aux balcons perclus de rouille, Ford cabossées des années 50, « Rambler », « American », et d'antiques Fiat 500 qui prenaient le frais sous les orangers : si le décorum rappelait le charme désuet de la Belle Époque, les magasins de souvenirs collectionnaient les horreurs manufacturées — porcelaines, vêtements, artisanat, tout était d'un mauvais goût congestionnant. Rubén longea les rues pavées à l'ombre des palmiers et déboucha sur la *Plaza Mayor*.

Des moineaux pépiaient sous l'arrosoir tournant des pelouses impeccables, les perruches bariolées perchées à l'arbre centenaire traversaient le ciel pour de brefs flirts avec le vent ; seuls quelques vieux somnolaient sur un banc à l'heure où le soleil étouffait tout. José Ossario habitait un peu plus loin, au bout d'une ruelle bétonnée qui donnait sur la mer.

Ituzaingó 69. Le soleil réverbérait contre le mur d'enceinte, cachant une maison au toit plat presque invisible depuis la rue. Rubén sonna à l'interphone, repéra la caméra de surveillance au-dessus de la grille blindée, réitéra son appel, sans obtenir de réponse. Il recula pour ouvrir son angle de vue, mais le mur ne laissait poindre qu'un bout de façade blanchie à la chaux et deux volets fermés. Il jeta un œil par les interstices de la grille, aperçut un jardin aux fleurs fatiguées et d'autres volets clos, au rez-de-chaussée… La ruelle était vide, la chaleur comme une enclume sur le trottoir, quand Rubén sentit une présence près de lui.

Quelqu'un l'observait depuis la haie voisine : un homme chétif et dégarni d'environ soixante-dix ans, de petits yeux bleu pâle enfoncés dans un visage cerné, soucieux.

— Vous cherchez quelque chose ? demanda-t-il.

Rubén désigna la maison de l'ancien paparazzi.

— José Ossario, c'est bien ici qu'il habite ?

— Oui.

Le voisin portait des lunettes discrètes, un polo et un short laissant entrevoir des jambes blanches et glabres. Rubén approcha de la haie.

— Vous savez depuis quand il est absent ?

Le petit homme haussa les épaules.

— Plusieurs jours, je crois. (Il le jaugea d'un air curieux.) Vous êtes argentin, n'est-ce pas ?

L'accent de Rubén ne laissait pas de doute.

— Martin Sanchez, se présenta-t-il. Oui, je viens de Buenos Aires.

— Franco Diaz, sourit le voisin derrière le grillage. Botaniste à la retraite… Vous cherchez M. Ossario ? demanda-t-il d'un air engageant.

— Oui. Je travaille pour une agence de recouvrements, mentit Rubén. C'est une histoire un peu compliquée, et… disons urgente.

— Ah ? (Diaz hésita, le sécateur à la main, une lueur d'intérêt dans ses petits yeux rapprochés.) Mais vous devez avoir chaud sous ce soleil, dit-il comme s'il manquait à tous ses devoirs. Entrez donc boire une orangeade, ajouta-t-il avec prévenance, nous serons mieux pour discuter… Vous aimez les fleurs ?

Les coquelicots.

Le septuagénaire ouvrit la grille, ergotant sur le retour du soleil après le coup de vent des précédents jours. Franco Diaz vivait seul dans une maison de bord de mer où il semblait couler la plus paisible des retraites : botaniste émérite — contrairement à celui de son voisin, son jardin était splendide —, il avait installé une mare à nénuphars sur le toit-terrasse de l'ancienne *posada*, d'où l'on pouvait contempler le *río*. Une petite crique s'étendait en contrebas, à l'ombre d'un saule pleureur, une plage de terre jonchée de plastiques charriés par les eaux du fleuve. Rubén accepta une boisson fraîche en écoutant le retraité vanter la rareté de ses fleurs, avant d'aborder le sujet qui l'intéressait.

Sentant une certaine distance vis-à-vis de son voisin, Rubén abonda dans le sens du botaniste — José Ossario devait de l'argent à ses clients, une vieille dette concernant une assurance qu'il venait solder. Diaz l'écoutait, la mine pâle, presque mélancolique. Il avoua entretenir des rapports mitigés avec son voisin et, au fil de la conversation, devint volubile : procédurier en diable, Ossario lui avait notamment intenté un procès l'année dernière, pour une sombre histoire de nappe phréatique que Franco polluait avec ses herbicides. Était-ce sa faute si son voisin n'avait pas la main verte, que tout pourrissait chez lui alors que son paradis était en pleine floraison ?!

— Le genre de personnes à attaquer les constructeurs de fours à micro-ondes parce que leur chat a grillé dedans ! résuma le septuagénaire avec une ironie datée.

— Les volets sont clos, observa Rubén. Vous l'avez vu dernièrement ?

— Pas depuis vendredi ou samedi… En tout cas, sa voiture n'est plus là.

— Vous savez s'il a reçu de la visite ?

— Non… Non, je ne crois pas. À vrai dire, mon voisin ne reçoit jamais personne. (Le crâne dégarni de Diaz suait malgré la fraîcheur de la mare.) Une autre orangeade ? s'enquit-il.

— Oui, merci.

Rubén profita que l'aimable retraité filait au rez-de-chaussée pour se pencher vers la maison du paparazzi. C'était une bâtisse assez commune dont le balcon surplombait le *río* : on apercevait la digue du port de plaisance un peu plus loin, avec ses barques à moteur et ses voiliers qui dodelinaient dans le courant. Les stores de l'étage aussi étaient tirés… Franco Diaz revint sur la terrasse, les mains encombrées de boissons fraîches.

— Vous croyez que mon voisin est parti ? lança le botaniste sans cacher sa curiosité. Je veux dire, définitivement ?

— J'espère que non ! s'esclaffa l'assureur d'un jour. Pourquoi, vous avez des raisons de croire qu'il ait pu s'envoler ?

— Non, pourquoi ? À cause de ses dettes ?

— Vous savez comment sont les gens avec l'argent, insinua Rubén.

Diaz acquiesça dans son orangeade. Lui aussi avait un léger accent argentin. Le visage affable du botaniste se figea alors. Rubén se tourna vers la maison d'Ossario : une voiture venait de s'arrêter dans la rue. Un seul claquement de portière, puis le grincement d'une grille… Le détective prit congé.

Une Honda blanche était garée contre le trottoir. Un modèle récent, semblable à celui de l'ancien paparazzi. Rubén posa la main sur le capot : le moteur était brûlant. Il sonna à l'interphone du numéro 69, attendit une réponse face à la caméra de surveillance. Une voix finit par grésiller.

— Qui êtes-vous ?!

— Calderón, dit-il. Je suis détective et je viens de Buenos Aires. Vous êtes José Ossario, j'imagine…

Rubén montra sa plaque à l'œil panoptique qui le scrutait. Bref silence.

— Comment saviez-vous que j'arrivais aujourd'hui ?

— Je ne le savais pas : je m'entretenais avec votre voisin quand j'ai entendu la voiture, expliqua Rubén. Il faut que je vous parle, c'est important.

— Parler de quoi ?

— Maria Victoria Campallo, dit-il. Je la cherche… Laissez-moi entrer, monsieur Ossario.

Les grésillements durèrent plusieurs secondes. Rubén écrasa sa cigarette sur le trottoir ramolli par la chaleur de l'après-midi. Un déclic libéra enfin la grille. Un jardin de mauvaises herbes menait à la porte entrouverte : il avança jusqu'au perron.

— Vous êtes armé ? l'arrêta Ossario derrière la porte blindée.

Il avait gardé la chaîne. Un coup de talon et elle volait.

— Non, répondit Rubén.

— Moi si.

— N'allez pas vous blesser…

L'homme consentit à retirer la chaînette, laissant le détective pénétrer dans son antre. Le contraste avec la lumière du dehors confina Rubén au noir total, deux ou trois secondes, le temps pour Ossario de jauger l'intrus. Rubén leva les paumes en signe de passivité, localisa l'homme dans son dos.

— Pour qui travaillez-vous ? dit-il en refermant la porte.

— Mon propre compte.

— Ne bougez pas, fit l'homme en le contournant.

Rubén aperçut la lueur d'une arme dans la semi-obscurité. Le rez-de-chaussée abritait un labo photo, un banc de montage…

— Ouvrez les pans de votre veste, ordonna le propriétaire.

Rubén obéit.

— O.K., passez devant moi.

L'escalier menait au salon, dont les stores à demi inclinés filtraient la lumière du jour. Rubén découvrit le visage blême d'Ossario qui le fixait, l'air buté, un revolver à la main. Calibre .32. Il portait un treillis kaki, une chemise et un gilet de safari, des rangers de cuir ; musculeux, crâne rasé, une barbiche et des bajoues de métalleux porté sur la bière, José Ossario semblait plus prêt à la self-attack qu'à l'autodéfense.

— Je peux fumer ou les détecteurs vont nous coller une amende ? fit Rubén.

Ossario goûta peu l'esprit du détective.

— Comment vous m'avez retrouvé ?

— Votre adresse était griffonnée sur un papier dans un jean que Maria Victoria n'a pas eu le temps de laver. Ramassez votre artillerie, je vous prie.

L'homme rumina sous sa barbiche. Il y avait un clic-clac et du matériel photo entreposé près de la porte-fenêtre : Rubén jeta un bref coup d'œil à l'étagère de la bibliothèque pendant que l'autre marinait — Meyssan, Roswell, Faurisson, des histoires d'OVNI, de triangle des Bermudes…

— Qu'est-ce que vous savez de Maria Campallo ? lança l'autre sans lâcher son calibre.

— Qu'elle est venue vous voir deux jours avant de disparaître, répondit Rubén.

L'homme blêmit un peu plus.

— Continuez.

— Maria a cherché à contacter un journal hostile à son père, Eduardo, et on n'a plus de nouvelles d'elle depuis ce jour. Ça va bientôt faire une semaine que je la cherche… Vous feriez mieux de ranger votre pétoire si vous ne voulez pas que je vous la confisque.

Rubén alluma sa cigarette en observant sa réaction, mais Ossario resta plongé dans un long mutisme. Le trépied d'une caméra numérique était posté devant la fenêtre qui donnait sur le jardin du voisin.

— L'idiote, souffla alors l'ancien paparazzi.

Rubén lui adressa un regard interrogateur.

— Je lui avais dit de se taire, marmonna-t-il, visiblement entre le choc de la révélation et la colère. Je lui avais dit de me laisser faire... Idiote !

Ossario rangea son arme dans son holster, le regard flou, ébranlé.

— De se taire au sujet de quoi ? demanda Rubén. Des activités de son père, Eduardo ?

— Eduardo, son père ?! Oh ! s'esclaffa-t-il avec une joie mauvaise. Mais ce n'est pas son père ! Oh, non !

— Comment ça ?

Ossario le fixait de ses yeux globuleux, satisfait de son effet.

— Vous ne savez pas ?

— Quoi ?

— Maria Victoria a été adoptée. Elle et son frère ! Ah ! triompha-t-il. Vous ne le saviez pas ?!

Rubén pâlit à son tour.

— Vous voulez dire que Maria a été adoptée pendant la dictature ?

— Évidemment !

On entendait le bruit du ressac au pied de la terrasse. La nouvelle changeait tout — voilà pourquoi Maria avait voulu joindre Carlos au journal, pourquoi on l'avait enlevée : elle faisait partie des bébés volés par les militaires.

— Vous en avez la preuve ?

— *Les* preuves ! exulta le paparazzi.

Rubén avait l'impression de parler à un fou, pourtant il ne mentait pas.

— C'est vous qui avez appris à Maria la vérité sur son adoption, n'est-ce pas ?

— Oui. Oui, je voulais qu'elle témoigne pour moi au Grand Procès.

— Vous comptiez faire un procès à Eduardo Campallo ?

— Oh ! Pas seulement à Campallo ! s'enflamma-t-il. À tous les autres aussi ! Tous ces accapareurs, ces soi-disant élites et professionnels de la pensée unique qui m'ont cousu la bouche pour m'obliger à me taire ! Le Grand Procès : le Grand Procès, voilà ma réponse ! La presse de Campallo m'a assassiné, s'esclaffa-t-il, bien sûr, j'étais un gêneur ! Un empêcheur de penser en rond ! Je l'ai choisi comme étendard !

Il jubilait, prisonnier de ses rancœurs.

— Vous savez ce qui est arrivé à Maria Victoria ? lâcha Rubén.

— Non, fit-il dans un rictus. Non, mais je m'en doute ! L'idiote a voulu retrouver son frère ! Voilà où ça l'a menée !

Rubén sentit l'atmosphère changer autour de lui. Il transpira tout à coup.

— Maria Victoria a un autre frère ? Un autre frère que Rodolfo ?

— Rodolfo est né à l'ESMA mais ce n'est pas lui, son frère ! éructa Ossario, presque effrayant. Son vrai frère a été échangé avec lui à la naissance ! Le pauvre était malade, ou ils avaient trop charcuté sa mère dans la maternité clandestine : Campallo l'a échangé contre un autre bébé né en détention, le fameux Rodolfo, celui-là en parfaite santé ! Mais ce n'est pas son frère ! Pas du tout !

L'ESMA. L'École de Mécanique de la Marine. Pour Rubén aussi l'Histoire bégayait.

— Un homme a été assassiné la nuit où Maria a disparu, dit-il en tâchant de garder un ton neutre, un travesti que des témoins ont vu avec elle ce soir-là. Vous croyez que c'est lui son frère ?

Ossario était de plus en plus agité.

— La petite idiote ! grogna-t-il, dans son délire. Je lui avais dit pourtant de ne pas bouger, que je m'occupais de tout ! Elle m'a désobéi ! Et voilà, voilà !

Rubén entendit un bruit dehors, sur la terrasse, un léger craquement. Il quitta la bibliothèque où il se tenait adossé et écarta le store qui donnait sur la rue : une camionnette blanche aux vitres teintées était garée devant la Honda.

— L'idiote, ruminait Ossario.

Rubén se pencha, vit la grille fracturée du jardin, puis les ombres sur le balcon qui dansaient derrière les stores.

— Attention !!!

Les battants de la porte-fenêtre cédèrent dans un bref éclat de bois : deux hommes cagoulés firent irruption sous le regard interloqué du paparazzi qui, l'espace d'une seconde, resta pétrifié. Un laser rouge se ficha sur sa poitrine. Jaillissant du mur où il s'était plaqué, Rubén frappa le tireur à la gorge, un violent direct qui lui fit lâcher son Taser. L'homme émit un grognement, tituba sur les débris. Voyant son équipier en difficulté, l'autre pressa la détente du pistolet à impulsions électriques au moment où Rubén s'en servait comme d'un bouclier, et foudroya son binôme. Le détective ne lui laissa pas le temps de recharger : il jeta le pantin électrifié devant lui, bondit sur le tireur qui reculait et lui asséna un méchant coup de pied dans les testicules.

— Casse-toi ! hurla-t-il à Ossario.

L'assaillant resta statufié dans le contre-jour de la pièce, une douleur sourde irradiant son entre-jambe. Le paparazzi réagit enfin : il empoigna le .32 niché dans son holster, s'enfuit vers l'escalier et tomba nez à nez avec la seconde équipe, qui venait de fracturer la fenêtre du rez-de-chaussée. Ossario fit feu en se jetant sur eux. Les harpons du Taser se plantèrent à bout portant dans sa poitrine, un choc de cinquante mille volts qui dévia son tir : la première balle percuta le plafond de l'escalier, la seconde emporta le front d'Ossario alors qu'il s'écroulait, secoué de spasmes.

Rubén n'avait pas d'arme : il piétina les éclats de stores et de verre en refluant vers le balcon quand il lâcha un cri de douleur. Un cinquième homme se tenait sur la terrasse. Rubén eut un haut-le-cœur quand la corde à piano s'enfonça dans sa glotte, comprit tout de suite qu'il allait mourir : le temps pour l'homme de resserrer sa prise et de lui déchirer l'œsophage. Il donna trois furieux coups de tête en arrière, qui firent mouche, et du talon, lui démolit le cou-de-pied. Le tueur perdit un peu de son assise mais il tenait bon. Rubén étouffait. Ossario gisait en haut de l'escalier, la partie supérieure du crâne pulvérisée, les deux autres types accouraient ; il attrapa les testicules du tueur dans son dos et les tordit de toutes ses forces. L'homme recula contre la rambarde. Rubén sentit sa masse, le sang qui coulait sur sa chemise, plus abondant à mesure que le fil mortel tranchait sa peau : il broyait les testicules mais la brute refusait de lâcher prise. Rubén enroula un bras par-dessus son épaule et, l'entraînant de tout son poids, bascula en arrière.

Deux harpons le frôlèrent tandis qu'ils passaient par-dessus la rambarde.

Cinq mètres de vide les séparaient du *río* : les deux hommes tombèrent cul par-dessus tête dans l'eau terreuse qui filait sous la terrasse. Le courant les emporta aussitôt. Rubén n'y voyait rien dans cette eau noire, les flots et le tueur accroché à lui l'envoyaient vers le fond : il se débattit furieusement, ses poumons le brûlaient et les coups de coude qu'il balançait au petit bonheur n'y changeaient rien. Ils coulaient dans l'obscurité, aspirés par le courant. Rubén se contorsionna dans la mélasse, à bout de souffle, aperçut la tête de l'agresseur parmi les bulles et planta ses pouces dans ses orbites. Il avalait une première gorgée d'eau quand l'homme lâcha prise. Rubén donna une dernière impulsion pour remonter à la surface, vit la lumière et happa l'air comme un bout d'éternité. Il ne pensait plus au tueur, à sa gorge sanguinolente, à Ossario, juste à respirer. Survivre, s'échapper du piège qu'ils lui avaient tendu dans la maison. Il nagea en aveugle, entraîné par les flots ; le port de plaisance était à deux cents ou trois cents mètres. Il émergea dans les tourbillons et les algues, un goût de vase à la bouche, risqua un œil dans son dos. On ne voyait plus la maison du paparazzi, cachée par les arbres de la corniche, ni traces du tueur qui avait basculé avec lui du balcon : il n'y avait plus que le ponton blanc du petit port devant lui, et les rayons du soleil qui déclinait à fleur d'eau…

Rubén gagna la rive, à bout de forces, et se traîna jusqu'au carré de plage qui précédait le ponton. Un sang tiède coulait de sa gorge tandis qu'il haletait. Il manquait d'oxygène, de repères ; la tête lui tournait. Il ruisselait d'eau et de boue sur le sable humide, le corps encore tremblant après l'attaque. Il s'assit parmi les bouts de plastique et de coquillages, les poumons douloureux après sa trop longue immersion.

— Ça va ? lança un pêcheur depuis sa barque.

Il ne répondit pas. Un relent de vase pataugeait dans sa bouche, et la peur panique redescendait le long de ses jambes. Rubén eut un haut-le-cœur et vomit un liquide noir sur les éclats nacrés des coquillages.

Les salopards avaient failli le tuer.

12

Parmi les cinq cents bébés volés durant la dictature, beaucoup n'étaient pas répertoriés à la BNDG, la banque génétique. La plupart de leurs parents n'avaient jamais réapparu, pulvérisés à la dynamite, brûlés dans des centres clandestins, incinérés dans les cimetières, coulés dans le béton, jetés des avions : sans corps exhumés ni recherchés par les familles, ces enfants resteraient à jamais des fantômes.

On confiait les bébés à des couples stériles proches du pouvoir, officiers, policiers, parfois même aux tortionnaires, faux documents à l'appui. *Apropiador* : c'était le nom donné aux parents adoptifs. Les listes d'attente étaient longues, les passe-droits de mise. Les *apropiadores* attendaient qu'une prisonnière accouche sous X avant de récupérer la chair de ses entrailles. Que la mère soit liquidée après avoir donné la vie n'était pas leur problème : ces bébés faisaient partie du « butin de guerre ».

Sauf que, illégalement appropriés, ces enfants n'avaient pas accès à leur histoire : on la leur avait volée. Les hommes et les femmes qui, trente-cinq ans plus tard, avaient un doute sur leurs origines pouvaient s'appuyer sur la CONADEP, organisme chargé de rechercher l'identité des disparus. En apprenant la vérité sur leurs origines, l'affection l'emportant souvent sur l'affliction, beaucoup passaient l'éponge sur le passé et renouaient, le cas échéant, avec leur famille d'origine — grands-parents, oncles, cousines. Dans tous les cas, ces enfants subissaient un véritable séisme psychique : filiation détournée, transmission coupée, les liens qui unissaient ces bébés volés à leurs parents adoptifs étaient établis sur la base du mensonge et du crime. Ils ne pouvaient pas aimer, espérer, construire ou progresser dans leur vie d'adulte, le mensonge s'insinuait partout, opacifiait les esprits et les actes, contaminait les sentiments.

Les Grands-Mères ne s'y étaient pas trompées, ouvrant une cellule psychologique pour aider ces enfants à surmonter le traumatisme. Elles avaient ainsi retrouvé plus d'une centaine d'entre eux : Maria Victoria Campallo faisait partie des quatre cents enfants encore perdus dans la nature. Elle et Luz/Orlando, le frère qu'elle recherchait…

Rubén avait trouvé une place in extremis dans la dernière navette pour Buenos Aires. Son portable n'avait pas supporté le séjour dans l'eau, les remarques à l'Immigration uruguayenne et l'humeur massacrante qu'il traînait depuis son plongeon forcé dans le *río* n'avaient pas arrangé ses envies de meurtre.

Il finit par joindre Anita sur le bateau qui le ramenait en Argentine : et ce fut pire.

*

La réserve écologique de Buenos Aires bordait le Río de la Plata, déversoir d'eaux boueuses dans l'océan. Bosquets inextricables, marais infestés de moustiques, flamants roses et macareux à la pêche donnaient un aperçu de ce que les premiers conquistadors avaient trouvé en débarquant ici cinq siècles plus tôt. Adossée au Puerto Madero, la réserve était séparée du quartier des affaires par une simple avenue plus ou moins en déshérence ; le crépuscule flambait sur le reflet des buildings quand la patrouille d'Anita Barragan arriva la première sur les lieux.

Novo, le stagiaire du moment, conduisait la Fiat bicolore de la brigade d'intervention. Casquette et uniforme vert, mal fagoté, Jarvis, le gardien du site, faisait chaque soir sa tournée pour chasser les petits malins qui aimaient pique-niquer à la fraîche et fumer des pétards en jouant de la musique : c'est lui qui avait trouvé le corps, et aussitôt appelé le 911.

La Fiat cahota sur la piste caillouteuse qui serpentait dans le bout de jungle et stoppa en vue de l'océan.

— C'est là, fit Jarvis.

La rive se situait à une vingtaine de mètres en contrebas, après le bosquet d'acacias. Ils abandonnèrent le véhicule de police sur le bas-côté et finirent le chemin à pied. De grands roseaux préfiguraient les tours de la ville, qu'on apercevait au loin. Ils affrontèrent une nuée de moustiques particulièrement collants au soleil déclinant, se frayèrent un passage à travers les arbres rabougris et atteignirent la plage, un bout de terre sale où les branchages se mêlaient aux déchets divers.

Une eau marronnasse clapotait à petites poussées huileuses, exhalant une doucereuse odeur de pourriture. La dépression qui avait frappé la côte argentine avait modifié les courants ; des centaines de bouteilles de plastique avaient dérivé sur les plages et les berges, charriant moules et coquillages vides dans l'estuaire. Anita marcha jusqu'au rivage, pleine d'appréhension, et vida ses poumons pour affronter la Mort... Le corps baignait parmi les sacs plastique et les algues, le haut du crâne arraché. Un pantalon de toile bleu, un tee-shirt, pas de chaussures. Une femme, d'après les touffes de cheveux bruns tout emmêlés de sable et de parasites qui sautaient çà et là. Un cadavre gonflé, méconnaissable. Anita frémit en se penchant sur le visage : agglutinés autour des yeux, des dizaines de bulots finissaient de lui ronger les orbites... L'odeur se fit plus prégnante ; l'inspectrice ne savait plus par quel bout la regarder, si elle pouvait encore la regarder, cette pauvre femme au crâne décalotté, à demi dévorée par la mer.

Novo se tenait à distance, occupé par le tiraillement de ses boyaux, le gardien avait détourné les yeux vers le bosquet. Anita s'accrocha à ses tripes. Elle croyait avoir vu le pire en ramassant des cadavres calcinés, mais le pire aussi était sans limites. Elle pensa à son chat pour faire diversion, ravala la salive qu'elle n'avait plus, oublia les émanations putrides, les moustiques qui la harcelaient et s'accroupit dans la vase. Le macchabée avait dû séjourner plusieurs jours dans l'eau pour être dans cet état. Le haut du crâne avait été scalpé, une blessure nette, sans doute provoquée par l'hélice d'un bateau. La vision du visage était difficilement supportable avec ses orifices grouillants de bulots, mais le cou était intact… On devinait un tatouage sous l'oreille : un petit lézard qui grimpait vers son lobe.

L'inspectrice se redressa, des sueurs froides le long de l'échine. Anita avait déjà vu ce tatouage quelque part. La photo numérique de Rubén. Maria Victoria Campallo : elle avait le même petit lézard sous l'oreille…

*

Un sandwich huileux dégoulinait sur la chemise d'Alfredo Grunga. *El Toro* connaissait la ville comme sa poche pour l'avoir arpentée en Ford Falcon — le bon vieux temps comme on disait, du moins celui qu'ils évoquaient sans se lasser. Assis à ses côtés, *el Picador* tripatouillait les stations de radio à la recherche d'une chanson d'amour, pour se détendre… Pas mal de trafic sur l'artère principale de Buenos Aires : les employés rentraient chez eux, confiants dans leur vie fonctionnaire, leur famille, leur quotidien rapiécé.

O divina…
Toda, toda mia…

Le Picador avait trouvé la station adéquate. Il adressa un sourire anguleux à son compère qui, au volant du van aménagé, achevait son *empanada* au fromage : la sueur coulait sur ses joues molles, comme la graisse sur sa chemise encore à peu près blanche — quel porc, ce Toro — ho, ho, ho !

— Baisse-moi cette connerie de musique ! gronda le chauve à l'arrière.

Parise connaissait les énergumènes et il s'agissait de ne pas se gourer cette fois-ci.

Membre historique de la triple A (l'Alliance Anticommuniste Argentine), Hector Parise faisait partie du groupe d'hommes qui avait attendu le retour de Perón à l'aéroport d'Ezeiza en 1973, quand deux millions de personnes s'étaient précipitées pour accueillir le vieux héros. Embusqués aux abords de la tribune officielle, Parise et son équipe avaient tiré dans le tas, comme à la foire, concentrant le feu sur les *Montoneros*, les militants les plus virulents. Treize morts, quatre cents blessés, le Boeing de Perón détourné vers une base militaire et une panique épouvantable qui allait annoncer le divorce du général avec l'aile gauche de son parti — le 1er mai, depuis le balcon de la Casa Rosada où les *Montoneros* étaient venus en masse lui porter leur soutien, Perón les avait traités d'« imbéciles imberbes », de « traîtres », de « mercenaires ». Un coup parfaitement orchestré puisque Perón allait mourir deux mois plus tard, laissant le pouvoir à sa femme, une danseuse raspoutinée par López Rega et ses escadrons de la mort, dont Parise faisait partie — le début de la curée, qui allait provoquer le coup d'État de Videla.

De l'histoire ancienne.

Avenida Independencia. Le Toro essuyait ses doigts sur sa chemise quand Parise s'agita à l'arrière du van — il mesurait près de deux mètres et chaque mouvement secouait l'habitacle.

— La première à gauche, ordonna-t-il.

*

Miguel avait opté pour une robe fourreau blanche sous un manteau cintré et évasé qui mettait en valeur ses chevilles — le travesti avait un goût fétichiste pour les escarpins, qu'il portait plus petits que ses pieds pour les « rétrécir ». Sa tenue de coming out. On allait rire, ou pleurer, qu'importe. Le show au Niceto avait tout changé. La magie de la scène, qui vous serre les entrailles et vous libère. Après sa folle nuit passée à danser, à rire et à boire avec d'autres artistes, Paula avait compris que sa vie était en train de basculer. Un bonheur arrivant plus beau accompagné, Gelman et les performeurs du Club 69 l'engageaient pour la tournée à Rosario et d'autres dates se profilaient, de Mendoza jusqu'à Santiago. Le choc avait été frontal, la réponse urgente (ils partaient le surlendemain), la décision, dès lors, définitive : Miguel abandonnerait le tapin sur les docks pour la vie d'artiste. Il remplacerait sa dent cassée et pourquoi pas, un jour, il changerait de sexe, de nom, d'existence, loin de sa mère qui lui bouchait l'horizon. Miguel allait devenir Paula, comme le papillon quittait sa chrysalide : pour toujours…

Le travesti regarda sa montre, un petit cadran rose bonbon qui soulignait les liserés de sa robe : c'était l'heure de fermer et le rideau métallique était déjà tiré sur la blanchisserie. Miguel fit claquer ses talons dans la venelle qui menait à l'arrière-boutique (« l'entrée des artistes », comme il l'appelait), le cœur battant — allez, ma vieille, s'encouragea-t-il, sois un homme, pour la première et la dernière fois de ta vie !

À peine eut-il poussé la porte qu'un cri l'accueillit.

— Le voilà ! sursauta Rosa sur son fauteuil. Aah ! Aaahh !!!

La vieille femme faillit s'étouffer en découvrant son fils ainsi accoutré, se rattrapa aux accoudoirs comme si le diable lui faisait pousser des ailes et serra sa couverture à carreaux entre ses poings faméliques.

— Comment oses-tu ?! le maudit-elle en le fusillant du regard. Comment oses-tu, démon ?!

Rosa n'était pas seule dans l'arrière-boutique de la blanchisserie : un homme en soutane l'accompagnait, un quadragénaire au sourire mou et en col blanc. Le frère Josef sans doute, dont la bigote lui rebattait les oreilles.

— Tu as amené des renforts ? s'enquit Miguel à l'intention de sa mère.

— Regardez-le, frère Josef ! Vous voyez la maladie qui est en lui ! Il faut l'exorciser ! Oh, Seigneur !

— Allons, allons… (Le prêtre tapota le bras fané de son ouaille.) Calmez-vous, Rosa.

Miguel secoua la tête sous sa perruque, dépité, presque amusé par la situation.

— Quelle honte ! Regardez sa tenue de clown homosexuel ! Faire ça à sa mère ! Devant vous, frère Josef ! Et ça le fait rire en plus ! Frère Jo…

— Je vous en prie, Rosa, tempéra l'homme. Calmez-vous et laissez-moi parler à votre fils.

Son air paternaliste puait le complot à plein nez : Miguel était fatigué de ces histoires.

— Je n'ai rien à vous dire, mon vieux, fit-il pour couper court. C'est à ma mère que je veux parler, pas à vous.

— Malotru !

— Laissez-le s'exprimer, Rosa. Votre fils a des choses importantes à vous dire. Parlez, mon fils. Je suis là pour vous aider, vous et votre pauvre maman…

Le prêtre de l'*Immaculada Concepción* portait de petites lunettes discrètes sur un visage pâle et effacé qui transpirait la bonté du Christ. Miguel passa les mains sur les plis de sa robe, haussa les épaules.

— Soit… (Il souffla pour prendre son élan.) Maman, je suis venu te dire que je fais mes valises. Je quitte la maison. J'ai trouvé un travail dans une revue de travestis : on part dans deux jours à Rosario, en tournée mondiale, et je ne reviendrai pas. Du moins plus ici. Je me fiche de ce que tu peux penser, étant donné que tu n'as jamais pensé à moi, mais toujours à toi. Je ne t'en veux même pas. Si papa avait vécu, on n'en serait pas là. C'est trop tard de toute façon. Dorénavant, Miguel s'habillera en Paula, que ça te plaise ou non. Tu ne m'as jamais aimé, enchaîna-t-il, lui coupant l'herbe sous le pied : petit déjà je faisais tout de travers. Tu me reprenais tout le temps, comme pour me faire étouffer, comme si je n'étais pas celui que j'aurais dû être, eh bien tant pis. Aujourd'hui je m'en vais. Je me casse. Je disparais !

— Quoi ?

— Oui, maman, j'en ai assez de vivre dans la naphtaline, à t'entendre me traiter de malade en prenant tes grands airs d'autruche. Je ne suis pas venu te demander ton autorisation ou ton avis, je suis venu chercher mes affaires. Je reviendrai t'aider à l'occasion, si tu le veux.

— Égoïste ! glapit Rosa.

— Oui. En attendant, je m'en vais vivre avec des gens qui m'aiment comme je suis.

— Imposteur !

— C'est ça.

— Imposteur ! s'égosilla la vieillarde. Tu me fais honte, débauché ! Tu veux ma mort, avoue ! Quelle honte j'ai, mon Dieu, quelle honte !

— Miguel, s'interposa le prêtre, pourquoi quitter ta mère si subitement ? Il est arrivé quelque chose dernièrement, n'est-ce pas, qui aura forcé ta décision…

— C'est marrant, remarqua-t-il, c'est quand on devient libre que les gens se mettent à croire qu'on débloque. Tu sais quoi, frère Josef ? Puisque toi et ton Dieu vous êtes si fortiches, c'est vous qui allez vous occuper de ma mère.

— Miguel, rétorqua le prêtre d'un ton solennel, si j'étais toi je parlerais… Ta mère m'a entretenu d'une visite la semaine dernière : tu étais présent ?

— Imposteur, ruminait Rosa en gobant une pastille de la boîte qu'elle tenait sous sa couverture. Tu n'as toujours été qu'un imposteur…

— Quelle visite ? releva Miguel.

— Une femme, répondit le frère. Elle a remis un document à ta mère, un document important. Rosa dit qu'elle ne se souvient plus où elle l'a mis mais tu dois le savoir : c'est toi qui t'occupes des papiers, n'est-ce pas ?

Sa voix conciliante sonnait aussi faux qu'un rééchelonnement de dettes. Miguel se tourna vers sa mère mais son regard déteint s'était perdu dans l'abîme de sa folie.

— Écoute, dit-il, je ne sais pas ce que t'a raconté ma mère mais tu vois comme moi que ça ne tourne plus rond dans sa tête.

Rosa piochait dans sa boîte, les cheveux fous sortis par mèches du chignon, répétant d'une voix morne :

— Imposteur… Imposteur…

Le prêtre se dandina devant la table de repassage.

— Miguel, insista-t-il, c'est très important : je dois savoir si tu as vu le document remis par cette femme.

— Bon Dieu, s'emporta le travesti, mais de quoi tu parles ?!

Il y eut un moment de flottement dans l'arrière-boutique. Le frère Josef suait maintenant à grosses gouttes sous sa chasuble. Il s'approcha de Miguel et, sur le ton de la confidence, glissa à son oreille :

— Ta mère ne t'a pas dit ?

— Dit quoi ?!

— Eh bien… qu'elle n'était pas ta mère.

Miguel fronça ses sourcils finement épilés.

— Comment ça, pas ma mère ?

— Tu devrais me dire la vérité, Miguel, conjura le prêtre à voix basse.

— Quelle vérité ?! Maman ! s'écria-t-il en se tournant vers la blanchisseuse. Qu'est-ce que tu es encore allée raconter ?!

— C'est toi qui es malade ! Imposteur !

Tout se mélangeait dans sa tête, le passé, le présent, jusqu'alors soigneusement cloisonnés.

— C'est quoi, cette histoire ? lâcha son fils. Comment ça, tu n'es pas ma mère ? Maman, c'est vrai ? Tu n'es pas ma mère ?… Maman, putain, réponds-moi !

Mais la vieille femme mâchouillait sur son siège

d'infirme, son regard prédateur fixant une proie imaginaire. Miguel secoua la tête, déconcerté.

— Bon, ça suffit, gronda alors une voix dans leur dos.

Un géant au crâne nervuré fit irruption dans la pièce, suivi par deux hommes peu ragoûtants, un brun râblé à la nuque épaisse, ventru mais taillé dans le roc sous un costard douteux, et une espèce de vieux beau gominé au regard hautain de celui qui au fond n'a rien à dire. Miguel recula contre la table à repasser : les trois hommes se tenaient cachés dans le magasin, le rideau de fer était tiré et leurs têtes fripées faisaient presque peur.

— Qui êtes-vous ? leur lança-t-il. Qu'est-ce que vous faites là ?!

Parise se posta devant la porte de la réserve, coupant toute retraite.

— Ta mère ne t'a rien dit ? demanda-t-il, une lueur malsaine dans les yeux.

Miguel eut soudain très chaud dans sa robe blanche.

— Dit quoi ?! chevrota-t-il.

Personne ne fit plus attention à Rosa Michellini. En retrait, le frère Josef ruisselait.

— C'est toi qui as le document ? relança le géant chauve.

— Quel document ? Je ne comprends rien à votre histoire ! se défendit Miguel. (Il frémit malgré lui devant le regard inquisiteur.) Qui… qui êtes-vous ?

Parise se tourna vers le Toro, cube de muscles aux yeux globuleux qui enfilait des gants de plastique et un bonnet de douche.

— On se dépêche.

Miguel ravala sa salive en voyant l'arme étrange

braquée sur lui. L'impulsion électrique le mordit à l'épaule, deux harpons reliés à un fil qui le pétrifièrent. Le travesti eut à peine le temps de crier : poupée chargée de volts, Miguel croisa une dernière fois le visage défait de sa mère avant que le sol ne se rapproche à toute vitesse.

— Qu'est-ce que...

Parise posa la lame de son cran d'arrêt sur le cou flasque de Rosa.

— Ferme-la, vieille chouette, la prévint-il, ou je te cloue au mur. Pigé ?

La pauvre resta statufiée de peur, les mains crispées sur sa précieuse boîte de pastilles. Son fils gisait près de la table de repassage, agité de soubresauts. Le Toro s'accroupit pour empoigner la femmelette pendant que le Picador tirait le rouleau d'adhésif. Miguel sentit le contact du carrelage contre sa joue, le souffle rauque des hommes qui l'entravaient, incapable d'articuler ni d'opérer le moindre mouvement.

— J'amène le van à hauteur, annonça le Picador.

— O.K.

Parise s'agenouilla au chevet du trav', maintenant pieds et poings liés.

— C'est toi qui as averti Ossario ?

— N... N...

— C'est pas ta mère, alors qui ?!

Miguel secoua la tête, en signe d'impuissance. Le géant se tourna vers la blanchisseuse qui, depuis son fauteuil, le fixait d'un œil maléfique : la terreur semblait l'avoir claquemurée dans son monde d'anges morts et de furies divines, démasquée par ses mensonges ou ne pouvant les entendre. Parise grommela — ils avaient fouillé l'appartement sans rien trouver.

— Je crois qu'il ne sait rien, intervint le frère Josef en désignant le travesti à terre. Il… il me l'aurait dit.

Le talkie-walkie crachouilla dans la poche du chef d'équipe : la voie était libre. Il adressa un signe au Toro, qui cala le « paquet » saucissonné sur son épaule — une plume, comme la fille Campallo et le trav' de l'autre nuit, qu'ils avaient pris pour un autre… Rosa lâcha sa boîte de pastilles, qui roulèrent contre les plinthes, et sursauta sur son fauteuil, comme frappée par la foudre.

— Qu'est-ce que vous faites à mon fils ?! Lâchez-le ! (Elle brandit sa canne hérissée en direction des deux hommes.) Lâchez-le, Démons !

Le Toro pouffa de rire devant ses pauvres moulinets.

— C'est mon fils ! postillonna Rosa, le menton luisant de bave. Mon fils !

La blanchisseuse frappa le vide, manqua de basculer en avant, repartit à l'attaque avec l'énergie du désespoir.

— Dieu tout-puissant ! Dieu tout-puissant !

Parise saisit le foulard du trav' qui traînait à terre et contourna le fauteuil roulant : d'un tour de main, il arracha la canne qui tentait de l'éborgner et l'envoya balader à l'autre bout de la pièce.

— Dieu tout-puissant ! Dieu tout…

Il captura le cou maigre de la vieillarde, serra le foulard sur sa glotte. Rosa se débattit sur le siège, suffoqua vite devant la poigne du tueur. Il fallait cinq minutes pour étouffer quelqu'un, beaucoup moins en lui cassant le cou. Parise banda ses muscles, serra de toutes ses forces, tremblant sous l'effort : Rosa émit un long râle d'agonie, les yeux sortis de leurs orbites. Les vertèbres cédèrent dans un bruit d'osselets. La tête retomba, à jamais inerte, sur sa blouse à fleurs.

Parise relâcha son étreinte, la chemise trempée de sueur. Ça puait la lessive et la mort dans la boutique, les autres attendaient dans le van : il était temps de filer. Le chauve eut un ultime rictus pour la momie ébouriffée sur son fauteuil, la langue pendant comme un serpent rose, une bave grumeleuse coulant sur le menton...

Vieille sorcière.

*

Jana n'avait pas dormi de la nuit. L'esprit à rien, même pas à sculpter : ça ne lui arrivait jamais. Elle avait commencé à polir les angles des cratères sur le socle de béton, aiguisé les tiges d'acier pour insérer les tissus aux couleurs des nations autochtones dans les territoires dévastés, mais le souvenir de cette nuit bousculait ses maigres certitudes. Sculpteur, celui qui fait vivre... Rubén avait posé sa main chaude sur la cambrure de ses reins, d'une étreinte il l'avait presque soulevée de terre pour la nicher contre son sexe, du haut d'un rêve où ses yeux dégageaient les comètes, il lui avait donné le baiser le plus sensuel de sa vie, avant de la planter comme une conne, devant l'aviateur au sourire déboulonné... À quoi il jouait ? Lui réservait-il un traitement électrochoc ou se comportait-il ainsi avec toutes les femmes ? Jana ne savait plus quoi penser. Le monde avait changé d'axe, de couleur — gris anthracite, poudré de myosotis. Elle était tombée dans le piège. Comment s'en sortir ? Désirait-elle même en sortir ? Paula était passée à sa « loge » en fin de matinée, elle aussi tourneboulée après sa folle nuit au Niceto, et avait tout de suite remarqué que quelque chose ne collait pas dans le regard de la Mapuche.

— Toi, ma vieille, tu es amoureuse !

Jana avait haussé les épaules.

— Bof.

— Bla-bla-bla ! Tu as les yeux qui brillent, ma beauté ! Alors, il t'a fait quoi ? Vous vous êtes embrassés ?

— À peine.

— Vous avez couché ensemble ?! s'était-elle emballée. Alors, raconte !

— Tu vois Fukushima ? C'était pareil, tout pourri.

— Je te crois pas, petite kamikaze ! Ah ah ! (Elle riait en brassant l'air du hangar.) Tu es amoureuse, Jana : c'est formidable !

Tu parles. Elle n'avait pas réussi à dormir, à peine à travailler, maintenant le sol était jonché d'outils que fixaient d'un œil torve ses monstres alambiqués, Paula était partie chez sa mère avec la Ford et Jana ne savait plus que faire de ses sentiments… Elle préparait un café pour passer le goût des nuits blanches quand un bruit de moteur résonna dans la cour, bientôt suivi d'un claquement de portière. Jana redressa la tête, suspicieuse — personne ne venait jamais ici. Des pas dans l'herbe approchèrent de la porte coulissante, restée entrouverte. Rubén Calderón entra dans l'atelier, loin d'arborer la prestance de la veille au soir : sa belle veste noire, sa chemise, ses bottes courtes italiennes, tous ses vêtements étaient encore imbibés de boue.

— Tu me fais de la concurrence ? lança-t-elle.

Rubén oublia de sourire. Ses cheveux étaient poisseux et une méchante cicatrice courait le long de sa gorge — une fine plaie rouge et rectiligne, où les croûtes de sang commençaient à coaguler.

— Qu'est-ce qui se passe ? s'assombrit Jana. C'est quoi, cette cicatrice ?

— Des types me sont tombés dessus, dit-il, à Colonia. Ceux qui ont tué Luz et Maria Campallo.

— Qui ?

— On vient de retrouver son cadavre dans la réserve écologique. Morte depuis plusieurs jours apparemment, elle aussi…

Jana le regardait comme s'il sortait de terre.

— J'ai parlé à un type à Colonia, enchaîna-t-il, Ossario, un ancien paparazzi en possession de documents compromettants. Maria Campallo serait une fille de disparus. Votre copain Luz/Orlando aussi. On l'a échangé avec un autre nourrisson né en détention, Rodolfo, l'actuel frère officiel de Maria, pour des raisons médicales. Dans tous les cas, la famille Campallo est impliquée dans le vol des enfants. Ossario n'a pas eu le temps de m'en dire plus ; il a été tué dans l'attaque de sa maison. Les tueurs étaient en planque. J'ai juste pu m'échapper.

Jana le fixait toujours, dépassée — trop d'informations à la fois.

— Il faut que tu nettoies ça, dit-elle en désignant l'affreuse blessure à son cou.

— Je l'ai fait sur le bateau.

— Avec quoi, de l'eau de mer ?

— Ça va aller.

— On ne dirait pas.

Rubén alluma une cigarette du paquet acheté sur la navette, pensif.

— Qu'est-ce que tu comptes faire maintenant ? demanda Jana.

— Convaincre les parents d'Orlando de témoigner. Eux aussi sont des voleurs d'enfant : ils peuvent raconter ce qui s'est passé à l'ESMA, l'adoption illégale, l'échange des bébés, faire plonger Campallo et les gens qui les protègent…

Jana resta dubitative.

— Il y a une chose qui ne colle pas dans ton histoire, dit-elle bientôt.

— Quoi ?

— Orlando : il avait vingt-cinq ans quand on l'a tué sur les docks.

À ces mots, le regard de Rubén se figea.

— Oui, poursuivit-elle, il était trop jeune pour avoir été adopté pendant la dictature… Le type de Colonia t'a raconté des craques.

Rubén se remémora les paroles d'Ossario au sujet du frère disparu, la recherche de sa sœur quand elle avait appris son existence, jusqu'aux docks de La Boca où traînait le travesti… Il blêmit tout à coup.

— Le fils de la blanchisseuse, il a quel âge ?

— Trente-quatre ans, répondit sa copine.

L'âge qu'avaient aujourd'hui les enfants de disparus.

— Merde.

Jana ravala sa salive : elle aussi commençait à comprendre.

— Ce n'est pas Orlando Lavalle le frère que recherchait Maria, fit-il dans un souffle. Les tueurs l'ont enlevé avec Maria en sortant du club de tango, mais ils se sont trompés de travesti…

On avait mélangé les dés, mis les cartes à l'envers, interverti les réponses : c'était Miguel le frère de la photographe, pas Luz. Voilà pourquoi elle l'avait appelé l'autre nuit, voilà la chose si importante qu'elle voulait lui révéler avant qu'on l'assassine. Miguel avait été adopté pendant la dictature.

*

Jana tremblait de rage sur le siège de la voiture : la mère de Miguel était du poison brut. C'était elle l'*apropiador*, et non les parents d'Orlando, elle qui, avec son mari soldat, avait accepté le marché sordide de la riche famille Campallo. Que Rosa Michellini ait eu le choix ou non la laissait de marbre : son mari mort au combat, la perverse s'était vengée sur leur fils adoptif, comme si elle le tenait responsable de ses malheurs — la disparition du héros-complice, l'orientation sexuelle de Miguel, son état de santé. À rebours tout s'expliquait. Voilà pourquoi le désaxé se sentait si seul, incompris et méprisé : il lui manquait sa sœur, ses parents, son identité, l'origine même de sa vie.

Jana avait appelé le portable de Paula mais ça ne répondait pas. *Avenida 9 de Julio.* Rubén conduisait, anxieux. Ils s'étaient dit l'essentiel sur la route et un silence pesant régnait dans la voiture. Ils arrivèrent entre chien et loup, descendirent la rue Perú désertée à l'heure du dîner. Le rideau de fer était tiré sur la blanchisserie.

— Il y a une entrée par-derrière, l'informa Jana.

Rubén gara la voiture dans la rue perpendiculaire, saisit un colt .45 chromé dans le vide-poches et le fourra sous sa veste.

— Allons-y.

Le chat roux qui paressait sur le pavé se dressa sur ses pattes, avant de subitement détaler : ils s'engouffrèrent dans la venelle et atteignirent la courette aux mauvaises herbes qui donnait sur l'arrière-boutique. Jana portait un simple short de toile et un débardeur noir — pas eu le temps de se changer : elle frappa à la porte, ne reçut aucun écho. Leurs regards se croisèrent. Rubén empoigna le revolver et poussa la porte de la réserve. La pièce était plongée dans la pénombre. D'une main il braqua son arme, de l'autre retint la brune qui se pressait dans son dos : Rosa Michellini reposait sur son fauteuil roulant, la langue bleue sortie de la bouche, un foulard encore serré autour de la gorge… Rubén traversa la pièce en coup de vent et disparut vers le magasin, laissant Jana seule un instant. Elle alluma la lumière et frémit en découvrant les traits de la vieillarde : les yeux sortis de leur orbite, le visage cramoisi incliné sur le torse, la mère de Miguel était morte. Rubén réapparut.

— Ferme la porte à clé, dit-il.

Jana obéit pendant qu'il inspectait les autres pièces. Il revint bientôt, bredouille. L'appartement était vide. La Mapuche n'avait pas bougé, hypnotisée par le cadavre avachi sur le fauteuil. Une odeur de vieux flottait malgré les remugles de lessive.

— Le foulard, dit-elle. C'est celui de Paula… de Miguel, précisa-t-elle dans la confusion. Il l'avait au cou tout à l'heure.

Rubén rumina — un indice pour l'accuser du meurtre, ou brouiller les pistes.

— Tu crois qu'ils l'ont enlevé ?

— S'ils avaient voulu le tuer, on trouverait son cadavre, répondit-il en substance.

Le détective enfila des gants de latex. La mère de Miguel paraissait réduite de moitié avec sa couverture râpée sur ses hanches malades, sa blouse pleine de bave et sa boîte de pastilles éparpillées sur le carrelage. L'inclinaison du cou laissait penser qu'il avait été brisé, la tiédeur du corps que la mort remontait à une heure ou deux. Il n'y avait pas d'autres traces de blessures, juste ce visage défiguré par la strangulation, avec les petites boules de papier mâché encore collées aux lèvres et ce foulard satiné qui appartenait à son fils… La chaleur se fit plus moite dans l'arrière-boutique. Rubén releva la tête de la blanchisseuse, ouvrit sa mâchoire et vit quelque chose, coincé dans l'œsophage. Une boulette de papier, à demi mâchée, qu'il extirpa du bout des doigts.

— Qu'est-ce que c'est que ça ? murmura-t-il pour lui-même.

— La vieille était folle, dit Jana à ses côtés. Syndrome de Rapunzel…

Il eut un rictus.

— Rosa bouffait ses factures, ses papiers, ses cheveux, tout ce qui lui passait sous la main, expliqua-t-elle. Miguel comptait demander l'aide d'un psychiatre, et puis…

La sculptrice laissa sa phrase en suspens, oscillant entre le ressentiment et la nausée. Rubén essuya la salive sur sa veste, déplia la petite boule de papier ôtée de sa gorge. L'écriture était minuscule, dactylographiée : on distinguait des chiffres, ce qui ressemblait à un tableau, une série de lettres… Rubén se pencha et aperçut la boîte de pastilles et son contenu qui avait roulé contre le mur. Ce n'était pas des bonbons à sucer mais d'autres petites boulettes de papier, que la mère de Miguel avait déchirées avec une attention maniaque. Le détective les ramassa, il y en avait une demi-douzaine, et les défroissa sur la table de repassage : les petites billes de papier renfermaient d'autres chiffres, mais aussi des noms.

— Qu'est-ce que c'est ? murmura Jana, penchée sur son épaule.

— Pas des factures en tout cas. On dirait plutôt… une fiche.

Les chiffres semblaient correspondre à des horaires. Rubén vit alors une date, « 19/09/1976 », et un code cryptique accolé. Septembre 1976. La dictature.

— Une fiche d'internement, dit-il.

Rubén se tourna vers le cadavre. Il n'avait que sept morceaux intacts. Combien de temps faudrait-il avant l'autopsie de Rosa, dix, douze, vingt heures ? Trop dans tous les cas. D'ici là, les sucs gastriques auraient tout rongé. Il redressa le corps inerte sur le fauteuil, puis il ôta sa veste, retroussa les manches de sa chemise.

— Qu'est-ce que tu fais ?

— Elle a avalé le reste du document, dit-il en désignant l'*apropiador*. Avec un peu de chance, l'acide n'a pas encore tout effacé…

Jana ne comprit pas tout de suite où il voulait en venir. Le regard de Rubén avait changé, comme s'il était tombé à l'intérieur de lui-même. Jana recula d'un pas, interloquée : il souffla pour évacuer le stress, dégagea la lame de son couteau et déchira la blouse de la vieille femme, qui scrutait le plafond de ses yeux vides. Sa chair flétrie apparut à la lumière crue de la réserve.

— Si j'étais toi, je me retournerais, dit-il.

L'Indienne le garda dans sa mire.

Comme elle voudrait…

Rubén enfonça la lame dans l'abdomen de Rosa Michellini, et l'éventra.

13

La lune grimpait sur les toits quand ils poussèrent la porte blindée de l'agence. Personne ne les avait vus sortir de la blanchisserie et s'engager dans la rue Perú. Le détective habitait deux *cuadras* plus haut. Jana l'avait suivi sur le trottoir irréel, des images de morts plein la tête, écoutant à peine la brève conversation qu'il eut sur le chemin avec sa copine flic : elle songeait à Miguel, au destin dégueulasse qui depuis sa naissance semblait s'acharner sur lui… Il faisait chaud dans l'appartement, une de ces nuits moites propres à l'été portègne ; Rubén jeta sa veste puante sur le canapé, ajusta les rideaux et étala ses précieux papiers mâchés sur le bureau. La plupart étaient humides, en piteux état. Il les laissa sécher à l'air libre. Les semelles de ses bottes couinaient sur le marbre. Foutues elles aussi.

— Tu veux boire quelque chose ? demanda-t-il.

Jana lui renvoya un signe négatif. Elle avait envie de vomir. Rubén avait toujours cette marque affreuse le long du cou, le sang de la vieille folle sur sa chemise.

— Je vais me laver, dit-il.

La Mapuche ne réagit pas, bras croisés, ses grands yeux noirs en chute libre. Garder l'hiver en soi, ne pas penser à ce qu'ils pouvaient faire à Paula, en ce moment même… Les conduites geignirent derrière les azulejos de la salle de bains. Jana écouta le long gémissement de l'eau dans les tuyaux, loin, très loin des sanglots du vent dans les herbes.

Du jus de sang, d'eau et de matières organiques avait coulé sur la couverture quand Rubén avait retiré l'estomac de l'*apropiador* : il l'avait déposé sur la table de repassage, tiède et sanguinolent, comme lors des cours d'anthropologie légiste, avait ouvert la membrane avec une habileté déconcertante et, à la pointe du couteau, l'avait déchirée dans le sens de la longueur. Les sucs gastriques avaient commencé à ronger les aliments mais les boulettes de papier étaient encore visibles parmi les remugles ; il en avait trouvé sept, qu'il avait nettoyées brièvement avant de déguerpir avec Jana, le cerveau brûlé.

La douche s'arrêta enfin. Un mauvais rêve.

Rubén réapparut bientôt, pieds nus, vêtu d'un pantalon noir sans ceinture et d'une chemise prune qui moulait les muscles de ses épaules. Elle se sentait minable avec son short élimé, son débardeur et ses vieilles Doc, comme si leur différence d'âge jouait en sa défaveur. Il remplit un verre d'eau fraîche au robinet et lui tendit un cachet.

— Prends, dit-il. Ça va t'aider à tenir le coup.

— C'est quoi ?

— Un relaxant.

— Je n'ai pas envie de me relaxer.

— Et moi je n'ai pas envie de te voir dans cet état… S'il te plaît.

Son regard était de nouveau amical. Jana avala le comprimé avec le verre d'eau, sans voir qu'il la couvait des yeux. Elle pensait toujours à Paula, à ses rêves de paillettes qui s'écroulaient, à leur nuit blanche qui virait au cauchemar.

— Ça t'arrive souvent ? se ressaisit-elle.

— Quoi ?

— D'éventrer des vieilles femmes.

— Non… Toutes ne sont pas aussi siphonnées.

Une pommade cicatrisante luisait sur sa blessure ; Rubén se dirigea vers le bar, prépara un pisco *sour*.

— Il vaut mieux que tu ne rentres pas chez toi, dit-il en mélangeant les ingrédients. Reste ici pour ce soir… Après on avisera.

Un bus de nuit fit trembler les vitres de l'agence. Il remplit une coupe à ras bord, alluma une cigarette et jeta un œil aux morceaux de papier étalés sur le bureau. Ils étaient presque secs. Ses cheveux gouttaient sur son cou meurtri. *Poc, poc*, une pluie de larmes sur ce qui leur arrivait.

Elle approcha.

— Qu'est-ce que tu fais ?

— Un puzzle… Enfin, ce qu'il en reste.

Des pans d'écriture avaient disparu sous l'effet de l'acide gastrique, mais la densité des boulettes avait sauvegardé une bonne moitié du contenu.

— Comment la vieille s'est-elle retrouvée en possession de ces papiers ?

— Par l'intermédiaire de Maria Victoria, j'imagine. Ou d'Ossario. À moins qu'elle les ait gardés depuis l'époque de l'adoption, qu'elle ait cherché à les détruire… C'est ce qu'on va voir.

Rubén entama la reconstitution du document sous la lumière en douche de la lampe Art déco,

Jana en ombre portée. Il ne savait pas quand la démente avait commencé à ingurgiter ces précieux papiers, combien de morceaux il lui manquait : il tissa sa toile, laborieusement, ajustant une à une les pièces du champ d'îles répandues sur la table. Les minutes passèrent, étranges. Jana bâilla malgré elle.

— Tu peux dormir dans ma chambre, si tu veux, dit Rubén. J'en ai pour un moment je crois…

La sculptrice tombait de sommeil. L'effet du cachet sans doute, la fatigue accumulée ou les nerfs qui se relâchaient.

— Et Miguel, dit-elle tout bas. Tu crois qu'ils vont le faire disparaître, lui aussi ?

— Comme tous les témoins de l'affaire, répondit-il d'une voix qui se voulait neutre. Tu en fais partie.

— Toi aussi.

— Oui. Mais je ne vais pas te lâcher comme ça.

Jana n'était pas sûre que ce soit rassurant. Ils ne s'étaient pas touchés depuis leur baiser au pied de l'aviateur, il y a trois siècles. Rubén ne prêtait plus attention à elle, absorbé par le jeu de chaises musicales du puzzle. Des noms apparurent bientôt, des lieux, puis un écusson aux armes de l'ESMA. Une fiche signalétique, comme il l'escomptait. Celle qu'Ossario avait montrée à Maria Campallo comme preuve de son adoption ? Comment l'ancien paparazzi s'était-il procuré pareil document ? Il poursuivit sa tâche sans plus ressentir de fatigue : le sommeil avait fui, le monde disparu dans un gouffre qui le ramenait trente-cinq ans en arrière. Il fit pivoter les débris, établit des jonctions. L'appartement était silencieux, à peine perturbé par la rumeur de la circulation sur l'autoroute aérienne, au-delà du carrefour maudit. Jana s'était recroquevillée sur le canapé, sans même ôter ses Doc. Une heure encore passa avant qu'il n'obtienne un résultat cohérent.

Il n'y avait pas une, mais manifestement trois pages d'un même document : trois photocopies mal imprimées d'une fiche de renseignements établie à l'ESMA, datée de l'été 1976.

Rubén bâtit un premier scénario d'après les éléments dont il disposait. Ossario avait contacté Maria Victoria pour lui montrer la fiche d'internement qui accablait ses parents adoptifs dans le but de la faire témoigner à son « Grand Procès », mais la photographe n'avait pas suivi les instructions du paranoïaque : elle avait retrouvé la trace de la blanchisseuse à qui était échu son frère biologique, une copie du document pour preuve. Miguel absent, sa mère avait gardé la copie en promettant sans doute de la montrer à son fils, de se confesser à lui, seul à seul. Maria avait dû douter de la parole de la vieille folle : poursuivant ses recherches en interrogeant les gens du quartier, on l'avait envoyée sur les docks de La Boca, où le fils travesti de la blanchisseuse tapinait depuis des années. Maria était alors tombée sur Luz/Orlando, et l'avait emmenée ou lui avait donné rendez-vous au club de tango sans savoir que les tueurs la pistaient. On les avait enlevés à leur sortie...

Rubén gambergeait devant les fragments du puzzle reconstitué. Il y avait des trous, des noms, des dates ou des lieux caviardés par le séjour dans l'estomac, mais on y trouvait l'organigramme des militaires impliqués dans l'enlèvement et la séquestration des parents de Maria Victoria. Leur nom était lisible : Samuel et Gabriella Verón. Celui d'Eduardo Campallo aussi figurait sur le document : on lui avait confié les enfants le 21/09/1976… Le détective resta un moment penché sur la lumière du bureau, troublé. Malgré son état, jamais il n'avait vu une fiche d'internement aussi précise : noms, dates, mouvements, tout y était soigneusement consigné. Il lui faudrait des heures pour en faire l'inventaire, répertorier l'identité des coupables et de leurs complices, les comparer à ses fichiers… Non, cette fois-ci, il ne s'en sortirait pas seul. Il lui fallait de l'aide. Carlos, Anita, les Grands-Mères…

De vieux fantômes rôdaient dans l'agence quand il releva la tête. Jana s'était endormie sur le canapé rouge du salon. Elle était là, à deux mètres à peine, shootée par le cachet. La courbe de ses jambes brunes luisait à l'ombre de la lampe Art déco, l'amorce de son visage, ses cheveux répandus sur l'accoudoir… Ses pieds nus glissèrent sans bruit jusqu'au sofa où elle cuvait son malheur. La Mapuche, recroquevillée en chien de fusil, tenait les bras serrés sur sa poitrine, mais son visage endormi était celui d'une enfant. Une boue de larmes perla à ses paupières, remontée de l'inframonde. Rubén s'agenouilla au chevet du petit ange et, du bout des doigts, caressa son front.

Ma douce… ma douce petite sœur…

DEUXIÈME PARTIE

LE CAHIER TRISTE

1

Franco Diaz eut les larmes aux yeux en voyant les majestueux ombus s'élever dans le ciel argentin — des arbres que la botanique classait parmi les herbes géantes, typiques de la pampa. Le retraité de Colonia ne les avait pas revus depuis combien : quinze ans ?

Fervent catholique, patriote, Franco Diaz était un homme de principes — ne pas regretter, ne pas trahir. Pendant près de trente ans l'armée argentine avait été sa maîtresse exclusive, exigeante, fidèle. Une famille, c'était bon pour les civils. Mais avec l'âge, sa retraite anticipée lui assurant une pension confortable, Franco avait commis l'idée de vieillir avec une femme — une femme douce et soumise, comme sa mère, qui n'aurait qu'à respecter l'ordre des choses pour suffire à son bonheur. Rien de compliqué, croyait-il. Il s'était retiré à Colonia del Sacramento, le port uruguayen qui faisait face à Buenos Aires, espérant trouver chaussure à son pied. Il avait dû déchanter. L'ancienne ville coloniale recevant essentiellement des touristes ou des familles en short et avec appareils numériques, les femmes libres dans ses âges étaient rares ou surveillées, voire athées, si bien que, le temps succédant aux expériences épisodiques ou malheureuses, Franco Diaz avait fini par oublier l'idée de vieillir à deux.

Peut-être aurait-il dû y penser plus tôt. Peut-être aussi avait-il vu trop de choses laides — et les femmes devaient le sentir. Franco n'avait pas de regrets : ce qui avait été fait devait être fait, et puis surtout il avait trouvé dans les fleurs l'altérité qui manquait à sa vie de caserne.

Il pensait au début que la botanique l'aiderait à combattre la solitude, l'oisiveté : mieux qu'un hobby, il avait découvert avec les fleurs un autre temps. Celui de la pousse… Iris sauvages des marécages, glaïeuls rutilants, roses altières ou azalées, les fleurs seraient sa rédemption.

Car Franco Diaz voulait mourir en paix.

Le cancer du foie qui le rongeait se généralisait. Les médecins consultés à Montevideo lui donnaient à peine six mois d'espérance de vie. Personne ne le savait. Pas même ses anciens supérieurs. La maladie évoluait par crises successives, de plus en plus violentes, et rien ne pourrait bientôt plus l'endiguer. Franco était seul avec la Mort, ses métastases et son Secret qui, peut-être mieux que le cancer, le gangrenait.

« Parle, et Dieu t'aidera », lui disait son ami et confesseur de l'époque.

Ses derniers mois de vie s'épuisant, Franco Diaz était devenu mystique. Il L'entendait parfois, à force de prières et d'appels extatiques, quand sa raison flanchait ou quand la douleur de ses entrailles devenait trop intolérable. La Voix alors le conseillait, omnisciente et pourtant si proche, plus réconfortante que les cachets de morphine : c'est Elle qui lui avait donné l'idée de cacher son Secret, de laisser le temps au temps. Il avait planté le *ceibo*, l'arbre national argentin, comme une stèle, un mausolée. Le monde n'était pas encore prêt : sa génération, d'abord, devait disparaître... Ironie du sort, c'est au moment où Franco Diaz s'apprêtait à tirer sa révérence que son passé le rattrapait.

Tout avait commencé la semaine précédente, quand le retraité avait noté des mouvements inhabituels dans sa rue : une voiture grise et des silhouettes qui rôdaient autour de la maison de son voisin. Un homme était venu lui poser des questions le lendemain, un grand costaud au fort accent argentin qui prétendait être un ami d'Ossario de passage dans la région. Ce dernier n'avait pas ouvert ses volets depuis trois jours et sa voiture n'était pas là : tout laissait croire qu'il était parti. Le grand type se voulait aimable, mais Franco avait deviné qu'il mentait. Ossario ne recevait jamais d'amis, et sa maison semblait bel et bien sous surveillance. L'agent d'assurances débarqué de Buenos Aires lui aussi mentait sur son identité. Pourquoi en voulaient-ils tous à Ossario ? Franco Diaz avait senti le danger. Quelque chose avait filtré, forcément, quelque chose qui le concernait. Chantage, extorsion d'argent, mise aux enchères de « révélations », l'ancien paparazzi était capable de tout : il avait pu mener une enquête, apprendre par un traître ou un repenti qui il était. Rompu aux interrogatoires, Diaz savait que les hommes venus lui rendre visite étaient des professionnels, flics ou barbouzes appartenant à une quelconque officine. Si les hommes qui rôdaient autour de sa maison étaient envoyés par les siens, *ils le lui auraient dit*... Le retour impromptu d'Ossario et l'attaque de la maison avaient tout précipité.

Contrairement à ces anciens militaires débusqués qui vendaient leur maison de Floride *for a quick sale*, Diaz avait fui en abandonnant tout derrière lui : ses biens, sa *posada* au bord du *río*, les plantes précieuses qu'il avait mis tant d'années à élever et qui faneraient sans lui, dans son jardin secret. Il avait passé la frontière le soir même à bord de l'Audi et dormi en Argentine, son pays bien-aimé, dans un petit hôtel où il avait rempli le registre sous un faux nom. Il roulait maintenant le long d'une route ombragée, l'esprit taraudé, en fuite. « Parle, et Dieu t'aidera », lui répétait son confident. Oui, mais parler à qui ? Camps, Viola, Galtieri, Bignone, la plupart des généraux impliqués dans le Processus étaient morts. Qui d'autre savait ? Qui avait trahi ? Dans ce jeu de dupes, à qui faire confiance ?

Des hommes de l'époque, il ne restait que son confesseur. Et la Voix lui disait de le retrouver, tant qu'il lui restait des forces — de le retrouver avant qu'il ne soit trop tard...

2

C'était un jeudi : le soleil revenu, les moineaux de la place de Mai prenaient une douche à la fontaine de l'obélisque en attendant l'arrivée des Grands-Mères.

Elles convergeaient vers le point de rassemblement, par deux ou en petits groupes, le pas incertain, les plus âgées agrippées aux bras de leurs filles… On salua Elena Calderón, qui installait les prospectus, les DVD et les livres de l'association, sous le regard impassible d'un escadron de policiers — la fameuse police d'élite. La mère de Rubén arrangea son *pañuelo* que le vent malmenait, renvoya le salut à ses amies de malheur.

Elena Calderón n'aurait jamais pensé partager le sort de ces femmes.

Elena était issue de la vieille bourgeoisie de Buenos Aires, descendante de ces oligarchies qui avaient fait fortune à la fin du XIXe siècle quand l'Argentine, vidée de ses autochtones à coups de Remington, s'était ouverte au commerce international. Son grand-père, officier du général Roca, avait reçu pour récompense d'immenses étendues de terres et consolidé sa fortune en s'alliant à d'autres grandes familles qui s'étaient partagé le pays. Son fils Felipe avait ainsi hérité de milliers d'hectares où paissait la meilleure viande bovine du monde, nourri l'Europe en reconstruction avec de substantiels bénéfices et tissé des réseaux d'influence dans les différents courants politiques argentins dont l'armée, toujours étroitement liée au pouvoir, organisait la valse des coups d'État.

La chute de Perón, qui après la mort d'Evita s'affichait avec une adolescente de treize ans, n'y changeait rien. Choyée par les siens, à l'abri des contingences matérielles, Elena avait grandi dans une maison bourgeoise de La Recoleta où, sa beauté éclatant, la jeune fille fut très vite courtisée par les meilleurs partis de la capitale. Mais, contrairement à ses frères et sœurs qui sacrifiaient aux rites de passage de leur classe sociale — fêtes pour les quinze ans des jeunes filles, bals au son des boléros et romantisme exacerbé —, la benjamine rêvait d'émancipation. Lors d'une lecture au Querandí, un café enfumé où se réunissait la jeunesse contestataire, Elena avait croisé un jeune poète et polémiste, Daniel Calderón, dont le verbe rivalisait avec ses yeux de feu ; un coup de foudre frontal et réciproque qui dès lors les rendit inséparables.

Rubén était né deux ans plus tard, puis Elsa.

Progressiste, comme tout bon petit-bourgeois ou intellectuel argentin, Daniel s'arrangeait pour passer entre les filets de la censure militaire, toujours présente ; ses poèmes commençaient à être traduits à l'étranger et sa femme l'encourageait à écrire, sûre que le meilleur était encore à venir. Daniel Calderón avait le *duende*, le don d'enchantement. Le monde serait un jour comme elle, ébloui par sa personnalité et sa puissance d'évocation, ce sourire qui, par sa paix lumineuse, désarmait tous les autres — Elena était une femme amoureuse…

Et puis le *Golpe* était survenu, le 24 mars 1976.

Videla, Massera, Agosti. De par ses origines sociales, Elena se croyait protégée des généraux qui, chacun représentant son corps d'armée, s'érigèrent en gardiens de la morale et de l'ordre chrétien : le fameux Processus de Réorganisation nationale. Malgré ses choix de vie, Elena représentait la vieille droite du pays, péroniste à ses heures. Elle dut vite déchanter. Œuvres étrangères interdites, publications surveillées, autodafé de livres d'histoire et de culture générale trop empreints de « marxisme », le paysage littéraire se dissolvait dans la terreur diffuse et l'autocensure. Des écrivains disparaissaient.

Sociologie, philosophie, psychologie, politique, même les livres de mathématiques devinrent bientôt introuvables. La revue puis les livres de Daniel Calderón subirent le même sort. D'après le pouvoir en place, les subversifs étaient « déguisés en hommes de la rue », ce qui justifiait une répression tous azimuts.

Chaque cas de disparition constituait un univers en soi, une totalité indicible de douleurs et un bouleversement irréversible pour ceux qui restaient.

La peur : chaque Argentin devenait une cible potentielle et se préoccupait d'abord d'assurer sa propre sécurité et celle de ses proches.

L'ignorance : les médias ne parlaient pas des enlèvements, ratifiaient les communiqués officiels de la police et des militaires selon lesquels les funèbres découvertes quotidiennes étaient le fruit d'affrontements avec des subversifs, ou même entre eux.

La confusion : cette violence n'avait-elle pas commencé avant le coup d'État, au milieu du désordre et de la corruption du régime péroniste ? La guérilla n'avait-elle pas lutté contre la précédente dictature militaire, n'avait-elle pas refusé de jouer le jeu de la démocratie et porté la violence à des extrêmes inadmissibles ?

La répression était terrible à Buenos Aires, l'ambiance sordide ; les gens évitaient de se saluer dans la rue, de parler à des inconnus sous peine d'être accusés de conspiration, ou arrêtés pour avoir donné du feu à un passant. Elena et Daniel tergiversaient. Il fallait faire quelque chose mais quoi ? Qui pouvait résister aux militaires : l'Église ? Complice. Les partis politiques ? Étouffés. Les intellectuels, les journalistes ? Dans l'axe de tir.

Ils avaient pourtant décidé d'agir.

La junte contrôlant la nature des ouvrages envoyés par la poste, Elena avait fait des pieds et des mains auprès des amis de son père afin d'obtenir un visa pour Daniel, invité à participer à une série de conférences à la Sorbonne sur la poésie argentine du XIXe siècle. Après des mois de tractations, le visa de sortie avait fini par être accordé. Daniel Calderón était parti pour la France au début de l'année 1978 avec ses manuscrits cachés dans la doublure de sa valise — un éditeur parisien publierait ses derniers recueils de poésie sous pseudo, tandis que Daniel nouerait des liens avec les comités de résistance à la dictature, réfugiés politiques pour la plupart, qui tentaient d'alerter les défenseurs des Droits de l'Homme sur la réalité du pays à l'approche du

Mundial. France, terre d'accueil pour les exilés argentins ; Daniel avait convaincu l'actrice Simone Signoret de devenir le porte-parole de leur combat auprès des médias — dans sa grandeur, la comédienne avait payé de sa poche banderoles et tracts — et Danielle Mitterrand d'user de son influence dans les sphères politiques, dont l'ancienne résistante connaissait les arcanes.

Daniel Calderón assurait ses conférences à Paris quand il apprit l'enlèvement des enfants sur le chemin de l'école.

Quelqu'un l'avait-il trahi ? Où, en Argentine ou en France ? Dans tous les cas, il fallait les retrouver avant qu'ils ne disparaissent à jamais, aspirés par la machine d'État. Daniel était aussitôt rentré à Buenos Aires, malgré les craintes de sa femme, et fut cueilli par les agents du SIDE avant même de sortir de l'aéroport.

L'« opération retour » dans le jargon des militaires, tactique consistant à tendre un piège aux exilés en infiltrant leurs associations à l'étranger. Le visa pour la France avait-il été accordé dans ce seul but ? Elena Calderón s'était démenée pour retrouver les traces de sa famille, avait fait jouer ce qu'elle croyait être ses relations, sans résultats : « Votre mari s'est fait la belle ! » avait-on osé lui répondre. Elena s'était tournée vers les soutiens de Daniel en France. L'affaire avait été portée vers les plus hautes instances, mais si le pays des Droits de l'Homme condamnait le coup d'État de Videla, en coulisses les choses étaient plus troubles : la DST avait été avertie de l'émission de faux papiers pour des agents de la junte chargés de traquer les dissidents sur le territoire français, mais Poniatowski, le ministre de l'Intérieur, n'avait rien fait pour les arrêter. On retrouvait des anciens de l'OAS dans les services secrets, en France comme en Argentine, où certains barbouzes revenant d'Algérie étaient devenus instructeurs pour des interrogatoires musclés. Il n'y avait pas seulement l'OAS : de 1957 à 1983, des cadres et des officiers de l'armée régulière assuraient des cours à Paris, via la « mission française », formant les futurs tortionnaires à la guerre contre-insurrectionnelle et à la terreur psychologique pour une mise au pas de la population... Un double jeu ? Elena Calderón avait rencontré l'ambassadeur de France à Buenos Aires, un homme affable et cultivé qui s'était montré plus enclin à améliorer son passing-shot sur les courts de tennis qu'à exiger des informations sur la disparition d'un poète à son retour de Paris.

Elena, comme les autres femmes ou mères de disparus, avait dû se résigner à l'arbitraire : les militaires frappaient quand et où ils le désiraient, rejetant les demandes d'*habeas corpus* comme autant de sarcasmes au visage humilié des plaignants.

Elles étaient des dizaines, tous les jours, devant chaque commissariat de quartier, à demander des nouvelles de leurs proches ; Elena Calderón s'était mêlée à ces femmes rongées d'angoisse, des femmes d'ouvriers pour la plupart, dont les enfants avaient été enlevés par des forces de police roulant sans plaque ni identité. À leur contact, Elena découvrit avec effarement la condition de ses compatriotes, dont certaines sortaient seules dehors pour la première fois de leur vie. Réduites à l'entretien des maisons et des enfants, ces femmes ne savaient rien. La politique ne les concernait pas — du moins avaient-elles fini par le croire —, toutes notions de droit leur étaient étrangères, peu lisaient ou alors elles tombaient par hasard sur *La Nación*, porte-parole du Processus. Des femmes qui surtout ne comprenaient pas ce qui leur arrivait : « ils » avaient dû faire une erreur…

Ces mères restaient des heures prostrées, impuissantes, l'insomnie au bout du désespoir. Les autorités leur riaient au nez : « Votre fils a dû fuguer avec une nana ! », « Encore un règlement de comptes entre terroristes ! ». Les plus chanceuses recevaient un cercueil renfermant la dépouille de leur fils ou de leur mari, avec des militaires armés pour en interdire l'ouverture — on aurait alors vu les traces de tortures, ou que le cercueil était vide…

Les femmes décidèrent d'entrer en résistance.

Elles n'étaient que quatorze lors de la première réunion autour de l'obélisque, *Plaza de Mayo*, le 30 avril 1977. Il n'existait pas de lieu plus surveillé en Argentine : la place de Mai était le centre du pouvoir militaire, le lieu symbolique de la mémoire politique du pays, situé entre le Cabildo, siège de l'ancien gouvernement colonial espagnol, et la Casa Rosada qui avait vu passer tous les gouvernants depuis l'éviction du dernier vice-roi d'Espagne en 1810 et la proclamation de la République.

Les femmes s'étaient réunies devant l'obélisque, un lange de bébé sur la tête, le *pañuelo*, comme symbole de leurs enfants volés. Défiant ouvertement le pouvoir, les Mères réclamaient l'« apparition en vie » de leurs proches, refusant le deuil sur ce principe : les enfants étaient partis vivants et, aussi longtemps que les tortionnaires n'auraient pas avoué leurs crimes, ces « disparus » resteraient vivants.

La police avait vite menacé, puis ordonné la dispersion, mais les Mères, se tenant par les coudes, s'étaient mises à circuler autour de la place, au sens propre et inverse des aiguilles d'une montre, par ultime défi. Des « folles », avait raillé le pouvoir.

Mais elles revenaient. Chaque jeudi…

On leur avait envoyé les chiens, les charges de la police montée, on avait procédé à des arrestations en bande : les Mères de la place de Mai revenaient après chaque dispersion, reformaient les rangs, bientôt gonflés par leurs sœurs, leurs filles, leurs amis. Elles se mirent à ficher les agresseurs, à interroger les rares détenus libérés, glanant quantité d'informations payées au prix fort : lâchées par le haut clergé de l'Église, infiltrées puis trahies par Astiz (un militaire si féroce que ses collègues l'avaient surnommé par antiphrase l'« ange blond »), accablées par l'enlèvement et la disparition de trois Mères fondatrices et des deux sœurs françaises qui les soutenaient, les vieilles femmes continuaient de tourner, chaque jeudi, devant la Casa Rosada, pour réclamer justice.

La chute de la dictature n'avait pas calmé longtemps leur ardeur. Aux lois de « pacification nationale » établies par les militaires, Alfonsín, le nouveau président élu au suffrage universel, avait d'abord répondu en abrogeant l'amnistie, provoquant l'inculpation des principaux généraux et la mise en retraite anticipée d'une moitié des officiers, tout en condamnant les violences de l'armée révolutionnaire du peuple et des *Montoneros*, dont le chef fut arrêté. Une théorie « des deux démons » qui s'avéra fatale : l'armée menaçant de soulever les casernes, Alfonsín se rétracta, annonça que les délits de violation des

Droits de l'Homme seraient jugés par les tribunaux militaires, abrogeant la clause de « devoir d'obéissance » qui, hormis les « cas d'atrocités avérées », déchargeait de facto les exécutants.

Une Commission pour les disparus, la CONADEP, fut mise en place mais celle-ci avait davantage pour vocation de donner un certificat de décès pour les personnes enlevées que de juger les coupables. La loi du « Point final » ne donna bientôt plus que soixante jours aux plaignants pour inculper les membres des forces armées incriminés, avant que Menem n'enfonçât le clou en décrétant l'*indulto*, le pardon… Après quinze ans de procédures, Videla, Galtieri, Viola, Massera, les principaux généraux, s'en tiraient avec quelques années de détention dans des prisons aménagées, les pilleurs, les tortionnaires et leurs complices, tous ceux qui n'avaient pas le grade de colonel, étaient blanchis.

Une insulte pour les Mères et les Grands-Mères de la place de Mai, plus que jamais inflexibles. Pas d'exhumations des ossements sans enquête ni jugement des coupables, pas d'hommage posthume ou d'indemnités pour effacer l'ardoise, pas de réconciliation avec l'Église.

Iglesia ! Bassura !

Vos sos la dictatura[1] *!*

Les Grands-Mères se battraient jusqu'à leur dernier souffle, sans esprit de vengeance mais sans pardon, ni oubli. « Ils ont peut-être réussi à tuer nos maris et nos enfants, mais ils n'ont pas réussi à tuer notre amour », répétaient-elles.

1. « Église ! Ordure ! Tu es la dictature ! »

Plus de trente ans étaient passés, Elena Calderón n'était plus la femme altière et distinguée qui distribuait des daiquiris aux réfugiés chiliens de passage à la maison, mais sa détermination n'avait pas pris une ride…

Un vent de bataille soufflait *Plaza de Mayo* ; Elena préparait l'étalage où elle distribuerait les derniers bulletins d'informations de l'association quand son fils apparut parmi les touristes en short écrasés de moiteur. Rubén portait une chemise prune faussement négligée sur un pantalon noir à la coupe impeccable, sa démarche était souple, alerte, comme si quelque chose en lui non plus ne vieillissait pas. Elena sourit de sa partialité : elle n'avait plus que son fils, qui lui rappelait tellement Daniel…

— Salut, maman.

— Bonjour, mon chéri !

Rubén étreignit sa mère, sentit son parfum léger et son cœur battre contre le sien avec une émotion particulière.

— Tu as l'air fatigué, dit-elle en souriant de le voir.

— Ça aurait pu être pire.

Elena vit alors l'horrible cicatrice rouge qui barrait son cou, les croûtes de sang enduites de pommade, et ses beaux yeux bleus se ternirent.

— Qu'est-ce qui se passe ? s'inquiéta-t-elle.

— On a retrouvé un cadavre hier soir, dit-il, échoué sur une rive de la réserve écologique. Celui de Maria Victoria Campallo, la fille d'Eduardo, un ami du maire. Maria avait découvert qu'elle était un enfant de disparus. Elle a appelé Carlos à *Página* la semaine dernière pour régler ses comptes avec sa famille. Ça semble du moins plausible. Et on l'a assassinée avant qu'elle ne parle.

Elena oublia le cou blessé de son fils, ses bulletins d'informations, son *pañuelo*.

— Mon Dieu…

— Oui. J'ai aussi trouvé un document, une fiche d'internement de l'ESMA qui retrace la séquestration des parents biologiques de Maria et la naissance de son frère en détention. Eduardo Campallo y figure comme *apropiador*.

Rubén jeta un regard inamical vers les rangées de flics suréquipés qui surveillaient la place. Sa mère enregistrait les informations, surprise, affligée.

— La pauvre petite, s'émut la vieille dame.

— Hum. D'autant que Maria était enceinte quand on l'a enlevée.

— Ooh… Mais pourquoi n'est-elle pas venue nous voir ? réagit la militante. On l'aurait aidée ! Pourquoi prévenir *Página* ?

— Elle n'allait pas appeler *Clarín*.

La directrice du journal de centre droit était elle-même soupçonnée d'être une *apropiador*. Elena acquiesça, encore sous le choc de la révélation. Eduardo Campallo était un proche de Torres, le maire qui entrait en campagne, cette histoire sentait le soufre et la tendance générale de son fils était de mettre le feu aux poudres. Tout ça ne lui disait rien qui vaille.

— Je ne sais pas jusqu'où Campallo est impliqué, continua Rubén, même si les papiers que j'ai trouvés l'accusent, Maria reste sa fille. L'affaire se complique. J'ai besoin de vous pour décrypter le document et retrouver la trace des parents assassinés. J'ai leur nom mais ils n'apparaissent pas dans nos fichiers.

— Quel document ?

— Une fiche d'internement du temps de la dictature. Je t'expliquerai sur la route...

Les rides se creusèrent sur le visage apprêté de sa mère. Elena n'avait plus l'énergie de l'époque des premières manifestations, des premiers procès (quand elle y pensait — trente ans ! —, l'âpreté du combat lui donnait le vertige), ses jambes s'étaient alourdies, ses robes perdues sur ce corps redevenu vierge, mais sa soif de vérité et de justice la tenait debout, comme au premier jour. Elena aiguisa son regard vers la place et les Grands-Mères, qui serraient les rangs derrière leurs banderoles : la vice-présidente des *Abuelas* lui adressait des signes de ralliement depuis l'obélisque où les guerrières entameraient leur ronde du jeudi, un lange de bébé en guise de casque... Elena posa une pierre sur ses piles de tracts feuilletés par le vent.

— Je préviens Susana et j'arrive, dit-elle à son fils.

*

À soixante-seize ans, Susana Arguan, la vice-présidente des *Abuelas*, arborait de printanières robes à pois sur un corps toujours alerte (la seule à porter son *pañuelo* façon Marilyn sortant de la mine) et maniait l'ironie avec la fausse légèreté d'un désespoir rancunier. Fille d'ouvrier communiste, Susana avait tout perdu quand sa fille avait été enlevée à l'aube avec son petit garçon, un jour d'avril 1977. Son portrait d'ange maudit trônait près de son bureau, un amour en noir et blanc aussi intact que sa foi en leur quête. Elena Calderón, dite « la Duchesse », se demandait si ce vieux bout de femme était une force de la nature ou une travailleuse congénitale du genre fourmi rouge : une amie, c'était sûr.

Spécialisées dans la recherche des enfants disparus pendant la dictature, les *Abuelas* apprenaient leur existence par le biais de lettres, d'appels anonymes, ou quand les victimes rongées de doutes se présentaient elles-mêmes au siège de l'association, rue Virrey Cevallos. Maison de ville plus que bureau d'enquêtes, les *Abuelas* y avaient établi leur quartier général, une véritable machine de guerre contre le mensonge d'État. Secrétariat, comptabilité, salle d'ordinateurs avec spécialiste informatique, bureau de diffusion et de contact presse, accueil pour les présentations spontanées avec une équipe psychologique, un bureau d'investigations, un autre pour les avocats qui venaient les mardis prodiguer leurs conseils, une cuisine et le bureau près de l'entrée, que se partageaient la présidente et la vice-présidente : quarante personnes travaillaient de manière permanente ou épisodique pour le compte des *Abuelas*. Elles y recevaient témoins, sympathisants, journalistes ou écoliers, écrivaient aux juges, harcelaient les politiciens, les militaires ou policiers à la retraite. Intimidations, mises à sac, disparitions de dossiers importants ou d'ordinateurs, comme les Mères de la place de Mai avec lesquelles elles travaillaient main dans la main, les *Abuelas* avaient tout connu. Leur temps était compté : chaque victoire n'en devenait que plus précieuse.

On préparait la fête pour les retrouvailles du cent sixième bébé disparu avec sa véritable famille lorsque la vice-présidente débarqua au siège de l'association, Elena Calderón et son fils détective sur les talons.

Rubén leur avait dit ce qu'il savait sur le chemin : les révélations d'Ossario avant de mourir, les tueurs de Colonia en planque devant la maison, l'enlèvement de Miguel et la copie du document détenu par sa mère, sa mort par strangulation, son coup de fil à Anita pour qu'elle ramasse le cadavre, les cheveux du travesti qu'il avait prélevés ce matin dans une perruque de sa « loge » et déposés au Centre d'Anthropologie légiste, puis son passage à l'hôpital Duran, où l'on stockait l'ADN des disparus. Si Maria Victoria avait eu un doute sur ses origines, la seule façon de retrouver la trace de ses parents biologiques consistait à demander des tests ADN, ce qui équivalait à lancer une procédure judiciaire contre Eduardo et Isabel Campallo. Or, elle ne l'avait pas fait.

— Sans doute n'en a-t-elle pas eu le temps, estimait-il.

— Oui, mais si l'ADN de Miguel concorde avec celui de Maria Victoria, ça prouvera que les Campallo ont volé les enfants !

— Ils n'accepteront jamais de passer les tests, à moins qu'une plainte officielle les y contraigne.

— Et son soi-disant frère, là, Rodolfo ?

— Il a son gros cul assis sur un tas d'or : il ne bougera pas.

— Belle mentalité, commenta Susana. Bon, installons-nous...

Le bureau était minuscule. On se tassa, sans même prendre le temps de boire un thé. Les Grands-Mères ajustèrent leurs lunettes quand Rubén étala ses fragments : trois feuillets sous forme de puzzle, faits de papiers déchirés parfois illisibles, que le détective avait scotchés les uns aux autres. Il manquait plusieurs pièces au triptyque mais l'ensemble laissa les Grands-Mères sans voix.

Identifié sous forme de numéro, chaque détenu incarcéré dans les centres clandestins avait un dossier « strictement confidentiel et secret » : identité, antécédents, activité, niveau de dangerosité, ce dossier était seulement connu des officiers interrogateurs. C'est ce type de document qu'elles avaient sous les yeux. L'écriture était serrée, dactylographiée, la copie de mauvaise qualité mais on déchiffrait les différents lieux où avaient été transférés les disparus, les noms de certains interrogateurs, leur Groupe de Travail, le numéro des détenus, la date et l'heure des séances de torture, l'état des prisonniers en sortant — « normal » ou mort… Un document d'une précision tout administrative, qui arracha aux vieilles femmes des grognements revendicatifs : Samuel et Gabriella Verón avaient été enlevés le 13/08/1976 et transférés à l'École de Mécanique de la Marine avec leur petite fille, âgée d'un an et demi. Gabriella Verón était alors enceinte de huit mois. On ne l'avait pas torturée, son mari si, tous les jours. Celle qu'on rebaptiserait Maria Victoria avait été isolée avec d'autres enfants de détenus, dans l'attente d'être adoptés par des proches du pouvoir. Gabriella avait accouché d'un garçon le 19 septembre suivant à la maternité clandestine de l'ESMA (nom du médecin militaire caviardé). Le nouveau-né souffrant d'insuffisance cardiaque, ses *apropiadores* attitrés, la famille Campallo, l'avaient échangé avec un autre bébé de disparus né dix jours plus tôt, « Rodolfo », alors en possession de Rosa et Javier Michellini, sous-officier dans la Marine.

Le cœur des Grands-Mères battait plus fort. Il n'y avait pas que l'identité des voleurs d'enfants sur ces fiches : on y trouvait les noms des tortionnaires, leurs complices, les lieux, les dates… Un document exceptionnel, dont ils n'avaient qu'une copie partielle.

Susana réagit la première.

— Le paparazzi, dit-elle. C'est lui qui a l'original ?

— Avait, sans doute oui.

— Tu crois que les tueurs l'ont récupéré ?

— Peut-être. (Rubén tâta les poches de sa veste pendant que les Grands-Mères réfléchissaient, se tourna vers la vice-présidente.) Je peux fumer en ouvrant la fenêtre, Miss Marple ?

— Bien sûr, répondit l'ancienne communiste. Le jour où je serai sanctifiée.

— Quelle tête de mule.

— Toujours pas de cancer : épatant, non ?

— Tu comptes faire quoi avec ce document, Rubén, recadra sa mère. Attaquer la famille Campallo ?

— On n'a que la copie à demi illisible d'une fiche d'internement vieille de trente-cinq ans, fit-il dans une moue. En l'état, les avocats de Campallo discuteront l'authenticité du document, trois feuillets rapiécés qui auront tout aussi bien pu être falsifiés. Non, il faudrait que vous retrouviez la trace des parents disparus, Samuel et Gabriella Verón, des membres de leur famille et les raisons de leur silence. Il reste peut-être des témoins, des gens qui se cachent, qui ont peur ou qui ne veulent plus se souvenir…

Les Grands-Mères opinèrent au-dessus du puzzle. Environ un quart des mots avait disparu mais elles pouvaient recomposer l'organigramme des militaires et leurs complices impliqués dans la séquestration du couple, le vol des enfants, établir des concordances, remonter la piste jusqu'aux familles des disparus.

— Oui, assura Susana, l'esprit déjà ailleurs. Oui, on va s'en occuper.

— J'ai donné une copie du document à Carlos, les informa Rubén. Il s'occupe des liens entre Campallo et les hauts gradés de l'époque susceptibles de lui avoir fourni les bébés. Il vous contactera.

— Très bien.

L'air était lourd dans le bureau des *Abuelas*. Rubén observait le portrait en noir et blanc au mur, cette jeune femme d'à peine vingt ans, qu'il n'avait pas connue : pourquoi avait-elle ce sourire si doux ? Pourquoi, en la voyant, avait-il envie de *l'aimer* ? À cause de ce qu'ils lui avaient fait ? Elena sonda le regard fiévreux de son fils, trouble qui n'était pas simplement dû à son manque de nicotine.

— Et toi ? demanda-t-elle.

— Je m'occupe des cadavres des parents biologiques, dit-il, sorti de ses pensées. Si je les retrouve, leur ADN sera la preuve de la filiation avec Maria et Miguel, avec ou sans l'assentiment de la famille Campallo. Il faut aussi que je mette un témoin à l'abri, une amie de Miguel, chez qui il gardait son barda de trav'. Elle était avec moi chez la blanchisseuse quand on a découvert son cadavre.

— Une témoin ? Elle est où ?

— Enfermée dans l'agence.

— Ce n'est pas très prudent, nota Susana. À l'heure qu'il est, les tueurs de Colonia savent peut-être qui tu es.

— Justement, les prévint-il, tenez-vous sur vos gardes : le commanditaire des enlèvements et des meurtres doit figurer sur la fiche…

Rubén ne disait pas tout, Elena le sentait, aussi sûr qu'il n'avait jamais parlé de ses mois d'incarcération à l'ESMA, pas même à Carlos (elle le lui avait demandé un soir d'audace), qui était certainement son ami le plus proche. Ce qui tenait son fils debout pouvait le tuer — le savait-il ? Elena lui avait demandé s'il avait eu des nouvelles d'Elsa et de Daniel quand ils l'avaient relâché : Rubén avait répondu par la négative. Sans doute avaient-ils été dispatchés dans différents camps clandestins. Le problème, c'est qu'il évinçait le sujet, au lieu, comme elle, de s'en inquiéter. Tout ce qui touchait à sa détention relevait du tabou. La torture l'avait vissé cheville au corps. On ne pouvait pas lui parler de femme, d'enfants, de descendance et de toutes ces choses qu'une mère peut espérer de son fils. Ça ne l'empêchait pas de le connaître, jusqu'au bout des doigts. Elena haussa ses frêles épaules.

— Ne t'inquiète pas pour nous, si c'est ça qui te tracasse, dit-elle en le dévisageant. C'est plutôt toi qui es en danger, Rubén. Toi et ton témoin…

3

Rubén savait ce qu'il risquait. Néstor Kirchner avait aboli les lois d'amnistie à son arrivée au pouvoir en 2003, n'hésitant pas à destituer cinquante-quatre généraux et amiraux, à décrocher les portraits des répresseurs dans les casernes et à transformer l'ESMA en Centre pour la mémoire. Mais dès les premiers procès, un menuisier victime de tortures et témoin essentiel de l'accusation avait disparu sans laisser de traces. D'autres personnes impliquées dans ces crimes ou prêtes à témoigner moururent par la suite dans des circonstances étranges — balles dans la tête, absorption de cyanure — ou disparurent simplement de la circulation.

Trente officiers convaincus de crimes pendant la dictature avaient ainsi recouvré la liberté en raison du dépassement du délai d'instruction. En 2008, parmi les huit cents affaires en cours depuis l'annulation de l'impunité, seules douze étaient allées au bout de leur jugement, avec trente-six condamnations à la clé.

« Ils sont en train d'éliminer tout le monde », avait dénoncé la présidente des *Abuelas*.

Cristina Kirchner poursuivant la politique de son défunt mari, le rythme des inculpations s'était accéléré depuis 2010 et le procès de l'ESMA. Huit cents nouvelles inculpations, près de trois cents condamnations prononcées, même si cela représentait à peine deux accusés par centre de détention clandestin, les anciens répresseurs étaient sur le gril et on ne comptait plus les morts suspectes de témoins, scandales dont on ne retrouvait jamais les auteurs. Car si certains juges et ministres semblaient de bonne foi, la loi du silence régnait le plus souvent du côté des enquêteurs : les soupçons dénonçaient des réseaux d'intérêts et de protections qui auraient survécu à l'effondrement de la dictature, mais personne n'osait prononcer les noms de ceux qui s'attachaient à effacer leurs traces. Les Grands-Mères avaient exigé la destitution des juges passifs et la prolongation des détentions préventives, mais les pressions restaient énormes. L'enlèvement de Maria Campallo était-il lié à l'une de ces affaires en cours d'instruction ?

Rubén avait passé une partie de la nuit à encoder les noms et les lieux qui figuraient sur la fiche d'internement, déposé une copie dans une consigne, une autre à Carlos et laissé le puzzle aux Grands-Mères. Il ne savait pas comment un paranoïaque comme Ossario avait pu se procurer un tel document, mais s'il possédait l'original, ce dernier avait disparu avec lui. Quelqu'un l'avait trahi, à son corps défendant : Maria Victoria. Les kidnappeurs avaient dû la faire parler, remonter jusqu'à Ossario, dont ils attendaient le retour à Colonia. Mais elle, qui l'avait trahie ? La blanchisseuse, à qui Maria avait eu l'imprudence de laisser une copie du document ?

Rosa Michellini était-elle démente au point de livrer son propre enfant aux répresseurs ? Dans tous les cas, les tueurs avaient un temps d'avance. Un double kidnapping en plein Buenos Aires, le travesti jeté dans le port pour maquiller le délit en crime sexuel, la maison d'Ossario sous surveillance, l'attaque, le meurtre quasi simultané de Rosa et l'enlèvement de son fils, des opérations de cette envergure ne s'improvisaient pas : il fallait une logistique, des véhicules et des armes impossibles à identifier, une planque pour les interrogatoires, des hommes entraînés, des complicités, des moyens qu'il n'avait pas.

Rubén perdit une heure dans une boutique de Florida, le temps de récupérer deux téléphones à cartes, une autre à organiser la retraite avant de filer vers San Telmo.

Anita Barragan l'attendait dans la librairie d'art de la rue Perú, à quelques pas du commissariat : aucun flic n'y allait jamais.

Oscar, le libraire, avait installé deux tables d'osier et des fauteuils de cuir aux accoudoirs râpés dans le fond de la salle, où l'on pouvait lire en buvant du maté. Anita n'était pas une grande lectrice mais elle aimait la quiétude du lieu, le regard des clients et le breuvage amer qu'on y servait à volonté. L'inspectrice regarda sa montre publicitaire (elle se fichait des montres et bijoux en général), plus nerveuse qu'à l'accoutumée. Grâce à Rubén, elle avait découvert deux cadavres en moins de vingt-quatre heures ; les types aux commandes de l'appareil répressif la confinaient à un rôle de faire-valoir, mais elle leur montrerait qu'ils se trompaient, sur toute la ligne.

Rubén arriva ponctuel au rendez-vous fixé un peu plus tôt, salua le libraire à la moustache poivre et sel derrière le comptoir, repéra la blonde installée dans le salon de lecture. Anita portait son uniforme de flic, les cheveux détachés de son chignon réglementaire, cachant au mieux le duvet qui courait le long de ses joues — un extrait de femme à barbe selon son complexe Numéro 12.

— Tu n'as pas très bonne mine, bourreau des cœurs, fit-elle remarquer.

Son blouson de coton noir aux coutures surpiquées de bleu était au diapason de ses yeux, le reste semblait sous haute tension.

— Je dois me faire vieux, concéda-t-il en s'échouant dans le fauteuil prévu à cet effet.

— Impossible, fit l'amie d'enfance. Toi tu es immortel, comme David Bowie.

Rubén secoua la tête : il était brun, *porteño* jusqu'au bout des ongles, entraîné au combat, et parlait l'anglais avec un accent de coyote mexicain. Elle vit alors la traînée rouge qui barrait son cou, réprima un frisson — les types de Colonia sans doute.

— Joli ton collier, commenta-t-elle. C'est décoratif ?

— Oui, j'ai rapporté ça d'Uruguay. Y avait aussi des trucs en coquillages, mais tu aurais trouvé que ça faisait un peu pédé... (Rubén passa un œil par-dessus les rayons de livres, vit les derniers clients papoter à la caisse avec Oscar.) Tu as des nouvelles ?

— Oui. La maison d'Ossario a brûlé après ton passage hier. Un corps a été retrouvé dans les décombres, celui d'un homme semblant répondre au signalement du locataire. Je n'ai pas d'autres infos pour le moment, ni de suspects, ni d'éventuels témoins.

— Il y en avait un pourtant, objecta Rubén. Diaz, le voisin que j'ai interrogé avant l'attaque. Je l'ai baratiné mais il sait que je suis argentin : l'Immigration n'aura aucun mal à me retrouver sur la liste des passagers.

— Je peux appeler quelques collègues pour avoir des tuyaux. Mais si j'étais toi, je tâcherais de disparaître un moment... Je te dirais bien de venir chez moi, ajouta la blonde, mais je n'ai qu'un lit.

— Je vais me débrouiller, *querida*, dit-il en répondant à son sourire oblique.

Rubén l'avait appelée la veille au soir en sortant de la blanchisserie. Anita avait dû inventer une histoire de vêtements à déposer au pressing avant de prendre son service, de rideau de fer anormalement baissé sur la blanchisserie pour s'inquiéter de l'état de santé de la vieille infirme et découvrir la scène de crime — peu ragoûtante au demeurant.

— Le meurtre de la rue Perú, ça donne quoi ?

— Ce n'est pas la découverte du cadavre qui pose problème, répondit Anita, mais à qui échoue l'enquête.

— Ledesma te l'a retirée ?!

— J'ai bidouillé mon rapport mais le Vieux a besoin de redorer son blason : c'est lui qui chapeaute l'affaire. Je reste sur le coup, à titre d'auxiliaire, comme d'habitude, commenta l'inspectrice. Pour le moment, on cherche à joindre son fils Miguel : autant dire qu'ils ne sont pas près de trouver l'assassin, ajouta-t-elle avec une ironie acerbe.

Anita aspira son maté pendant qu'il gambergeait. Le « Vieux » Ledesma n'était pas le pire des flics, mais Rubén ne pouvait pas se permettre de les avoir sur le dos.

— Le cadavre de Maria Victoria a été identifié ?

— Oui, répondit Anita, son père est venu reconnaître le corps hier soir. Le meurtre n'est pas encore officiel mais une enquête a été ouverte. La police scientifique s'en charge évidemment.

— Luque ?

— Roncero, dit-elle, c'est tout comme.

Le chef du département homicides de la police d'élite.

— Tu as vu le corps de Maria sur la plage, fit Rubén. Il portait des marques de sévices ?

— Le haut du crâne décapité, tu appelles ça comment ?

— Des traces de torture caractérisées ?

— Je n'ai rien remarqué de ce genre. Difficile à savoir, vu son état… (Anita frissonna en se remémorant la vision du macchabée échoué parmi les coquillages et les bulots.) On en saura plus à l'autopsie, dit-elle. Elle a lieu en ce moment. C'est Munoz qui s'en occupe.

Le médecin en chef de l'institut médico-légal, un cireur de bottes aux ordres de Luque. On tournait en rond.

— Tu es bien informée pour un agent de patrouille, la complimenta Rubén. D'où tu tiens tes sources ?

— De Guillermo, l'interne de la morgue. C'est un copain.

Anita eut un sourire enchanté.

— Bien joué, Barbarella.

— Je ne dirais pas la même chose de ta virée à Colonia, le doucha-t-elle. La police uruguayenne va bientôt t'avoir dans le collimateur, celle de Buenos

Aires se fera un plaisir de te mettre sur le gril, Luque tuera le premier qui marche sur ses plates-bandes et Ledesma m'a gentiment priée de m'occuper de mon vernis à ongles pendant qu'il résolvait l'enquête de la rue Perú. Tu comptes t'en sortir comment ? Les pieds devant ?

— C'est pas très sympa de me dire ça.

— Rigole. La seule solution, c'est de tout raconter au Vieux.

— Et se mettre sous la protection de la police ? fit-il, cynique. Non, il nous faut des preuves. L'enterrement de Maria a lieu quand ? enchaîna-t-il.

— Demain, en fin de journée.

— Déjà ?

— Tu n'as pas vu le cadavre, fit Anita dans une moue affligée. Et puis Campallo doit tenir à enterrer sa fille avant que la presse ne s'empare du drame.

Un silence feutré passa au fond de la librairie. Les derniers clients partis, Oscar finissait de faire sa caisse. Rubén gambergeait au fond du vieux fauteuil.

— Il faut que je voie le corps de Maria Victoria, dit-il enfin.

— Impossible, répliqua Anita. Les thanatologues débarquent après l'autopsie pour préparer la dépouille.

— Il me faudrait aussi une copie de l'autopsie de Munoz : radiographies, demandes d'analyses, photos du corps, tout ce que tu pourras trouver.

— Hein ?

— Débrouille-toi avec ton copain interne, *querida*.

Anita aurait aimé un soupçon de jalousie dans sa voix, mais Rubén avait le même sourire qu'au premier jour, quand il lui avait offert une glace à la fraise…

*

Des heures que Jana se morfondait dans sa tour d'ivoire, à ressasser les mêmes angoisses. Elle avait surfé sur Internet mais la presse ne parlait pas des cadavres, de l'enlèvement de Miguel, du meurtre de la blanchisseuse. Trop tôt ? La Mapuche tournait comme un fauve en cage. Impossible de lire, de trouver une télévision, de se concentrer sur quoi que ce soit. Elle avait écouté de la musique, croyant se calmer : Godspeed You, Barn Owl, This Morn' Omina, Lustmord, Glass, Eno, Marc Sens, la discothèque de Rubén était pleine de musiques sans texte, allant du tragique au sinistre en passant par l'aérien et le déstructuré électrique. Le reflet de son âme ? Ils s'étaient à peine croisés ce matin : elle s'était réveillée au moment où il partait, n'ayant visiblement pas dormi de la nuit, la priant de rester là, enfermée à double tour, jusqu'à son retour… Le soleil déclinait sur les toits de la rue Perú quand Jana entendit le cliquetis des clés dans la serrure.

Rubén arrivait enfin, la mine pas bien fraîche.

— Désolé pour le retard, dit-il en entrant.

— J'ai de nouveaux poils qui ont poussé : tu veux les voir ?

Le détective esquissa un sourire, posa le sac de toile rapporté ce matin de l'atelier.

— J'ai pris ce qui traînait dans ton placard, dit-il, j'espère que ça ira.

— Ça ira. Tu as des nouvelles ?

— Pas encore, mais j'ai mis les Grands-Mères et

ma copine flic sur le coup, Anita. On en saura plus d'ici peu. En attendant j'ai trouvé une planque, dit-il sans ôter son blouson. C'est l'histoire de quelques jours. Après tu pourras retourner chez toi.

— Je m'en fous, renvoya Jana, des fourmis dans les jambes. Ce qui m'intéresse, c'est de retrouver Miguel.

— Moi aussi, figure-toi. Écoute, les tueurs m'ont vu à Colonia, peut-être qu'ils m'ont déjà identifié. Le plus urgent pour le moment, c'est de déguerpir.

— O.K. Où ça ?

— Chez un type. Je t'expliquerai en route.

Elle acquiesça dans une moue. Rubén embarqua l'ordinateur portable du bureau pendant que Jana fouillait parmi ses affaires. Il laissa la jeune femme se changer et fila vers le couloir. L'air était moite derrière les rideaux de la chambre ; Rubén tira le vieux sac de cuir râpé qui prenait la poussière sous la commode, y fourra l'ordinateur, une paire de chaussures, quelques vêtements accrochés dans la penderie. Le Cahier triste était là, sur l'étagère, entre les robes qu'Elsa ne porterait plus, la coquelicot et les autres… Il hésita, un instant. Était-ce la peur que les tueurs s'introduisent chez lui, qu'ils tombent sur cette relique, une intuition a priori irrationnelle ? Rubén enfouissait le cahier d'écolier dans son bagage quand le craquement du parquet le fit sursauter. Jana se tenait dans l'embrasure de la porte. Elle ne portait plus son short mais le treillis noir de l'autre nuit, et une veste militaire au chic radicalement clashien. Elle vit le sac de voyage à terre, une sacoche de cuir marron clair qui devait dater de Bolívar, et la confusion sur le visage de Rubén, comme si on l'avait pris en faute.

— Qu'est-ce qu'il y a ?
— Rien… Rien.
Quelque chose tremblait dans sa voix.
— Tu es tout pâle, dit-elle.
— Un coup de barre, c'est rien.
Une fine pellicule de sueur perlait sur son front. Rubén fit glisser le tapis sous la commode.
— Tu as déjà tiré avec une arme à feu ? demanda-t-il en relevant la tête.
— Mes frères avaient des carabines, fit Jana en guise de réponse.
— Ce ne sera pas pour dégommer des ballons de baudruche.
— On partait chasser en forêt : j'étais la meilleure si tu veux tout savoir… Pourquoi, tu comptes tuer des gens ?
— J'espère que non.
La cache était sous le vieux meuble, un faux plancher qui suivait les lignes du parquet. Rubén y stockait des armes de plusieurs calibres non marquées, l'argent liquide extorqué aux anciens répresseurs, un fusil et son matériel de visée, une grenade défensive, des menottes. Jana se pencha sur la cache d'armes, intriguée. Il prit pour elle un calibre .38 à barillet, qui ne risquait pas de s'enrayer, le Colt .45, deux boîtes de balles, la matraque télescopique, un couteau de combat et la moitié de la liasse. Après quoi, il remit la commode en place.
— Tu es prête ?
— Je t'attends depuis ce matin, répondit Jana.
Rubén avait fait trois fois le tour du *cuadra*, sans rien remarquer de suspect. Il empoigna le sac qui avait appartenu à son père.
— Allons-y tant que la voie est libre.

*

Un standard de *cumbia* passa à l'angle de la rue, beuglé depuis les vitres ouvertes d'une Polo en surcharge : des jeunes, qui partaient en java... Rubén bipa la portière de sa voiture et emboîta le pas de la sculptrice sur le trottoir.

Convaincre Jo Prat de leur offrir une planque n'avait pas posé de problèmes. Maria Victoria portait son enfant, on l'avait assassinée, elle, une fille de disparus, sa propre tante Noemi avait été enlevée lors du Processus, des cousins qu'il n'avait vus qu'en photos et que les vieux pleuraient encore, des gens sans deuil, sans corps, dévastés par cette absence plus cruelle que la mort. Gurruchaga 3180 : l'escalier sur la gauche menait à l'étage, il n'y en avait pas d'autre. Rubén s'attarda sur la sonnette de l'appartement — on entendait de la musique derrière la porte blindée — Hint-Ez3kiel, du post-rock aux riffs dévastateurs. Le chanteur ouvrit bientôt. Lui aussi semblait sortir d'une tombe.

— Tiens, tiens, fit-il en voyant le couple sur le palier.

Calderón était accompagné d'une jeune brune élancée en tenue de guérilla urbaine, aussi plate qu'une limande sous son débardeur noir — une Mapuche d'après les traits de son visage, tout à fait ravissant.

— Jo, se présenta-t-il dans un sourire joufflu.

— Jana.

Il serra la main de l'Indienne, l'invita à poser son sac dans l'entrée, baissa le son. Rubén referma derrière eux tandis qu'elle découvrait le loft du musicien — une pièce de vie haute de plafond tournant autour d'un bar de brique, un escalier de verre et d'acier avec un filet de pêche pour garde-corps, des photos d'art aux murs, des instruments de musique, un canapé et des meubles japonais, plus loin un collage de Dao Anh Viet...

— Sympa chez vous, fit Jana.

— Heureux que ça vous plaise, sourit Jo Prat de sa belle voix grave.

Le rocker lui semblait un peu ringard avec ses yeux maquillés et son pantalon de cuir, mais somme toute séduisant malgré ses bourrelets.

— Quelque chose vous ferait plaisir ? demanda-t-il avec une prévenance que Rubén ne lui connaissait pas.

Jo préférait les femmes aux hommes.

— Je ne sais pas, fit-elle avec emphase, voir la Piazza Navona à Rome, la fontaine de Borromini surtout, avec sa muse qui tord le cou d'un cygne... L'art baroque, vous connaissez ?

— Je ne demande qu'à apprendre. Rien de plus, disons, accessible ?

— Vous avez de quoi faire sauter des banques ou des entreprises pétrolières ?

— Pas sous la main, concéda-t-il. Mais je peux en faire une chanson pour la paix dans le monde si vous voulez.

Elle haussa les sourcils.

— Vous croyez à ce genre de truc ?

— Avec l'âge, vous verrez, ça console...

Un gros chat blanc observait les intrus depuis l'escalier de verre, deux billes dorées sur le qui-vive.

— Vous n'avez rien contre les vieux matous, j'espère ?

— Pas tant qu'ils chient dans leur caisse, répondit-elle en lorgnant l'animal. Il s'appelle comment ?

— Ledzep. Forcément il n'est plus tout jeune, mais passé les premières vingt-quatre heures, il vous mangera dans la main.

— Vous n'avez pas d'écuelles ?

Le musicien sourit avant de se tourner vers Calderón.

— Il y a un canapé à l'étage, tu n'auras qu'à dormir là-haut, l'informa-t-il avant de désigner le couloir qui filait sur la droite. Je vous ai installée dans ma chambre, dit-il à l'intention de la jeune femme. Il y a une douche attenante et un jacuzzi en haut, si vous voulez prendre un bain : la vue est très jolie si vous aimez le bleu du ciel.

— On vous chasse, insinua Jana, peu rôdée au rentre-dedans.

— J'ai l'habitude de vivre à l'hôtel, la rassura Jo.

— Une chance.

— De vous revoir ?

— Vous voulez dire vivante ?

Rubén les laissa s'escrimer et, chassant inopinément Ledzep réfugié sur les marches, grimpa l'escalier avec son matériel. La pièce à l'étage était mansardée, avec une table basse en bois montée sur roulettes, un canapé de tissu blanc, une salle de bains à mosaïques et une lourde baie vitrée qui donnait sur la terrasse : une voile de bateau était tirée au-dessus d'une table en teck, cernée de plantes foisonnantes. Il posa son sac de voyage sur le canapé-lit, réévalua les lieux inspectés dans l'après-midi. Un barbecue pour l'*asado*, une douche extérieure et une clôture de bambous qui les séparait des voisins, dont on apercevait la terrasse en contrebas. La porte d'entrée du loft était blindée et, hormis Carlos et Anita, personne ne savait que Prat l'avait engagé pour retrouver Maria Campallo… La brise du soir lui rappela qu'il n'avait pas dormi trois heures en deux jours ; Rubén tria ses affaires sur le canapé sans voir le chat terré dessous, brancha l'ordinateur sur la table, entendit la porte d'entrée claquer, réprima une série de bâillements avant que les icônes informatiques ne se mettent en place.

Des pieds nus grimpèrent bientôt l'escalier de verre : Rubén fit à peine attention à elle, absorbé par le reflet bleu des cristaux liquides. Jana jeta un œil par-dessus son épaule, une serviette immaculée à la main.

— Je vais prendre un bain.

— O.K.

Mais il n'écoutait pas. Jana disparut vers le jacuzzi, tandis que les informations défilaient sur l'écran. Rongés par l'acide, illisibles ou manquants, plusieurs noms de répresseurs figurant sur la fiche d'internement étaient définitivement perdus — l'aumônier de service s'il y en avait un, le médecin accoucheur, certains interrogateurs. Parmi les noms exploitables, Rubén avait répertorié Victor Heintze, Pedro Menez, Manuel Camponi, les gardiens successifs des parents disparus. Les deux premiers apparaissaient dans ses fichiers (rubrique décès), le troisième s'était exilé en Italie au milieu des années 80. Restaient les protagonistes de l'extraction.

D'après la copie du document, Samuel, le père biologique de Miguel et Maria Victoria, avait été torturé quotidiennement jusqu'à l'accouchement de sa femme Gabriella, survenu le 19/09/1976. On avait « extrait » le couple trois jours plus tard mais, bizarrement, Samuel et Gabriella Verón avaient été abattus le surlendemain, soit le 21 septembre. Le lieu de l'exécution était malheureusement caviardé, comme le nom de l'officier chargé de la besogne : on ne devinait que le nom incomplet du caporal (« ...do Montanez »), qui l'accompagnait. Ce dernier n'apparaissait dans aucun de ses fichiers. Rubén poursuivit les recherches sur l'annuaire électronique : Leonardo, Fernando, Orlando, Eduardo, Ricardo, Bernardo, Alfredo, il recensa des dizaines de « Montanez », éparpillés aux quatre coins du pays... Le temps passa avant que Jana sorte du jacuzzi, une grande serviette blanche serrée sur le buste et la taille.

Ses cheveux paraissaient plus longs mouillés, tombant sur ses épaules dénudées. Elle vit le sac de voyage et les affaires du détective, s'assit sans un mot et replia ses jambes sur le canapé-lit.

— Ça va ? lança-t-il machinalement.

Comme elle ne répondit pas, Rubén abandonna l'écran et releva la tête. Ses yeux en amande étaient troubles, sombres. Tristes. Aucun rêve là-dedans.

— Pourquoi tu m'as embrassée l'autre nuit ? lança-t-elle à brûle-pourpoint.

Il esquissa un soupir.

— J'en avais envie, sans doute...

Jana le fixait sous ses mèches humides.

— Ça veut dire quoi « sans doute » ?

Rubén se tut. Bientôt trente-cinq ans de pratique. Jana serra sa serviette contre elle, maigre pare-feu à ce qui la consumait.

— Hein ? elle insista.

— J'ai quarante-sept ans, Baby Doll, dit-il enfin. Je crains que toutes mes réponses soient mauvaises.

— Je suis sculptrice, je peux t'en donner d'autres.

L'odeur de sa peau savonnée parvenait jusqu'à lui. Rubén alluma une cigarette pour se donner une contenance, mais ça ne prit pas.

— J'ai baisé avec des serpents à sonnette pour survivre, lâcha Jana entre ses jolis crocs. Ça ne veut pas dire que j'embrasse le premier venu. Mon amie a disparu, tu es mon seul espoir de la retrouver et tu ne me dis rien, ne montres rien, sinon un Grand Silence mystérieux qui sent le vide cosmique à des kilomètres. C'est quoi ton problème, Calderón ? Tu m'embrasses à l'aube comme si tu n'avais que moi au monde pour me planter comme une grue devant mes bouts de ferraille, tu me rattrapes au vol pour m'emmener chez une vieille folle que tu charcutes sous mon nez avant de m'enfermer à double tour au milieu de tes chers disparus avec interdiction de sortir : tu me prends pour quoi, une princesse à la con ? Je ne vaux même pas une explication, deux mots tendres pour savoir où me situer dans ce bordel ? Tu crois que je suis une fille jetable, un simple Kleenex où on essuie ses moments d'égarement ?!

— Ce n'est pas la question.

— On dirait que ce n'est jamais la question avec toi, dit-elle en refrénant sa rage. Tu as quoi dans le cœur, à part des morts ? Tu vis dans le passé, Rubén, tellement que tu n'es pas foutu d'imaginer l'avenir. Tu as perdu des sens en route, *winka*, pas moi. Tu as perdu l'odeur de la mousse, ce qui fait la différence entre nous et tous ces fils de pute. J'ai la foi dans ce que je fais, dans ce qui me tient debout. Aujourd'hui c'est toi. Parce qu'on a encore une chance de retrouver Miguel et parce qu'on ne m'a jamais embrassée aussi gentiment.

Jana ne le quittait pas des yeux, ses jambes cuivrées repliées sous la serviette.

— Je suis désolé, dit-il.

— De quoi, de m'avoir embrassée ? Je ne te crois pas, mon vieux.

— On est en fuite.

— Ça change quoi, la couleur de mes yeux ?

Jana voulait qu'il la prenne dans ses bras comme l'autre nuit dans la cour et lui plante ses putains de myosotis à travers le cœur, qu'elle crève de lui une bonne fois pour toutes puisque le destin les avait réduits l'un à l'autre : la sonnerie du BlackBerry retentit alors sur la table basse.

Le détective vit le nom d'Anita sur le cadran, décrocha. La discussion fut brève — ils avaient un créneau d'une heure…

Jana le fixait toujours depuis le canapé-lit, ses cheveux de jais gouttant sur ses cuisses.

— Il faut que je parte, dit-il.

Il était onze heures du soir.

— Où ça ?

— À la morgue.

*

Anita Barragan n'était pas à proprement parler érotomane : était-ce sa faute si les hommes, d'ordinaire si fiers de leur raison, perdaient la tête pour une paire de nichons ? Ça leur rappelait quoi, se gaussait-elle, leur maman ? Sa propension à soulager les pauvres petits choux n'ayant d'égale que l'obstination du seul célibataire qui la faisait rêver à ignorer ses charmes, Anita couchait de préférence avec des hommes mariés pour des aventures d'ordinaire sans lendemain. A priori, Guillermo Piezza, le légiste chevelu de quinze ans son benjamin qui achevait sa formation à la *Morgue Judicial*, n'aurait jamais dû être son amant : Guillermo ne comptait pas se marier, et à quarante ans Anita s'estimait trop commune pour attirer la fougue de la jeunesse, mais il faut croire que l'interne aimait les vieilles filles maniant sexe et humour avec tout le paradoxe d'une complexée dépravée — comme elle se définissait pour faire passer la pilule. Guillermo la sodomisait parfois à la sauvette dans les toilettes de l'étage, un petit jeu excitant et sans conséquence qui durerait tant qu'aucune partie ne s'estimerait lésée. Anita n'attendait rien de lui : Guillermo ne pouvait rien lui refuser...

Accolé à la faculté de médecine, le vieil institut médico-légal de Buenos Aires avait été transféré *avenida Comodoro Py*, non loin de Retiro et du nouveau port. Ouvert en grande pompe dans la nouvelle zone d'édifices publics d'Antepuerto, la *Morgue Judicial*, bâtiment résolument moderne, tranchait avec l'austérité mussolinienne du siècle passé ; un grand hall marbré abritait l'accueil, la cafétéria, le secteur éducatif et un espace privé réservé aux familles des victimes. On accédait aux étages — laboratoires, cliniques thanatologiques — par un double système d'ascenseurs permettant une circulation verticale, le premier réservé au public et aux employés, l'autre exclusivement au personnel médical, aux cadavres et aux personnes autorisées.

Anita attendait devant l'accès réservé aux ambulances, nerveuse à l'idée de se faire pincer, quand Rubén arriva.

— Personne ne t'a vu ? souffla-t-elle.

— À part quelques satellites espions, non.

— Ho, ho, ho. (Anita lui planta le badge que lui avait remis Guillermo au rebord de sa veste.) Allez, ne perdons pas de temps.

Long couloir de marbre, lumières douces, balustrades et escaliers de verre, l'architecture lisse de l'institut médico-légal rappelait plus l'aéroport international que la clinique des morts. Une petite Bolivienne nettoyait le sol sans conviction, un masque blanc sur son visage hâlé, qu'elle releva à peine à leur passage. Anita marchait vite sous les néons tamisés : Rubén n'avait rien à faire dans l'antre de la police scientifique, elle jouait carrément son job dans l'affaire.

— Le corps a été préparé pour l'inhumation, chuchota-t-elle en entraînant le détective dans les méandres du bunker high-tech. Putain, le service funéraire va débarquer d'une minute à l'autre, c'est de la folie d'être ici !

Rubén évita la caméra de surveillance à l'angle du couloir et suivit la blonde jusqu'à la chambre froide.

— On a cinq minutes, pas plus, fit Anita en poussant la porte.

La pièce exhalait un mélange d'ammoniaque et de déodorant pour sanisettes. Des murs blancs aseptisés, une lumière crue et une rangée de casiers sur la droite, des morts classés par ordre d'arrivée. Numéro 23 : Anita fit coulisser le tiroir d'aluminium et détourna aussitôt les yeux.

Rubén fit le vide en approchant du monstre. Munoz, qui venait de finir l'autopsie, avait essayé de donner un aspect à peu près présentable au cadavre mais, avec la moitié de la tête emportée, l'état de sa peau et ses orbites vides, la pauvre Maria était méconnaissable. Rubén déglutit en songeant aux autoportraits pendus dans son loft, comprit mieux pourquoi la famille précipitait les obsèques.

— Quatre minutes, souffla Anita, qui regardait le mur.

La peau était flétrie, délavée, le crâne sectionné au niveau des lobes frontaux, de manière assez nette malgré les bandes de gaze. Les hélices d'un bateau sans doute. Le reste du visage confinait à l'horreur. Il n'y avait pas que les yeux, la bouche aussi avait été rongée par les mollusques. Maria Victoria Campallo. Un corps diaphane, presque laiteux, des seins ronds, le ventre légèrement bombé, recousu à la va-vite...

— Le coup de vent qui a balayé la côte a causé quelques dégâts dans les ports et les marinas, fit Anita en restant à distance, mais d'après les affaires maritimes, aucun naufrage n'a été déclaré dans la zone du Río de la Plata.

Rubén acquiesça. La blancheur du cadavre attestait d'une macération prolongée, plusieurs jours à en croire l'état de la peau, qui commençait à se putréfier au contact de l'air. Pas d'impact de balle, ni de coup de couteau ou de brûlure de cigarette...

— Le rapport de Munoz, il dit quoi ?

— Si je le savais, je ne serais pas là à me cailler les miches, répondit sa copine.

L'odeur surtout lui vrillait le cerveau. Rubén enfila des gants de chirurgie, en tendit une paire à Anita.

— Tiens, aide-moi à la retourner.

La flic souffla sur sa frange blonde, un tic nerveux. Ils empoignèrent le corps de Maria et le basculèrent sur le ventre. Pas de lésions visibles malgré les multiples fractures apparentes... Cargo, ferry, chalutiers, le cadavre avait dû flotter à la surface avant d'être broyé par des hélices, qui avaient décalotté le haut du crâne. Rubén oublia la laideur de la mort, ses substituts, posa ses mains plastifiées sur le dos de la noyée. Ses sens très vite s'aiguisèrent, comme si les cours d'anthropologie légiste de Raúl lui remontaient au bout des doigts : il tâta les os, épousa les formes inégales des fractures, circonspect. Les mâchoires étaient brisées, les clavicules, les côtes...

— Les résultats des analyses toxicologiques ne seront pas connus avant plusieurs jours mais Guillermo a des trucs pour toi, dit Anita pour accélérer le mouvement. Fichons le camp, tu veux.

Le jeune interne, de garde cette nuit-là, connaissait Calderón de réputation, celle d'un fouille-merde, comme lui, n'en déplaisent aux autorités supérieures pour lesquelles il n'éprouvait qu'un respect modéré — le futur légiste avait caillassé les blindés de la police pendant la crise, brandi son majeur avec des milliers d'autres chevelus torse nu quand les responsables de la banqueroute s'étaient enfuis par les toits, en hélicoptère. Guillermo n'avait pas assisté Munoz durant l'autopsie, mais il avait fait le ménage après l'intervention du grand ponte. Il avait notamment retrouvé deux radiographies dans les poubelles prévues à cet effet, des rebuts qu'il avait subtilisés avant qu'on ne les détruise.

Rubén planta les clichés sur le panneau éclairant de la petite salle où les attendait l'interne. Certaines zones de fracture n'étaient pas nettes. Il resta un long moment à les observer. Il n'y avait pas seulement les mâchoires, les clavicules et les côtes du thorax qui avaient été enfoncées : les têtes fémorales, le talon, le corps de Maria semblait avoir comme implosé.

Les caractéristiques des fractures ne laissaient plus de doutes. Maria Campallo n'avait pas été battue à coups de barre de fer, ni écrasée par la coque d'un ferry alors qu'elle flottait à la surface : on l'avait précipitée d'un avion.

— Qu'est-ce qu'il y a ? fit Anita.

Rubén était pâle à son tour : les Vols de la Mort…

*

Endormis au Penthotal, chargés dans des camions ou des voitures, bâillonnés, ficelés, encagoulés, les subversifs extraits des prisons clandestines étaient transférés jusqu'aux aérodromes de l'armée avant d'être jetés vivants dans le Río de la Plata. Des vols de nuit, en hélicoptère ou le plus souvent en avion. On retrouvait parfois des cadavres ligotés sur les côtes uruguayennes, des corps démembrés ou mutilés que les vagues ramenaient selon les humeurs des courants. La tempête inopinée de la semaine précédente avait ramené le cadavre de la photographe vers Buenos Aires, comme aux pires heures de la guerre sale.

Perdu dans ces réminiscences, Rubén revoyait la scène par flashs au volant de sa voiture, l'enlèvement de Maria Victoria et de celui qu'elle croyait être son frère à la sortie de La Catedral, le travesti qu'on torture devant elle pour la faire parler, les cris, les aveux, leur séparation, Orlando dirigé vers les quais déserts de La Boca, Maria droguée pour le transfert jusqu'à un aérodrome de campagne, la fille du riche industriel réduite à l'état de paquet jeté dans le coffre d'une voiture, un simple numéro à effacer, à faire disparaître, Maria inerte qu'on colle au fond de la carlingue, le survol de la zone de largage, la peau noire de l'océan qui craquelle sous la lune, elle toujours plongée dans ses rêves chimiques, ne sentant ni le vent ni la peur, les eaux voraces et boueuses à l'embouchure tout en bas, et puis Maria Victoria qu'on précipite dans le vide, sa chute, sa chute interminable vers l'océan sous les yeux crevés de la lune... À deux mille mètres, la mer est un mur de béton : les os de Maria avaient explosé sous ses chairs.

Rubén roulait le long de Corrientes, secoué après sa visite à la *Morgue Judicial*. Sa main happa l'air de la nuit par la vitre ouverte. Sa chemise était trempée de sueur, son Colt chargé dans le vide-poches. De grosses cylindrées défilaient sur l'avenue grouillante du Centro ; les enseignes toujours allumées des magasins de luxe piaffaient sous le regard de vieilles femmes en fourrure qu'emmenaient dîner des hidalgos grisonnants après la soirée au spectacle. Les gens du centre-ville semblaient riches, heureux, bien portants, gardiens de l'âme portègne. L'âge de son père s'il avait vécu...

Rubén arriva à l'appartement de Palermo, les yeux brûlants de fatigue. La lumière du salon japonais était allumée, les rideaux tirés, mais la pièce était vide.

— Jana ?

Une odeur d'herbe descendait de l'escalier de verre. Il la trouva à l'étage, assise en tailleur devant la table basse qui faisait office de bureau, rivée à l'écran de l'ordinateur.

— Dracula m'a laissé de la *flores*, fit-elle, lui tendant le joint.

Jana portait une chemise grise élimée sur les épaules, un short en jean noir aussi fatigué que le précédent. Un mégot illicite avait déjà séché dans le cendrier — de la marijuana locale — sous l'œil avisé du gros chat blanc qui, posté sur la commode, avait fini par sortir de sa cachette. Rubén chassa les images de mort qui le hantaient depuis l'institut médico-légal, prit le stick entre ses lèvres et se pencha vers les cristaux liquides.

— Le Montanez que tu cherches doit avoir au moins cinquante-cinq ans aujourd'hui, dit-elle, s'il est encore vivant. (Jana montra les notes qu'elle avait griffonnées sur ses feuilles volantes.) J'en ai retrouvé une dizaine sur Internet : l'ancien caporal est peut-être parmi eux…

Rubén parcourut ses notes : transport routier, restaurateur, épicerie fine, écrivain public, aucun des « Montanez » répertoriés par Jana ne travaillait dans une officine de sécurité privée ou de gardiennage…

— La morgue, ça a donné quoi ? demanda-t-elle.

— Maria Campallo a été jetée d'un avion, dit-il d'une voix traînante. Les courants ont ramené le corps sur la côte. Ça implique un pilote, un appareil approprié, un aérodrome assez proche de Buenos Aires pour organiser le transfert, des complicités…

Il lui repassa le joint.

— Je peux m'en occuper, affirma la sculptrice.

— Tu ne connais pas mes fichiers, le système de classement.

— Tu me prends pour une demeurée ? Dis-moi plutôt ce qu'il faut chercher.

Son air frondeur la rajeunit.

— Des noms de pilotes, répondit Rubén. À comparer avec ceux qui figurent dans les dossiers. Vois aussi leurs antécédents, le type d'avion utilisé le week-end du double meurtre, le profil des aérodromes autour de la ville, avec ou sans tour de contrôle... Tout ce que tu trouveras.

— O.K. Et Montanez ?

— Il faudrait voir dans les archives de la Marine. Faire une demande auprès des organismes compétents. Ça peut prendre des semaines.

Il bâilla, plombé par la *flores* du musicien et la nuit blanche de la veille.

— O.K., abrégea-t-elle. Va te coucher, je m'occupe des aérodromes. Tu n'as qu'à dormir dans la chambre en bas.

Il acquiesça. Le visage de la Mapuche était tout proche, ses lèvres pulpeuses dessinées au crayon fin. Rubén se redressa dans un appel d'air, tangua au-dessus d'elle, qui avait déjà basculé sur la connexion Internet.

— Bonne nuit, dit-il.

— Tâche de dormir, tête de pioche.

Ledzep, qui suivait la discussion depuis la commode, bondit à la suite de Rubén.

L'espoir de retrouver Miguel vivant s'amenuisait d'heure en heure. Une chance sur cent d'après le détective : sans lui, Jana n'en avait aucune. Elle ralluma le joint et commença à parcourir les sites. Une demi-douzaine d'aérodromes étaient disséminés autour de la ville, des aéroclubs privés tirant souvent le diable par la queue et, de ce fait, peu regardants sur les gens ou les marchandises qui transitaient sur leurs pistes. Les plus modestes ne possédaient pas de tour de contrôle, se contentant visiblement de donner des cours de pilotage. Deux d'entre eux bordaient la *Ruta 9*, l'axe routier le plus proche du Río de la Plata. Jana répertoria les noms des pilotes sur le site du premier, trois mines aux sourires Top Gun, entra les coordonnées sur les fichiers du détective. Nouvelles recherches. Recoupements. Photos disponibles. Comparaisons avec les organigrammes des répresseurs et de leurs complices, autant de temps perdu : aucun des trois pilotes ne figurait sur les listes noires du détective. Elle nota les noms, à tout hasard.

Le second aérodrome n'avait pas de véritable site Internet, sinon une vague publicité dont les photos semblaient dater des années 70. Aucun nom propre : juste les tarifs de vol et les formules proposées… Ledzep, qui avait dû se faire jeter de la chambre, glissa son museau contre ses pieds nus avec une application de fauve en reconquête territoriale. Jana vit l'heure, très tardive. Trop énervée pour dormir, elle laissa l'ordinateur en veille et descendit l'escalier de verre. Des flashs lui traversaient le cerveau, plus sinistres les uns que les autres — les tueurs avaient-ils déjà balancé Miguel dans l'estuaire ? Elle fuma un stick de *flores* pure en observant la rue derrière les rideaux. Les lumières de la ville faisaient des lucioles dans le ciel violet. Elle se sentit soudain perdue, étrangère au lieu, comme si le temps passait sans elle. Sans lui ? Rubén gardait ses distances, comme si quelque chose d'inéluctable devait arriver et les broyer tous les deux. Jana se fichait de leurs différences, de sa violence à fleur de peau, même de son âge. Le corps avait des sentiments qui, eux, ne mentaient pas. Ses mains brûlantes, son sexe, l'étreinte passionnée l'autre nuit, dans la cour…

Le miaulement de Ledzep la sortit de ses pensées noctambules — lui aussi voulait aller se coucher. De guerre lasse, elle écrasa le carton du joint, but un verre d'eau et se lava les dents dans la salle de bains adjacente à la chambre. Miroir design, lit king size, mobilier minimaliste, lumières tamisées orientales pour atmosphère voluptueuse, Jo Prat avait disposé un bouquet de fleurs sur la table de nuit, des roses rouges évidemment, magnifiques. Rubén dormait d'un sommeil agité sur les draps blancs, ayant tout juste ôté ses chaussures, les bras étreignant l'oreiller comme s'il pouvait lui échapper. Jana s'allongea. Espoir, désespoir. Elle tangua un moment sous l'effet du THC, ferma les yeux sur le désastre et sombra sans regret, à l'ombre de ses bras.

Deux trous noirs lancés dans le vide.

4

En l'absence de politique foncière, la population de Buenos Aires s'était installée le long des axes ferroviaires, dessinant une urbanisation en « main ouverte ». Les industries s'étaient à leur tour glissées dans les interstices, repoussant toujours plus loin la banlieue et ses trois couronnes. Rubén roulait sur la *Ruta 9* embouteillée, supportant sans broncher les infos en continu à la radio. Il avait dormi huit heures d'affilée et la fatigue qu'il traînait depuis deux jours s'était diluée dans le café noir. Le journal venait d'annoncer la mort de Maria Victoria Campallo, dont le corps avait été retrouvé sur les rives de la réserve écologique. Pas d'autres précisions pour le moment, sinon qu'une enquête était ouverte. Aucun mot concernant l'inhumation qui aurait lieu en fin de journée, ni du meurtre, pourtant avéré. Son père, qui avait ses antennes dans les médias, avait-il donné des ordres en ce sens ?

Jana avait répertorié trois aérodromes susceptibles d'avoir embarqué Maria pour un vol de nuit, un au sud de la ville, deux au nord. Il revenait de l'aéroclub de San Miguel, où tous les pilotes avaient renseigné leur vol la nuit du double enlèvement. Il était maintenant midi passé, une chaleur orageuse poissait l'habitacle et les pots d'échappement dégueulaient dans le trafic en bandonéon. Le détective traversa des espaces déprimants saturés de panneaux publicitaires, des zones marchandes à l'ennui clinquant infligées depuis le sacre de Wal-Mart et du capitalisme financier, hédonisme de pacotille fumant sur du vide qui bientôt submergerait la planète. Du désespoir en code-barres ; Rubén songeait à des vagues mortelles quand il coupa vers la banlieue résidentielle d'El Tigre.

Ancien lieu de résidence secondaire pour les biennés de la Belle Époque, la petite ville d'El Tigre se situait à l'entrée du delta éponyme, qui s'étendait au nord de la capitale. Clubs d'aviron, de natation, de cricket, les Portègnes se pressaient les week-ends autour des guinguettes et du port de plaisance, d'où ils sillonneraient les canaux dans des bateaux de bois au luxe révolu. Les maisons ici étaient fleuries, les jardins pavillonnaires, les pelouses bien peignées. L'orage avait fait place à de méchantes éclaircies où miroitaient les flaques sur l'asphalte : d'après la carte, l'aérodrome se situait un peu à l'écart de la ville.

Un marais succéda à un champ d'herbe grasse. Quelques bœufs parés à l'export y paissaient, à demi assoupis ; au-delà des barbelés, Rubén aperçut la chaussette rouge et blanche de l'aérodrome, gonflée par la brise. Il gara la voiture sur le bout de terre sèche qui servait de parking, étira les muscles de ses épaules.

Un baraquement vétuste aux volets clos jouxtait la station-essence en bordure de piste. Trop modeste pour bénéficier d'une tour de contrôle, l'aérodrome d'El Tigre se résumait à un hangar de tôle ondulée, un bureau de préfabriqué et un avion-école, qui séchait sur le tarmac — un petit biplace à la peinture blanche fatiguée. Un aérodrome de campagne, désert, où le temps paraissait suspendu. Rubén longea le bâtiment principal, jeta un bref coup d'œil à l'avion au milieu de la piste et marcha jusqu'au hangar. Un autre appareil était garé au fond du garage, un Cessna 185. Ni pilote ni mécano dans le périmètre ; il rebroussa chemin et suivit l'ombre des baraquements.

Un ventilateur perché sur un comptoir taché brassait l'air moite du bureau principal. Un homme obèse s'épongeait sans conviction devant l'écran d'un ordinateur, des restes de papiers gras roulés en boule près du clavier. Valdès, le chef pilote, releva à peine la tête en voyant débarquer Rubén. Le gérant de l'aéroclub avait joué au rugby à un haut niveau, au poste de pilier, il avait même songé un moment à devenir pro avant de se faire châtier par des toxinés du Tucumán. Valdès avait passé ses brevets de pilote et, faute d'exercice, pris cinquante kilos de pizza dans la foulée, qu'il ne semblait pas pressé de perdre.

Rubén montra sa plaque de détective.

— Je voudrais parler à un de vos pilotes, dit-il en lorgnant la pièce annexe. On dirait qu'il n'y a personne…

Dérangé en pleine réussite électronique, Valdès releva son menton de morse.

— Qu'est-ce que vous leur voulez, à mes pilotes ?

— Vous êtes combien à travailler ici ?

— Ma secrétaire est enceinte jusqu'aux dents et je suis tout seul à m'occuper de la paperasse, répondit-il d'un air bourru qui semblait chez lui naturel. Y a que Del Piro. Quand il est là…

— Un de vos pilotes ?

— Le seul. À part moi. Mais je vole plus beaucoup, ajouta le gros homme.

— Je vois ça… Il est où, Del Piro ?

— Il a pris sa semaine pour un stage de voltige. Pourquoi ?

— Vous n'avez pas d'autres instructeurs ?

— Plus depuis deux ans, fit le chef pilote. C'est la crise, z'êtes au courant ?

Rubén jeta un œil sur les étagères poussiéreuses, les tiroirs coulissants derrière la carrure du type.

— L'as de la voltige était de service en fin de semaine dernière ? demanda-t-il.

— J'sais pas, renvoya Valdès. Ici on donne des cours, pas des renseignements.

L'ancien rugbyman replongea sur son écran, déplaça quelques cartes électroniques sous le souffle rafraîchissant du ventilateur. Rubén se pencha sur le comptoir et arracha la prise de l'ordinateur. Valdès releva une mine de pilier avant la mêlée.

— C'est quoi ton problème ?

— Un vol de nuit, dit Rubén. Vous tenez un registre de ce qui se passe ici ou vos avions sont juste là pour prendre l'air ?

Valdès le dévisagea de ses yeux mornes. Le détective ne cilla pas.

— Ouvrez ce putain de registre.

Le ventilateur tournant souffla à sa hauteur.

— Y a aucune loi qui m'y oblige, mon gars, rétorqua-t-il.

— Ça te prendra deux minutes. Peut-être deux ans de taule si tu refuses de collaborer. J'enquête au sujet d'un meurtre qui intéresse aussi les flics, et je suis sûr qu'ils seront ravis de mettre le nez dans tes comptes. Ça n'a pas l'air de tourner des masses, ton business, insinua Rubén en prenant le décor à partie.

Valdès montra les dents, étincelantes de morgue malgré les alvéoles de nicotine.

— Je veux juste vérifier deux ou trois choses sur le registre, reprit Rubén d'une voix qui se voulait conciliante. Après, je te laisse à tes petites affaires. À moins que tu aies une raison de refuser ?

Valdès haussa les épaules, souffla l'air de deux zeppelins en guise d'assentiment, contourna tant bien que mal le bureau et finit par ouvrir le registre où était consigné le planning des vols.

— Le week-end du 8, hein ? maugréa-t-il. Bah, non : y a rien de mentionné.

Rubén retourna le document pour vérifier. Rien.

— Le pilote n'a pas forcément renseigné son planning de vol, avança-t-il.

— Pourquoi il ferait ça ?

— Pour aller pisser à deux mille pieds.

— Pas le genre de Del Piro, rétorqua le gérant, goguenard.

— Ah oui, et c'est quoi son genre ?

— Chaud lapin. Comme tous les pilotes.

— Ah oui. Et toi, tu étais où le week-end dernier ?

— Avec ma femme. C'était son anniversaire et ça fait vingt ans que ça dure. Si ça te pose un problème, dis-toi qu'à moi aussi : O.K. ?

— Je peux voir la fiche de Del Piro ?

Valdès grommela, tria les fiches d'un tiroir métallique, déposa celle qui l'intéressait sur le comptoir, passablement exaspéré.

Gianni Del Piro, né le 15/04/1954, résidant à El Tigre. Visage bronzé et émacié, favoris grisonnants, assez bel homme malgré le regard d'aigle en chasse qu'il voulait se donner sur la photo.

— Del Piro a passé son brevet de pilote à l'armée ?

— Comme les neuf dixièmes des types que j'ai rencontrés dans ma vie, répondit le gérant.

Rubén sortit son BlackBerry, fit une copie numérique du visage et des coordonnées de Del Piro. Valdès ruminait sous son goitre.

— C'est toi qui habites le baraquement dehors ? demanda-t-il.

L'obèse secoua ses bajoues.

— Non. Il prend l'eau depuis des lustres. J'habite en ville.

— L'aéroclub est donc désert la nuit.

— Ouais.

— Del Piro a un double des clés du hangar ?

— Évidemment, bougonna l'autre. C'est un petit aéroclub ici : les pilotes attendent pas que je sois là pour donner les cours… Tu vas me faire chier longtemps comme ça ?

Rubén embarqua le registre des vols.

— Donne-moi la clé du Cessna dans le hangar.

— Pourquoi, tu comptes traverser les Andes avec ce coucou ? plaisanta le chef pilote.

Rubén resta de glace.

— Dépêche-toi, qu'on en finisse.

Valdès jeta bientôt une paire de clés sur le comptoir, désigna les registres.

— Tu me les rapportes, hein ?!

Ça sentait l'huile de moteur et la graisse dans le hangar : Rubén inspecta brièvement le matériel entreposé avant de se diriger vers le Cessna au fond du garage. L'avion de tourisme pouvait accueillir deux personnes à l'avant et une charge équivalente à l'arrière : en enlevant la portière, on pouvait larguer un corps en vol et revenir comme une fleur à l'aérodrome. Il se hissa à bord du cockpit.

Les pilotes renseignaient les heures moteur après chaque vol. Il compara le carnet de bord avec le compteur. Le kilométrage correspondait. Del Piro avait aussi pu le débrancher. Rubén releva la jauge d'essence, enfila des gants de latex, fouilla minutieusement l'habitacle, passa sa torche à l'arrière de l'appareil : le sol, les sièges, le fond de la cabine, tout était propre, ou nettoyé depuis peu. En tout cas, rien qui pût laisser penser à un vol fantôme...

Le soleil l'éblouit un instant lorsqu'il sortit du hangar. Il longea le tarmac et se dirigea vers la pompe à essence, cinquante mètres avant le bureau de Valdès. C'était une station-service des plus sommaires, avec une simple pompe et un registre que remplissaient les pilotes en se servant. Rubén consulta le document ; aucun plein n'était mentionné le week-end en question.

Il calcula la moyenne de consommation d'après la fréquence de remplissage du réservoir, compara avec les vols effectués depuis par le Cessna et la jauge relevée sur l'appareil, et tiqua. Ça ne collait pas. Del Piro avait fait le plein « trop tôt », après le week-end du 8.

Rubén vérifia plusieurs fois ses calculs. L'adrénaline poussa verticale : il manquait l'équivalent de deux à trois heures de vol.

*

Parmi les quarante-deux « Montanez » répertoriés dans l'annuaire, Jana finit par en joindre les trois quarts, en baratinant pour un jeu de loterie se référant à la date de naissance. Après une série de coups de fil fastidieux, onze personnes avaient l'âge de l'ancien caporal impliqué dans le meurtre des parents Verón.

DDHH (sorte de ministère des Droits de l'Homme), ANM (Archives Nationales de la Mémoire, basée à l'ex-ESMA), CONADEP, Jana fouilla dans les listes des membres des forces armées liés à la répression, celles du Centre d'Études légales et sociales mises à la disposition des Grands-Mères, dossiers stockés dans l'ordinateur du détective, sans trouver la moindre trace d'un Montanez correspondant. Elle n'avait que ces onze noms allongés sur du papier, onze suspects éparpillés aux quatre coins du pays. Procédure trop longue. Paula serait morte depuis mille ans… Restaient les archives de l'armée.

Les documents top secret liés à la séquestration et à l'assassinat des trente mille disparus avaient été brûlés à l'arrivée de la démocratie (et les éventuelles copies probablement détruites), mais la Marine, comme tous les corps d'armée, avait gardé ses archives. Le public n'y avait pas accès, pour la simple et bonne raison que la Marine refusait de les donner : seuls cas exceptionnels, les « usagers légitimes » justifiant la « nécessité d'une consultation » pouvaient y accéder — autant dire peu de monde, et au prix de démarches qui avaient peu de chances d'aboutir. C'est ce que lui avait dit Rubén ce matin avant de partir, alors qu'elle émergeait du brouillard.

Sortant d'une sieste carabinée, Ledzep fit une apparition remarquée tandis qu'elle ouvrait le frigo. Il avait goûté les restes du petit déjeuner laissés sur la table du salon, mais son air chafouin plaidait pour du carné. Jana but une bière fraîche, pour se donner du courage, et quitta la planque à l'heure de midi.

Par une ironie macabre propre à l'Argentine, le bâtiment qui abritait les archives de la Marine se situait près de la *Morgue Judicial, avenida Comodoro Py*. L'édifice, baptisé *Libertad* (…), était un immeuble en forme de parallélépipède haut d'une dizaine d'étages fraîchement repeint en blanc, chargé de faire oublier la tristement célèbre École de Mécanique de la Marine, aujourd'hui transformée en musée et lieu de mémoire.

Jana était venue en *colectivo*, le bus local, son sac de toile noire à l'épaule et sa carte d'identité dans la poche de son treillis. Le ciel était bleu après l'averse, le vent frémissait dans les maigres arbres qui bordaient le parking. La jeune femme grimpa l'escalier, pleine d'appréhension, montra son sac aux deux molosses à l'entrée, passa entre les détecteurs de métaux et se présenta à l'accueil.

Une quadragénaire à voix de perruche s'entretenait au téléphone avec ce qui semblait être une amie : l'arrivée d'une visiteuse ne parut d'abord pas l'émouvoir, puisqu'elle poursuivit sa discussion un moment avant de se tourner vers la Mapuche qui se dandinait derrière le comptoir.

— Attends une seconde, lâcha-t-elle à sa copine,

avant de plaquer le combiné contre sa poitrine. Oui, c'est pour quoi ?!

Jana fit un effort surhumain pour sourire.

— Je cherche mon cousin, dit-elle en approchant du bureau stratifié. Garcia Marquez, il était caporal dans la Marine. Je l'ai perdu de vue et je cherche à reprendre contact avec lui, expliqua-t-elle, pour des raisons familiales et aussi juridiques…

Comme l'autre grimaçait derrière son fard, elle insista.

— C'est au sujet d'un héritage, de papiers à remplir. Le notaire qui s'en occupe m'a dit qu'on retrouverait la trace de mon cousin dans vos archives. Vous savez où elles se trouvent ?

Quelques hommes grisonnants en uniforme passaient dans le grand hall, un dossier sous le bras, ou partaient déjeuner à l'extérieur. La femme de l'accueil fit un geste nerveux en direction des ascenseurs.

— Dixième étage. Il faut faire une demande officielle au service concerné, remplir les formulaires en apportant les justificatifs de votre démarche et revenir quand vous recevrez la réponse, en général pas avant une quinzaine de jours, ajouta-t-elle comme une litanie. Vous avez une pièce d'identité ?

Jana lui tendit sa carte, que l'employée photocopia sans quitter sa chaise à roulettes. Après quoi elle jeta machinalement un badge sur le comptoir.

— Vous me le redéposez en sortant !

— Merci, madame.

La femme avait repris son combiné.

— Oui, Gina, tu es là ?

Jana accrocha le badge au col de sa veste en jean noir et se dirigea vers les ascenseurs, la vessie soudain compressée. Un garde armé se tenait près des issues de secours, un béret aux couleurs de la Marine sur ses tempes dégagées. Dixième étage : un vaste hall lustré faisait danser les reflets du soleil depuis les baies vitrées qui donnaient sur le nouveau port. Des affichettes aiguillaient les visiteurs vers les différents services administratifs ; Jana composa un numéro fictif sur le portable que lui avait laissé Rubén et, entamant une conversation imaginaire, inspecta les lieux. « Oui… Non… » Elle déambulait sans que personne fît attention à elle : la salle d'archives se situait tout au bout, sur la droite.

Un soldat attablé devant un bureau sommaire en gardait l'accès, pâle doublure de Sean Penn malgré son air de petite frappe. Talkie-walkie, pistolet et matraque pendaient à sa ceinture. C'était l'heure de midi : il mangeait un sandwich emballé dans du papier, observant l'étendue proprette qui, comme lui, s'ennuyait fermement entre les plantes vertes. Jana s'assit à distance sur un des sièges vacants au milieu du hall. Elle ne connaissait pas l'agencement de la pièce où l'on stockait les archives, mais le garde était seul. Jana trouva un vieux bout de crayon khôl dans le fond de son sac, se maquilla pour donner le change. Le gardien du temple but une nouvelle rasade d'eau dans la petite bouteille, qu'il reposa sur le bureau, bientôt vide. Quelques minutes passèrent avant qu'il parte se soulager dans les toilettes voisines.

Jana n'attendit pas qu'il disparaisse pour filer dans son dos. Elle accéléra le pas, arriva à quelques mètres de l'entrée quand un homme sortit des W-C. Il marcha vers elle, l'uniforme tiré à quatre épingles, fronça imperceptiblement les sourcils et, découvrant le badge à sa veste, la croisa sans mot dire. La voie était momentanément libre. Jana passa le bureau déserté et se glissa par la porte vernie, un frisson le long de l'échine.

La climatisation tournait à plein régime dans la salle des archives. Jana referma doucement la porte derrière elle, et se logea contre le mur perpendiculaire qui lui faisait face : des bruits de pas résonnaient dans la semi-pénombre, bientôt suivis par un claquement de porte. La Mapuche se tint collée contre le mur du vestiaire mais ses jambes semblaient se dérober : qu'est-ce qu'elle foutait là, bon Dieu ?! Elle attendit que le poison descende de ses cuisses soudain molles, se répande et se noie dans le sol, pour enfin risquer un œil. La salle était vide. Deux ordinateurs à écrans plats ronronnaient sur les bureaux, accolés à une impressionnante rangée d'étagères : il y en avait une vingtaine, cathédrale de paperasses faiblement éclairées dans ce bunker sans ouvertures… Jana s'engouffra dans le tunnel le plus proche et fila à croupetons au bout de l'allée, comme si cela l'aiderait à se rendre invisible. L'envie d'uriner se fit plus pressante. Deux hommes revinrent bientôt, leurs voix rauques rebondissant dans l'univers confiné de la salle d'archives. Ils parlaient de foot, elle n'écoutait pas. La sueur commençait à couler le long de ses tempes. Jana s'éloigna, légère, se cacha au bout de la rangée et leva les yeux. D3, c'était le numéro de l'étagère.

Les voix des employés étaient indistinctes, tout au bout du couloir. Ses pas la guidèrent dans le labyrinthe. M1, M2, M3, Jana trouva le rayonnage correspondant au nom de Montanez en M4. Des centaines de dossiers s'entassaient dans l'allée, qui donnait sur l'espace de déambulation. Elle hésita un instant à s'y engager : instinct, signe des temps ? Un employé passa vingt mètres plus loin, droit comme un I, sans remarquer sa présence.

Le tee-shirt de Jana était imbibé de sueur ; elle marcha à pas de loup entre les murs de documents qui la protégeaient, retenant son souffle. Monterubio, Monteramos… Montalban, Montamas, Montanez : cinquième étagère, juste au-dessus de son crâne. Jana saisit une pile de dossiers, entendit des pas, retint son souffle : quelqu'un se déplaçait à deux ou trois travées de là.

Une minute passa, avec un sale goût d'éternité. Les pas enfin s'éloignèrent. La Mapuche fit le tri entre les livrets militaires, le cœur électrique. Montanez Oswaldo, né le 10/02/1971 : trop jeune. Montanez Alfredo, né le 24/08/1967 : trop jeune aussi. Une goutte de sueur s'échoua sur le papier jauni du dossier qu'elle consultait d'une main fébrile. Montanez Ricardo, né le 06/12/1955 à Rufino. La date de naissance collait, celle de son incorporation à l'ESMA aussi, qu'il avait quittée fin 1976 avec le grade de caporal. C'était lui. Ça ne pouvait être que lui. La gorge de Jana, accroupie au pied de l'étagère, se fit plus sèche. Une voix la fit sursauter.

— C'est quoi cette odeur ?!

La peur.

La sienne, qui lui dégoulinait du corps.

Le type était dans la rangée voisine, reniflant sa présence.

— Oh, il y a quelqu'un ?! s'écria-t-il en aveugle.

Jana avait déjà fourré la fiche dans la poche de son treillis : elle logea le dossier en vrac dans l'étagère et se glissa vers l'issue de secours, au bout de l'allée. Personne à gauche, ni à droite. Elle poussa la porte coupe-feu et disparut.

— Oh ! Il y a quelqu'un ?!

Dix étages. On avertirait la sécurité, qui n'aurait plus qu'à la cueillir en bas de l'escalier. Jana suivit la petite lumière verte, dévala les marches en prenant appui sur la rampe pour amortir le bruit de ses pas et débarqua au neuvième étage, le cœur battant à tout rompre. Le groupe de militaires qui discutaient devant les baies vitrées lui adressa à peine un regard. Jana appela l'ascenseur en tentant de garder son sang-froid. Toujours pas d'alarme. L'employé de la salle des archives avait pourtant dû entendre le clic de la porte de secours. L'ascenseur arriva vite : elle appuya sur le bouton, laissa les portes se refermer sur elle, commença la descente. La Mapuche essuyait la sueur qui perlait sur son front, priant les dieux des ancêtres de l'épargner pour cette fois, quand la cabine stoppa. Cinquième étage. Un homme de haute stature dans un uniforme à galons entra sans un mot : l'officier qu'elle avait croisé un peu plus tôt, sortant des toilettes.

— Vous descendez ? demanda-t-il.

— Oui.

Son air affable ne dura pas. À peine l'ascenseur eut-il entamé sa descente que l'homme se rétracta : une odeur désagréable empuantissait la cabine. Il adressa un rictus compassé à l'Indienne, absorbée par la contemplation de ses Doc. Les portes s'ouvrirent enfin sur le grand hall : Jana déglutit la salive qu'elle n'avait plus, se dirigea vers l'accueil, roseau souple dans la tempête. Personne ne l'interceptait. Toujours pas. Elle déposa le badge sous la mine indifférente de la perruche au comptoir, et se retint de courir vers la sortie.

Les talkies-walkies des types de la sécurité se mirent à crépiter. Jana passa à leur hauteur au moment où ils décrochaient, emprunta le grand escalier qui menait au parking. Les deux hommes se précipitèrent à l'intérieur du bâtiment, trop tard : le vent rafraîchissait son visage et le *colectivo* arrivait, au bout de l'esplanade…

*

La station balnéaire d'El Tigre s'était vidée avec la fin de l'été. Les clubs d'aviron ronronnant, quelques débiles faisaient hurler leur scooter des mers entre les citrons pourris qui flottaient à la surface du plan d'eau. Rubén roula sur l'artère principale, un sandwich à la main, acheté à la volée des boutiques de l'embarcadère. Gianni Del Piro habitait au bout de l'avenue, une maison pavillonnaire qui jurait avec les somptueuses demeures bâties un siècle plus tôt.

Une voiture de petite cylindrée était parquée sous le préau. Il balança les restes de sandwich au clébard qui faisait les poubelles du voisin, sonna à la porte d'entrée. La femme du pilote ouvrit sans tarder, Anabel, une fausse blonde dodue au sourire rouge cru qui, à en croire son vaste décolleté en forme de cœur, refusait toujours ses cinquante ans.

— Bonjour ! lança-t-elle au dandy qui usait ses semelles sur le perron.

Rubén, tout sourire, se fit passer pour un ancien copain de l'armée chargé de rameuter l'escadrille pour fêter la retraite d'un ami commun. Charmée de l'attention, Anabel expliqua que Gianni était parti la semaine dernière à Neuquén pour un stage de « perfectionnement à la voltige », qu'il serait de retour dimanche, mais qu'elle pouvait toujours l'appeler pour l'informer de sa démarche.

— Si vous le désirez, bien sûr ! avança la cocotte.

— J'aimerais lui faire la surprise, singea-t-il en retour.

— Comme vous voudrez !

Rubén sonda brièvement la femme qui se ventilait sur le pas de la porte. Malgré ses valses d'œillades liftées, son air innocent laissait peu de doutes. Il abandonna Anabel à son destin de Botox, regagna la voiture garée un peu plus loin et, adossé au capot, contacta les aéroclubs de Neuquén.

L'un d'eux proposait bien des stages par des pilotes confirmés mais, d'après le type joint au téléphone, la prochaine formation de voltige n'aurait pas lieu avant le mois prochain.

Il appela Anita dans la foulée.

L'inspectrice n'avait pas lu le rapport d'autopsie de Munoz concernant le décès de Maria Victoria Campallo et, d'après les infos glanées, la thèse d'un homicide restait en suspens : accident, suicide, meurtre, l'équipe du capitaine Roncero, chargé par Luque de l'enquête, n'occultait aucune piste.

— Le rapport d'autopsie est faux, renvoya Rubén, tu le sais comme moi.

— Oui. Ça fait deux personnes contre le reste du monde. Maria est enterrée tout à l'heure et personne ne nous laissera exhumer le corps pour une contre-expertise. À moins de prouver la non-filiation entre la famille Campallo et ses enfants volés… Tu en es où ?

— J'ai le nom d'un type, répondit Rubén, Gianni Del Piro, un ancien pilote de l'armée qui travaille dans un petit aéroclub d'El Tigre. Je le soupçonne d'avoir transporté le corps de Maria et trafiqué son carnet de vol pour jouer les hommes invisibles. Del Piro a baratiné sa femme et son employeur au sujet d'un stage à Neuquén et quitté le domicile conjugal la veille du double meurtre, la semaine dernière. Tu pourrais me pister ce type d'après son numéro de portable ?

— Je te rappelle que mon pouvoir se résume à conduire la voiture de patrouille en présence d'un collègue masculin et à taper les rapports parce que ces *pajeros*[1] n'ont que deux pouces, rétorqua Anita.

— Et ton copain des télécoms ?

— Surveiller les communications, c'est encore possible, bougonna-t-elle, mais le localiser ne se fera pas sans l'aval de Ledesma.

Le chef du commissariat de quartier qui l'employait.

— Luque et ses flics d'élite le considèrent au mieux comme un vieux tas de merde : Ledesma aura peut-être envie de leur mettre des bâtons dans les roues, hypothéqua Rubén.

— À deux ans de la retraite, le Vieux ne prendra pas le risque de se faire révoquer sans preuves solides, assura sa subalterne.

— Dis-lui que c'est au sujet du meurtre de la rue Perú, du fils travesti de la blanchisseuse qu'on aurait vu dans un club de tango avec la fille de Campallo avant sa disparition.

1. « Branleurs. »

— Putain, Rubén, si je lui dis que j'ai mené une enquête parallèle au sujet de Campallo, je vais me retrouver à ramasser les clodos en Troisième Couronne !

— L'occasion rêvée de changer de métier, non ?

— Bien gentil. Tu as un job à me proposer ?

— Del Piro est dans le coup, insista Rubén, j'en suis sûr. Il peut nous mener à Miguel et aux tueurs. Enrobe ça comme un bonbon pour Ledesma et localise-moi ce type. Je me charge de lui faire cracher le morceau.

Pour ça, on pouvait lui faire confiance.

— Tu me fais faire que des conneries, grommela son amie d'enfance. Le Vieux va vouloir savoir qui est ma source.

— Dis-lui que les Grands-Mères ont de sérieux doutes sur l'identité réelle de Maria Campallo, que vous vous cantonnez de toute façon à l'affaire Michellini, que Del Piro est soupçonné d'avoir participé à l'enlèvement de Miguel, le principal témoin disparu.

Anita évalua brièvement la situation — oui, le coup était jouable.

— Bon, elle acquiesça, je vais voir ce que je peux faire.

— En attendant ça te coûtera un restau. Aux chandelles, hein ! elle précisa.

Rubén sourit, adossé au capot de la voiture — une fille à vélo passait à sa hauteur, toutes jambes dehors.

— Au fait, rebondit l'inspectrice, j'ai des nouvelles de Colonia. Le corps trouvé dans les décombres de la maison a été identifié comme celui de José Ossario. Il est mort d'une balle dans la tête, un calibre .22 qui lui appartenait. Obtention légale. Une enquête est en cours mais l'incendie brouille les pistes, d'autant que l'appel à témoins n'a rien donné.

— Et le voisin d'Ossario, Diaz ? La police locale ne l'a pas interrogé ?

— Je te répète ce qu'on m'a dit : pas de témoins. Ton botaniste a dû se barrer, avança Anita. Ou il a peur et il se tait. Peut-être aussi qu'on l'a liquidé. Qu'on l'a balancé d'un avion, voir s'il volait.

— Ah oui…

Mais il n'avait pas l'air convaincu.

— Les gens ont tendance à mourir dans ton sillage, tu n'as pas remarqué ?

Rubén reçut alors un double appel sur le BlackBerry : c'était Jana.

— Excuse-moi, il faut que je te laisse, s'empressa-t-il. Tâche de convaincre Ledesma. On se rappelle !

Il prit la communication, le pouls plus rapide.

— Jana ?

— Ça va, Mermoz ?

— Qu'est-ce qui se passe ?

— J'ai trouvé le caporal, là, Montanez : dans les archives de l'armée.

Rubén grimaça sous l'éclaircie tapageuse.

— Quoi ?

— J'y suis allée ce midi, expliqua-t-elle : Ricardo Montanez, c'est son nom complet. La date de naissance du livret militaire correspond avec un des types que j'ai baratinés hier au téléphone.

Rubén chercha un peu d'ombre le long de l'allée pavillonnaire.

— Tu es allée fouiller dans les archives de l'armée ?!

— C'est là que sont stockés les livrets militaires, rétorqua Jana. C'est toi qui me l'as dit.

— Mais je ne t'ai jamais dit d'y aller !

— Qui d'autre ? Toi peut-être ? C'est vrai que personne ne te connaît chez les militaires. Je suis sûre d'ailleurs qu'ils t'adorent : je me trompe ?

Rubén secouait la tête, décontenancé.

— Tu es folle, imagine qu'on t'ait prise la main dans le sac ! Putain, tu aurais dû me prévenir.

— De quoi ? Que je sortais sans ton autorisation ? Tu n'es pas mon père, et je ne me suis pas échappée de ma réserve pour obéir au dernier venu, si tu vois ce que je veux dire.

— Non.

— Bon, de toute façon, c'est trop tard, dit Jana pour évincer le sujet.

— Tu es où ?

— À la maison. Je viens d'arriver.

— N'en bouge plus. S'il te plaît.

— O.K., concéda-t-elle à l'autre bout des ondes. Tu rentres quand ?

— Pas avant huit heures. Deux trois choses à régler. Je t'expliquerai.

— Bon…

— Bravo en tout cas, dit-il avant de raccrocher. Pour les archives. Je ne sais pas comment tu as fait, mais tu te débrouilles comme un chef.

— Tu ne m'as pas vue au lit, renchérit Jana. Un vrai petit lynx !

Rubén sourit malgré lui, sous le charme — oui, complètement cinglée.

5

Des bourrasques chahutaient les voiles des femmes réunies autour du caveau familial ; les hommes s'accrochaient à leurs chapeaux, à leur chagrin, les femmes s'accrochaient à leur bras. Aucun enfant présent, juste un nouveau-né qui ne craignait pas encore le cimetière.

Celui de La Recoleta accueillait la fine fleur du pays, présidents, gouverneurs, ministres, célébrités — pour le tombeau d'Eva Duarte, dite Evita, il suffisait de suivre les gerbes. La famille Campallo faisait partie des privilégiés. Ça ne les consolait pas. De lourds nuages gris étaient tombés en fin d'après-midi sur la ville, assombrissant un peu plus les visages. Ils étaient une vingtaine, vêtus de noir, à se presser devant la dépouille de Maria Victoria. Eduardo, un homme de forte stature rasé de frais dans un costume de marque, sa femme Isabel, invisible squelette sous sa voilette, agrippée à lui comme à un tuteur, leur fils Rodolfo, pantalon à pinces et mâchoires rentrées dans son double menton. Quelques femmes voûtées s'agglutinaient derrière le trio, le mouchoir pendant à leurs tristes serres, deux adolescents peu amènes dans leur costard, qu'on avait peignés de force et qui re-plaquaient leur mèche dérangée par le vent. En retrait du cocon familial, la mine sévère sous de fines lunettes noires, un costaud au crâne rasé se chargeait d'éloigner d'éventuels reporters.

Eduardo Campallo avait veillé à enterrer sa fille dans la plus stricte intimité, après la fermeture officielle du cimetière. Il se recueillait devant le cercueil, mains jointes. Il avait refusé que sa femme voie le corps de Maria, vision en tout point traumatisante. Un prêtre au visage émacié officiait en latin, si maigre sous sa chasuble qu'il semblait balancer dans la brise : il répandit un peu d'eau bénite sur le cercueil de chêne. Isabel tenait à peine debout. Dernière oraison funèbre, dernières larmes ; Eduardo fit signe aux préposés de déposer la dépouille de Maria Victoria dans le caveau familial. Les sanglots redoublèrent.

La statue du général Richieri montait une garde inutile sur la placette en étoile. Rubén, qui avait joué à cache-cache avec le gardien du cimetière avant sa fermeture, avait trouvé un poste d'observation un peu plus loin — un monument de marbre blanc retraçant la « Conquête du Désert », illustré par des gravures de Mapuche à cheval, plutôt minables. Le détective descendit de son perchoir : on refermait le tombeau sur le corps de la malheureuse.

Le chat tigré qui roulait des épaules entre les tombes vint quémander une caresse, l'œil sale, indifférent. Rubén tapota le crâne griffé du matou et emprunta la contre-allée.

Le cortège, chassé par le chagrin, avait commencé à se disperser entre les croix grises piquées de mousse.

Eduardo Campallo sortait au bras de sa femme quand il vit l'homme près de la placette. Isabel, qui marchait tête baissée, l'aperçut à son tour. Ses doigts se contractèrent sur la manche de son mari.

— Il faut que je vous parle, monsieur Campallo, fit Rubén en approchant.

Le visage de l'homme d'affaires, costume Prada noir, chaussures cirées, n'exprimait que dignité, tristesse et désolation. Isabel glissa un mot à son oreille, à la suite de quoi Eduardo se rembrunit un peu plus.

— Je n'ai rien à vous dire, Calderón. Votre présence ici est aussi indécente que malvenue. Je suis au courant de votre intrusion chez nous, ajouta-t-il sans masquer sa colère. La police aussi. Je vous préviens tout de suite que vous allez entendre parler de moi.

— La presse aussi quand ils sauront que vous avez adopté deux bébés pendant la dictature, le doucha-t-il.

Le garde du corps intervint aussitôt, veste à épaulettes et mâchoires proéminentes.

— Un problème, monsieur Campallo ?

Rubén brandit un sachet plastifié à l'intention de son employeur.

— Ces cheveux sont ceux de votre fille, dit-il avec un regard franc du collier. Ou plutôt de votre fille adoptive, Maria Victoria. J'ai comparé vos ADN : vous n'avez aucun lien biologique… Vous préférez m'en parler maintenant ou vous expliquer devant la presse ?

Le patriarche blêmit sous son masque de cire. Son fils, Rodolfo, arrivait près de la placette.

— Qu'est-ce qui se passe ? s'inquiéta le cadet en voyant l'agitation.

Rubén ignora le gorille à poils ras qui attendait les ordres du boss.

— Maria Victoria a été enlevée avant d'être assassinée, dit-il. Elle et ceux qui l'ont côtoyée. Maria recherchait son frère : son vrai frère, Miguel Michellini. Ce nom vous rappelle quelque chose, ou vous n'avez jamais rencontré la famille qui a procédé à l'échange des nourrissons ?

Il y eut un moment de flottement à l'entrée du cimetière. Eduardo s'empourpra.

— Vous n'avez aucun savoir-vivre ni compassion pour…

— Vous avez lu le rapport d'autopsie ? le coupa Rubén.

— Maria Victoria s'est noyée, gronda le père de famille. Ça ne vous suffit pas ?!

— Demandez à Munoz s'il y avait de l'eau dans ses poumons, demandez-lui si elle était encore vivante quand on l'a jetée dans l'océan ! feula-t-il avec l'envie de mordre.

— Qu'est-ce que vous racontez ?!

— Les fractures sont caractéristiques. On a jeté votre fille d'un avion, monsieur Campallo, comme au bon vieux temps de la dictature. Maintenant de deux choses l'une, enchaîna-t-il : ou vous êtes au courant et vous êtes le pire fumier sur Terre, ou vous n'en savez rien et je vous conseille d'en parler à vos amis.

— N'écoute pas ce bâtard, papa, siffla Rodolfo.

Isabel sembla s'effacer dans le dos de son mari. Une demi-douzaine de personnes s'étaient maintenant regroupées autour du patriarche.

— Maria a découvert que vous n'étiez pas ses parents biologiques, continua Rubén, que ses vrais parents ont été enlevés et liquidés lors du Processus. Maria a aussi appris l'existence de son frère, né en détention, ajouta-t-il en se tournant vers le cadet. Mais ce n'est pas toi, Rodolfo : son vrai frère a été échangé à la naissance en raison d'insuffisance cardiaque. C'est lui que Maria cherchait quand on l'a kidnappée : Miguel Michellini… C'était quoi son problème, lança-t-il aux *apropiadores* : le bébé marchait moins bien, alors vous l'avez bradé contre un neuf ? Il vous a coûté combien celui-là ?

Rodolfo resta incrédule. Son père ne cillait pas, statufié devant la placette. Une larme coula sous le voile d'Isabel.

— Sale chien ! aboya le cadet.

— Laisse-le parler, souffla Eduardo.

Rodolfo jeta un regard effaré à son père.

— Votre fille comptait vous attaquer en justice, monsieur Campallo, poursuivit Rubén. Vous et votre femme. On l'a assassinée avant qu'elle ne parle. C'est une chose dont je suis sûr.

Une volée de corbeaux passa dans les yeux du bâtisseur.

— Je n'ai pas tué ma fille, Calderón, déclara-t-il, la voix cassée.

— Un autre a pu le faire pour vous. Maria Victoria a eu en main un document qui vous compromettait, l'enfonça-t-il, vous et les personnes impliquées dans la séquestration de ses parents. Sept ans de prison, c'est la peine que vous risquiez comme voleurs d'enfants.

Eduardo oscilla dans la brise, livide.

— Quoi ? C'est vrai ?… Papa ?

— N'écoute pas ce démon, réagit enfin Isabel.

Eduardo Campallo avalait des serpents par la tête. Le monde s'écroulait. Il resta immobile, le regard vide, tout à fait frappé de stupeur. Près de lui, le front de son fils se lézardait. Rodolfo posa une main sur l'épaule accablée de son père.

— Papa ?... Papa ?!

*

Rubén rentra du cimetière de La Recoleta chargé d'adrénaline. Il déposa ses affaires dans l'entrée de l'appartement et trouva Ledzep allongé sur le dos, les pattes avant pédalant dans le vide. Les lampes japonaises du salon étaient allumées, les rideaux tirés...

— Jana ?

Pas d'échos, si ce n'est les rumeurs de la rue, ni d'odeur d'herbe évanescente. Rubén enjamba le chat et grimpa l'escalier de verre — peut-être était-elle dans le jacuzzi. L'ordinateur était en veille sur la table basse, son sac de voyage et ses affaires éparpillées sur le canapé-lit, la salle de bains vide. Il ouvrit la baie vitrée, attiré par les petites lumières sur la terrasse...

— Jana ?

La table était apprêtée, nappe blanche, assiettes et couverts alambiqués, des îlots de photophores vacillants dans le vent tiède, quelques pétales de roses rouges répandus au hasard, mais de la sculptrice, nulle trace... Le chat miaula dans son dos, le poil ébouriffé, frotta son museau contre son pantalon. Où était-elle encore fourrée ? Ledzep détala devant lui, qui redescendit l'escalier à sa suite, inquiet. L'animal s'amouracha du frigo, étirant sa queue touffue comme un roseau tremblant dans la bise. Rubén fila vers le couloir, vit la porte de la chambre entrouverte…

— Jana ?

La chaleur se fit plus épaisse quand il entra. L'odeur des roses flottait dans la pénombre, entêtante, une dizaine de photophores allumés disséminés autour du lit. Il se figea. Jana reposait sur les draps, les yeux clos. Elle ne portait rien d'autre qu'un débardeur noir et semblait dormir, les mains ramenées le long du corps… Rubén observa la toison brune de son pubis, sa bouche, les reflets mouvants de sa peau sous les ombres dorées des bougies, et n'osait plus bouger. L'avait-elle entendu ? Il voulut un instant refluer, revenir trente ans en arrière, au temps des passantes et des serments de grâce, mais ses mains, ses pauvres mains ne répondaient plus : elles se posèrent sur les joues de la Mapuche, qui frémit à peine à son contact.

Rubén l'embrassa comme au premier soir, tendrement, tout entière.

— Ta salive a goût d'herbe, dit-il tout bas.

Jana ouvrit enfin les paupières, sourit en le voyant penché sur elle, et écarta les cuisses. Trois pétales de rose rouge décoraient ses lèvres.

— Baise-moi au lieu de dire des conneries…

*

Jana n'avait pas connu beaucoup d'hommes — ce n'était pas non plus une compétition. Passé les étreintes maladroites de l'adolescence, elle avait entrevu les portes d'un paradis à conquérir lorsque Arturo, un jeune homme qui l'avait prise en stop sur la route de Buenos Aires, l'avait amenée chez lui pour une nuit d'amour d'autant plus belle qu'elle serait la seule, avant d'arriver à la capitale et percuter le mur de la réalité : un pays en temps de crise, où chacun survivait avec les moyens du bord. Furlan l'avait ramassée comme une pomme tombée trop tôt dans un champ de ruines et l'avait mangée verte. Les deux types avec qui elle avait couché par la suite — un étudiant lors d'un vernissage et un conservateur de musée d'une cinquantaine d'années qui l'avait invitée à un gueuleton à la « Taberna Basca » de San Telmo, avant de lui proposer fort aimablement de passer la nuit à l'hôtel — étaient comme des petits coquillages trouvés au fond d'une poche, souvenirs-témoins dont on se débarrasse sans presque y prendre garde.

Jana était sentimentale sous ses airs de chat sauvage, le blindage en couvercle de poubelle. Non, sa rencontre avec Rubén ne devait rien au hasard. Le hasard était comme le bonheur, une formule de *winka*. La veulerie des élites et les diktats de la finance l'avaient jetée vivante dans la décharge du monde, là où les rats faisaient la queue pour lui apprendre à avoir dix-neuf ans, mais l'étudiante avait dressé des barbelés pour garder inviolée la maison où grandirait l'Amour. Pour ce feu imaginaire, elle aurait tout donné, même ses sculptures.

Il crépitait encore à l'ombre des photophores, où leurs corps alanguis se remettaient du voyage. Jana voyait des formes étranges dans les draps froissés, des oreilles d'animaux, de vieux bonshommes, des glaciers comme elle, tout chamboulés. Ils venaient de faire l'amour, en avaient mis partout ; le fluide refluait entre ses cuisses, des étoiles lourdes bâillaient au plafond, les pétales de rose éparpillés parmi leurs humeurs terrestres. Jana appréhendait leur premier contact, sensation souvent irrévocable, mais Rubén avait enroulé ses mains lisses autour de ses jambes, frotté ses cheveux comme le pelage d'un animal soyeux et l'avait lapée à petites goulées : ses chevilles, l'angle mort de ses genoux, le creux de son aine, ses lèvres, le *winka* l'avait léchée en petits ronds concentriques sans jamais s'aventurer sur ses seins — la délicate attention —, sa langue douce avait remonté le cours de ses bras, ses aisselles, son cou, le lobe électrique de son oreille, puis il s'était dressé dans le ciel pour lui faire goûter son sexe, si gonflé d'elle que la goulue, ne tenant bientôt plus qu'à Babylone, l'avait attiré tout au fond de son ventre.

Des bouts d'âme bleue s'évaporaient. Les glissements sériels de sa queue sur son clitoris, hypnotiques, ses murmures pour le recevoir, ses yeux quand il l'avait pénétrée, le trait incandescent s'immisçant dans la soie, la quête patiente de son abandon, l'abandon : Jana avait tout aimé. Maintenant la nuit tombait derrière les stores de la chambre, elle rêvait à d'étranges sculptures sur les draps défaits, le monde s'était agrandi d'un tiers, il dépassait même, de tous les bords. Elle reposait près de lui, goûtant le silence qui les unissait encore dans la pénombre clinquante d'une chambre qui n'était pas la leur. Émotion inconnue, qu'elle mit sur le compte de ses antécédents — amour ou pas, on ne l'avait jamais baisée comme ça…

— Dis donc, je te fais de l'effet, dit-elle pour briser les chaînes.

Rubén sourit, les draps ramenés sur son torse.

Pudeur ? Elle avait vu les marques sur son corps, mais ce n'était pas le moment de parler de ça.

— Tu as faim ? demanda-t-elle.

— Bof.

— Je vais préparer un truc pendant que tu rêvasses.

— O.K.

Jana se leva d'un bond, enfila son short et sa chemise par-dessus le débardeur moulant, qu'elle n'avait pas quitté.

— C'est prêt dans dix minutes !

Jana fila vers la cuisine, le laissant seul dans la chambre. Ledzep grimpa aussitôt sur le lit, enfouit le museau contre le visage de Rubén, ronronna comme un vapeur remontant le Mississippi.

— Putain, souffla-t-il en s'époussetant, tu me fous des poils partout.

Mais, à la tête qu'il faisait, le chat s'en fichait complètement.

Un Iggy Pop rugueux et bagarreur passait dans le salon quand il sortit de la douche, « Beat'em up ». Il retrouva Jana sur la terrasse, où elle avait dressé la table en attendant son retour. La Mapuche s'était légèrement maquillée, c'était la première fois. Rubén s'assit devant le plat fumant.

— C'est quoi ?

— J'en sais rien, répondit-elle.

Les produits macrobiotiques qui traînaient dans le frigo du rocker manquaient, il est vrai, un peu d'allure. En bout de table, Ledzep non plus n'avait pas l'air très convaincu. Rubén entama le steak de soja et fit le récit de sa journée. Les pétales sur la nappe évoquaient le moment qu'ils venaient de vivre, la nuit était douce, les voisins invisibles derrière la haie de bambous qui les protégeait du monde. Jana l'écouta, reprit espoir à l'évocation du pilote, raconta à son tour son intrusion dans le bâtiment de la Marine. La garde relâchée autour de la salle des archives, son échappée belle et son retour avec le *colectivo* d'Antepuerto avec le livret militaire de Montanez : les yeux ronds de Rubén rappelaient ceux du chat en bout de table.

— Et si tu t'étais fait piquer ?! la rabroua-t-il.

— Comme un vieux chien ?

— Tss.

Jana donnait le change mais elle avait eu la peur de sa vie ce midi. Il ouvrit bientôt le document qu'elle avait volé pour lui. Une photo en haut de page révélait le visage d'un jeune joufflu acnéique : Ricardo Montanez avait fait ses classes à Campo de Mayo avant d'intégrer l'ESMA (05/01/1976), qu'il avait quittée à la fin de son engagement en novembre de la même année, avec le grade de caporal. Tout concordait, la date de naissance, celle du transfert. Jana avait ses coordonnées sur sa liste télécom : Ricardo Montanez était aujourd'hui propriétaire d'un hôtel à Rufino, « La Rosada » (pas de site Internet), qui lui tenait lieu d'adresse.

— Ça vaudrait le coup d'interroger ce type, non ? conclut Jana.

Rubén acquiesça, dans ses pensées. Le Centre d'Anthropologie légiste de Rivadavia venait de confirmer les liens génétiques entre Maria Campallo et Miguel Michellini, mais la comparaison de leur ADN avec les ossements anonymes déterrés des fosses communes stockés dans leurs réserves ne donnait rien pour le moment. Si les parents disparus avaient été exécutés lors du « transfert », seuls

Montanez et l'officier qui le commandait connaissaient le lieu de leur sanctuaire. Retrouver l'ADN du couple assassiné prouverait leur filiation avec Maria et Miguel : Eduardo Campallo et sa femme seraient alors contraints d'avouer le vol des enfants, validant l'authenticité de la fiche d'internement, même parcellaire, de Samuel et Gabriella Verón.

Rufino, un trou perdu dans la pampa. Jana avait pris des risques inconsidérés mais elle avait fait du bon boulot.

— Pisco *sour* ? proposa-t-elle.

Rubén sortit de sa léthargie. Presse-agrumes, citron, sucre, shaker, alcool, œuf, Jana avait rangé le matériel en bout de table.

— Je vais chercher les glaçons, dit-il en se levant.

— Ils sont là.

Un bol, niché sous les plantes : une attaque au cordeau. Ils se mirent à deux pour préparer le cocktail, remplirent les verres de mousse alcoolisée, trinquèrent à cette journée particulière. Les bambous ballaient mollement avec le vent du soir qui plongeait entre les buildings. La tension retombait ; ils burent et oublièrent l'enquête, les menaces qui pesaient sur eux, livrèrent les restes de soja à Ledzep et fumèrent pour allonger l'ivresse. Les étoiles s'allumèrent une à une au-dessus de la terrasse. Rubén réalisa qu'il ne savait rien d'elle.

— Tu as grandi où ? demanda-t-il depuis le banc qui lui faisait face.

— Dans le Chubut, répondit Jana.

— En territoires mapuche ?

— Oui… (Elle saisit un pétale de rose au hasard de la nappe, le déchira avec application.) Mais on a été expulsés de nos terres, elle ajouta. Une multinationale italienne…

— United Colors ?

— Oui. On ne devait pas avoir la bonne…

L'ironie cachait mal l'amertume.

— C'est pour ça que tu es venue à Buenos Aires ?

— Non. Non, je suis venue pour la sculpture, dit-elle. C'est la *machi*, la chamane de la communauté où on s'est réfugiés, qui m'a encouragée à sculpter mes rêves quand j'étais petite. J'ai commencé comme ça, en sculptant mes visions nocturnes dans le bois d'araucarias… L'école d'art, c'est venu plus tard.

Jana garda de la distance — terrain savonneux.

— La *machi* voulait peut-être te transmettre ses pouvoirs ? continua Rubén.

— Non, ça c'est ma sœur qui s'y colle… Mais c'est une autre histoire. Défendre l'identité mapuche n'a pas le même sens pour eux que pour moi. La force qui me lie à la Terre est moins organique : j'utilise des symboles, des matériaux… Ça t'intéresse ?

— Tu me prends pour un demeuré ?

Elle sourit au petit malin.

Peu d'Argentins connaissaient la situation de ceux qu'on persistait à appeler « Indiens ». Jana lui parla d'un monde de misère et de défiance, de villages perdus dans les contreforts des Andes où le développement se réduisait à quelques tracteurs, des conseils tribaux parfois corrompus qui vendaient par parcelles les terres ancestrales durement reconquises, un monde où les militants disparaissaient ou se faisaient tuer sans qu'on ouvre d'enquête, un monde de gens qui n'intéressaient personne. Rubén l'écoutait, attentif aux variations de sa voix, qui trahissaient des émotions grandissantes. Jana n'avait pas attendu Furlan ou les cours d'histoire de l'art pour savoir que la culture mapuche avait sa place auprès des autres : pour elle, l'affirmation de leur identité et de leur savoir n'était pas tant la possibilité d'un autre monde — avec la finance comme arme de destruction massive, il était en soi déjà mort — qu'un pacte de résistance avec la Terre. Les *winka* avaient volé les territoires mapuche, mais ils ne saisissaient rien du dialogue permanent qui les unissait au monde. Leur ignorance serait sa ligne de force.

Rubén repensait à sa sculpture monumentale au milieu de l'atelier, commençait à coller les petits bouts d'elle.

— Et tu n'as jamais eu envie de retourner dans ta communauté ?

— Non… (Elle secoua la tête.) Non.

— Pourquoi ?

Jana broya le dernier pétale du bout de ses doigts.

— Parce que c'est trop dur de la quitter. Et puis je te l'ai dit : c'est une autre histoire…

Son regard était devenu triste, comme lorsqu'il l'avait trouvée devant sa porte. Elle lui cachait quelque chose. L'essentiel peut-être…

— Je peux mettre ma tête sur tes genoux ? demanda Jana.

Rubén l'invita à s'allonger près de lui, sur le banc. Les coupes étaient vides, le vent plus frais après minuit. Elle fuma en regardant les étoiles, la nuque posée sur ses cuisses. Demain la journée serait longue jusqu'à Rufino mais personne n'avait envie de dormir.

— Et toi, tu n'as jamais songé à te marier, Sherlock Holmes ? fit-elle d'un ton désinvolte. Avoir des enfants ?

Rubén haussa les épaules.

— Il y a bien eu une femme dans ta vie ?

Sa sœur.

— Non. Non, pas de femme… Enfin, pas comme tu l'entends.

— Un mec ?

Rubén caressa sa joue.

— Les avis de recherche des disparus dans ton agence, la photo à l'écart, avec le jeune barbu et ses potes devant la tour Eiffel, continua-t-elle. C'est qui, ton père ?

Le visage sépia de Daniel Calderón, entouré de ses frères d'armes — un autre poète argentin et un éditeur exilé qui le traduisait toujours.

— Oui. C'est la dernière photo qu'on ait de lui. Un éditeur parisien me l'a donnée… Mon père a été enlevé en rentrant de France.

— Oui, j'ai lu ça… Tu es devenu détective pour quoi, le venger ?

— Venger les morts ne les fait pas revenir, éluda Rubén.

— Les vivants ne sont pas toujours mieux lotis.

— C'est vrai…

Les photophores s'éteignaient les uns après les autres : Jana dressa la nuque — difficile de voir s'il parlait de lui, avec l'obscurité des toits. Ancêtres ou disparus, ils couraient tous les deux après la même chose : des fantômes. Et avec un père poète de ce calibre, se dit-elle, Rubén devait aimer les histoires. Jana lui raconta celle des Selk'nam, cousins des géants patagons, dont elle descendait par son arrière-grand-mère, Angela, dernière représentante de ce peuple disparu en Terre de Feu. Elle lui raconta ses vieilles mains ridées qu'elle caressait petite, comme des crevasses, le couteau de ses ancêtres et le secret du Hain, que la matriarche lui avait révélé sur son lit de mort… La cérémonie du Hain était un véritable théâtre cosmogonique, mis en scène par les hommes pour effrayer et garder le pouvoir sur les femmes. Pour ça les Selk'nam prenaient l'allure de personnages fantastiques, revêtant les costumes terrifiants, extraordinaires, ceux des esprits qui composaient leurs mythes et qui les rendaient proprement méconnaissables ; certains personnages se montraient violents, d'autres ridicules ou obscènes. Les femmes, qui ne savaient rien du travestissement des hommes, réagissaient en conséquence, huaient ou tremblaient de peur en rassemblant les enfants sous les peaux. Les plus âgés d'entre eux étaient arrachés à leur mère pour subir trois jours d'enfer, humiliés, battus et poursuivis dans la neige et la forêt par les esprits les plus maléfiques. Dans ce théâtre cosmogonique, Jana avait une fascination particulière pour Kulan, « la Femme terrible ». Esprit de chair et d'os, Kulan descendait la nuit du ciel pour tourmenter ses victimes masculines : les hommes l'annonçaient en chantant, les femmes et les enfants se cachaient. L'esprit de Kulan, jeune et mince, était incarné par un *kloketen*, un enfant ou une adolescente sans poitrine, la tête camouflée sous un étrange masque conique, le corps traversé par une bande blanche jusqu'à l'entrejambe, couvert d'un cache-sexe. Kulan enlevait les hommes la nuit pour en faire ses esclaves sexuels, les gardait une semaine ou davantage sans qu'on ait aucune nouvelle d'eux. Les femmes la suppliaient au firmament, mais l'appétit de l'ogresse était insatiable : les hommes revenaient au campement en titubant, épuisés, vidés par les excès de Kulan, seulement nourris d'œufs d'oiseaux, les cheveux couverts de fiente céleste…

Rubén souriait en caressant la tête de Jana posée sur ses genoux, goûtant la magie de cet instant qu'ils savaient tous deux éperdument éphémère.

— Et c'est quoi, le secret ? demanda-t-il.

— Le secret du Hain ? Ça, je te le dirai la prochaine fois !

Ses yeux noirs dégommaient les étoiles.

— On ne se quitte plus, si je comprends bien, insinua Rubén.

— Non… (Jana ne souriait plus.) Non, répéta-t-elle. On ne se quitte plus…

Jamais.

6

— Montanez, ce nom vous dit quelque chose ? Ricardo Montanez ?

— Ma foi, non. Qui est-ce ?

— Un ancien caporal rattaché à l'ESMA, répondit Luque. Montanez a servi là-bas en 1976 et on vient de me signaler la disparition de son livret militaire. Quelqu'un s'est introduit illégalement dans les archives de la Marine, une Indienne d'après les caméras de surveillance. Jana Wenchwn. Elle a laissé ses papiers à l'accueil. Inconnue des services de police. Wenchwn, ce nom ne vous dit rien non plus ?

— Non, répondit son interlocuteur.

— On la soupçonne de s'être enfuie avec Calderón. Je ne sais pas pourquoi elle recherchait ce livret militaire mais, comme Montanez a servi à l'ESMA, j'ai pensé que ça pouvait vous intéresser.

— Hum… Vous avez bien fait.

Torres ruminait dans le combiné du téléphone. Calderón travaillait pour les Mères de la place de Mai et les fouineuses remueraient ciel et terre. Leur style.

— Ce Montanez, relança Torres, vous savez ce qu'il est devenu ?

— Gérant d'hôtel à Rufino, d'après les premières infos, répondit Luque. Un bled perdu le long de la *Ruta 7*. Reste à savoir ce qu'il a à dire.

Un silence entendu flotta dans les ondes. La ligne était sécurisée, la menace diffuse. Le chef de la police s'enhardit.

— Dois-je en faire part…

— Non, non, le coupa Torres. Il n'est au courant de rien. Je vais prévenir le général. Si quelqu'un connaît Montanez, c'est lui. Je vous recontacterai en conséquence.

— Bien, monsieur Torres.

— Au revoir, monsieur.

— Au revoir.

Fernando Luque raccrocha, pensif. Torres l'avait mis dans le pétrin, jusqu'au cou, et il ne pouvait plus reculer. Le chef de la police d'élite actionna la ligne de sa secrétaire.

— Sylvia, passez-moi les douanes…

*

Passé les derniers faubourgs du *Gran Buenos Aires*, le vent soufflait sur les plaines, le *pampero* des gauchos. Les troupeaux y étaient jadis si abondants que les Portègnes lâchaient les vaches à l'arrivée des bateaux ennemis pour faire rempart de leurs cornes… La pampa où elles paissaient toujours s'étendait jusqu'aux Andes sur un millier de kilomètres, « paysage amorphe et anodin, uniforme et ennuyeux, comme la représentation du néant » qui aurait, d'après l'écrivain Sábato, nourri l'imaginaire métaphysique de la littérature argentine. Les conquistadors déjà avaient recherché en vain ces fabuleuses mines d'argent dont parlait la légende, et qui avaient donné le nom à cet eldorado dépressif — l'Argentine, désert d'herbes et de lacs, traversé aujourd'hui par une route de bitume sans virages apparents.

Rubén pensait à son père sur la *Ruta 7*, déchiffrant les phares des camions qui se signalaient au loin. Jana somnolait sur le siège voisin, les kilomètres défilaient et le détective surveillait les rétroviseurs à intervalles réguliers. Ils avaient passé un barrage de la police tout à l'heure, en quittant la province. Le motard avait demandé les papiers du véhicule, noté leurs noms, avant de les laisser poursuivre leur route. Les armes étaient cachées sous le siège, leurs bagages dans le coffre, avec les courses effectuées le matin même dans un centre commercial de banlieue. Encore quatre cents kilomètres avant Rufino. Il fuma en ouvrant la vitre, bercé par le ronron du moteur. Jana s'éveilla enfin ; elle cala les semelles de ses Doc sur le vide-poches, l'esprit encore vaporeux.

— Ça va ?

Le soleil brillait au-delà du pare-brise poussiéreux, des champs s'étendaient à perte de vue, océans verts clairsemés de vaches brunes.

— Hum, répondit-elle du bout des lèvres.

La tête brinquebalée contre la vitre, elle avait rêvé de Miguel. Le souvenir lui laissait un sale goût dans la bouche.

— Je prendrais bien un café, dit-elle bientôt.

Une station-service se profilait sur le bord de la route…

Ils remplirent le réservoir à la pompe pendant que les camions faisaient la queue pour le gasoil, se dégourdirent les jambes en regardant passer les semi-remorques. Un vent de poussière balayait la cour, écrasée de chaleur au zénith.

— Je vais te relayer au volant, dit Jana pour sortir de ses brumes oniriques.

— Plus tard si tu veux.

— Je conduis mieux que toi, blagua-t-elle, un autre débardeur noir sur les épaules.

Rubén aussi se fichait des bagnoles. La sienne, une Hyundai, marchait correctement. Il passa son index sur les lèvres de la Mapuche, recompta les baisers laissés là pour elle.

— Tu as faim de quoi ? demanda-t-il.

— Devine.

Une odeur de frites molles empestait le snack de la station-service. Ils burent un café à la machine en observant le taudis où grommelaient les routiers, s'embrassèrent furtivement en allant aux toilettes, se retrouvèrent dans la boutique. Ils payèrent l'essence à la caisse où s'entassaient les cochonneries chocolatées et emportèrent les *empanadas* plus ou moins frais qu'on proposait sous vide. Ils s'installaient dehors, à l'ombre d'un parasol publicitaire jauni, quand Rubén reçut le sms d'Anita. Un message laconique, « Le Vieux est O.K. ».

— Ça veut dire quoi ?

— Qu'on pourra bientôt pister le portable de Del Piro, le pilote…

Jana prit le volant dix minutes plus tard, remontée : elle mit l'album de Jesus Lizard emprunté à l'appartement dans l'autoradio, déboucha sur la nationale et suivit l'aspiration des camions qui polluaient l'azur. « *Goat.* » Chacabuco, Junín, Vedia, les villes passèrent comme des bombes le long de la *Ruta 7*.

*

Simple étape sur la route de Mendoza, la petite ville de Rufino vivait au ralenti, son rythme de croisière. Une usine de soja aux cheminées fumantes constituait l'essentiel de l'activité, le reste se résumait à un lot de stations-service où s'agglutinaient les semi-remorques repus, à quelques magasins aux vitrines de Far West et à deux hôtels dans la rue principale, quasi désertée malgré le samedi soir qui s'annonçait. Aucun d'eux ne répondait au nom de « La Rosada ». Les reins rompus par la route, Jana et Rubén dînèrent au restaurant de l'hôtel le moins déprimant. La jeune serveuse semblait s'ennuyer à mourir, décolleté pigeonnant dans l'attente qu'on la tire de l'impasse : d'après elle, « La Rosada » se situait à la sortie de la ville, après le rond-point qui ramenait les routiers vers la nationale. Le regard de la fille, d'abord avenant, avait viré à l'aigre-doux…

Une petite route d'asphalte jonchée de nids-de-poule s'échappait vers le nord ; suivant les indications de la serveuse, ils dépassèrent la station-service BP aux couleurs délavées et roulèrent un kilomètre. L'enseigne de « La Rosada » apparut bientôt entre les buissons, une pancarte miteuse dont les flèches signalétiques semblaient dater du retour de San Martín. Jana gara la Hyundai dans la cour de gravier. Des box de parking vides s'alignaient à l'arrière du bâtiment, l'un d'eux fermé par une bâche de plastique bleu. Ils mirent pied à terre, firent un bref panoramique, cherchant en vain l'entrée de l'hôtel.

— Bizarre comme endroit, fit Jana.

Rubén se pencha vers le box au rideau tiré, remarqua les roues d'une voiture qui dépassaient de la bâche…

— Bonsoir ! lança une voix dans leur dos.

Un homme au visage buriné approchait. Il portait un pull de laine mité évasé sur ses courtes jambes, un pantalon de survêtement difforme et des sandales éculées où pataugeaient deux chaussettes de couleurs différentes, en partie trouées. Il jaugea l'Indienne et le Blanc qui l'accompagnait, sourit de ses dents valides.

— Vous êtes deux ? C'est cent cinquante pesos la chambre ! annonça-t-il avec vaillance. La demi-heure, hein ! ajouta-t-il dans un clin d'œil bonhomme.

Un orteil noir de crasse pointait de sa chaussette verte. Le couple le regarda avec circonspection, mais l'homme ne se laissa pas démonter.

— Si vous avez envie de rester une heure, ou plus, je peux vous faire un prix ! Allez, s'emporta-t-il dans un élan jovial : cent pesos !

Jana se tourna vers le box ouvert, aperçut une affichette en forme de cœur rouge grossièrement scotchée sur la porte du fond, laquelle devait donner sur une chambre croquignolette… « La Rosada » : un hôtel de passe pour routiers ou maris infidèles qui venaient soulager là l'ennui des grandes plaines.

— Vous êtes Ricardo Montanez ? grimaça Rubén.

— Bah, non ! rétorqua le nain sale. Lui, c'est l'patron : moi j'suis juste gérant des box, Paco ! Pour les chambres, on peut s'arranger, enchaîna-t-il dans un sourire carié. Deux cents pesos la nuit entière, ça vous va ?

Le dénommé Paco était affublé d'une perruque, si grossière qu'elle tenait plus de la casquette. Les poches sombres qui cernaient ses yeux lui donnaient une mine de panda triste, le cerveau aussi avait l'air de mâchouiller du bambou.

— Il est où, le grand patron ? grogna Rubén.

— Bah, chez lui, dit-il en indiquant la maison derrière les arbres.

Des lumières pointaient au crépuscule, en partie cachées par une haie touffue. Le tenancier du bordel autoroutier dévisagea l'Indienne, croisa le regard oblique du grand brun qui inspectait les lieux d'un air pas commode, tenta son va-tout.

— Cinquante ! Cinquante pesos pour une heure !

Le lourd. Rubén prit le traîne-savates par le col de la serpillière qui lui servait de tunique, souffla à sa face avinée :

— Viens avec nous, Don Juan.

— Hey ! Vous pouvez pas aller chez m'sieur Montanez comme ça ! s'étrangla Paco pendant qu'il le tirait sur le gravier. C'est privé ! Hey ! C'est privé !

— Ta gueule, on t'a dit.

Une petite propriété apparut, une maison de plain-pied couverte de lierre, invisible depuis la route. Une guirlande de lampions et une glycine égayaient l'entrée, les fenêtres en revanche étaient closes.

— Montanez a une femme, des enfants ?

— L'a divorcé, j'crois.

— C'est quoi son business ?

— L'hôtel !

— Quoi d'autre ?

— J'en sais rien, balbutia le gérant des box. Les chambres… Je m'occupe juste des chambres !

Un oiseau de nuit pépia dans les branches. Rubén poussa le type vers le perron et tendit le calibre .45 à Jana.

— Si ce tas de poux essaie de filer, tire-lui une balle dans le pied.

— O.K.

Paco regarda autour de lui comme une mouette devant une proie échouée sur la plage.

— Hein ?! Z'êtes cinglés ou quoi ?! K'es vous allez faire avec…

— Une autre dans le cul si tu joues au con, siffla Rubén. Maintenant, sonne.

Les jambes courtaudes de Paco tremblaient sous ses hardes. Il sonna, plusieurs fois. Le bruit sporadique des camions perçait au loin, des insectes virevoltaient sous la glycine, mais personne ne répondait. La porte était ouverte : Rubén poussa le nain à perruque devant eux en le sommant de la boucler. Un couloir sombre balisé de bougies menait à une double porte blanche aux reliefs dorés. Ça sentait le jasmin dans le couloir où dansaient les bougies. Paco marchait à pas comptés sur le marbre rose, dégageant une odeur de putois parmi l'encens. Les voix se firent plus audibles derrière les dorures de la double porte : des gémissements féminins, langoureux, ponctués de cris d'extase sans équivoque. Leurs regards se croisèrent, interloqués. La double porte était fermée à clé : Rubén fit sauter la serrure d'un violent coup de pied et jeta le loqueteux au milieu de la pièce avec la même virulence.

Ce n'était pas une partie fine entre notables de Rufino, encore moins une partouze avec putes de luxe payées au soupir : Ricardo Montanez était seul au milieu du lupanar, nu comme un ver, du champagne dans un seau à glace à portée de main. Un écran géant relié à un ordinateur faisait face au jacuzzi bouillonnant sous les enceintes, d'où vagissaient des orgasmes tonitruants. Une fille s'exhibait sur l'écran king size, porte-jarretelles et clitoris humecté sur son pubis rasé, dans un décor cliché d'hôtel de passe. Adepte du cybersexe, Montanez communiquait avec les animatrices performeuses d'un site qui, à raison de cinquante pesos les dix minutes, offraient des stimulations sexuelles de tout ordre : les filles répondaient aux injonctions des clients par des textes brefs tapés sur le clavier, vagissant pour la forme. Montanez vit son employé à quatre pattes sur les peaux de bêtes acryliques, le couple qui l'accompagnait et, après un moment de stupéfaction partagé, réagit.

— Qu'est-ce que vous faites là ?! C'est… C'est privé ici !

La soixantaine bouffie aux repas d'affaires, Ricardo Montanez avait un corps mou et laiteux couvert d'huiles odorantes, de courts yeux bruns et un ventre pachydermique qui cachait presque son sexe d'enfant : un sexe imberbe, qui n'avait pas dix ans.

Rubén approcha pendant que Jana coupait la sono. Honteux, furibond, Montanez se redressa dans son plus simple appareil et se précipita vers le peignoir de soie posé sur le lit pour cacher son prépuce.

— C'est… c'est une violation de domicile ! s'insurgea-t-il.

Ricardo Montanez avait pris cinquante kilos depuis sa jeunesse militaire, mais il s'agissait bien de l'ancien caporal.

— Écoute, mon gros, commença Rubén en lui faisant face. J'enquête au sujet d'un double meurtre qui a eu lieu pendant la dictature : Samuel et Gabriella Verón. Je sais que tu as servi à l'ESMA à cette période, je sais aussi que tu as participé au transfert du couple et à leur assassinat. Septembre 1976. Un couple dont les enfants ont été volés.

— Qui... Qui êtes-vous ?! s'empourpra le propriétaire.

Il chercha autour de lui, ne trouva qu'une vidéo soudain obscène et son employé, penaud.

— N'attends de l'aide de personne, le prévint Rubén.

— Mais...

— Je me fous de tes problèmes sexuels, Montanez. Je veux juste savoir qui était l'officier qui t'accompagnait cette nuit-là, et où vous avez enterré les cadavres.

Le gros homme serra plus fort son peignoir, ne sachant plus à quel saint se vouer.

— Tu parles ou il faut te couper l'asticot, le pressa l'Indienne.

— C'est pas moi, bredouilla-t-il. Je... Je n'étais que chauffeur... C'est de l'histoire ancienne.

— Pas pour nous. Qui était l'officier chargé de l'extraction du couple ?

Ricardo suait à grosses gouttes sous son fond de teint. Rubén l'empoigna par le col.

— Tu entends ce que je te dis ?!

— J'en sais rien ! glapit-il. On me l'a jamais dit.

Il… il n'était pas de l'ESMA. Ou j'en avais jamais entendu parler. Je ne sais rien, je le jure !

— Où sont enterrés les corps ?

— Je… Je ne sais plus.

— Où ?!

Il commençait à l'étrangler.

— Dans les Andes… Près de la frontière chilienne.

— Où dans les Andes ?!

— Un col ! souffla l'obèse. Je sais plus !

Paco recula vers la porte, fixant d'un air effaré le visage cramoisi de son patron que le grand brun malmenait.

— Bouge pas, toi ! siffla Jana en lui donnant un coup de pied.

— Un col ! s'étouffait le boss. Vers Puente del Inca ! Dans… dans ce coin-là !

L'ancien caporal commençait à suffoquer. Rubén relâcha son étreinte.

— Tu vas nous y emmener, annonça-t-il d'une voix caverneuse.

— Qu… quoi ?

— Au col où tu les as enterrés.

Montanez tremblait encore de tout son corps, qui sembla se dégonfler.

— Hein ?! Mais… c'est à mille bornes d'ici ! dit-il en rajustant le col de son kimono, froissé par l'empoignade.

Rubén jaugea l'homme au sexe d'enfant, qui flageolait sous la soie.

— Habille-toi, mon gros père.

*

Jana conduisait pendant que Rubén cuisinait le type à l'arrière. Bouddha recroquevillé dans le coin de l'habitacle, réceptif aux menaces du détective ou soulagé de parler après toutes ces années de silence, Montanez avait raconté son histoire.

Ayant grandi dans la région, sans projets ni autre diplôme qu'un permis poids lourds (son père était routier), Ricardo s'était engagé dans l'armée à dix-neuf ans, sur un coup de tête aux effets boomerang. Les *verdes*, les jeunes recrues, n'avaient pas le choix : ceux qui n'obéissaient pas aux ordres, fussent-ils iniques, se retrouvaient de l'autre côté de la barrière. Ricardo avait d'abord été affecté au Campo de Mayo, devenu avec la chasse aux « subversifs » un vaste camp de concentration, puis à l'ESMA, comme chauffeur. On l'avait choisi pour l'extraction d'un couple de détenus, sans rien lui révéler de la mission spéciale à laquelle on l'avait affecté. L'identité des prisonniers, drogués pour le voyage, lui était inconnue, mais il se souvenait du transfert, une route interminable effectuée en partie de nuit, qui les avait menés jusqu'à la cordillère. Un officier l'accompagnait, un colonel de l'armée qui n'avait jamais dit son nom. Montanez avait conduit le fourgon sans poser de questions. Arrivé au pied des Andes, l'officier lui avait ordonné d'enfiler une des capuches avec lesquelles ils aveuglaient les subversifs, et de se tenir tranquille pendant qu'il le relayait au volant. Ils avaient roulé une heure ou deux, sans un mot, jusqu'à une *estancia* isolée, quelque part au fond d'une vallée. Montanez avait aidé le colonel à sortir le couple du fourgon. Ils étaient réveillés à ce moment-là, les mains attachées dans le dos, un homme hirsute et une femme dans une robe en piteux état, qui marchait avec peine. Quelqu'un les attendait à l'intérieur de l'*estancia* : le colonel était entré avec les deux détenus, lui était resté à se les geler dans le fourgon. Le trio était ressorti une heure plus tard. Ricardo avait renfilé la cagoule, toujours sans un mot, et ils étaient repartis dans la nuit, comme ils étaient venus. Après ce qui lui avait semblé une nouvelle heure de route, le colonel avait emprunté des chemins sinueux avant de stopper le véhicule en plein désert.

Les prisonniers tremblaient de peur quand ils les avaient fait descendre du fourgon. L'officier leur avait ordonné de creuser leur tombe, revolver au poing, mais le couple avait refusé. Finalement, c'est Ricardo qui s'était coltiné la corvée. Le colonel avait abattu lui-même les subversifs d'une balle dans la nuque, la femme d'abord, puis le barbu… Après quoi, l'officier chargé de la mission l'avait sommé de reprendre le volant et de la boucler s'il ne voulait pas s'attirer d'ennuis : c'est ce qu'il avait fait. Montanez avait quitté l'armée deux mois plus tard, à la fin de son engagement, et s'était installé dans sa région d'origine en espérant n'entendre plus jamais parler de cette période.

L'ancien chauffeur suait sur la banquette arrière, ses joues tremblant sous les aléas de la route. Rubén le harcelait.

— On t'a donné de l'argent pour que tu la fermes ?

— Non.

— Comment tu t'es acheté ton hôtel pourri ?

— Mes parents sont morts… Ils m'ont laissé un peu d'argent.

— Ce colonel, tu as dû le recroiser après cet épisode ?

— Non. Non, jamais. Il n'était pas de l'ESMA, je vous dis !

— Décris-le.

— Assez grand… les cheveux épais, bruns… Plutôt jeune à l'époque, la quarantaine… C'était il y a longtemps, je ne me souviens plus.

— Ben voyons. Un signe particulier ?

— Non… Non… Je ne l'avais jamais vu, et ne l'ai jamais revu depuis. C'est une période que je veux oublier et…

— Décris le lieu de l'exécution.

— Vers Puente del Inca… Je me souviens de rochers noirs le long d'une piste, d'un éboulis géant… C'était il y a longtemps !

Rubén maugréait à l'arrière. Il y avait des trous dans le récit du caporal — le lieu de l'*estancia*, ce qui avait pu s'y dérouler, l'identité du propriétaire, celle de l'officier chargé du transfert et de l'assassinat. L'interrogatoire avait duré plus d'une heure. Montanez finit par s'assoupir, les nerfs en chute libre après la confession… Rubén réfléchit un long moment sur la banquette. Jana scrutait la route, attentive aux vaches égarées qui pouvaient les pulvériser. Il se pencha bientôt vers elle.

— Tu veux que je te relaie ?

— Non, ça va… Dis, chuchota la sculptrice. Je pense à un truc.

— Quoi ?

— Comment on va faire pour le chat ? Il va avoir faim, le pauvre vieux…

Rubén caressa la nuque de la Mapuche, et sourit dans le noir de l'habitacle.

— T'en fais pas pour lui, va…

*

La vallée d'Uspallata taillait la cordillère dans le vif : le cœur de la roche y était jaune, rouge, gris, noir, vert, miracle de la nature escortant le défilé. Ils avaient dépassé Mendoza avant l'aube et suivi la route de montagne qui gravissait les Andes. Quelques carrières aux camions à l'arrêt et d'improbables derricks mimant la conquête de l'Ouest semblaient figés sous les premiers rayons du soleil. Plus loin, une chapelle bricolée dans un tuyau d'évacuation alignait ses ex-voto. Ils longèrent des gorges spectaculaires, un lac d'eau turquoise surmonté de *mesas*, des canyons alambiqués où dormaient des clubs de rafting, fermés avec la fin de l'été. Neuf heures qu'ils roulaient, sans presque s'arrêter ; le manque de sommeil se faisant sentir, ils s'arrêtèrent pour prendre un café dans un hôtel de montagne, qui ouvrait ses portes.

Arraché à son extase virtuelle, Ricardo Montanez s'ébroua sur la banquette. Il portait un pantalon de lin, une tunique beige enfilés à la va-vite et des mocassins sans chaussettes.

— Faut que j'aille me soulager, dit-il.

L'auberge était vide à cette heure. Rubén profita qu'il descende aux toilettes pour commander les petits déjeuners, rejoignit la terrasse ensoleillée. Des pierres géantes gisaient de l'autre côté de la route, tombées depuis des siècles ; Jana miaulait en étirant ses bras, les muscles roides. Le jour se levait sur les crêtes, un oiseau de proie volait haut dans le ciel rose. L'air était plus frais à deux mille mètres, le paysage d'une limpidité cinématographique.

— Je ne suis jamais venue par ici, dit la Mapuche. C'est beau…

Ils atteindraient bientôt l'Aconcagua, « la sentinelle de pierre », toit des Amériques, dont les pics enneigés se perdaient dans les nuages. Rubén se tint près d'elle, le parfum de ses cheveux comme témoin.

— Tu crois que Montanez nous baratine ? demanda-t-elle alors. Des heures qu'il geint à l'arrière.

— On le saura bientôt.

Un camion passa à hauteur, à fond de deuxième.

— On ferait quand même mieux de se méfier, dit Jana dans une moue. Ce type m'a tout l'air d'un faux cul, avec sa petite bite…

Un mince sourire grandit sur ses lèvres. Rubén eut soudain envie de l'embrasser, de lui dire que la soirée d'hier avait été merveilleuse, mais l'ancien caporal revenait des toilettes, pâle comme un linge…

Puente del Inca : dernier col avant la bascule vers le Chili. Une poussière orange volait sur la route bitumée ; ils ne croisaient plus que de rares camions à l'approche du poste-frontière. Montanez continuait de suer sang et eau à l'arrière de la Hyundai, guère revigoré par le petit déjeuner. Ils aperçurent un couple de lamas perdus dans la caillasse à la sortie de Las Cuervas, mais plus le moindre humain. Les flancs des montagnes variaient du mauve au rouge, sous une chaleur grandissante. Jana ralentit devant les rails d'un train oublié : un vieux pont en ferraille annonçait *el Puente del Inca*, l'extrémité méridionale de l'ancien royaume inca.

— Tu te repères ? lança Rubén au volant.

Montanez ruisselait sous sa tunique. Il avait peur de ses souvenirs, de passer des années en prison pour une faute qu'il n'avait pas commise. La prescription contre les crimes d'État ayant été levée, le détective avait passé un marché avec l'ancien militaire : pas de poursuites pénales en échange de sa collaboration. Ils longèrent la faille d'un *río* asséché, puis les éboulis dramatiques d'un accident de canyon : Montanez observait les lieux, concentré.

— À droite, dit-il bientôt.

Une plaque de glace luisait à l'ombre lunaire d'un piton rocheux. Ils suivirent la piste de terre qui filait vers la droite. L'air était plus chaud par les vitres ouvertes. La Hyundai roulait aux pieds de titans érodés par le vent quand le gros homme fit signe de ralentir. Une coulée de lave s'était échouée près d'un pic de roche noire aux reflets d'acier.

— C'est là ?

— Oui… Oui, je crois.

Le caporal n'était jamais revenu sur les lieux du crime mais impossible d'oublier ces contrastes. Ils garèrent la voiture sur le bas-côté. Montanez ne disait rien, hypnotisé par les reflets métalliques de la roche qui mangeait le ciel. Rubén prit les outils dans le coffre. Ricardo sondait le sol avec appréhension, comme si les morts pouvaient se relever. Enfin, il désigna un carré de terre au pied des éboulis.

— Ici, je crois.

Le sol était sec, parsemé de petits cailloux. Rubén jeta une pelle et une pioche flambant neuves devant ses mocassins à pompons.

— Creuse.

Le soleil grimpa en flèche dans le cœur des Andes. Montanez ahanait, arc-bouté sur son manche : deux heures déjà qu'il piochait face au précipice. Il se plaignait d'ampoules, de crampes, de mal de dos. La terre était rude et la chaleur éprouvante malgré le linge qui protégeait sa grosse tête rasée ; réfugiés dans la voiture, portières ouvertes pour brasser l'air du désert, Jana et Rubén le regardaient s'escrimer.

Jana n'était jamais venue au nord de la cordillère mais elle savait qu'il existait un site huarpe dans la région, un centre énergétique aussi puissant qu'au Machu Picchu, où les chamans dialoguaient avec l'esprit cosmique. Les Huarpe, ces géants pacifiques, n'avaient pas été détruits par les petits Incas mais par les Jésuites, qui les avaient embrigadés pour les sauver. Rubén l'écoutait en fumant, surveillant d'un œil l'évolution des travaux. Il repensait à leur discussion sur le toit-terrasse. Les Mapuche aussi dialoguaient avec la Terre. Sa sœur, *machi*...

— Au fait, tu ne m'as pas dit, reprit Rubén. C'est quoi le secret du Hain ?

L'arrière-petite-fille selk'nam lui adressa un regard charmant.

— Tu le sauras peut-être un jour. Ou jamais.

Il cracha la fumée de sa cigarette par la portière ouverte. Pas très juste, son histoire... À vingt mètres de là, Montanez n'en finissait plus de jurer contre la terre barbare ; sa tunique était sale, ses mocassins poussiéreux, ses mains couvertes d'ampoules au pied de la masse rocheuse. Il continua à s'échiner sous le soleil d'airain, masse flageolante à demi avalée par le trou, creusa, creusa encore, jusqu'à buter sur un os.

— Y a un truc, là ! cria-t-il enfin.

Montanez avait reposé le manche de pioche, l'œil torve sous son linge. Jana et Rubén quittèrent l'habitacle qui les protégeait du soleil et rejoignirent la fosse, d'où le gros homme s'extirpait avec peine. Des bouts d'os apparaissaient au fond du trou. Rubén déposa la petite mallette que lui avait remise Raúl Sanz, descendit d'un bond dans la cavité. Jana surveillait Montanez, la figure rougie par l'effort, au bord de l'apoplexie. Le détective déblaya la terre plus meuble à l'aide de petits outils d'archéologie : pinceaux, râteaux, pic, ses gestes étaient précis, précautionneux. Jana se pencha sur la tombe. D'autres os apparurent, des vertèbres, la couleur d'un tissu, puis un crâne humain. Celui d'une femme, d'après ce qui devait être les restes de la robe… Montanez épongeait encore son visage, assis à l'ombre du pic noir qui les dominait.

— C'est le vêtement qu'elle portait ? lui lança Rubén.

L'ancien caporal approcha de la fosse avec une lenteur exténuée, fit un signe affirmatif. Rubén poursuivit l'exhumation. Il y avait un autre corps, emmêlé au premier, un homme, la nuque brisée par l'impact d'une balle. Samuel et Gabriella Verón. Ça ne pouvait être qu'eux.

Le détective ne dégagea pas les squelettes du couple enlacé dans la mort : il détacha les crânes et les fourra dans le sac militaire prévu à cet effet. Jana non plus ne disait rien. Le soleil mordait à l'heure de midi. Rubén eut une pensée émue pour ces deux jeunes qui, après six semaines cauchemardesques dans les geôles de l'ESMA, s'étaient retrouvés en pleine nuit au milieu des Andes, se serrant en tremblant devant la tombe qu'on creusait pour eux… La fille d'abord, avait dit Montanez, puis le barbu. Deux jeunes de vingt-cinq ans, dont on avait volé les enfants. Des amoureux…

*

Un orage gris de colère balayait le plateau de la vallée. Ils passèrent au large du nuage, suivant le rayon du soleil qui transperçait l'opaque. Jana conduisait sans un mot. Ils venaient de quitter la piste et de retrouver la route bitumée qui serpentait jusqu'à Uspallata. Les ossements étaient dans le coffre, avec les outils et leurs bagages. Rubén avait enseveli les restes de Samuel et de Gabriella, espérant leur offrir plus tard une sépulture décente. À l'arrière, Montanez se remettait doucement, comptant les ampoules éclatées sur ses doigts boudinés. Lui aussi était retourné. Ils longèrent des roches abruptes d'une beauté stupéfiante, sans croiser de véhicules. Le détective envoyait des messages sur son BlackBerry quand Jana ralentit à la sortie d'un virage.

Des gens barraient la route.

— Rubén…

Il releva la tête. Des *piqueteros*. Ils étaient peu nombreux, à une centaine de mètres, oubliés de la croissance réunis sous une banderole bombée à la va-vite. Difficile d'y lire grand-chose — des revendications pour du travail. Bizarre. Les chômeurs faisaient des signes au milieu de la route : Jana freina à l'approche du barrage, vitre baissée. Un homme vêtu d'un vieux survêtement avança à sa rencontre, un bob aux couleurs passées sur la tête. Le *piquetero* sourit de toutes ses dents, une méchante balafre sur le nez, des prospectus à la main.

— *Hola, señorita !* fit-il en se penchant à la portière.

Ils étaient six sous la banderole, la tête protégée par des chapeaux de paille : il n'y avait personne près des glacières mais un type au volant d'un pick-up, qui les observait sur le bas-côté.

— Fonce ! cria Rubén en plongeant la main sous sa veste. Fonce !

Ces types n'étaient pas des *piqueteros*. L'homme à la portière lâcha les prospectus qui cachaient son arme et braqua le canon sur la Mapuche au volant : une détonation claqua dans l'habitacle tandis qu'elle écrasait l'accélérateur. Rubén avait tiré le premier, à bout portant : touché au plexus, le balafré bascula sur l'asphalte.

— Fonce, fonce !

Jana n'entendait plus les cris de Rubén sur le siège voisin ni les rugissements du moteur : la détonation avait retenti à quelques centimètres de ses oreilles, un sifflement aigu lui perçait les tympans et le monde semblait basculer. Elle traversa le cordon de faux *piqueteros*, qui se dégagèrent aussitôt. Ils dégainèrent les armes camouflées sous leurs chemises et vidèrent leur chargeur comme au stand de tir. La vitre arrière de la Hyundai vola en éclats.

— Baisse la tête, Jana ! rugit Rubén. Putain, baisse la tête !

La Mapuche fixait la route, agrippée au volant : une volée de balles s'abattit sur eux, répandant des bouts de verre à travers l'habitacle. Jana roulait pied au plancher mais ils manquaient encore de vitesse : le pare-chocs et les phares furent touchés, le coffre troué de balles. Montanez hurla à l'arrière. Jana se cramponnait quand un pneu explosa. Elle perdit aussitôt le contrôle du véhicule, qui dériva brutalement vers le bas-côté. Il n'y avait pas de rail de sécurité mais une terre aride qui amortit la sortie de route : les projectiles fusaient toujours autour d'eux, brinquebalés sur le bout de désert.

— Continue, continue !

Jana roula une centaine de mètres avant d'entendre les premières bribes de sons : Rubén lui montrait un point au-delà du pare-brise, des ruines, un peu plus haut sur la colline. La Hyundai gravit encore une trentaine de mètres et s'immobilisa contre un talus de pierre et de sable. Rubén embarqua le .38 sous le siège conducteur et poussa la portière.

— On dégage, vite !

Jana s'éjecta tandis qu'il contournait la voiture pour prendre le sac au fond du coffre. Ricardo Montanez s'extirpa à son tour en gémissant, la tunique mouchetée de sang : une balle lui avait brisé l'humérus. Les projectiles sifflaient à travers le nuage de poussière qui les protégeait encore, Montanez grimaçait en tenant son bras blessé, déboussolé. Rubén l'entraîna vers la Mapuche qui détalait en direction des ruines, le revolver à la main. Le pick-up arrivait dans leur dos, cinq hommes grimpés sur le plateau. Ils stoppèrent à hauteur de la Hyundai, firent cracher leurs feux au milieu de la poussière tourbillonnante qui finissait de se dissiper. Cent mètres d'avance. Les *piqueteros* bondirent à terre, s'adressèrent des signes codés pour se diviser en deux groupes et se lancèrent à la poursuite des fugitifs.

Rubén lâcha Montanez, dont le bras pissait le sang, peina pour rattraper Jana qui avait atteint la première butte. Le refuge était un peu plus haut, après le dénivelé. Il fila à sa suite, le sac militaire à l'épaule, sans se retourner : de nouveaux projectiles ricochèrent dans la rocaille. La pente était raide avant de rejoindre les ruines. Jana et Rubén atteignirent le muret les premiers. Montanez était à la traîne, les yeux révulsés devant sa fracture ouverte et les trajectoires mortelles qui sifflaient à ses oreilles. Il perdit un mocassin dans la course, voulut le récupérer et lâcha un cri strident. L'omoplate et le poumon perforés, l'ancien caporal s'écroula à mi-pente. Peur panique : il s'agrippa aux pierres qui fuyaient sous ses mains, refusant de croire sa dernière heure venue et, dans un hoquet de sang, se laissa glisser sur les cailloux. Les tueurs accouraient dans son dos, six hommes répartis en deux groupes qui montaient à l'assaut de la butte. Rubén reprit son souffle, compta les balles qui cliquetaient dans sa poche : cinq. Plus les sept dans le barillet du Colt. Le .38 était chargé. Ça faisait vingt-deux.

— Planque-toi, fit-il d'un coup de tête vers l'abri de pierres.

Tir sur cibles mouvantes : leur rendez-vous hebdomadaire, avec Anita… Rubén visa les types qui cherchaient à les contourner vers la droite, bras tendu, et fit feu trois fois. Un homme s'affala, touché au ventre. Aucune cache possible dans un rayon de vingt mètres : il tira deux autres coups en direction du plus corpulent, un type en jean crasseux, qui recula sous l'impact. Rubén plia l'échine et fila sous un tonnerre d'acier approximatif. Jana tentait de se déboucher les oreilles, accroupie derrière le mur en ruine.

— Ça va ?

— J'entends rien !

Ce n'était pas les restes d'une *estancia* perdue dans la cordillère mais l'ancien bâtiment des thermes qu'une avalanche avait détruit un siècle plus tôt. L'hôtel de luxe surplombait le Río las Cuevas, vingt mètres plus bas. Rubén se colla à une fenêtre qui faisait office de meurtrière, posa le sac de toile qui renfermait les têtes.

— Jana, tu m'entends ?!

— Ouais, ça va mieux.

Rubén logea le .38 dans ses mains.

— Je tire sur qui ? demanda-t-elle.

— Le groupe de gauche, dit-il en désignant les trois hommes qui s'approchaient.

La Mapuche n'avait jamais manié un revolver, toujours des carabines : elle releva le chien. Sa joue était blessée, un éclat de pierre ou de pare-brise.

— Prête ?

Elle fit signe que oui.

— O.K. !

Ils jaillirent par l'ouverture et firent feu dans le même mouvement. Jana rata ses cibles, qui se jetèrent à terre. Rubén en profita pour abattre l'homme qui atteignait le bâtiment sur la droite. L'adrénaline battait à pleines veines ; il empoigna le sac à terre et s'enfuit avec Jana par les galeries.

Une cascade crachait ses embruns le long du canyon, déversant une eau riche en fer et en soufre qui donnait une couleur jaune orangé à la roche millénaire : ils filèrent sous les voûtes fraîches des anciens thermes, accédèrent à ce qui devait être les bains. Un pont de bois traversait la rivière verte qui coulait en contrebas ; ils s'adossèrent contre la roche de la plate-forme en bordure du pont, le cœur battant. Un nuage d'eau venu des sommets se jetait dans le *río*, qui les rafraîchit à peine.

— Ça va ? souffla Rubén en rechargeant son arme.

— Oui. Occupe-toi plutôt de ces salopards…

Les tueurs étaient trois, mieux armés. On les entendait approcher sous les voûtes. Une puissante odeur de soufre s'épanchait de la rivière colorée, ils ne la sentaient plus. Les *piqueteros* n'étaient plus qu'à quelques mètres, ombres mouvantes le long des parois, sécurisant le terrain à mesure qu'ils avançaient. Rubén serra la crosse du Colt .45. Jana se tenait accroupie près de lui, plaquée dans une anfractuosité, le revolver pointé vers les assaillants — il lui restait quelques balles… Les tueurs étaient tapis dans la pénombre des bains, Rubén gardait le doigt crispé sur la détente, anxieux. Les *piqueteros* connaissaient leur position : s'ils attaquaient le pont, à si courte distance, la fusillade causerait un carnage, et il ne lui restait que cinq balles… L'eau ruisselait vers le gouffre, chargeant l'air devenu soudain irrespirable. Jana retint son souffle, les mains moites. Rubén songeait à tirer deux coups en aveugle pour disperser les tueurs et lui laisser le temps de sauter du pont : une chute de vingt mètres avant de toucher l'eau du *río*. Avec la fin de l'été, ils pouvaient tout aussi bien se rompre le cou…

La sonnerie d'un téléphone portable retentit alors, incongrue, depuis la grotte. Jana jeta un regard interrogatif vers Rubén, qui lui fit signe de se tenir prête à plonger dans le vide. Ils attendirent, quelques secondes qui durèrent un monde, mais rien ne se passa. Les tueurs semblaient tergiverser. L'un d'eux avait reflué dans la salle humide pour prendre le coup de fil ; il y eut un moment de flottement sous le grondement de la cascade, l'écho d'une voix sourde depuis les voûtes des anciens thermes, un silence obscur, puis le glissement d'un caillou sous une chaussure. Des bruits de pas… Des pas qui rebroussaient chemin.

Leurs regards se croisèrent de nouveau, dans l'expectative. Rubén attendit encore une poignée de secondes, fit signe à Jana de ne pas bouger et déguerpit comme un chat. Il grimpa le long de la paroi, équilibriste, surplomba le pont et le *río* tout en bas : trois silhouettes descendaient la colline à la hâte, traînant les cadavres de leurs comparses. Ils se repliaient.

Montanez, témoin du double assassinat, était mort. Ça leur suffisait, visiblement. Pas à lui : Rubén évalua la topographie du site, vit Jana cachée près du pont, la main serrée sur son arme, qui lui jetait des regards interrogateurs.

— Prends le sac ! lança-t-il depuis son piédestal.

Puis il contourna le piton rocheux.

Jana le vit flirter avec le vide en longeant la crête, atteindre la terre ferme et se ruer vers la pente qui menait à la route. Il dévala l'éboulis dans une traînée de poussière jaune, dérapa sur les cailloux glissants, manqua de basculer tête la première et de rouler au pied de la colline, se rattrapa aux nuages.

De l'autre côté du piton rocheux, les tueurs grimpaient dans le pick-up, emportant leurs blessés. L'un d'eux ne réagissait plus, les deux autres, qui marchaient à peine, furent hissés à la va-vite sur le plateau. Le 4 × 4 cahota sur le terrain vague avant de rejoindre l'asphalte. Rubén courut pour leur couper la route, comprit qu'il serait trop court, changea brusquement sa course et remonta vers la petite pente sur sa gauche. Un arbre mort plastronnait au sommet de la butte ; les tueurs passaient à hauteur, dix mètres plus bas. Le temps d'ajuster la mire, ils fonçaient vers le virage : Rubén vida son chargeur sur le plateau du pick-up, la main froide, pour contenir sa rage.

Frappé au poitrail, un *piquetero* s'effondra contre la cabine ; celui qui arborait un bandeau rouge porta la main à sa mâchoire, qui venait de se disloquer. Un des blessés sembla rebondir sous l'impact, son voisin, déjà mort, reçut une balle en plein visage. Rubén expulsa le souffle qui lui compressait les poumons, les yeux rivés vers sa cible mouvante, et pesta : il n'avait pas touché le conducteur et son barillet était vide. Ils s'échappaient.

Un petit nuage de poudre s'évanouit dans la brise du désert. Il eut une dernière vision, celle du pick-up qui disparaissait dans le virage, une gerbe de sang répandue sur la cabine, et des morts à l'arrière... Rubén serra les dents, débraillé, hors d'haleine.

Les sales fils de pute.

7

Jana avait suivi la riposte depuis le pont déglingué des anciens thermes. Une brise glacée l'accompagna jusqu'au piton rocheux où Rubén maugréait, le revolver encore brûlant à la main. Les habits du *Porteño* étaient couverts de poussière, son visage exsangue malgré la course et la sueur qui courait le long de ses tempes.

— Tu les as eus ?

— Pas tous…

Il s'était écorché les mains en dévalant la pente. Jana déposa le sac à terre, vit les douilles éparpillées dans les broussailles, croisa le regard fiévreux du détective.

— Il vaut mieux t'avoir dans son lit, toi…

Rubén ne broncha pas. Leurs corps sentaient la sueur, la peur et la mort. Ils se serrèrent l'un contre l'autre pour être sûrs d'être ensemble, vivants. La tension redescendait le long de leurs jambes. Les tueurs s'étaient enfuis, aussi subitement qu'ils étaient apparus. Rubén caressa la joue blessée de la Mapuche, une simple éraflure… Elle sentit les muscles de ses bras qui la protégeaient, la tendresse de ses mains sur elle, et respira mieux. La situation en attendant n'était pas brillante : un cadavre à mi-pente, Montanez, dont la tunique ensanglantée envoyait des signaux olfactifs aux oiseaux de proie, des douilles correspondant à leurs armes sur tout le périmètre et la Hyundai hors piste, plantée comme un biplan dans le désert. Il lâcha la main de Jana, qui le serrait toujours.

— Ne restons pas là…

Ils dévalèrent la butte, épiant les crêtes et la route qui serpentait dans la roche. Si le radiateur avait tenu le choc, le capot s'était plié dans le tas de sable. Des éclats de verre jonchaient l'habitacle, la banquette arrière encore poisseuse de sang. Des lambeaux de caoutchouc s'accrochaient à la jante : les autres pneus semblaient aptes à rouler et les clés étaient toujours sur le contact. Rubén grimpa à bord, démarra. Le moteur fonctionnait normalement.

— Qu'est-ce qu'on fait de Montanez ? demanda Jana.

— Pas le temps de l'enterrer. Il faut partir d'ici avant que les flics nous tombent sur le dos… Tiens, aide-moi.

L'ombre était chère au cœur de l'après-midi. Rubén installa la roue de secours pendant que Jana aplatissait la tôle froissée du capot, à coup de Doc. La route serpentait à cent mètres, après le terrain vague où ils s'étaient échoués. Rubén tremblait encore. Il ne savait pas comment des faux *piqueteros* avaient pu leur tendre un piège si vite, en pleine montagne, il savait juste qu'il avait failli la perdre.

— Une idée d'où sortaient ces types ? lança Jana pendant qu'il s'escrimait sur la roue.

— Non… Montanez était peut-être sous surveillance. Le vol de son livret militaire a dû être signalé, et l'info remonter jusqu'au commanditaire, qui nous a envoyé ses sbires. À moins qu'on ait été suivis à la trace.

— Quelle trace ?

— Les postes-frontières des provinces.

— Tu veux dire que les flics sont dans le coup ? grimaça Jana.

— Je ne vois pas comment le légiste aurait pu falsifier le rapport d'autopsie de Maria sans l'accord de Luque. C'est lui qui chapeaute l'affaire, et il a visiblement menti à la famille Campallo.

Elle fronça les sourcils, adossée au capot.

— Je croyais que Campallo était un ami du maire : c'est bien Torres qui a mis en place les flics d'élite ?

— Oui, concéda-t-il, ses mains écorchées maintenant noires de crasse. Quelque chose ne tourne pas rond dans cette histoire.

Il ôta la roue endommagée, la remplaça par celle de secours.

— Merde, voilà quelqu'un...

Descendant le col, un camion ralentit sur le bas-côté de la route, un vieux Ford bleu qui n'avait jamais connu l'électronique. Deux ouvriers agricoles au chapeau de paille se tenaient à l'avant.

— Besoin d'un coup de main ?! lança le conducteur depuis la portière cabossée.

— C'est bon, merci !

Jana leur adressa des signes rassurants, pour les éloigner. Les ouvriers repartirent dans leur guimbarde, un geste amical en guise d'adieu, sans remarquer le corps au loin qui séchait au soleil... Rubén se redressa enfin, le front ruisselant de sueur : la roue de secours tiendrait jusqu'à la ville suivante mais l'essieu semblait faussé. Ils dégagèrent la voiture et retrouvèrent la portion d'asphalte qui menait à la nationale.

« Uspallata 22 km » indiquait la pancarte. Rubén alluma deux cigarettes, logea la première entre les lèvres de Jana au volant, chargea les revolvers, encore tièdes. La police locale heureusement mettrait du temps avant de localiser le corps de l'hôtelier : avec un peu de chance, ils seraient loin. Le vague témoignage des ouvriers agricoles croisés pendant qu'il changeait la roue ne donnerait rien, celui du type du bordel de Rufino en revanche, malgré les menaces proférées, lui causait plus de soucis… Ils suivirent la route sinueuse et encaissée qui se faufilait entre les cols de l'Aconcagua, en silence. Un aigle faisait des cercles lascifs dans le ciel de traîne. Rubén visionnait pour la dixième fois la fusillade de tout à l'heure.

— Ce sont tes frères qui t'ont appris à tirer ? dit-il après une longue courbe.

— Oui.

— Vous chassiez quoi, avec vos carabines ?

Jana haussa les épaules.

— Des carabiniers…

Il lui jeta un œil interrogateur, auquel elle ne répondit pas.

La *Ruta 7* serpentait entre les flancs des Andes : une file de camions bouchonnait dans le sens inverse, bloquée par un convoi. Jana roulait, prudente, craignant de tomber sur une patrouille de flics. Un vent chaud soufflait par les vitres pulvérisées, Rubén épiait les bords de la route, les entrées des canyons, les revolvers à portée de main, mais les tueurs s'étaient bel et bien volatilisés.

Uspallata, « Les crocs de la terre », un village endormi en ce dimanche caniculaire : les étals des magasins étaient vides, les terrasses désertées à l'heure de la sieste. La Hyundai traversa la rue principale, ralentit devant le casino fermé qui marquait l'intersection de trois routes. Ils aperçurent les fanions d'un garage un peu plus loin, un relais station-service assailli par les broussailles.

Le mécano qui sortit de l'atelier fit un rictus en découvrant la voiture échouée dans la cour.

— Qu'est-ce qui vous est arrivé ? lança-t-il en inspectant la carrosserie. Un accident ?

— Non, on nous l'a volée, répondit Rubén avec aplomb. On l'a retrouvée dans cet état.

— C'est pas de chance, ça !

Le garagiste n'était pas dupe mais fit tout comme.

— On doit la ramener à Mendoza : vous pouvez réparer ?

Son frère débarqua dans la courette inondée de soleil, essuya ses mains sur son bleu, salua le couple de la tête. Jana partit aux toilettes pendant qu'ils tergiversaient. Pare-brise arrière, phares, essieu, sans parler des trous dans la carrosserie : vu les dégâts, ils en avaient au moins jusqu'au lendemain midi, et encore, si on leur apportait les bonnes pièces…

— Et si je vous donne le double ? suggéra Rubén.

— Ça fera pas venir les pièces en avion, rétorqua l'ami du cambouis. Même si on y passe la nuit, elle sera pas prête avant demain midi. Au plus tôt ! C'est rien que de la merde électronique, votre bagnole.

Sûr… Un silence poisseux passa devant l'atelier.

— O.K., fit Rubén. Demain midi.

Il avança les frais pour les pièces que le frère allait chercher à Mendoza, et la même somme pour qu'ils oublient le reste. La voiture stationnée sur le pont du garage, Rubén embarqua les sacs au fond du coffre et rejoignit Jana, qui s'aspergeait le visage au lavabo. Elle n'avait qu'une coupure superficielle à la joue, qui ne saignait plus.

— Alors ? demanda-t-elle.

— On est bloqués ici jusqu'à demain.

Jana soupira.

— Pauvre Ledzep…

Rubén lava ses mains écorchées dans l'évier crasseux.

— Et la police locale ? Ils ne vont pas nous faire des embrouilles ?

— Le premier commissariat est à vingt kilomètres, dit-il. Et les types du garage ont l'air réglo… Allons manger un morceau, après on avisera.

Soleil de plomb pour un dimanche soporifique dans la petite ville des Andes. Il était six heures de l'après-midi, le vent chaud et le manque de sommeil leur brûlaient les yeux, et ils n'avaient rien dans le ventre depuis ce matin. Une blonde décolorée au tee-shirt Hello Kitty tenait la seule boutique ouverte du village, un snack aux enseignes tapageuses plutôt fourni en glaces. Ils avalèrent des *bocadillos* maison sous le souffle d'un ventilateur capricieux. La salle était vide, la *cumbia* à bloc : c'est à peine si Rubén entendit la sonnerie de son portable.

Il sortit pour prendre l'appel d'Anita.

Les hommes mariés faisant relâche pour le traditionnel *asado*, l'interne cuvant avec ses copains fêtards, Anita profitait du dimanche pour faire la sieste avec son chat Nuage. Les derniers événements bousculaient leurs petites habitudes. Del Piro ne s'était toujours pas manifesté mais l'inspectrice avait retrouvé la trace du botaniste grâce à son « copain » de l'Immigration : Diaz avait en effet passé la frontière argentine le mercredi précédent, soit le jour même du raid à Colonia. Le voisin du paparazzi avait fui. Qui ? Les tueurs ou les flics ? Son animosité pour Ossario était-elle une façade ? Pour cacher quoi ? À l'autre bout des ondes, Anita restait dubitative.

— Qui te dit que ton botaniste n'est pas dans le coup ? C'est peut-être un militaire, un ancien nazi, une vieille ordure réfugiée sous un faux nom en Uruguay, ou un complice de ton fameux commanditaire.

— Hum.

Le chien errant qui reniflait les poubelles municipales à l'ombre des murs craquelés contourna Rubén, la queue basse.

— Tu as une photo de Diaz à m'envoyer ? demanda-t-il.

— Je peux scanner celle de son passeport.

— O.K. Envoie-la aussi à Carlos et aux Grands-Mères. Diaz figure peut-être dans nos fichiers sous un autre nom.

— Tu rentres quand ?

— Pas avant deux jours.

— Et les *piqueteros* ?

— Je les ai à peine vus, dit-il, à part le type qui a arrêté la voiture : un brun trapu, balafré, taille moyenne, la quarantaine... Je peux demander à Jana de faire un portrait-robot, si on trouve du papier dans ce trou.

— Jana ? releva Anita.
— Tu veux que je l'appelle comment : Picasso ?
— Elle dessine aussi les tueurs sur la route ? feignit-elle de s'étonner. Quel talent !
— Tu es jalouse ?
— À mort.
— Tss.
— Je suis amoureuse de toi depuis que je suis gamine, salopard.
— Tu n'es plus une gamine, *querida*. Bon, c'est fini ?
— Ouais. Je te tiens au courant si Del Piro appelle de son portable, dit Anita avant de raccrocher. *Ciao bello !* La bise à qui tu sais !
La charmante amie...
Jana attendait devant le snack, avec les sacs. D'après Hello Kitty, l'unique hôtel d'Uspallata avait fermé l'année précédente : il ne restait plus que les bungalows de préfabriqué au charme de suppositoire qu'on devinait derrière les haies du camping.
— Pas joli joli, commenta Rubén.
— C'est ça ou la belle étoile...
Ses yeux noirs brillaient déjà.

*

Une zone désertique s'étendait sur des kilomètres à la sortie du village, plateau andin cerné de monts bleu et mauve où planaient les faucons. Rubén et Jana marchaient vers le nord, leurs sacs alourdis à l'épaule. Des carcasses d'animaux blanchissaient le long de la piste de terre brune ; l'ardeur du soleil était moins âpre à mesure qu'ils foulaient le terrain dépouillé. La marche les avait réduits au silence des immensités, comme si rien avant eux n'avait existé. Bientôt le paysage dévora tout, ravines et rocaille, arbustes et herbes cassantes ; ils marchèrent une poignée de kilomètres, le souffle du vent comme une onde chantante sur le sable. La nature était si impressionnante qu'ils oublièrent la frayeur de la journée.

— Ça va, le vieux ? lança-t-elle à Rubén, qui se coltinait les sacs les plus lourds.

— Je peux encore marcher un mètre ou deux, la rassura-t-il. Et toi ?

— Faut que je remette mes pompes…

Un chemin caillouteux menait au rocher des Sept Couleurs. Jana, qui depuis la sortie du village évoluait pieds nus, fit une pause pour renfiler ses Doc. Drôle de petite bête. Ils dépassèrent le squelette d'une vache qui prenait le frais sous un arbre rabougri et trouvèrent un lit de sable où établir le campement pour la nuit. Le site, enclavé au fond d'un canyon, s'embrasait à la lumière du crépuscule. Ils disposèrent les couvertures et les courses — salade industrielle, pain industriel, deux bières encore à peu près fraîches et un morceau de bœuf, qu'ils feraient griller s'ils trouvaient du bois. Jana fit sauter les capsules au briquet pendant que Rubén réunissait des pierres pour le feu, attendit qu'il s'assît près d'elle, face au rocher couleur arc-en-ciel, et lui tendit une bouteille. Des Quilmes, ce peuple de montagnards qui s'étaient laissés mourir dans les réserves de la plaine où on les avait parqués, il ne restait que le nom d'une bière — Quilmes…

— Étrange comme les chrétiens ont le don d'honorer ceux qu'ils ont massacrés, observa la Mapuche.

— Vous faisiez quoi de vos victimes, vous leur tiriez les poils du nez ?

— Avec les dents, oui, pour faire rire les enfants…

Leurs goulots s'entrechoquèrent.

— À la vie, dit-elle.

— Oui, à la vie…

Rubén trinqua avec elle, plus troublé qu'il voulait le laisser paraître. La peur de la perdre ne l'avait pas quitté. Il eut envie de serrer Jana contre lui, qu'importe le prétexte, la serrer jusqu'à sentir son pouls d'Indienne battre dans ses veines, mais une part de lui était toujours là-bas… Son regard se perdit sur la rocaille. Jana se rapprocha imperceptiblement, comme si elle avait senti l'écho du silence qui traversait son gouffre, et posa la tête sur son épaule. Le ciel virait au rose en s'échappant des Andes. Ils restèrent un moment à contempler le désert, les cols crépusculaires. La beauté du monde : elle était là, sous leurs yeux avides, et Rubén ne distinguait que des fantômes… Le ciel fondait sur la roche quand elle murmura :

— Rubén… Il y a une chose que je ne t'ai pas dite. L'autre soir, dans la chambre, j'ai vu les marques sur ta peau quand on a fait l'amour, ces cicatrices…

Des traces noires à la lueur des photophores, les tétons, les aisselles, des blessures affreuses que l'usure du temps n'avait pas effacées. Rubén ne répondait pas mais les petites fleurs tremblotaient dans ses yeux.

— Ils t'ont torturé, c'est ça ? Ces cicatrices, dit-elle, ce sont eux qui te les ont faites ? Des brûlures à l'électricité ? (Il se taisait toujours.) Toi aussi, tu as été dans les geôles de l'ESMA, n'est-ce pas…

Mais tu t'en es sorti, renchérit-elle pour l'aider. Ils ne t'ont pas eu, toi.

— Si… (Son regard errait sur le sable.) Si.

— Non, Rubén, non. Toi tu es vivant : plus que n'importe qui sur Terre.

— Non.

La fêlure était maintenant béante. Il n'avait rien dit aux autres, rien montré. Il avait vu la Mort, celle qu'on ne doit pas voir, sous aucun prétexte, sauf à devenir fou.

— Ta mère a bien survécu au malheur, dit Jana d'une voix qui se voulait douce.

— Elle ne sait pas ce qui s'est passé.

— Elle le devine.

— Non… Non.

Rubén avait des cailloux dans la bouche. Elle le dévisagea, soudain inquiète. Des esprits flottaient autour de lui, des esprits de pierre. Jana connaissait ce sentiment de solitude éternelle, toutes ces années où ses seins n'avaient pas poussé — solitude, colère et désarroi.

— On a failli se faire tuer aujourd'hui, dit-elle bravement. Ça arrivera peut-être demain, en sortant d'un café ou d'un immeuble, alors il sera trop tard. Je veux tout partager avec toi, Rubén, pas seulement des caresses anonymes dans le lit d'un autre. Tes mains ont connu des femmes mais je ne veux pas leur ressembler. Ni aujourd'hui ni demain. La coquetterie morale n'a rien à voir là-dedans. Tu as peur de quoi, de moi ? Tu crois que je vais te voler quelque chose ? Ton bien le plus précieux peut-être ? Tu me prends pour qui, une *winka* ?

Il esquissa un sourire, qui ne valait pas tripette.

— Je peux tout, le défia-t-elle. Après ce que j'ai vécu sans toi, je peux tout.

— On ne peut pas tout.

— Il faut d'abord vouloir. Et moi je veux.

— Quoi ?

— Toi. Dans ma bouche, dans mes bras, toi en entier. Comme tu es.

Il baissa la tête…

— Tu crois que c'est trop ? ajouta-t-elle.

Jana caressait sa main égarée sur le sable, remplie d'une tendresse inconnue, comme vierge. Le ciel tombait sur le rocher des Sept Couleurs ; Rubén eut un regard pour le vieux sac de son père — tout était là, à portée de main… Bien sûr… Ce n'était pas la peur que les tueurs fouillent son appartement qui l'avait poussé à vider le placard, c'était elle… Sa petite sœur… Il se leva pour empoigner le sac de cuir, fouilla à l'intérieur et lui tendit un cahier d'écolier. Jana reconnut l'écriture, à l'encre bleue délavée sur la couverture : *Le Cahier triste*… Celle de Rubén. Ses yeux aussi étaient remplis de larmes.

— Je vais chercher de quoi faire du feu, dit-il.

Le désert était paisible au crépuscule ; Jana ouvrit la première page, intriguée. Rubén s'éloignait déjà, silhouette voûtée sous le ciel finissant. Elle lut le cahier, sans presque respirer, jusqu'au bout.

Et l'horreur l'avait électrisée.

Le Cahier triste

La « tumba » : un ragoût d'eau grasse à l'odeur de boyaux où des morceaux de viande bouillie surnageaient du désastre, le pain qu'on y trempait avec l'appréhension de la boue, et les yeux qu'il fallait fermer pour avaler… Indigestion du monde, poésie des affamés. La poésie parlons-en — ou plutôt n'en parlons plus. Quand on a faim, l'existence n'a plus l'heure, c'est une vie figée dans la cire, le vaisseau derelict écrasé par les glaces, des visages sans regard qui dodelinent précisément, comme les ours s'arrangent de la cage, des yeux bandés qui ne trichent plus, ou si peu, les barreaux qu'on inflige et puis les gargouillis, le ventre qui se tord sous les coups du vide et tant de choses encore qu'il faut te dire, petite sœur… L'urine suintait des murs. Il y avait un seau pourtant, avec des traces de merde sèche sur le plastique — il suffisait de soulever la cagoule pour voir que le mien était rouge —, compagnon de cellule pour peu qu'on eût quelque chose à chier. Même les rêves devenaient gris, des songes sans femme et sans amour qui échappaient à peine à la réalité, aux coups, à la fièvre, aux cris, la crasse. Depuis combien de temps étions-nous séparés ? Je t'avais quittée chancelante parmi les brebis du garage Orletti, avec cette expression de pure frayeur dans tes yeux et les efforts que tu faisais pour cacher ta nudité de jeune adolescente. Combien de temps séparés, petite sœur : deux ? Trois mois ? On m'avait d'abord allongé dans une boîte à l'étage, des cercueils de quatre-vingts centimètres de large dont on gardait le couvercle ouvert pour mieux nous surveiller, nous, les « sardines », comme ils disaient, avec l'esprit fameux des obéissants ordinaires. Une première variante, pour se mettre en condition. P 45, c'était mon nom. Interdit de bouger, de communiquer. On pouvait rester ainsi des jours entiers dans ces « cages à lion », alignés captifs. Au début, je ne savais même pas que je me trouvais à l'École de Mécanique de la Marine : je n'avais pas quitté ma cagoule durant le transfert et on m'avait mis à l'isolement, dans une cage-cercueil. Je ne savais pas pourquoi ils me gardaient ainsi, jusqu'à quand, s'ils allaient me tuer ou me rendre fou. Et puis ils m'ont transféré un jour dans une cellule, un container d'un mètre cinquante sur deux qui, je l'appris plus tard, se trouvait au sous-sol de l'ESMA. Et ce fut pire. Attaché, nu, les jambes entravées et pliées, une cagoule sur la tête, réduit à attendre sans vivre la prochaine séance de picana. *L'as-tu connue ? À douze ans, te considéraient-ils comme une enfant ou comme une adulte ? J'ai vu des morts, petite sœur, des morts par panique quand on venait les chercher en annonçant qu'on allait les découper à la tronçonneuse — ils faisaient vrombir la machine dans le couloir pour qu'ils hurlent plus fort — ou quand, par le jeu des portes qui claquent, j'entendais les cris d'un autre, un autre qui était déjà moi. La terreur alors était telle qu'on oubliait sa propre puanteur, ce jus de peur qui nous coulait le long des cuisses : je ne voyais plus que les yeux vissés des bourreaux au-dessus de moi et les diodes qu'ils m'appliquaient avant de me décoller la peau. Ça pue, la peau, quand on la brûle, petite sœur. Certains officiers interrogateurs jouaient les bons pères : « Pourquoi tu ne parles pas, mon petit ? Regarde dans quel état tu es maintenant ! » J'ai vu des corps noircis qu'on tirait des cellules, tellement couverts de brûlures qu'on leur voyait à peine les yeux, noirs comme du charbon, certains qui succombaient ou qui avaient renoncé et qu'on retrouvait barbouillés d'excréments, la barbe éparse répétant les mêmes phrases, des ombres ou ce qu'il en restait, incrédules à l'idée d'assister à leur propre enterrement — des gens qui me ressemblaient, sans doute… Où étais-tu ? Femme ou enfant ? C'est sur vous qu'ils se vengeaient le plus : les corps des femmes étaient pour eux des champs de bataille, les plus belles en particulier, que les geôliers s'acharnaient à violer pour leur apprendre à ne pas rester à la maison, ou à porter des minijupes. Des putes, ou considérées comme telles. Je les entendais rire de leurs exploits sexuels, élire les championnes, comme cette brune de trente ans que j'avais croisée dans le couloir et dont j'étais tombé spontanément amoureux. Je ne connaissais pas son nom mais je l'avais baptisée Hermione, un prénom de poète. Des femmes alors je ne connaissais que les baisers des filles qu'on retrouvait au cinéma et qu'on découvrait dans le noir, Steve McQueen ou Faye Dunaway en toile de fond, mais cette brune élancée au regard si digne, si intelligent, était pour moi une apparition fantasmatique au cœur du néant. J'y tenais le soir, je m'accrochais à elle, à ses grands yeux bleus qui m'avaient transpercé dans le couloir. Elle me rapprochait des passantes que nous traquions à la terrasse des bistrots, de la vie heureuse, la vie d'avant. Hermione… Je l'ai croisée plus tard, hagarde, ne tenant plus debout après une « séance de travail ». Elle ne pouvait plus me voir car ses yeux bleus n'exprimaient plus rien : elle était devenue folle… Les geôliers donnaient des scores : elle, c'était « 322 » — il l'avait violée trois cent vingt-deux fois… Où étais-tu, petite sœur ?*

Ils avaient bétonné l'escalier qui menait aux geôles pour la visite de la Commission des Droits de l'Homme : les corps nus et humides sur les plaques de fer, les viols, l'électricité, les émissaires de la communauté internationale ne virent rien du tout. La Coupe du Monde de football pouvait avoir lieu. Ils étaient repartis avec leurs mallettes à recommandations, nous laissant seuls, à leur merci. Et tout recommença. Les interdictions — parler, voir, s'asseoir —, l'odeur des capuches imprégnées du sang d'anciens détenus qui s'étaient mordu la langue quand on les torturait, mes cris quand on me menait pour la dixième fois à la salle de travail, la picana *qui vous vide les intestins, les blagues des tortionnaires, la soif inextinguible, les pulsations du cœur qui bourdonnent jusque dans les tempes, cent trente, cent quarante, cent cinquante, les coups encore, la nudité, l'isolement, la perte de repère, l'odeur de merde presque familière, la peur, les coups toujours, que je ne voyais pas venir sous ma cagoule, les insultes, les menaces et le désespoir panique quand je songeais à toi. Les pensées terribles… Où étais-tu, petite sœur ? J'entendais les cris des nouveaux arrivants qu'on torturait, les dessins animés ou les films comiques que les gardiens passaient en salle de repos pour couvrir les hurlements, tremblant à l'idée que c'était toi qu'on écartelait sur les madriers. Ils m'interrogeaient au sujet de papa, me demandaient où il était — en France —, ce qu'il y faisait — des poèmes —, ils répétaient que je mentais, que j'étais une graine de Rouge, qu'ils étaient là pour éradiquer la chienlit, que j'en faisais déjà partie. Papa ne m'avait rien dit au sujet des communistes, des* Montoneros, *des terroristes enfuis à l'étranger. Les réponses que je n'avais pas les mettaient dans des rages folles, ou simulées. Les crises de larmes, les supplications, leur entêtement, la folie rôdait partout. Le temps s'effaçait, une vie de crayon à papier. J'avais peur de devenir comme ces zombies, ceux qui n'avaient jamais milité et qui n'étaient pas préparés à mourir pour une cause qu'ils ne défendaient pas, des gens incapables de reprendre le dessus et qui perdaient la raison, qui faisaient l'esclave en croyant quémander la clémence des bourreaux ou collaboraient, pour qu'enfin tout s'arrête.*

Mourir ou devenir fou.

Mourir ou devenir fou.

Mourir ou devenir fou.

L'élastique de la cagoule me compressait le crâne, me sciait à petit feu, une douleur lancinante, insupportable ; des larmes coulaient toutes seules la nuit, ou le jour, je ne savais plus, le temps s'était dissous, pendu, une vie morte — la folie qui bientôt ne rôde plus mais rampe, guette, à l'affût de la moindre défaillance, pour m'emporter comme un mouton dans ses serres. Je sentais la présence des autres détenus à travers les murs, comme moi dépossédés de leur nom, de leurs droits, devenus de simples matricules qu'on tourmentait à volonté, l'univers abstrait des questions où la soumission valait la survie, le ragoût immonde qu'on nous servait, les terreurs nocturnes quand on nous réveillait à l'improviste pour nous battre, cravache, bâtons, fouet, prises de karaté, la technique du sous-marin, pendus par les pieds avec un linge sur le visage et précipités dans une baignoire remplie d'eau glacée : le choc, l'asphyxie, la douleur de l'eau dans les poumons, une mort par étouffement. Des médecins étaient chargés de ramener le noyé à la vie, pour mieux recommencer, une fois, dix fois, des morts à répétition, et puis les chiens d'attaque dressés pour tuer qu'on lâchait sur de pauvres bougres à qui ne restaient que les os, mes voisins que je découvrais quand on nous sortait des cellules pour les tabassages collectifs, les brûlures de cigarette, l'eau bouillante, le fer rouge, on coupait, balafrait, tailladait, écorchait vif, les nouvelles arrivantes à qui on donnait le choix entre la gégène ou le viol collectif, les vexations sadiques, systématiques, assis par terre sans avoir le droit de s'adosser au mur de la cellule, du lever six heures au coucher vingt heures, quatorze heures à tenir dans cette position, ceux qui tombaient étaient battus, ceux qui parlaient étaient battus, ceux qui tournaient la tête étaient battus, et puis les détenus qu'on obligeait à se bagarrer sans retirer leur cagoule, cet ouvrier, matricule 412, qu'on avait littéralement oublié dans sa cellule, victime d'un problème administratif, et qui était mort de soif et d'épuisement, les humiliations raffinées, les coups encore, gratuits, la même routine qu'on infligeait pour nous punir d'être nés les cheveux longs, de porter des lunettes, de sortir en boîte de nuit… Où étais-tu ? Avec le temps, j'avais réussi à communiquer avec mes voisins de cellule, à glisser quelques mots lors des bousculades ou quand l'un d'eux servait la pitance. De toi, nulle trace. J'entendais des cris d'enfants parfois à l'étage, mais ça ne durait pas. Je ne savais pas encore qu'on les donnait à des couples stériles proches des militaires. Douze ans, petite sœur : tu étais trop grande pour qu'on te donne à qui que ce soit... Et puis un soir, tandis que je recueillais mon bol de « tumba », la voix d'un camarade m'avait chuchoté :

— Ton père est là...

Mon cœur s'est mis à cogner si fort que je faillis renverser mon auge : papa s'était-il laissé prendre pour nous retrouver, nous, ses enfants disparus ?! Quelle folie !

La Coupe du Monde battant son plein, la pression des gardiens s'était un peu relâchée, ou plutôt elle s'était déplacée sur l'équipe nationale. 17 juin 1978, le jour de mes quinze ans. Un nouveau détenu servit la soupe par le loquet, serré de près par el Turco, *le geôlier. J'allais me précipiter sur les grumeaux de viande qui flottaient à la surface lorsque je vis la petite bille d'aluminium, mêlée à la boue gluante. Je l'ai nettoyée dans ma bouche avant de soigneusement la déplier : c'était un papier d'aluminium tiré d'un paquet de cigarettes qui, au recto, renfermait un trésor. Un poème, petite sœur, griffonné à pattes de mouche, sur le papier intérieur...*

N'aie pas peur
Des géants ensevelis
C'est l'éclair qu'on décapite
Pour réchauffer la matière
Regarde,
La peau des astres est douce
Les plaines en sont nues

Marche petit homme,
Marche :
La même main caresse et tue
Le souvenir du couteau…

Il ne reste que nous deux
Dans la fosse aux lions,
J'y vois des ruines
De cathédrales
Des signaux lumineux,
C'est l'éclair sur nos traces,
Regarde,
La guerre est passée
La forêt s'est tue
Va, petit homme,
Va,
La même main caresse et tue
Le souvenir du couteau !

Un poème de papa, pour mon anniversaire. Mes quinze ans. Le dernier poème de Daniel Calderón… Je n'ai pas pu le détruire, petite sœur : ce poème était ma vie. Je l'ai lu des dizaines et des dizaines de fois ce soir-là, avec une joie malade, je l'ai appris par cœur, puis je l'ai réduit en boule et caché dans une anfractuosité du mur de la cellule. Invisible. Les tortionnaires avaient volé notre liberté, notre intégrité, mais pas notre amour… Une semaine plus tard, en pleine nuit, les gardiens ont effectué une fouille minutieuse des cellules, jetant les détenus dans le couloir. C'est là, entre deux salves de coups, que j'ai croisé le visage barbu de papa. On l'avait torturé, mais je savais qu'il tenait le choc. Nous n'avons échangé aucun mot, il m'a juste adressé un signe apaisant (il devait savoir que j'étais dans la cellule voisine), quand une main me happa par les cheveux.

— C'est quoi, ça ?!

Ils venaient de découvrir le petit papier dissimulé dans le mur : mon trésor.

Daniel Calderón, matricule 563, n'avait pas peur de mourir : il savait pourquoi il était là. Non seulement il refusait de parler, mais en écrivant un poème il avait enfreint le règlement. Il défiait l'autorité, gravement. En plus du traitement habituel, des coups et de la picana, *ils décidèrent alors de l'affamer.*

Les tortionnaires n'étaient pas tous des sadiques ou des violeurs patentés, plutôt des brutes ordinaires à qui on avait lâché la bride ; el Turco *serait leur marionnette. Des jours passèrent, d'autres encore. Affaibli, « le Poète », comme ils l'appelaient avec sarcasme, ne tiendrait plus longtemps. J'avais connu cette faim obsédante, dans la cage à lion où ils m'avaient gardé allongé pendant des jours. Le plus dur était l'heure de la soupe, quand le cliquetis des cuillères vous mâchait l'estomac et vous faisait monter les larmes aux yeux.* El Turco *et les autres en rajoutaient, le narguaient par le loquet, riaient, imbéciles et repus. Enfin survint le grand jour, celui que tout le pays attendait. 25 juin 1978. Les gardiens, les officiers interrogateurs, tout le monde ne parlait plus que du match à venir : l'équipe de Menotti allait la gagner, cette putain de finale. On les entendait brailler depuis la salle de repos où ils avaient installé la télé. Fin du régime forcé ou offrande aux dieux du football, on servit ce soir-là une écuelle de « tumba » au Poète. Les gardiens, eux, s'égosillaient : un but partout à la fin du temps réglementaire, Argentine et*

Pays-Bas joueraient les prolongations. Profitant de la pause, el Turco *et sa bande firent irruption dans la cellule de papa : ils virent l'écuelle vide, astiquée de fond en comble, et se mirent à rire comme des hyènes. J'entendais leurs commentaires dans le couloir, mais je ne comprenais pas ce qui les rendait si goguenards.*

La télé hurlait quand une clameur formidable accueillit le troisième but argentin. Les gardiens exultaient d'une joie taurine : « Argentina ! Argentina ! » La rumeur de la victoire enflait depuis l'avenue. Le stade de River Plate où se jouait la finale était tout proche de l'ESMA : les gardiens dans la salle de télé criaient trop pour l'entendre, mais ce bruit sourd qui provenait de la cellule voisine, ce bruit compact, je l'identifiais clairement : c'était la tête de papa contre le mur mitoyen.

L'homme qui se brisait le crâne et geignait comme un chiot, c'était lui, petite sœur.

Ils sont venus me voir peu après, el Turco *et les autres. Ils avaient attendu que le Poète finisse son ragoût immonde pour lui montrer ce qu'ils cachaient dans leur dos, et qu'ils exhibaient maintenant devant ma figure exsangue : ta tête, petite sœur. Ta tête d'enfant qu'ils brandissaient comme un trophée. Les ogres avaient laissé tes yeux noisette ouverts : on y lisait encore l'instant de stupéfaction qui avait traversé ton esprit au moment de te décapiter.*

*Mourir ou devenir fou : Daniel Calderón avait choisi de mourir. D'ailleurs, sa tête ne résonnait plus contre le mur de ma geôle. Le Poète était mort par indigestion du monde, et toi en chair bouillie, qu'*el Turco *et les autres lui avaient fait ingurgiter, mêlée à la « tumba »…*

Non, la cruauté des hommes n'a pas de limites.

Ils m'ont libéré deux jours plus tard, au milieu de la liesse nationale, pour que je raconte votre histoire. Mais je ne dirai rien, petite sœur : jamais. Jamais qu'à toi... Mon petit coquelicot.

*

Jana referma le cahier d'écolier, les yeux fixes, mâchant ses petits caillots de haine. Non : la cruauté des hommes n'avait pas de limites...

Les étoiles dégringolaient sur la roche embrasée, mais elle ne distinguait plus les couleurs, les oiseaux planant depuis les pics enneigés, les teintes du désert au couchant. Elle ne voyait plus que cette pauvre gamine et son frère de quinze ans dans les geôles putrides de l'ESMA, tout cet amour décapité, qui lui tiraient des larmes froides. Elle serra le cahier maudit où dormaient ses cauchemars, blême. Mourir ou devenir fou : Rubén avait survécu. Seul.

Une onde bleu pétrole délavait le ciel quand la Mapuche releva la tête. Il revenait justement vers leur campement de fortune, quelques branches rabougries dans les bras. Jana ravala la rage qui lui cassait le cœur et se leva à son approche.

— Tu as trouvé ce que tu cherchais ? lui lança-t-elle.

Le visage de Rubén était pâle sous la lune. Il jeta ses maigres branches sur les pierres.

— Non...

— Moi si, dit-elle.

Jana ôta le débardeur qui moulait son torse, l'abandonna sur le sable et lui fit face. Ses seins rachitiques pointèrent, deux petits monstres à la lumière des astres. Rubén ne ressentit aucune pitié devant le corps amputé de l'Indienne : sa beauté malheureuse l'éblouissait.

Jana l'enlaça la première, pressa sa poitrine contre lui et l'embrassa. Elle n'avait pas peur des *winka* qui avaient tenté de les détruire. Les Mapuche avaient résisté aux Incas, aux conquistadors, à l'armée régulière argentine, aux *estancieros* et aux coupeurs d'oreilles payés à la tâche, aux carabiniers, aux élites politiques et financières qui avaient saigné le pays : elle était une descendante de survivants. Leurs pieds dansèrent un moment sur le sable, Jana l'embrassait, l'embrassait encore.

— Viens, dit-elle en se détachant, viens…

Leurs vêtements disparurent, envolés, leur pudeur, le passé, le futur, ce qu'ils vivraient ensemble ou non, la solitude éternelle et les mots jamais dits : ils firent l'amour en tremblant, debout, se tenant par les yeux comme s'ils pouvaient se perdre, s'encastrèrent à s'en faire mal pour conjurer la mort qui les étreignait, et jouirent ensemble, comme des démons.

8

Elsa Calderón comptait parmi les cent soixante-douze enfants assassinés durant le Processus.

Sans nouvelles de sa famille, Elena avait rejoint les Mères de la place de Mai deux mois avant la fameuse Coupe du Monde. De par sa connaissance de l'ennemi, Elena Calderón était vite devenue une des principales têtes pensantes de l'Association de défense des Droits de l'Homme. C'est à elles que les militaires s'attaquaient en priorité. Une première rafle avait eu lieu après l'infiltration d'Astiz, qui s'était fait passer pour un frère de disparu, quand douze personnes avaient été enlevées à la sortie de l'église Santa Cruz, parmi lesquelles la première présidente et deux religieuses françaises. Fin 1977. La junte avait fait publier un faux document pour incriminer les *Montoneros*, un photomontage assez grossier qui avait fait le tour du monde, mais le leurre n'avait pas pris. Des voix s'élevaient. La communauté internationale s'en mêlait. L'émoi suscité par la disparition des premières Mères menaçant de gâcher la fête du football, on avait décidé d'utiliser un procédé plus subtil pour abattre ces Folles, qui osaient défier le pouvoir. Les menaces s'avérant sans effet, les répresseurs avaient ainsi imaginé un coup à plusieurs bandes qui les toucherait de plein fouet, en particulier Elena Calderón.

Les enlèvements, la mise en détention illégale et la torture systématique étaient une structure parallèle de coercition bureaucratique et hiérarchique efficace, apte à semer une terreur sans précédent dans la population ; le but était aussi de faire souffrir l'imagination des vivants. Des survivants. Rubén savait que la mise en scène de l'exécution d'Elsa et le suicide du poète-cannibale n'avaient pu fermenter dans l'esprit des geôliers. *El Turco* et ses sbires étaient de simples brutes, ignares et obéissantes. En le libérant, les instigateurs de cette machination comptaient faire de lui leur colporteur de douleur, le témoin rescapé qui raconterait à sa Folle de mère comment ses chers disparus étaient morts, sûrs que la vérité la tuerait, comme elle avait anéanti son mari.

Mourir ou devenir fou. Rubén s'était tu, obstinément.

Depuis trente ans, tous les jeudis, il voyait sa mère déambuler autour de l'obélisque *Plaza de Mayo*, inflexible dans son combat pour la Vérité : rien ni personne ne les ferait céder, c'était le pacte. Ce pacte, il lui était *impossible* de le briser.

Nudité, contacts corporels, sons, odeurs, Rubén avait mis des années à supporter les situations associées à la torture. Au-delà du traumatisme physique, les blessures psychiques avaient été les plus longues à cicatriser : une souffrance mentale aiguë relayait alors celle des sévices endurés, l'horreur s'engouffrait dans les brèches jusqu'à faire désirer le suicide comme dernier geste d'autonomie. Daniel

Calderón l'avait compris : il s'était tué aussitôt, en se fracassant le crâne contre le mur de sa cellule…

Pas lui.

Rubén alluma une cigarette, pensif. L'obscurité s'étirait sur le désert de la cordillère, Jana reposait près du feu, emmitouflée dans la couverture. Les flammes rougeoyaient sur son visage apaisé après l'amour, et lui n'arrivait pas à dormir. Des images défilaient dans son esprit, confusion des sentiments, des époques, en boucle. L'âme bleue que voulait lui donner son père avait disparu un soir de juin 1978, un soir d'allégresse. Les mots l'avaient trahi, ceux de son poème d'anniversaire, que Rubén n'avait pu se résoudre à détruire… Il avait écrit le *Cahier triste* des années plus tard, d'un trait, comme on s'arrache d'une passion mortelle, pour s'exorciser la moelle : il avait caché leur mémoire sous les robes de sa petite sœur, dans l'appartement qui faisait face au carrefour où on les avait enlevés, et n'avait plus jamais réécrit depuis.

Cette nuit, tout changeait.

Rubén disposa la dernière souche dans les braises du campement et, à la lueur d'un feu vacillant, fit une chose qu'il croyait ne plus jamais faire. Jana endormie en ligne de mire, il ouvrit le cahier d'Elsa à la dernière page et commença à écrire. Une heure passa, peut-être deux. Du temps abstrait, qui se fichait des époques, des spectres d'enfants et de la mort. Quand tout fut achevé, Rubén arracha la page et se dressa sous la lune. Jana dormait toujours, à poings fermés, recroquevillée sur le sable. Il serra une dernière fois le cahier d'écolier entre ses mains.

Ma douce… douce petite sœur…

Et le jeta au feu.

*

Le rocher des Sept Couleurs s'étirait au fond du canyon. Ils se réveillèrent ensemble, roulés dans la couverture. Les souches n'étaient plus que cendres entre les pierres noircies du campement. L'aube grandissait sur les cols escarpés. Ils s'étreignirent pour conjurer le froid qui les avait saisis, s'embrassèrent en guise de bienvenue.

— Tu as les fesses glacées, dit-il, la main glissée dans sa culotte.

— Et toi la main chaude. Brr !

Elle s'enfouit contre lui. Rubén ne pensait pas à ce qui s'était passé durant la nuit, le visage de Jana resplendissait déjà, miracle de la jeunesse.

— Bien dormi ?

— Oui.

Elle se leva sous les rayons pâles du soleil, jambes nues, frotta son nez humide après la nuit à la belle étoile.

— J'ai du sable partout, fit-elle en ventilant son débardeur.

Elle ôta sa petite culotte, l'épousseta à son tour, puis l'échangea contre une autre prise dans son sac, triangle de coton noir qu'elle enfila sans pudeur.

— Qu'est-ce qu'il y a ? demanda-t-elle, se sentant observée.

— Rien, dit-il. Tu me fais rire…

— Oui… Oui, répéta-t-elle, n'oublie jamais ça.

Il essaierait. Promis.

La brise tiédissait avec le lever du soleil, la cordillère déployait ses arcs-en-ciel de pierres. Rubén ramassait les restes de victuailles en proie aux fourmis quand Jana trouva la feuille pliée en deux sous son sac, qui lui servait d'oreiller : une page arrachée au cahier d'écolier, disparu sous les cendres. Jana la déplia, et sa gorge lentement se serra…

À ne voir dans la rosée
Que la toilette du condamné
L'aube s'est fendue,
Comme une bûche.
Ne reste plus de l'horizon
Que l'écorce,
Des failles,
Figures de poux,
Carcasses…
Qui tue les chiens
Quand la laisse est trop courte ?
Les oiseaux se sont enfuis du ciel
Dans le paysage peint,
Des traces d'ailes.
Du silence
Ne reste plus que la rumeur
En pointillé,
Des nuages gercés
Figures de poux,
Carcasses…
Qui tue les chiens
Quand la laisse est trop courte ?
Mordre les mots dans la bouche des autres,
C'est comme l'ombre dans tes yeux,
Je m'y colle,
Je m'y glisse à genoux sans prières pour t'aimer en dedans,
Le cul des astres y brille,
Ta peau, regarde, sitôt scintille,

Je la touche,
L'effleure,
M'en repais,
Encore,
C'est ton cœur à la louche,
Un chagrin sur la paille,
À mi-distance de rien du tout,
Je traîne en toi comme un chemin à la fin du jour,
Tes mains tes doigts tes cuisses, j'aime tout,
Vois,
Mes larmes chiffonnées en toi dégringolent,
Des glaciers délavés,
Un désastre au travail, c'est tout comme,
Et des éclairs à retardement qui s'épuisent
À l'aurore adorée,
Qui s'en va,
Pourtant…
Arbres, rendez vos branches,
Relevez les fossés !
À vous je vends du large
Au plus tonnant
L'usage
Du hasard
Et du temps,
Qu'importe les cimes,
Du chemin
Je ne céderai pas un caillou,
Pas une caillasse
J'obéis aux rivières
Aux lacs
Au filon qui les mènent à la mer
Pour toi j'égrainerai ma poudre
Marchand de rien

Sur un désert de pierres
Ou de sable
Coupant,
Redevenu silex
Je tirerai le sabre,
La vie a ses têtes,
Et dans le miroir des flammes
Dansant sur les surfaces,
Lisse,
J'attends.
Si ce n'est toi, Jana… Le vent.

Un poème. Le premier. Pour elle… Jana tint le trésor de papier entre ses doigts tremblants : non, Daniel Calderón n'était plus seul, son fils aussi avait le *duende*. Rubén, démonté mille fois, remonté par miracle, Rubén, un spectre amoureux qu'elle aimait à balles réelles. Pour elle aussi, tout changeait. Même la laideur de ses seins ridicules ne lui faisait plus honte. Jana ne s'était jamais sentie belle — elle ne s'était jamais sentie si belle…

— Pourquoi tu pleures ?

Il s'était approché mais Jana ne pouvait pas parler. Rubén effaça les larmes qui couraient sur ses joues, puis il prit son visage entre ses mains.

— Je t'aime, dit-il. Je t'aime, petit lynx…

Rubén loucha légèrement, pour se rendre plus convaincant. Jana sourit enfin, en grand, les yeux comme des diamants. Et le monde changea de peau : elle aussi avait l'âme bleue.

*

Le chemin caillouteux, l'étendue de sable, les carcasses blanchies dans le désert, leurs ombres longues revenant vers la piste, le paysage défilait à rebours. Ils avaient faim, soif, mais cela n'avait plus beaucoup d'importance. Ils atteignirent Uspallata à l'heure où les premiers véhicules déambulaient le long de la rue principale, dépassèrent le casino fermé et déjeunèrent à la terrasse du bistrot qui venait d'ouvrir, de l'autre côté du carrefour. Œufs brouillés, thé, toast, lard grillé.

— Tu as retrouvé l'appétit, dit-elle.

— Grâce à toi, ma grosse.

Leurs regards se croisèrent, amusés.

— Je vais me refaire une beauté, lança Jana d'un air de défi, tu vas voir ça…

Rubén regarda ses jolies fesses moulées dans le treillis se mouvoir jusqu'au bar, alluma une première cigarette. Douceur et volupté — du haut de son cul, on voyait le monde — qui contrastaient avec la situation. Toujours aucune nouvelle d'Anita, des Grands-Mères, de Carlos, la Hyundai, en revanche, serait bientôt prête. Ils se débarbouillèrent aux lavabos du café-restaurant, achetèrent le journal, quelques victuailles et de l'eau pour la route. Mille trois cents kilomètres de ligne droite avant de retrouver Buenos Aires. Le retour au réel se déroulait encore en douceur. C'est en récupérant la voiture au garage d'Uspallata, vers midi, que la nouvelle tomba, abrupte : Eduardo Campallo venait de se suicider.

On l'avait retrouvé ce matin chez lui, une balle dans la tête.

9

Trois pactes liaient les différents corps d'armée et la police argentine : celui « du sang » quand il fallait éliminer ou torturer les subversifs, « d'obéissance », qui unissait la hiérarchie du haut en bas de la pyramide, et le dernier, « de corruption », avec le partage des biens volés aux disparus. Alfredo *el Toro* Grunga et Leon *el Picador* Angoni s'étaient enrichis durant le Processus, revendant la marchandise récupérée à des antiquaires ou à des magasins d'occasion qui fermaient les yeux sur sa provenance. Le bon temps, celui de l'argent facile et des filles qui allaient avec.

Les cheveux gris tirés en arrière, le Picador portait une fine moustache sous des pommettes saillantes, des costumes trois-pièces cintrés un rien surannés et des chaussures bicolores rappelant les maquereaux du début du siècle. Silencieux, tourmenté, spécialiste de la *picana*, le Picador avait élevé son art à un raffinement que son binôme aurait pu voir comme l'osmose de leur contraire, s'il avait eu quelque vocabulaire. Celui qu'on avait surnommé le Toro. Atavisme ou médiocrité congénitale, son père déjà était mort de la manière la plus stupide qui soit — il pissait sous un arbre quand celui-ci lui était tombé dessus. Court sur pattes, râblé et fonceur, le Toro suivait son instinct et considérait le Picador comme son meilleur ami. Les deux hommes n'avaient jamais été très forts à l'école : l'armée, mieux qu'un avenir, leur avait offert un présent.

Avec Hector *el Pelado* Parise, ils formaient une *patota*, une bande de copains chahuteurs comme on disait communément. Ensemble, ils avaient enlevé des Rouges dans les rues ou à leur domicile, fait sauter la tête d'un tas de Juifs, d'intellos, d'ouvriers syndiqués, de moricauds, parfois en pleine rue, ils avaient arraché des aveux à la pince, à la *picana*, ils avaient bu du champagne dans les coupes des gens qui se tortillaient au milieu des débris de leurs maisons, porté des toasts aux anniversaires des collègues, soutenu des inepties et encore tant de choses à demi oubliées qu'ils vivaient avec comme le souvenir d'une jeunesse tumultueuse.

La fin de la dictature avait marqué un tournant dans leur carrière : le Toro et le Picador avaient trempé dans un trafic de voitures de luxe avec l'ambassade d'Union soviétique, mais ils avaient failli se faire prendre la main dans le sac, si bien qu'ils avaient abandonné toute velléité de libre entreprise. Pas assez calés. Trop têtes brûlées. Ils préféraient s'en remettre à Hector Parise, leur ancien officier interrogateur et tête pensante de leur association, toujours sur les bons coups.

Celui-là devait leur rapporter gros.

La maison qui leur servait de base arrière était confortable, quoiqu'un peu trop isolée à leur goût : quatre jours qu'ils pourrissaient là, dans cette jungle moite où vrombissaient les moustiques. Enfin, Parise et les autres absents, les deux compères pouvaient se la couler douce au bord du fleuve. Un troisième homme les avait rejoints dans la maison du delta, Del Piro, dit « le pilote ». Ce dernier, peu disert, gardait ses distances avec eux en prenant de grands airs aristocrates.

— Pourquoi tu veux pas jouer au *truco* ? lança le Toro à l'homme qui boudait dans le fauteuil en osier. *Tilingo*[1] *!* On n'a que ça à foutre !

— J'ai pas envie, répondit l'intéressé, c'est tout.

Gianni Del Piro n'avait pas envie de jouer aux cartes, ni aux dominos, encore moins avec ces deux types. Ça le faisait chier, les dominos, et il ne savait pas jouer au *truco*. Ce qui le rendait le plus dingue, c'était ces enfoirés de moustiques, des monstres voraces capables de piquer à travers les vêtements. De quoi attraper la *dengue* justement — le delta en était infesté. Gianni Del Piro ruminait au bord du fleuve, maussade. Il avait prévu de rejoindre Linda pour une escapade à Punta del Este sitôt l'opération terminée, pas de jouer aux dominos dans une maison perdue au milieu de la jungle avec deux abrutis insensibles aux piqûres d'insectes — un gros type franchement répugnant avec ses taches de gras sur sa chemise et son alter ego en lame de couteau, le taciturne de service.

Del Piro avait dû prolonger sa mission, ce qui n'était pas prévu. Contrairement à sa gourde de femme, Linda n'était pas de celles qu'on besogne au motel après une pizza à emporter. La rémunéra-

1. « Chochotte », « qui fait des manières ».

tion de ses anciens employeurs valait un petit écart de conduite, le temps d'une pige qui lui rapporterait de quoi se payer plusieurs fugues adultères : Gianni Del Piro avait menti à tout le monde, à son employeur, à sa femme Anabel, à quelques amis trop curieux, mais un contretemps le clouait en Argentine et les autres ne lui avaient guère laissé le choix. Anabel ne causerait pas de soucis, contrairement à la belle Linda. Sa jeune maîtresse l'attendait depuis ce midi à l'hôtel de Punta del Este, elle le harcelait de messages auxquels il n'avait pas le droit de répondre, plus mordante à mesure qu'il restait muet. Dire que Linda était jalouse relevait de l'euphémisme : possessive, exclusive, anticipant les perversités de l'autre comme si les coups bas et la trahison étaient par nature inéluctables, supportant son baratin au sujet du divorce tant qu'il jurait ne plus toucher sa femme, Linda l'appelait plusieurs fois par jour et, au premier doute fomenté par son esprit tordu, refusait d'accorder la moindre bonne foi à quiconque, en particulier à lui, Gianni, son mâle italien... Le pilote avait, il est vrai, son petit succès auprès des femmes que le prestige de la fonction impressionnait. Son silence obligé devait la rendre folle.

— Alors, tu joues ?! lança le Toro depuis la terrasse.

— Non !

Le pilote renâclait sous l'allée de pins qui bordait le cours d'eau. Les moustiques attaquaient au crépuscule et lui se morfondait à l'idée de perdre Linda — quelle croupe, nom de Dieu ! Un bateau-taxi était passé plus tôt, trop loin du ponton pour les voir, soulevant quelques vaguelettes poussives le long de la rive. C'était le premier bateau depuis deux jours. Un endroit vraiment paumé...

— *Puta madre*, s'égosilla le Toro, les cartes à la main, c'est pas marrant de jouer au *truco* à deux !

— Ouais !

Il faisait chaud sur la terrasse ombragée. Le gros homme se tourna vers son compagnon de jeu et s'écria, goguenard :

— J'ai une idée ! (Il jeta le paquet de cartes sur la table.) Viens avec moi !

Le Picador se leva sans demander quelle était l'idée, et suivit son ami vers la maison de bois. Gianni Del Piro aspergeait du *One* sur ses vêtements, le seul spray anti-moustiques qu'on trouvait dans le pays, quand les deux hommes réapparurent sur la terrasse. Ils avaient sorti le prisonnier de la chambre, le trav' qui ne tenait pas debout, et le portaient à bout de bras.

Le rimmel de Miguel Michellini avait coulé sur ses paupières, qui clignèrent en voyant le soleil du soir entre les branches. Del Piro se contracta sur son fauteuil : ils l'avaient *détaché*.

— Putain, mais qu'est-ce que vous foutez ?! les rabroua-t-il en se contorsionnant.

— Ha, ha, ha !

Le Toro riait au visage du travesti. Le pauvre chou avait beaucoup pleuré quand il l'avait astiqué : le Picador n'avait pas daigné mettre la main à la pâte, laissant la femmelette à son compère qui, de fait, s'était régalé — sa robe de mariage était encore pleine de sang.

— Allez, ma mignonne, postillonna le Toro, viens jouer avec nous !

Ils soulevèrent le pantin et l'assirent lourdement sur la chaise. Miguel gémit de douleur, s'accrocha au rebord de la table. Ses tortionnaires lui rappelaient ces varans de Komodo qui dévoraient leur proie vivante, en meute, ces bêtes immondes dont les morsures empoisonnaient le sang de leurs victimes, dès lors condamnées. Les monstres. Ils avaient gardé sa figure intacte pour le maquiller — un travesti, c'était un peu comme une Barbie ! — et, pour rire, l'avaient barbouillé de matière fécale. Elle avait séché sur les joues creusées du gringalet, livide.

Le Toro lui souffla son haleine pleine de bière.

— Une petite partie de cartes, ça te dit, Madonna ?

Miguel sentit les larmes perler sur ses croûtes.

— Va te faire mettre, sale truie.

— Ho, ho, ho ! Tu entends ça ?! Tu l'entends, le rebelle ?!

Le Picador, dans son rôle, se contenta d'un sourire effilé. Son complice se leva, excité.

— Distribue les cartes, je reviens.

Del Piro secoua la tête, repoussa à grands gestes les moustiques qui l'assaillaient ; il n'était pas présent lors des « séances de travail », mais il avait entendu les hurlements déchirants du petit pédé. Le pilote s'attendait au pire, il ne fut pas déçu. Le Toro revint bientôt sur la terrasse, une cuvette dans ses grosses mains hilares. Pas besoin de se pencher pour voir que c'était de la merde.

Le Picador, qui avait distribué les cartes sous les yeux défaits de Miguel, recula sur sa chaise.

— De la fraîche ! s'esclaffa le Toro.

Il posa la cuvette nauséabonde sur la table de jeu, ravi de son tour. Miguel détourna le regard pour se préserver de l'odeur tandis que le gros type enfilait ses gants de vaisselle.

— Tiens-le à la chaise !

Le Picador s'empara du malheureux.

— Qu'est-ce que vous foutez, nom de Dieu ! grogna Del Piro en s'aspergeant de spray. Vous allez le bousiller !

— T'en fais pas ! On va juste le cuisiner ! Ha, ha, ha !

Miguel n'avait plus la force de résister, à peine celle de leur cracher à la figure. Il avait dit ce qu'il savait, ne comprenait pas pourquoi on le maintenait en vie, pourquoi ils s'acharnaient sur lui. Il ferma les yeux pendant qu'ils tapissaient son visage.

L'odeur d'excréments parvenait jusqu'au ponton.

— Putain, vous êtes vraiment des porcs ! commenta Del Piro sans bouger de son fauteuil.

Le Toro faisait de la sculpture *in vivo*, encouragé par les rires sardoniques de son acolyte.

Le pilote souffla, excédé — ces types lui fichaient la nausée —, et partit se réfugier dans la maison. Qu'ils aillent se faire foutre avec leur délire scato : il téléphonerait à Linda pendant qu'ils étaient occupés, deux minutes, le temps de la baratiner — avec un peu de chance et de talent, il réussirait à calmer sa furie érotique… Le soir tombant, moustiques et papillons de nuit s'écrasaient contre les vitres de la cuisine. La dernière vision de Gianni Del Piro fut celle de trois hommes assis autour d'une table de jeu, un travesti famélique, avec des cartes collées sur son visage couvert de merde, et deux quinquagénaires qui ricanaient.

— À toi de jouer, Madonna !

Parise appela le soir même. La fille Campallo n'avait pas dit qu'elle était enceinte quand ils avaient charcuté le trav' enlevé avec elle à la sortie du club de tango. Calderón lui le savait. Qui d'autre que le père du marmot avait pu le renseigner ? Enceinte de trois mois, d'après les infos révélées par Eduardo Campallo le matin de son suicide. Parise avait enfin une piste. Et le hasard du calendrier faisait bien les choses…

10

Les *Abuelas* avaient monté une cellule de crise au siège de l'association. Discrétion absolue sur le but de leurs recherches, communications réduites au minimum, rendez-vous reportés *sine die* pour raisons de santé, le QG était en ébullition. Le document en lambeaux rapporté par Rubén rappelait les fragments grecs des présocratiques, mais les Grands-Mères avaient commencé par entrer les noms lisibles dans leur base de données. Dossiers d'hôpitaux civils et militaires, archives, procédures de justice, procès-verbaux, elles effectuèrent par équipe des dizaines de recoupements souvent hasardeux pour vérifier les pistes. Samuel et Gabriella Verón, les parents disparus, n'apparaissaient ni à la banque ADN de l'hôpital Duran ni dans leurs fichiers, ce qui laissait supposer qu'aucun membre de leurs familles n'avait réclamé leurs corps. Leurs proches avaient-ils aussi été aspirés par la machine d'État ? Si l'ADN des squelettes déterrés par Rubén correspondait avec celui de Maria et de Miguel, elles pourraient alors confier l'affaire à un juge, demander une protection pour les témoins, confondre

Eduardo Campallo et sa femme comme *apropiador*, forcer ceux qui s'acharnaient à étouffer l'affaire à sortir du bois.

Le suicide de l'homme d'affaires, qu'elles venaient d'apprendre, leur coupait l'herbe sous le pied.

Les domestiques de la maison de Belgrano mis en congé, c'est sa femme Isabel qui avait découvert le corps au petit matin. Eduardo reposait sur le fauteuil du bureau, une balle dans la tête, l'arme encore pendante à la main. Isabel avait appelé les secours aussitôt, mais le projectile, tiré à bout touchant contre la tempe, avait emporté les lobes frontaux et la moitié du cerveau. Son mari était mort sur le coup. Il n'avait pas laissé de lettre explicative derrière lui mais les traces de poudre, les empreintes et les brûlures attestaient qu'il avait appuyé sur la détente. Le pistolet, un Browning, lui appartenant — port d'arme en règle —, le suicide laissait peu de doutes. À l'approche des élections, le coup était rude pour Francisco Torres, le maire, qui perdait là un ami et un de ses principaux piliers financiers.

Pour Rubén et les Grands-Mères, c'est leur témoin numéro Un qui disparaissait. Un de plus.

Le détective eut une longue discussion avec elles et Carlos sur la route des Andes. Le portable du pilote toujours muet, l'espoir de retrouver Miguel Michellini s'amenuisait. La mort de Campallo les obligeait à réviser leur plan de bataille, mais un nouveau personnage venait de réapparaître : Franco Diaz.

Les Grands-Mères avaient mené des recherches d'après le nom et la photo du passeport envoyé par Anita Barragan. L'homme de Colonia figurait parmi leurs fiches, qu'Elena avait basculées sur le BlackBerry de son fils.

Franco Diaz, né le 08/11/1941 à Córdoba. Formation militaire au Panamá (1961/1964), sert à Santa Cruz, Mendoza, puis Buenos Aires. Intègre le SIDE, les services de renseignements argentins, en avril 1979. Trou noir jusqu'en 1982 et la guerre des Malouines : officier de liaison dans une unité héliportée, Diaz est décoré — son commando avait pris possession de l'île en capturant la poignée d'Anglais endormis qui tenaient la place. Témoigne au procès des généraux en 1986 à la décharge du général Bignone, un des principaux responsables du fiasco des Malouines, soupçonné par ailleurs d'avoir détruit les archives des disparus avant de quitter le pouvoir. Émigré en Uruguay à la fin des années 80, retraité, Franco Diaz jouit d'une pension de l'armée et n'a plus jamais fait parler de lui.

Un héros des Malouines, un homme a priori inattaquable. Agent proche de Bignone, Diaz avait pu garder la fiche de l'ESMA incriminant Campallo. Dans quel but ? La vendre à son voisin paparazzi en vue de créer un scandale sans précédent ? Pourquoi Diaz aurait-il décidé de torpiller un homme qui avait fréquenté ses anciens employeurs : se venger ? De qui ? D'Eduardo Campallo ou d'une autre personne présente sur le fameux document ? La photo envoyée sur le BlackBerry de Rubén datait du procès de 1986, mais Anita avait dupliqué celle de son passeport : Diaz n'avait pas beaucoup changé — même homme au visage quelconque, le regard terne sous sa calvitie. Débusqué à Colonia, l'ancien agent du SIDE avait regagné l'Argentine. Rubén ne savait pas encore s'il cherchait à monnayer ou à remettre le document original à une tierce personne, mais si Diaz prenait le risque de revenir sur les lieux du crime, il pouvait les mener tout droit au commanditaire…

Les camions-citernes succédaient aux semi-remorques sur la nationale. Jana conduisait, concentrée, le pare-brise couvert de poussière orangée rapportée des Andes. Ils avaient récupéré la Hyundai au garage d'Uspallata et depuis se relayaient au volant sans presque s'arrêter. Les kilomètres défilaient, monotones ; après le stress des barrages de police aux frontières des provinces, la nuit passée dans le désert de la cordillère semblait presque lointaine… Rubén somnolait contre la vitre, épuisé par cette journée caniculaire, ou alors réfléchissait-il, l'esprit pénétré d'équations fumantes. Jana surveillait les rétroviseurs, perdue dans ses pensées. Il s'était passé quelque chose cette nuit : un des événements les plus importants de sa vie… Pourquoi était-elle si triste ? Si triste et si heureuse ? Le feu qui la brûlait pouvait la rendre folle, elle le sentait bouillir dans chaque pore de sa peau, sa sale peau d'Indienne que les *winka* avaient jetée aux chiens… « Qui tue les chiens quand la laisse est trop courte ? » Ils seraient libres. Bientôt.

Le soleil inondait les plaines. La Mapuche passa la main par la vitre ouverte pour absorber un peu de fraîcheur, la reposa sur le genou de Rubén endormi, et la laissa grésiller.

Buenos Aires 350.

*

Jo Prat avait joué en apnée toute la soirée. Ces concerts en plein air lui collaient des rhumes tonitruants, et même les appels hiératiques du trio de groupies amassant leurs seins au pied du micro l'avaient laissé de marbre. Trempé de sueur dans son ensemble de cuir qui l'engonçait, la montée d'asthme l'avait pris en sortant de scène. Fuir. Fuir tous ces gens qui n'en voulaient qu'à sa gloire passée.

Jo Prat aspira deux sprays de Ventoline et quitta le festival par la sortie VIP en catimini. Aucune envie de sexe ce soir, encore moins de parler à des inconnus : il absorba une nouvelle bouffée de Ventoline, la troisième, pour calmer la crise d'asthme qui pointait. Peut-être qu'il se faisait vieux, ou qu'il avait tout donné, trop abusé, qu'importe, il ne rêvait plus que de retrouver sa chambre d'hôtel, une petite suite un peu vieillotte et calme dans le quartier huppé de Belgrano où personne ne le reconnaîtrait : il prendrait une douche et dormirait en coupant la climatisation, jusqu'à ce que le rhume se passe.

Vivre à l'hôtel était bien le seul luxe qui lui allait. Calderón et son témoin squattaient chez lui depuis plusieurs jours mais, sous ses airs souverains, le dandy avait été ébranlé par la mort de Maria Victoria. La pauvre petite. Qui aurait cru ? Jo en était malade. Même si la photographe lui cachait sa paternité (Maria désirait plus un enfant qu'un mari), elle portait un peu de lui dans ses entrailles, et elle ne l'avait pas choisi au hasard. Son portrait trônait dans son loft, c'était tout de même une preuve de reconnaissance sinon d'amour. Jo avait promis une rallonge au détective s'il découvrait la vérité sur les circonstances de sa mort : Calderón ne donnait pas de nouvelles mais il lui faisait confiance — ce type avait l'air aussi enragé que ses chansons de l'époque.

Jo Prat reniflait, tête basse, les mains dans les poches de son pantalon de cuir. Il avait passé les différentes barrières, son badge Sésame autour du cou. Une demi-lune l'escortait à la sortie du parc de Lezama, il songeait à Maria, au bébé qui était mort avec elle, quand un piéton qui venait vers lui s'arrêta.

— Jo Prat ? demanda l'inconnu.

Le rocker releva la tête : un géant à la peau grêlée lui faisait face, un chauve d'une soixantaine d'années qui se donnait bien du mal pour paraître avenant. Inconnu égale emmerdeur.

— Désolé, fit Prat, je suis pressé.

— La fille Campallo, c'était votre petite copine ? insinua-t-il dans un sourire de mérou.

Une chape de plomb tomba sur les épaules du musicien. L'homme qui l'abordait lui laissait une impression franchement désagréable.

— Si vous êtes journaliste, dites à vos lecteurs que je n'ai rien à déclarer… (Il toussa.) Pareil si vous êtes flic.

Il voulut s'engager dans l'allée mais le colosse lui bloqua le chemin.

— C'est toi qui l'as mise en cloque, hein ? relança-t-il avec une familiarité agressive.

— Vous êtes sourd ? Je n'ai rien à vous dire : O.K. ?

— Enceinte de trois mois, poursuivit l'homme. J'ai vérifié les dates sur son site : vous étiez en tournée ensemble quand elle est tombée enceinte. C'est toi le père de son gosse. Le petit copain de Maria Campallo qui a prévenu Calderón.

Parise avait vu ce visage chez la photographe quand il avait nettoyé l'appartement, des tirages en noir et blanc qu'elle avait pendus sur un fil, comme un trophée. Il ne pouvait pas faire le rapprochement au moment de l'enlèvement, mais les révélations de Campallo avant de mourir concernant sa fille lui avaient mis la puce à l'oreille... Le rocker eut un rictus.

— Vous travaillez pour qui, son père ? Vous commencez à me faire chier avec vos histoires, feula-t-il d'une voix éraillée. Laissez-moi passer !

Ses poumons lui faisaient mal, il ne se méfiait pas. Le type à face de craie le saisit par le bras et, d'une prise alambiquée, le retourna contre sa propre gorge. Jo Prat voulut se dégager mais le géant l'avait immobilisé et il savait se battre. Pas lui. L'homme pressait son avant-bras sur sa glotte, si fort qu'il lui faisait jaillir les larmes des yeux.

— Lâchez... moi !

Parise entraîna le rocker sous les arbres de l'allée déserte.

— Calderón est venu te cuisiner, hein ? grogna-t-il.

— Foutez-moi... la paix.

La prise comprimait la trachée, bloquait l'arrivée d'air. Il étouffait déjà et le chauve semblait d'une force herculéenne. Jo chercha à se libérer, en vain. Parise souffla son haleine mentholée sur son visage.

— La fille Campallo t'a parlé de quelque chose, dit-il d'un air doucereux. Quelque chose de très important, dans les jours qui ont précédé sa disparition.

— Je l'ai... pas vue.

— Un document, insista le colosse sans diminuer la pression, un papier au sujet de ses parents. Maria Victoria t'en a forcément parlé. Et tu en as parlé à Calderón.

— Non ! expulsa Jo.

Parise jeta un coup d'œil furtif vers l'allée du parc, toujours vide. Il relâcha la clef qui immobilisait sa proie, serra son poing comme une enclume et le frappa durement au ventre. Un coup vicieux à l'estomac, qui lui vola ce qui lui restait de souffle.

— Je te crois pas, éructa l'ancien officier interrogateur.

Jo Prat se tenait le ventre, soldat sous la mitraille, happant l'air qui ne venait pas. De sa main libre, l'asthmatique attrapa le tube de Ventoline dans sa poche et le porta nerveusement à sa bouche. Il n'eut pas le temps d'aspirer la vie ; Parise lui arracha l'inhalateur des mains.

— Dis-moi ce que tu sais et je te refile ta dose. C'est toi qui as engagé Calderón ?

Jo se sentait mourir. Il secoua la tête, en apnée. Il s'étouffait, pour de bon.

— Oui…

— Où il est ?

— Je… sais pas.

Le géant fouilla ses poches sans qu'il puisse réagir, trouva un petit portefeuille et la clé d'un hôtel, le « Majestic », dans le quartier de Belgrano. Bizarre. D'après ses infos Prat habitait Buenos Aires, et les papiers indiquaient une adresse à Palermo Hollywood.

— Qu'est-ce que tu fous à l'hôtel ? Hein ? Pourquoi tu ne dors pas chez toi ?

Parise agita le précieux tube sous les yeux vitreux du chanteur. Jo avait besoin du médicament, d'urgence : il agrippa le bras de l'homme qui, le voyant cramoisi et incapable d'articuler, consentit à coller la Ventoline entre ses lèvres. Jo aspira une goulée salvatrice, qui le fit sortir des abysses, mais l'homme retira aussitôt le tube de ses mains tremblantes.

— Encore, chuinta Jo. Il m'en faut… encore…

Ses poumons sifflaient comme une locomotive, il tenait à peine debout, pantin pathétique glissant sur le tapis d'épines. Parise gambergea un instant sous les branches : Calderón n'avait plus mis les pieds dans son agence, la fille qui vivait avec le trav' avait disparu de la circulation et la surveillance des locaux des Grands-Mères ne donnait rien. Le détective avait dû trouver une planque pour son témoin, d'où il pourrait rayonner sans attirer l'attention.

— Tu sais où est Calderón, dit-il.

Jo ne répondit pas, implorant, tandis que l'autre le tenait debout à bout de bras.

— C'est lui qui squatte chez toi ? poursuivit Parise. C'est pour ça que tu es à l'hôtel ?

En proie à la panique, Jo Prat opina. Il tendit la main vers l'inhalateur, sans forces, bientôt sans air. Parise sourit sous l'arbre du parc qui les cachait. Les autres attendaient près des grilles, dans le van.

— Merci pour l'info, sourit-il à la nuit.

Parise évapora la Ventoline vers les branches et regarda l'homme s'étouffer, inexorablement, sur le tapis de mousse…

*

Buenos Aires recomptait ses tours au milieu du brouillard de pollution quand la Hyundai s'englua dans le trafic autoroutier. Sept heures du matin aux abords de la capitale. Fumées noires crachées des pots d'échappement, voitures rafistolées pétaradantes, trucks américains aux chromes rutilants, Rubén et Jana traversèrent des cités de béton aux linges pendus sur la crasse avant d'atteindre Rivadavia, l'une des plus longues avenues au monde — quarante mille numéros.

Ils arrivèrent à l'heure où les *cartoneros* rentraient chez eux.

Raúl Sanz les attendait au Centre d'Anthropologie légiste. L'EAAF (l'*Equipo Argentino de Antropologia Forense*) avait été créé en 1984 sous la direction de Clyde Snow, anthropologue et médecin légiste nord-américain, qui avait proposé son savoir et formé ceux qui deviendraient ses successeurs. L'organisme, indépendant, travaillait dans plus de quarante pays avec différentes institutions, gouvernementales ou non. Sous la houlette de Raúl Sanz, Rubén avait appris la balistique, la génétique, l'archéologie, l'exhumation et l'identification des corps, la localisation des fosses et la reconstitution des faits d'après la position des cadavres, des objets trouvés sur la scène de crime, les vêtements, les fractures... Raúl, quadragénaire toujours tiré à quatre épingles, fit le baise-main à Jana avant de porter l'accolade à son ami.

— On se demandait si vous alliez arriver, dit-il en les entraînant dans son antre.

— Nous aussi, commenta Jana.

Raúl jeta un œil interrogatif à Rubén, qui lui fit

signe de laisser tomber. Il déposa le sac militaire sur le bureau de l'anthropologue.

— Un vrai petit Père Noël, nota ce dernier en découvrant le contenu.

Les crânes n'avaient pas trop souffert malgré les péripéties du voyage. Raúl Sanz les empoigna comme des chiots dans leur panier. Résultats ADN disponibles d'ici vingt-quatre heures, assura-t-il bientôt. Ils échangèrent quelques mots explicatifs devant un café noir, saluèrent son équipe au grand complet, et se quittèrent dans le hall du Centre d'Anthropologie. Jana et Rubén avaient rendez-vous à dix heures au siège des *Abuelas* avec les Grands-Mères et Carlos : ça leur laissait le temps de passer à l'appartement, de prendre une douche et de nourrir Ledzep…

— Le pauvre matou doit reluquer sa gamelle en se demandant ce qu'on fout, remarqua Jana sur la route.

— Deux ou trois kilos de moins, ça ne lui fera pas de mal, commenta Rubén : comme à son maître.

— Vilain petit puma, tout le monde n'a pas la chance d'avoir ton poil.

Elle passa les mains dans ses cheveux, reçut son sourire fatigué. Jana bâilla malgré elle. Hâte de rentrer.

Hormis le *kiosco* qui ouvrait à l'angle, les magasins de la rue Gurruchaga étaient encore fermés à cette heure. Ils firent deux fois le tour du *cuadra* avant de garer la voiture et s'engouffrèrent dans le hall d'immeuble.

L'atmosphère feutrée du loft avait quelque chose de décalé, comme s'ils étaient partis depuis un siècle. Ils déposèrent les sacs dans l'entrée. Rubén se dirigea vers la fenêtre aux rideaux tirés, ne vit que des véhicules sans chauffeur garés le long du trottoir.

— Qu'est-ce qu'il y a ?

— Rien… rien.

La fatigue lui jouait des tours. Ou le stress. Jana déposa un baiser furtif sur ses lèvres, pour le détendre.

— Je vais prendre une douche.

Elle prit son sac dans l'entrée, se demanda où était fourré Ledzep — le vieux chat devait roupiller dans un placard ; les stores étaient tirés dans la chambre de Jo Prat, les roses flétries par la chaleur. Jana posa le .38 sur la table de nuit, tria les vêtements propres. Un miaulement se fit entendre, sous le lit. Elle se pencha et aperçut deux yeux ronds qui luisaient.

— Qu'est-ce que tu fais là, mon vieux ?

Pour toute réponse, Ledzep lui cracha au visage.

Rubén grimpait l'escalier de verre quand Anita appela sur son portable. Au son de sa voix, le détective sentit tout de suite que les nouvelles étaient mauvaises. On venait de trouver Jo Prat dans le parc de Lezama, mort : c'est un bénévole du festival qui avait découvert son corps inanimé et prévenu les secours. Une crise d'asthme d'après les premiers constats — un tube de Ventoline vide traînait près de lui.

— Merde.

— Tu es où ? s'inquiéta Anita.

— Chez lui, répondit Rubén.

La lampe marocaine tamisait la lumière de la chambre à coucher : Jana s'apprêtait à se déshabiller mais quelque chose l'arrêta. Elle huma l'air de la pièce. Les objets étaient familiers, l'atmosphère soudain irrespirable… La Mapuche recula : *il y avait quelqu'un dans l'appartement.* L'odeur de sueur imprégnait les murs, de plus en plus forte. Elle empoigna le revolver chargé posé près du vase où noircissaient les fleurs mortes, sentit une présence sur sa gauche.

— Tu bouges ou tu cries, je te…

Jana fit feu sans viser : la balle du .38 expulsa une pluie de plâtre en percutant le mur mais rata sa cible. Elle n'eut pas le temps d'appuyer de nouveau sur la détente : deux harpons la mordirent au cou.

— *La concha de tu hermana*[1] *!* siffla le Toro, la main plaquée sur l'oreille.

Les muscles tétanisés par le choc électrique, Jana s'effondra contre la table de nuit. Le Picador jaillit à son tour de la salle de bains, en sueur dans son costume trois-pièces. Le sang gouttait sur la veste à épaulettes du Toro qui grimaçait, le lobe de l'oreille arraché. La fille gisait près du lit, en proie aux convulsions. Le Picador déposa sa mallette à terre, saisit la seringue prête à l'usage et jeta le garrot dans les mains du gros homme.

— Magne-toi, putain !

Rubén s'entretenait avec Anita sur la terrasse du loft quand la détonation retentit au rez-de-chaussée.

— Qu'est-ce qui se passe ?! s'écria la flic. Rubén !

Il se retourna et tomba aussitôt nez à nez avec deux hommes, qui giclaient de la porte coulissante, un grand chauve et un type au nez couvert d'un pansement. Rubén se jeta sur lui au moment où il

1. « La chatte de ta sœur. »

actionnait la détente, dévia le tir d'une manchette et enroula son bras autour de son cou. Parise braqua son Taser mais Calderón précipitait Puel en arrière, s'en servant de bouclier.

— Dégage de mon axe de tir ! siffla Parise. Bordel, dégage !

Puel, qui avait servi chez les commandos, sentit les os de son cou craquer : il expédia un chassé dans son dos pour déstabiliser Calderón, qui l'envoya dinguer avec lui contre la clôture. La cloison de bambous céda sous leur poids ; ils tombèrent trois mètres plus bas, sur la terrasse des voisins.

Parise piétina fleurs et arbustes, se pencha sur le muret. Puel et Calderón s'empoignaient au pied d'une table de plastique blanc, qui avait amorti la chute. Ils chuintaient de haine en s'agrippant, un combat féroce où chacun tour à tour semblait prendre le dessus. Valse folle, mortelle. Parise hésita à tirer. À cette distance, il pouvait tout aussi bien toucher la mauvaise cible — quant à sauter chez les voisins pour lui régler son compte, il n'était pas sûr de pouvoir remonter. Les deux hommes roulèrent sur la dalle, muscles bandés, s'empoignant furieusement dans une lutte aussi brève que violente. Le masque qui protégeait son nez le gênait mais Puel, cette fois-ci, ne lâcherait pas sa proie : Rubén mordait la poussière sur la terrasse, l'avant-bras enfoncé contre sa glotte. Il lâcha un cri pour se dégager, y parvint et projeta sa paume à la base du nez cassé : un flot de sang jaillit sous le pansement. Puel sentit la flèche enflammée remonter jusqu'à son cerveau. En une seconde, Rubén l'avait retourné. Le détective souffla à pleins poumons pour expulser la haine qui comprimait ses muscles, cala les mains à la base de la tête du tueur pour lui rompre les vertèbres et soudain se figea : il y avait un enfant sur la terrasse.

Un bambin en slip de bain qui les regardait s'étriper, un gosse de trois ou quatre ans aussi surpris que lui, le regard d'une innocence bleue sous son bob et ses bouclettes.

Rubén serra le crâne, mâchoire et nuque en étau, et d'un coup sec lui brisa les cervicales. La tête de l'homme qu'il tenait dans ses bras retomba contre sa poitrine, qui ne pesait plus rien.

Seconde stupéfiante.

Le gamin non plus n'avait pas bougé.

— Emiliano ? lança une voix de femme depuis l'appartement. Emiliano, tu es là ?!

Perché sur la terrasse voisine, Parise avait dégainé son arme automatique : le chauve allait se résigner à tirer dans le tas quand il avait vu le gosse, ce putain de mioche dans son slip Disney, qui les regardait lutter à mort.

— Emiliano, tu es où, mon chéri ?!

Des voilages blancs voletaient par la porte-fenêtre des voisins. Parise reporta son regard sur Calderón qui, protégé par le corps inerte de Puel, fouillait d'une main aveugle son blouson en quête d'une arme.

— Emiliano !

Parise jura entre ses dents. Le remue-ménage allait alerter tout le quartier, la mère du mioche approchait et il ne pouvait pas liquider tous les témoins. Le tueur rebroussa chemin en pestant et dévala l'escalier de verre. Le Toro épongeait le sang qui gouttait sur son costard douteux tandis que son binôme traînait la fille jusqu'à la porte d'entrée. Ils l'avaient droguée, bâillonnée, pieds et poings liés à l'adhésif. Trop tard pour Calderón.

— *Vamos, vamos !* ordonna le chef d'équipe.

Etcheverry attendait dans le van, en double file.

Rubén avait croisé le regard du chauve qui le braquait depuis la terrasse. Il trouva le pistolet sous l'aisselle du mort, saisit la crosse pour faire feu mais Parise avait disparu.

Le bambin l'observait toujours, sourd aux appels de sa mère.

— Emiliano !

Une jeune femme traversa le voilage et lâcha un cri de stupeur en découvrant la scène. Rubén se dégagea du cadavre sans un regard pour le bambin, évalua la situation. Le mur des voisins mesurait près de trois mètres, aucune prise pour l'escalader. La femme se précipita vers son enfant et le protégea de ses bras tremblants.

— Ne nous faites pas de mal, implora-t-elle, je vous en prie…

Retrouvant sa mère, le gamin se mit à pleurnicher.

Rubén coinça le Beretta du tueur dans sa ceinture, poussa la table de jardin contre le mur blanc écaillé, y dressa une des chaises en plastique et grimpa sur l'édifice branlant en priant pour que personne ne l'attende là-haut. La voisine le regardait faire, effarée, serrant son rejeton comme s'il pouvait s'envoler. Rubén agrippa un bout de clôture défoncée et, au prix de rudes contorsions, se hissa jusqu'à la terrasse de Prat. Elle était déserte, la porte coulissante grande ouverte : il fonça vers l'escalier, le doigt crispé sur la queue de détente.

La cuisine et le salon étaient vides. Rubén courut vers la chambre, arme au poing, vit le sac de toile sur le lit, les roses répandues sur le sol. Ledzep s'échappa de sa cachette et fila à toute bombe vers le couloir, les griffes dérapant sur le parquet. Rubén braqua le Beretta vers la salle de bains adjacente, elle aussi vide, crut entendre un crissement de pneus dans la rue. Il se rua vers la porte-fenêtre du living et jaillit sur le balconnet, le cœur battant à tout rompre.

Trop tard : le véhicule des ravisseurs avait disparu au coin de la rue Gurruchaga. Le temps d'atteindre la voiture, ils seraient loin…

Rubén mit quelques secondes avant de réaliser : lentement son visage se décomposa — Jana.

11

Le Toro serrait les dents à l'arrière de la carlingue. Cette petite pute avait failli lui faire sauter la cervelle : quelques centimètres plus à gauche et il aurait pu dire adieu à sa prime. En attendant, la douleur lui cuisait les cartilages et le sang s'écoulait toujours malgré le mouchoir qui épongeait la plaie. Le Picador ricanait sur le siège voisin, relégué avec lui au fond de la cabine.

— Déjà que la masturbation rend sourd ! s'esclaffa-t-il par-dessus le vacarme de l'appareil.

Le Toro haussa les épaules, revanchard. Etcheverry broyait du noir sur le siège devant eux : chargé de conduire le van jusqu'à l'aérodrome, le chef du Groupe d'Intervention en planque à Colonia venait de perdre son meilleur homme. Puel, qu'il avait vu frapper un colosse slave à coups de chaînes durant des heures (une force de la nature dont les os refusaient de céder que Puel avait battu à mort sans presque se reposer), lui qu'Etcheverry avait repêché encore la semaine précédente le long du *río* pendant que les autres mettaient le feu à la baraque, Puel était mort. Pire, ils avaient dû l'abandonner sur le terrain… Etcheverry se pencha vers le pilote.

— On arrive dans combien de temps ?

— Un quart d'heure ! répondit Del Piro.

Ils survolaient le delta, une étendue de jungle zébrée d'eau boueuse qui ne lui inspirait que dégoût. Del Piro avait dû revenir en catastrophe à Buenos Aires en embarquant les deux brutes dans l'hydravion, laissant la garde du prisonnier aux hommes de Puel, qui accompagnaient le boss. Responsable de l'opération, les jambes coincées contre le tableau de bord, réfugié derrière une paire de Ray-Ban extra-large, Parise venait de raccrocher son portable — le boss râlait, comme d'habitude. Calderón était toujours dans la nature, un des leurs était resté sur le carreau et ils n'avaient pu enlever que la fille. Personne ne faisait attention à elle, simple « paquet » jeté au fond de la carlingue.

Peu de turbulences en ce jour ensoleillé. Jana émergea une première fois, serpent dans le formol ; ses membres étaient entravés, son cerveau intermittent sous les bruits de moteur. Celui d'un avion ? La Mapuche reposait à même le sol, les muscles encore douloureux après le choc électrique, l'esprit vaporeux. On l'avait droguée. Sûrement. Son regard roula vers la cabine à l'avant, ne distingua que des têtes qui dépassaient des sièges. Quatre, en plus du pilote. Jana crut reconnaître le gros à face de porc, un mouchoir rouge pressé contre l'oreille, se sentit partir sous les soubresauts. Son cerveau bascula en arrière et sombra comme on oublie, sans s'en rendre compte.

Un trou noir.

*

La maison se situait sur la rive sud de l'île, perdue dans la jungle du delta. Le canal ici était assez étroit, le trafic quasi inexistant. Des arbres tombés des tempêtes empêchaient le passage des bateaux-taxis qui arpentaient les bras du fleuve, et la première habitation se trouvait à des kilomètres. L'île était infestée de moustiques, qui attaquaient en masse au premier déclin du soleil.

Del Piro avait parqué l'hydravion sur la rive opposée, le long d'un ponton où le plan d'eau, plus large et moins pollué par les branchages, permettait l'amerrissage. L'avion somnolait sur ses flotteurs après le vol matinal. Toute l'équipe était réunie sur l'île du delta, Parise, le chef de la sécurité de Santa Barbara, le Toro et le Picador , ses sbires de toujours, l'ex-lieutenant Etcheverry, en charge du Groupe d'Intervention en Uruguay, Frei qui, prisonnier de sa minerve, se déplaçait avec l'élégance d'une tourelle, enfin Gomez et Pina, qui avaient planqué en vain devant l'agence de Calderón.

Le boss était arrivé avec eux par bateau la veille au soir, le général Ardiles, polo Lacoste rose et lunettes Porsche, escorté par un gorille peu causant, Duran, et par le toujours fringant docteur Fillol — Jaime « Penthotal » Fillol, comme les pilotes le surnommaient à l'époque. C'est lui qui avait opéré son ami Ardiles dans la clinique privée du *countrie* en 2005, lui qui avait délivré les certificats médicaux du vieux général pour qu'il évite les déplacements au tribunal. Fillol lui devait, il est vrai, une partie de sa fortune — une clinique équipée de matériels dernier cri, de l'argent au chaud sur des comptes à l'étranger, une femme plus jeune... L'homme n'aimait guère revenir sur le passé, mais lui aussi figurait sur la fiche de l'ESMA exhumée par la fille Campallo. Fillol avait accouché sa mère trente-cinq ans plus tôt, sorti son frère malade de ses entrailles. Étranges retrouvailles... Le médecin se souvenait surtout du crâne violacé du bébé expulsé du vagin, du cordon qui l'étranglait et des gestes qu'il avait faits pour le sauver. Son métier. Le cœur du nourrisson avait souffert, augurant une durée d'existence limitée, mais il avait survécu : il était là, sous ses yeux, trente-cinq ans plus tard. Miguel Michellini. Oui, étranges retrouvailles...

— Vous en pensez quoi, doc ?

Fillol ravala sa salive devant l'état du pantin disloqué sur le madrier, rangea son stéthoscope.

— Le cœur est faible, dit-il, mais il devrait tenir encore un peu.

Leandro Ardiles bougonnait, assis sur une chaise qui ne le soulageait pas. Montée à la dernière minute, l'opération avait en partie échoué puisque le détective était toujours dans la nature...

— O.K., lança le général au chauve qui mènerait l'interrogatoire. Ne perdons pas de temps.

Jana s'était réveillée dans une chambre aux rideaux tirés, vaseuse, les chevilles et les poignets entravés par des serre-joints de plastique qui lui sciaient la peau. Elle reposait sur la plaque de fer d'un madrier, dénudée. Elle ne savait pas où elle se trouvait, ce qu'était devenu Rubén. Étourdie par les vapeurs chimiques, elle avait mis quelques secondes avant de réaliser qu'elle n'était pas seule : un visage lui faisait face, méconnaissable sous son masque de merde sèche, celui de Miguel. Ou plutôt ce qui restait de

Paula, attachée sur le madrier voisin. La robe blanche du travesti était à demi déchirée, maculée de sang, mais il respirait encore. La sculptrice n'avait pas eu le temps de lui parler : un groupe d'hommes était entré dans la chambre pour ausculter Miguel, sans lui prêter attention.

Jana ravala sa salive, le dos accolé à la plaque de fer. Ils étaient cinq autour du malheureux, un vieux en chemise Lacoste, le cheveu terne et l'œil acéré, un autre qui devait être médecin remballait son stéthoscope, suivaient un géant chauve à la peau grêlée, une espèce de maquereau vérolé et le gros type à face de porc qui l'avait foudroyée dans la chambre. Ils se tournèrent bientôt vers elle, prisonnière du madrier qui faisait face à Miguel.

Le Toro passa devant le corps écartelé de l'Indienne, jaugea son torse.

— Sacrés nichons, ironisa-t-il.

Pauvre con.

— Allons-y, le pressa Parise.

Certaines personnes pouvaient supporter la douleur physique au-delà de l'imaginable : très peu pouvaient assister au supplice infligé à autrui sans flancher, surtout s'il s'agissait de proches — généralement, les femmes à qui on posait le bébé sur le ventre pour le torturer à l'électricité avouaient tout aux premiers hurlements.

Le Picador installa la machine. La *picana* : deux pinces de cuivre reliées à un transfo électrique que les tortionnaires appliquaient sur les parties les plus sensibles — anus, organes génitaux, gencives, tétons, oreilles, aisselles, fosses nasales. Le procédé n'était pas nouveau : dès les années 30, Lugones, commissaire de police et fils du grand poète argentin, avait testé la machine. Les instructeurs français revenant de la guerre d'Algérie l'avaient remise au goût du jour.

Miguel pleura doucement quand le Picador posa les pinces sur ses oreilles. Parise se pencha vers Jana, ivre de peur.

— Écoute-moi bien, l'Indienne. Tu me dis tout ce que tu sais, jusqu'au nom de ta mère si tu la connais, sans mentir : on est pressés et la patience n'est pas mon fort, la prévint-il dans un rictus qui n'avait pas besoin d'être menaçant. Ça signifie qu'à la première mauvaise réponse ton copain pédé se transformera en centrale électrique. Est-ce que c'est bien compris ?

Jana avait la gorge nouée : elle fit signe que oui, son ami implorant en ligne de mire.

— Qui a mis Calderón sur le coup ? La fille Campallo ?

— Je… je ne sais pas.

Parise émit un claquement de langue à l'intention du Picador.

— Je sais pas ! cria Jana. Je sais pas, c'est lui qui est venu me trouver !

— Qui d'autre est au courant de l'affaire ?

— Les… les Grands-Mères.

— Qui d'autre ?

— Une flic… Anita je sais plus quoi. Une amie de Calderón… Elle l'aide dans son enquête. Je ne sais rien de plus, il ne m'a rien dit.

— Qui d'autre ?

— Personne !

— Qui d'autre ?!

— Personne, putain ! Personne !

Au signe du chef, le Picador actionna la *picana*. Miguel trépigna sur la plaque de fer.

— Maman ! Ma-man !

Le Toro sourit — ils finissaient tous par appeler leur mère.

— Personne, répétait Jana en pleurant, personne… Arrêtez… Arrêtez, merde !

Le prisonnier se contorsionnait de plus belle. Jana fermait les yeux mais les hurlements de son ami lui déchiraient les tripes. Enfin on coupa l'électricité.

— O.K., reprit Parise. Maintenant dis-moi comment vous avez retrouvé Montanez ?

Miguel gémissait comme un chiot, elle allait devenir folle.

— Son nom… son nom était sur la fiche d'internement, répondit Jana en détournant les yeux. Celle des parents… Les disparus.

Parise se tourna vers le général Ardiles, aux premières loges sur la chaise. Le visage émacié du militaire prit une teinte grisâtre. Il lui fit signe de poursuivre l'interrogatoire.

— Calderón a récupéré les squelettes ?

— Les têtes…

— Pour comparer l'ADN avec celui de Maria Campallo ?

— Oui. Oui.

Jana haletait, il lui fallait des réponses.

— D'où elle sort, cette fiche d'internement ?

— De l'ESMA.

— Je sais, grogna le chauve. Je te demande qui vous l'a donnée !

— La vieille, fit Jana dans un souffle. La blanchisseuse, elle avait gardé une copie.

Parise grimaça : la sorcière… Ils avaient pourtant fouillé sa boutique.

— Calderón, dit-il, c'est lui qui a l'original ?

— Non, juste une copie.

— Tu mens, *India de mierda*.

— Non ! Non ! supplia Jana.

— Qui a l'original ?!

— Diaz ! se souvint-elle. Franco Diaz !

Parise se tourna de nouveau vers le boss, qui répondit d'un rictus dubitatif — le nom lui était visiblement inconnu.

— Qui c'est, ce Diaz ? poursuivit le chef interrogateur.

— Le voisin d'Ossario. À Colonia. Il s'est enfui après l'attaque, dit-elle, les yeux pleins de larmes. C'est un ancien des services secrets. Un Argentin. Un retraité de la guerre des Malouines. Je ne le connais pas, ajouta-t-elle avec empressement, je ne l'ai jamais vu.

— Et Calderón ?

— Non plus. Il le cherche.

Le général Ardiles nota le nom de Diaz sur son carnet.

— Calderón cherchait à compromettre Campallo, mais Campallo est mort, reprit Parise. Qui sont ses prochaines cibles ?

— Je… je ne sais pas, répondit-elle, interloquée.

— Te fous pas de ma gueule, petite pute : le médecin accoucheur, l'aumônier, l'officier chargé de l'extraction, tout le monde figure sur la fiche d'internement !

La sculptrice le fixa, désemparée.

— Je ne sais pas…

— Tu mens.

— Non ! Non, putain ! se défendit Jana. Vous allez nous tuer de toute façon !

Le Toro jaugeait la lavette sur le madrier voisin : c'est vrai qu'il n'avait pas l'air d'aller très fort.

— Alors ?!

— La copie qu'on a récupérée est en mauvais état, comprit enfin Jana. Il manque des noms, au moins la moitié des noms ! La mère de Miguel a déchiré la fiche en petits morceaux : elle… elle mangeait du papier, ses cheveux, c'était sa manie, elle était malade, complètement cinglée, débita-t-elle. Calderón a récupéré des bouts du puzzle dans son estomac.

Un bref silence passa.

— Et tu imagines que je vais croire ces bobards ?! s'étrangla Parise.

Il fit signe au Picador, qui envoya les volts. Miguel poussa un cri de douleur aigu.

— Arrêtez, je vous en supplie. Arrêtez !

— Tu mens, sale petite pute ! s'égosilla Parise.

— Non !

— Tu mens !

Miguel hurlait mais Jana ne l'entendait plus : elle cracha au visage du géant, qui reçut le jet de salive sur la paupière.

Du poing, il lui cassa le nez.

— Doucement ! siffla Ardiles dans son dos.

La tête de Jana avait rebondi contre le madrier. La douleur lui brûlait le visage. Elle sentit le sang tiède couler sur son cou, les larmes affluer, tant qu'elle ne distinguait plus rien. Une chaleur infernale imprégnait la chambre, son corps dénudé, ses veines. Parise essuya le crachat du revers de la manche, jaugea l'Indienne écartelée, le visage en sang.

D'un signe, il informa le boss que la séance était terminée.

Le docteur Fillol, jusqu'alors silencieux, se précipita vers l'ancien officier interrogateur.

— Vous croyez ce qu'elle dit ? s'empressa-t-il. Que je n'apparais nulle part ?

Parise snoba le médecin.

— En fouillant dans le passé de Campallo, ils risquent de remonter jusqu'à vous, général, dit-il à l'intéressé. Il faut passer au plan B.

— Le monastère ?

— En attendant de voir comment le vent tourne, répondit le chef de la sécurité.

Leandro Ardiles resta quelques secondes indécis. Depuis la mort de sa femme, deux ans plus tôt, le vieil homme ne sortait plus guère de sa résidence sécurisée. À quoi bon ? Mais l'imminence du danger lui procurait des sensations oubliées : courage, devoir, abnégation. Devait-il fuir, comme le lui conseillait Parise ? On pouvait lui tomber dessus d'une heure à l'autre et, à quatre-vingts ans, le militaire avait passé l'âge de jouer la fille de l'air. Il fallait baliser le terrain, assurer les arrières.

— Et le frère Josef ? demanda-t-il.

— Commençons par sortir de ce guêpier, trancha Parise.

Le prêtre n'avait aucune raison de les trahir. Ardiles acquiesça, la mine sombre. Il avait confiance en Parise, devenu avec le temps beaucoup plus qu'un homme de main. Soit, ils partiraient au plus vite.

— Et moi ? s'enquit Fillol.

— Vous feriez bien de nous suivre, répondit le chef de la sécurité. Calderón et les Folles ont une copie du document : abîmé ou pas, ils peuvent le rendre public pour semer la polémique. Il faut partir, se mettre au vert. Le plus tôt sera le mieux.

— Mais... ma clinique, mes rendez-v...

— Vous préférez une assignation à résidence ?

Le directeur de clinique se tut. Pour lui aussi, tout allait trop vite. Parise entraîna les deux hommes hors de la pièce. Jana suivait la scène, tremblant de tout son corps. Miguel, lui, ne bougeait plus.

— Et eux ? lança le Picador en désignant les prisonniers.

Le géant eut à peine un regard.

— On s'en débarrasse, dit-il avant de refermer la porte de la chambre.

Le Toro jaugea le pantin sanglotant.

— Pour un type censé avoir le cœur faible, il tient le coup, le gigolo !

Le Picador disposa sa mallette de cuir sur la table, découvrant une demi-douzaine de banderilles et de lames de différentes tailles. Il choisit la plus épaisse, une pointe d'acier de plusieurs centimètres, et se posta au-dessus du travesti. Jana ne respirait plus. Le tortionnaire resta quelques secondes en suspens, concentré, immobile, la banderille pointée sur la colonne vertébrale du supplicié.

— Non, gémit Jana. Non...

Le malheureux ne tenait plus qu'à ses larmes, souillé de morve vermillon. La banderille se planta sous l'omoplate et perça le cœur. Miguel tressaillit sous le choc ; ses membres s'agitèrent dans un spasme nerveux, une dernière fois. Le coup de grâce.

Jana tremblait d'effroi sur la plaque de fer. Son nez cassé dégoulinait de sang, sa vision était trouble, les larmes comme des rasoirs sur ses joues. Miguel.

Un vent mauvais souffla sur elle. Le Toro souriait devant son corps nu.

— Calderón te baise, hein, petite pute…

— Ta sœur aussi ! siffla-t-elle à sa face de pourceau.

Le gros homme renifla en débouclant sa ceinture : pas besoin du Picador pour cette *India de mierda*. Il déboutonna son pantalon et libéra son sexe, comme un soulagement. Il était dur, brûlant, déjà énorme.

— Qu'est-ce tu fous ? lança son acolyte.

— Je vais me la faire avant, répondit le Toro.

Jana frémit devant le sexe monstrueux. Le Toro avait sodomisé des gens, par dizaines, des prisonniers mâles surtout — là il faisait un malheur. L'humour de caserne l'avait surnommé *el Toro* ; non pas tant pour son esprit fonceur que pour son sexe démesuré, un pénis épais, une bûche veinée affublée de testicules qui pendaient comme des oiseaux mort-nés sur ses cuisses grasses et poilues. Vingt-cinq centimètres, il avait mesuré, forcément. Avec ça, plus besoin de violer les opposants avec des épis de maïs comme le faisait la police de Rosas : le Toro avait ce qu'il fallait dans le pantalon. Un engin de mort. Il avait déchiré l'anus du petit trav' pour le faire parler, lui avait perforé les entrailles pendant qu'il criait grâce. Son adrénaline. Il se remplissait à vue d'œil.

Le Toro goûta la peur de l'Indienne prisonnière du madrier. Une joie huileuse irradiait son visage quand il colla son engin de mort entre ses jambes.

— Tu vas voir, susurra-t-il à son oreille. Toi aussi tu vas appeler ta mère…

12

Le Paraná naissait au Brésil, quatre mille kilomètres plus au nord. Charriant tout sur son passage, le fleuve nervurait le delta avant de déboucher sur le Río de la Plata, où il se perdait en mer.

Rhizome d'eau, de boue et de jungle, d'une surface presque aussi grande que l'Uruguay, le delta d'El Tigre comptait des centaines de canaux et autant d'îles habitées ou non, îlots parfois mouvants constitués par l'accumulation de végétation drainée au fil des courants. Aucun véhicule n'avait sa place dans la réserve écologique, sinon des bateaux à moteur ; ports, magasins de luxe, hôtels, résidences ou *bed and breakfast*, l'activité se concentrait autour de la ville d'El Tigre, mais il suffisait de naviguer quelques kilomètres pour que les habitations et les cabanes à louer se dispersent. La nature devenait alors luxuriante, sauvage, omniprésente.

Rubén scrutait la rive à l'arrière de l'embarcation, silencieux. Ils longèrent un bosquet de broussailles, dérangeant à peine les oiseaux qui nichaient là. Anita se tenait à l'avant, avec une carte détaillée de la région, Oswaldo à la barre.

Alertée par le remue-ménage au téléphone, Anita avait foncé jusqu'à Palermo et trouvé Rubén dans l'appartement de Jo Prat, hagard. Il y avait le cadavre d'un homme sur la terrasse des voisins, des gens affolés qui prévenaient les secours et le regard perdu de son ami d'enfance, prostré dans le salon. Il fixait les armes posées sur la table d'un air absent, réagissant à peine à son arrivée. Anita l'avait sorti de sa léthargie. Son précieux témoin avait été enlevé à son tour mais tout n'était pas perdu : Gianni Del Piro avait passé un coup de fil la veille au soir. D'après l'info qui venait de lui parvenir, le pilote se trouvait alors dans le delta d'El Tigre.

Oswaldo était venu les chercher au port de plaisance, où Rubén lui avait donné rendez-vous en urgence.

Vieil ami de son père, Oswaldo habitait une baraque vermoulue en pleine jungle : militant de l'ERP et grand amoureux des livres, Oswaldo s'était réfugié dans le delta dès les premières rafles en 1976, où il vivait depuis en ermite, s'adonnant à la pêche et à la peinture. Oswaldo gardait de l'époque une phobie de la ville et une haine farouche pour tout ce qui portait un uniforme... Le vieil homme pilotait le bateau à moteur d'une main sûre, sa barbe drue capturant les embruns soulevés par la coque. Rubén lui avait expliqué la situation sans lui donner de détails, Oswaldo n'en avait pas demandé : Daniel Calderón n'avait jamais vu aucune de ses toiles, son fils était pour lui une sorte de neveu et il connaissait la région comme sa poche.

L'appel de Del Piro avait été émis à une vingtaine de kilomètres à vol d'oiseau du port d'El Tigre. Il n'existait aucune ville sur la carte, qu'un simple relais télécom au cœur de nulle part. Le pilote avait dû appeler depuis une des îles éparpillées le long des canaux. Rubén broyait du noir entre les bidons d'eau et d'essence. Il avait commis une erreur en informant Isabel Campallo de la grossesse de sa fille. Elle l'avait répété à son mari qui, d'une manière ou d'une autre, en avait informé les tueurs. Ils avaient remonté la piste jusqu'à Jo Prat, découvert la planque. Jana. L'idée qu'ils puissent lui faire du mal le révulsait. Mourir ou devenir fou... Non, il ne pouvait pas vivre deux fois le même cauchemar. Encore moins à cet instant précis de sa vie...

Palmiers et bananiers se dressaient sur la rive. Son sac de voyage était calé sous le banc, au sec, rempli d'armes. Oswaldo naviguait à allure réduite sur la portion en zigzag du canal, évitant les arbres écroulés et les branches à fleur d'eau. Pas âme qui vive, sinon celle de millions d'insectes vrombissant au soleil.

— Normalement c'est la bonne direction, commenta Anita, penchée sur sa carte.

Oswaldo bougonna. Il n'aimait pas les flics, même blonde avec des gros seins. Le pollen et ses vaisseaux de pétales volaient dans l'air tandis qu'ils remontaient le courant. Une odeur de vase s'épanchait de l'eau trouble ; ils dépassèrent le ponton abandonné d'une maison coloniale en bois et torchis, quelques champs de pins et un saule vautré qui retenait les alluvions. Les dernières bicoques de tôle ondulée avaient disparu, au-delà ne s'étendaient plus que des kilomètres de jungle, inextricable.

Dérangé, un *urutaü*, sorte de hibou local, s'ébroua dans les branches. Quittant les méandres, Oswaldo fila droit devant et accéléra dans la lagune. La barque n'excédait pas quatre mètres, mais le moteur était puissant. Ils soulevèrent des gerbes d'eau sans faire fuir les oiseaux, rois du delta. Il y avait une île en face, semblable à des dizaines d'autres. Un éclat vif-argent brilla alors au soleil. Rubén prit la cible dans ses jumelles et sentit son cœur se gonfler : le reflet d'une carlingue. Un hydravion.

Il posa la main sur le bras d'Oswaldo pour qu'il ralentisse : *ils étaient là.*

Anita était fébrile à l'avant du canot.

— Tu crois qu'ils nous ont vus ?

Ils avaient fait une boucle pour passer au large de l'île et revenaient maintenant par le canal opposé. Rubén ne répondit pas. Il avait son arme chargée, les poches remplies de balles, une matraque, un couteau de combat, une pince, une bombe lacrymogène et une haine vieille de trente-cinq ans qui lui tordait l'estomac. Oswaldo les ramenait en cabotant à contre-courant, face au vent. Il faisait de plus en plus chaud à l'heure de midi. Rubén jeta un œil à son portable : il captait de nouveau. Le premier poste de police se trouvait loin de là, sur le fleuve Paraná.

— Appelle Ledesma, dit-il. Qu'il envoie une vedette de la brigade fluviale.

— Le Vieux ? fit Anita. O.K., mais… Putain, je lui dis quoi ?!

— Qu'on tient les assassins de Maria Campallo et de la blanchisseuse rue Perú. Dis-lui que je prends tout sur moi, et surtout qu'il se bouge le cul.

L'enquêtrice lui adressa une mimique depuis la proue du canot, croisa son regard glacé et composa le numéro du commissaire sur son portable. Après une vive discussion, Anita sut se montrer convaincante ; elle raccrocha bientôt, les cheveux balayés par la brise du bateau.

— C'est bon, dit-elle, il va alerter la brigade fluviale. Mais ça risque de chauffer pour toi si ça foire, ajouta-t-elle.

Rubén ne broncha pas. Les flics du delta ne seraient pas là avant trois quarts d'heure. Trop tard ? L'île se rapprochait sous les vaguelettes, cent mètres à peine. Une poule d'eau pédalait à quelques encablures, sereine dans le courant. Ils longèrent des amas de branchages échoués près de la rive, une végétation touffue aux lianes emmêlées : Oswaldo pilotait au ralenti, épiant les mouvements alentour.

L'hydravion aperçu plus tôt dans les jumelles clapotait de l'autre côté de l'île. Ils virent alors un terrain dégagé, des rondins de bois rangés sous les pins et, plus loin, au creux d'une petite crique abritée, la façade d'une maison rose. Rubén fit signe à Oswaldo d'accoster. L'ermite coupa le moteur. Anita se tenait prête, son arme de service chargée, guettant les ombres sous les branches. La barque racla bientôt l'amas de cailloux et de vase piqué de roseaux ; d'un bond, ils furent à terre.

— Cache le bateau et attends-nous ici, souffla Rubén. Et tiens-toi prêt à partir en vitesse…

— Ne t'en fais pas, fils.

Oswaldo leur adressa un clin d'œil rassurant et les regarda s'éloigner sous la futaie. Anita suivit Rubén à l'ombre des pins, de plus en plus anxieuse. Il avançait en courbant l'échine, sans un bruit, et s'agenouilla brusquement à l'abri d'un fourré. Il y avait deux gardes sur la terrasse de la maison, un hors-bord accosté au ponton, et un autre guetteur sous les pins, à une vingtaine de mètres. Un type avec une minerve, derrière les rondins de bois, assis sur un transat. Rubén l'avait croisé à Colonia…

— On ferait peut-être mieux d'attendre l'arrivée de la police, chuchota Anita à ses côtés.

Rubén secoua la tête. Dans une heure Jana serait morte. Torturée, violée, la peau décollée à l'électricité, ses bouts d'amour éparpillés. Elle était peut-être déjà morte.

— Attends-moi là, dit-il tout bas.

Oscar Frei s'escrimait contre les moustiques, vissé sur son siège de jardin, une arme automatique sous l'aisselle. Il ne vit pas l'ombre qui rampait jusqu'à la pile de bûches. Le garde sentit une présence dans son dos mais, engoncé dans sa minerve et son transat, se retourna trop tard : la matraque percuta violemment sa tempe. Une main se plaqua sur sa bouche tandis qu'il vacillait. Frei bascula du fauteuil, la tête pleine d'étoiles, au moment où on le tirait vers les rondins. L'homme voulut se redresser, mais la pointe effilée d'un couteau se ficha sous sa paupière, entaillant la peau fine.

— Un geste, un mot plus haut que l'autre et je te crève l'œil et ta putain de cervelle…

Allongé sur son corps cotonneux, Calderón le fixait avec des yeux de dingue.

— Ils sont combien à l'intérieur ? murmura-t-il, tout près de son visage.

La pointe du couteau perçait sa paupière inférieure. Sur la terrasse, Pina et Gomez n'avaient rien vu.

— Une douzaine, répondit Frei, cloué à terre. Je sais pas exactement…

— Tous armés ?

— Non… Y a un civil… Un médecin.

— L'Indienne est là ?

Frei fit signe que oui.

— Elle est où ? Dans quelle pièce ?

— Je sais pas… Je suis de garde… J'ai rien vu.

Rubén redressa la tête, évalua rapidement la topographie du lieu. Les deux types gobaient les mouches sur la terrasse, qu'on devinait à peine sous les branches. C'était une vieille maison en bois peint montée sur pilotis, flanquée de hautes fenêtres vitrées. L'une d'elles avait les rideaux tirés. Frei fit l'erreur de croire que Calderón était distrait : il saisit le poignet du détective, bien décidé à rouler avec lui sur le tapis d'épines, mais la lame s'enfonça aussitôt. Un coup brusque, porté avec le poids du corps. Frei gémit dans la main de Rubén, crispée sur sa bouche pour étouffer ses râles. L'acier glissa sous son œil comme dans du beurre, déversant un flot rouge et continu, avant d'atteindre le cerveau. L'homme émit un dernier soubresaut et expira.

Rubén respirait par saccades. Il essuya grossièrement la lame sur la veste du mort, laissa le corps derrière les rondins et rampa vers Anita, l'adrénaline en phase combustion : des cris affreux perçaient depuis la maison.

La blonde guettait son retour sous les feuillages.

— Alors ?

— Ils sont une douzaine. Tu vas passer par-derrière, annonça-t-il. Contourne la maison par la jungle et tiens-toi prête. Tu as combien de chargeurs ?

— Trois, répondit-elle.

— O.K. Dès que tu entends les premiers coups de feu, tu les prends à revers et tu tires dans le tas.

Anita grimaça sous les frondaisons.

— C'est ça, ton plan ?

— Ils sont en train de la torturer, feula Rubén. Fais diversion, je m'occupe du reste.

Son visage était pâle à l'ombre des branches, ses yeux d'un vide cosmique.

— Tu ne voudrais pas m'embrasser avant que je meure ? demanda Anita.

— Tu ne mourras pas.

— Au cas où.

Elle sourit de toutes ses forces mais ses mains tremblaient. Rubén déposa un baiser sur ses lèvres.

— Tu ne mourras pas, O.K. ?

— O.K. Et s'ils te descendent ?

Il haussa les sourcils.

— Alors on aura tout raté…

La blonde au visage asymétrique souffla sur sa frange. Le stress lui ramollissait les muscles, son uniforme était trempé de sueur. Rubén regarda sa montre.

— Tu as cinq minutes, *querida*.

Anita chassa la peur qui la tétanisait, eut un dernier regard pour l'homme qu'elle aimait et, sans un mot de plus, fila à couvert.

Rubén approcha à pas de loup. Les gardes semblaient discuter sur la terrasse ombragée. Les pins étaient trop distants de la maison pour espérer se cacher derrière les troncs ou les fourrés. Anita aurait plus de chances à revers — la jungle s'étendait probablement jusqu'à l'autre rive, où attendait l'hydravion. Trois minutes s'étaient écoulées. Un nouveau cri perça depuis l'aile gauche de la maison, supplantant le bourdonnement des insectes ; Rubén serra plus fort la crosse du revolver. Au moins dix hommes armés : attaquer la maison en plein jour, c'était de la folie.

Assis sur une chaise de jardin, Gomez regardait passer les branches mortes, un pistolet-mitrailleur sur les genoux. Les cris dans la chambre avaient cessé — les prisonniers n'étaient pas à la fête. Pina partit écouter la radio à l'intérieur. Ils s'adressaient des signes à travers la porte vitrée — ouais, vivement qu'ils se taillent de ce maudit nid à moustiques... Gomez recula sur son pliant quand des éclats de bois explosèrent à quelques centimètres de sa tête. Une détonation, qui venait de la gauche. Il bondit, braqua son automatique en refluant vers la maison — putain, on leur tirait dessus ! — et reçut l'impact en pleine poitrine.

Pina arrosa le jardin en donnant l'alerte. D'autres détonations claquèrent alors, de l'autre côté de la maison. Ils étaient pris entre deux feux. Parise surgit le premier dans la cuisine et lança des ordres brefs à ses hommes qui se ruaient hors de la chambre.

— Magnez-vous, nom de Dieu !

Le Picador et le Toro se postèrent aux fenêtres, tirèrent quelques coups au jugé pendant que Parise évacuait le général vers la salle de bains. Le Toro jurait dans sa barbe, accroupi sous la vitre — même pas eu le temps de s'enfiler l'Indienne : il l'avait laissée la chatte à l'air et lui débandait à peine. Etcheverry passa un œil par la lucarne du vestibule, aperçut la silhouette d'une flic à une dizaine de mètres, calée derrière le chêne qui bordait la maison : les balles qu'elle tirait traversaient les vitres et la porte, fusaient en sifflant dans la cuisine. Trajectoire mortelle. Pina gémit de douleur et s'arc-bouta sur sa cuisse, d'où giclait un sang vermeil. Parise évalua la situation. La flic allait les descendre comme des lapins s'ils sortaient par l'arrière. Il fallait tenter une contre-attaque côté est. Etcheverry courba l'échine et adressa un signe au chauve qui envoyait des rafales au petit bonheur, la carcasse arc-boutée sous la fenêtre. Les coups de feu de la flic cessèrent un instant. Parise s'ébroua. Elle était en train de recharger.

— *Vamos !* cria-t-il à ses hommes. *Vamos !*

Le Toro et son compère jaillirent par la porte qui donnait sur le jardin. Ils allaient labourer le grand chêne au pistolet-mitrailleur quand une vision les stoppa net. La flic se tenait genoux à terre, les mains derrière la nuque, le Glock de Del Piro vissé sur ses cheveux blonds. Le pilote l'avait prise à revers…

Rubén avait couru vers l'aile ouest de la maison dès le début de la fusillade. Il atteignit la porte-fenêtre sans essuyer de tir, fit sauter la serrure d'un coup de pied, envoya balader tringles et rideaux, et braqua le Colt sur la pièce, le cerveau chauffé à blanc. Il vit d'abord le cadavre de Miguel, une étrange banderille fichée dans le dos, puis Jana, écartelée sur le madrier. Elle était nue, le visage barbouillé de sang, vivante.

— Rubén…

Le nez était cassé, son corps poisseux mais elle vivait : il dégaina son couteau, le revolver pointé vers la porte entrouverte, plongea la lame sur les liens qui l'entravaient sans cesser de surveiller le couloir, quatre coups rageurs qui la libérèrent. Les détonations avaient cessé dans les pièces voisines ;

Rubén saisit Jana comme un bouquet de peur, la hissa sur ses pieds.

— Tu peux courir ?

Ses membres étaient ankylosés, Jana tenait à peine debout.

— Oui… Oui.

Ils tremblaient tous les deux.

— Va-t'en, souffla-t-il. Va-t'en vite.

Leurs cœurs battaient comme au bout d'un canon. Une tête apparut dans le couloir, à l'angle du mur qui donnait sur la chambre de torture, le docteur Fillol, visiblement déboussolé par la fusillade.

— Attention ! hurla une voix dans son dos.

Fillol porta aussitôt la main à sa bouche, mais il n'avait plus de bouche ; la moitié de la mâchoire inférieure avait été emportée par la balle du Colt, pulvérisant molaires et incisives. Le doigt sur la détente, Rubén poussa Jana vers la porte éventrée.

— Il y a un bateau à trois cents mètres, sur la rive, lui lança-t-il fiévreusement. Fonce, je te rejoins.

Jana était nue, sans arme, un filet de sang s'échappant de son nez blessé. Rubén ramassa son treillis à terre, son tee-shirt, et les colla entre ses mains.

— Putain, Jana, CASSE-TOI !

Une balle fusa près d'eux, qui perfora le bois du madrier. La Mapuche croisa une dernière fois son regard électrique, et détala à travers les rideaux qu'un courant d'air soulevait. Rubén tira trois balles vers le couloir pour couvrir sa fuite, vit Jana courir comme un cabri entre les pins, reprit espoir. Une odeur de poudre volait dans la pièce. Il recula sur les débris de verre, s'apprêtait à foncer à son tour vers le jardin mais un cri de femme l'arrêta.

— Rubén ! Rubén !

C'était la voix d'Anita.

— Lâche ton arme ! tonna une voix depuis le couloir. Lâche ton arme ou je la bute !

Les tueurs l'avaient prise en otage. Le détective pesta dans sa barbe, la main crispée sur le Colt .45. L'un d'eux chercherait à parlementer pendant que les autres contourneraient la maison. Plus de couverture, plus de fuite possible, ce n'était qu'une question de secondes.

— Lâche ton arme ou je la flingue ! réitéra la voix.

Etcheverry apparut à l'angle du couloir, protégé par son bouclier humain : Anita levait les bras, terrorisée, le canon d'un Glock contre la tempe.

— Je lui fais sauter la tête ! menaça Etcheverry. (Il avança d'un mètre, le pistolet toujours vissé sur son crâne.) Lâche ton arme, tu entends, Calderón !

Le tueur dépassait Anita d'une demi-tête. Les autres se terraient derrière le mur, près de la salle de bains. Rubén serra son calibre — trop tard pour déguerpir, il entendait des pas se rapprocher dans son dos, au moins deux hommes qui bloquaient maintenant toute retraite. Il bondit vers le couloir, croisa dans une fraction de seconde le regard apeuré de son amie d'enfance, et lui tira dessus à bout portant.

Touchée de plein fouet, Anita recula contre Etcheverry, le doigt encore posé sur la queue de détente. Seconde fatale pour regards frontaux. La balle de .45 avait perforé l'épaule de la blonde avant de ressortir au-dessus de l'omoplate et de continuer sa course meurtrière : Etcheverry reçut l'acier en plein cœur. Un rictus de surprise traversa son visage ; il eut un dernier soupir tandis que la flic s'écroulait à ses pieds, et glissa avec elle contre le mur du couloir. Accourant à revers, Parise fit feu depuis les débris de la porte-fenêtre. Rubén sauta par-dessus les corps à terre, se jeta contre le mur opposé et vida son chargeur sur les cibles mouvantes : Fillol, qui titubait à hauteur de la cuisine en tenant les restes de sa mâchoire, fut projeté contre l'évier. Le garde du corps d'Ardiles, l'estomac transpercé, arrosa le parquet de son fusil-mitrailleur. Des esquilles giclèrent dans un nuage de poudre ; plaqué contre le mur de la salle de bains, Pina traînait la jambe — la flic l'avait touché un peu plus tôt. Rubén fit feu au milieu du chaos : la dernière balle du .45 fracassa l'arcade sourcilière du tueur. L'adrénaline brûlait dans ses veines. Rubén se redressa, tira son couteau et sentit le danger sur sa gauche. Il chercha l'ennemi en un éclair, le repéra à dix heures et planta la lame dans le même mouvement. Le général Ardiles guettait près de la salle de bains, un Browning à la main : l'acier s'enfonça dans son bras jusqu'à l'os.

Rubén ressortait la lame, les yeux luisant de haine, quand une décharge de cinquante mille volts l'électrisa.

13

Le Taser XREP pouvait propulser des petites cartouches à effet paralysant jusqu'à cinquante mètres. À bout portant, l'arrêt cardiaque était possible : Calderón avait le cœur solide. Il se convulsait sur le sol jonché de cadavres, le cerveau grillé par le choc électrique. Parise renifla, arme au poing. Del Piro avançait vers lui, comme sur un terrain de mines.

— Rattrape la fille, lança-t-il au pilote. Liquide-la et retrouve-nous à l'hydravion. Le Toro, tu sécurises la zone. Toi, fit-il en se tournant vers son compère, occupe-toi de Calderón et tires-en le maximum. Tu as dix minutes. Je m'occupe du général.

— O.K., chef !

L'odeur de poudre retombait dans la maison. Les semelles des tueurs craquèrent sur les éclats de verre et les douilles répandues là. Le Picador traîna le corps tétanisé de Calderón vers la chambre tandis que Parise évaluait les dégâts. Six corps gisaient à terre, un sur la terrasse, quatre dans le couloir, un autre dans la cuisine. Morts, ou agonisants. Des giclées de sang et des bouts de chair mouchetaient un angle de porte et les murs, troués d'impacts de balles. Etcheverry ne bougeait plus, affalé contre la cloison de bois. La flic qui accompagnait Calderón, en revanche, respirait toujours : elle gémissait au milieu du couloir, à demi inconsciente, un trou noir au-dessus du cœur. Parise éloigna les armes sur le sol, enjamba les corps et vint au chevet du boss. Ardiles se tenait accroupi dans l'embrasure de la salle de bains, pâle comme un linge.

— Ça va aller, général ?

Il avait une méchante plaie à l'avant-bras, qu'il serrait contre lui comme pour le protéger.

— Non, dit-il, les yeux injectés de sang. Non…

La lame avait fissuré l'os. Parise passa sa main sur son visage en nage, rangea son Taser. Ardiles perdait du sang, son ami médecin faisait des bulles devant l'évier de la cuisine, la mâchoire démanchée parmi les débris de verre.

— Je vais colmater ça, dit-il.

Parise fouilla dans la pharmacie de la salle de bains, trouva compresses et désinfectants. Parer au plus pressé, se débarrasser des corps, prendre la fuite avant qu'on leur tombe dessus. Calderón les avait pistés jusqu'à la maison du delta, une flic était sur le coup, il y en avait peut-être d'autres. Il faudrait jeter les cadavres dans le courant, peut-être mettre le feu à la baraque. L'hydravion était sur l'autre rive, à cinq minutes de marche… Le vieux général grimaçait tandis qu'il nettoyait la plaie.

— Vous allez rejoindre l'appareil au plus vite, monsieur, annonça Parise en déballant les compresses. Il ne faut pas rester là.

L'entaille était nette. Le sang coulait toujours et le vieillard donnait des signes de faiblesse.

— Vous allez tenir le coup ?

— Oui… Oui.

— Il va falloir vous recoudre. On verra ça au monastère, pas avant je le crains.

— Où est le docteur Fillol ? réalisa Ardiles.

— Désolé, monsieur, il a été tué dans la fusillade.

Parise posa une compresse sur la plaie, la fixa autour du bras avec de l'adhésif. Ardiles serra les dents, ne pensant plus qu'à quitter cette maison. Le Toro revint alors de son inspection, le costume couvert d'épines et de pollen.

— Je suis tombé sur un vieux planqué dans une barque, un peu plus loin sur la rive ! lança-t-il comme au rapport. C'est lui qu'a trimballé Calderón et la flic. Le vieux m'a dit qu'ils étaient seuls, ajouta le gros homme en reprenant son souffle. S'il y avait d'autres flics, ils seraient là !

— O.K. Et le type dans la barque ?

— Aux poissons.

Parise saisit le coude valide du boss pour l'aider à se relever.

— O.K., dit-il. Va voir où en est ton binôme pendant que j'amène le général à l'hydravion. Faites cracher ce qu'il sait à Calderón et tuez-le. On se retrouve au ponton dans dix minutes. Exécution !

Le Toro opina machinalement, enjamba le cadavre d'Etcheverry et disparut vers la chambre. Parise soutenait Ardiles, le polo rose imbibé de sang.

— Vous pouvez marcher ?

— Oui, s'agaça le militaire.

— Dans ce cas, allez-y, je vous rejoins.

Il laissa le général déambuler parmi les morts, vérifia le chargeur de son Glock et se tourna vers la blonde à terre.

Anita reprenait connaissance après le chaos de la

fusillade. La balle de Rubén l'avait traversée sans toucher d'organe vital, mais une douleur vive irradiait son épaule. Le couloir où elle gisait puait l'hémoglobine, la poudre, et un grand froid s'immisçait dans son corps engourdi. Elle tenta de se redresser mais le choc hydrostatique l'avait clouée au sol. Elle frémit en voyant le géant chauve approcher. Une sale gueule et une impression de vide qui la poussèrent à agir. Anita étendit son bras droit en quête d'une arme, mais ne trouva que sang et poussière... Parise jaugea brièvement la blonde répandue à ses pieds.

— Les flics arrivent, souffla-t-elle pour l'éloigner.

— C'est pas eux qui vont te sauver, ma vieille, dit-il en relevant le chien.

L'inspectrice eut un réflexe de défense, en vain : le canon du Glock visait la tête.

— Sale con, le maudit-elle entre ses dents.

Anita n'eut pas de dernière pensée pour Rubén, prisonnier dans la chambre voisine, ni pour son chat qui l'attendait ou les hommes qu'elle avait aimés : Parise lui logea une balle en plein visage.

Anita expira au milieu du couloir, les yeux grands ouverts.

*

Des douilles parsemaient le parquet vermoulu de la chambre de torture. La porte-fenêtre était à demi fracassée, les rideaux voletaient dans les courants d'air, laissant filtrer la lumière du soleil.

Le Picador avait attaché Calderón au madrier, dans la même position que le trav', poupée sanglante qui gisait à deux pas de là.

— Tu te réveilles, Cendrillon ? fit l'ignare.

Rubén reprenait ses esprits, le ventre accolé à la plaque de fer. La peur le saisit aussitôt : une peur d'enfant, qui lui revenait de l'enfer. De l'ESMA, *el Turco* et les autres. Il ne savait pas si Jana avait réussi à s'échapper, s'ils l'avaient tuée, où était Anita : ses muscles étaient douloureux après le choc électrique, des liens l'entravaient et un type au visage émacié fouillait dans une mallette, posée sur la table voisine. Il vit la *picana* et sa gorge se serra.

Le Toro entra alors dans la pièce, le front perlé de sueur après sa course autour de la maison.

— On a dix minutes ! annonça-t-il.

Le Picador triait ses ustensiles, un œil sur sa future victime — un dur à cuire, hein ?... Il choisit une banderille pendant que son acolyte déchirait la chemise du prisonnier, une pointe de petite taille d'abord, pour le mettre en condition. Il prit position au-dessus du dos nu, se concentra sur les muscles qui saillaient sous les petits os, choisit le point d'impact. Rubén tira sur ses liens, un effort désespéré, inutile : d'une flexion, le tueur enfonça la banderille dans sa colonne vertébrale. La douleur, fulgurante, lui coupa le souffle. La pointe aiguisée s'était fichée entre deux vertèbres, le clouant littéralement à la plaque de fer. Rubén happa l'air, le cerveau en panique, mais la vie semblait s'enfuir.

— Alors, dandy de mes deux, on fait moins le malin, se réjouit le Toro.

Rubén sentit son haleine fétide, comme un relent d'abattoir.

— Tu vas nous dire tout ce que tu sais, professa-t-il, et plus vite que ça. D'où tu sors le document sur Campallo ? Hein ?

— Va… te faire foutre.

— Ha, ha, ha !

Le Picador appliqua les pinces de la *picana* aux oreilles du détective. L'engin était rudimentaire, une dynamo électrique manuelle avec générateur portatif, mais les dégâts causés aux parties rattachées étaient irrémédiables. Le Toro jubilait : Calderón était là, épinglé comme un papillon sur la plaque.

— On va voir ce que tu as dans le ventre, mon mignon…

*

Jana avait décampé sans penser à autre chose que courir. Elle avait vu ce qu'ils avaient fait à Miguel, ce que le Toro lui aurait fait si Rubén ne l'avait pas tirée de là. Elle courait droit devant mais le monde hurlait autour d'elle. La Mapuche ne sentait pas les entailles sous ses pieds, ni le sang qui coulait de son nez blessé, ni les branches qui la cinglaient : la corne était épaisse et la peur la rendait véloce.

Elle s'était jetée à corps perdu dans la jungle, serrant ses vêtements entre ses bras. Des coups de feu avaient retenti dans son dos, une brève fusillade, elle ne savait pas ce qui s'était passé, s'il s'était échappé lui aussi — Rubén, Rubén, son cœur cognait comme un oiseau contre des vitres. Il était resté en arrière, dans la maison de cauchemar. Elle brassait la mêlée de plantes grasses et de ronces qui s'accrochait à sa peau, le sang gouttait dans son cou, sur son torse, et puis l'angoisse, les pensées sauvages qui la traversaient, l'asphyxiaient, Jana fonçait droit devant mais ses poumons manquaient d'air. Elle s'arrêta, à bout de souffle, enfila son tee-shirt et son treillis. Les oiseaux s'étaient tus, son pouls battait contre ses tempes. Son corps entier ruisselait. Elle tourna la tête dans toutes les directions, perdue. Il faisait sombre sous le toit de verdure, elle ne savait pas où se situait le canal, si elle était dans la bonne direction. Vite, se ressaisir. Une barque le long du rivage, avait dit Rubén : cela laissait supposer qu'elle se trouvait sur une île. La Mapuche eut à peine le temps d'essuyer le sang tiède qui coulait sur sa bouche : des bruits de machette se firent entendre, supplantant le bourdonnement des insectes. Quelqu'un la pistait. Quelqu'un qui ne pouvait pas être Rubén… Jana serra les dents et fila sur sa gauche.

Les lianes et les branches griffaient sa peau, les racines la faisaient trébucher, elle bondissait pourtant sur le terrain accidenté, échappait aux pièges dressés pour la perdre. Elle étouffa un cri en traversant un mur de ronces, aplatit des nids de fougères, la corne de ses pieds comme des semelles de sang, trébucha encore, se rattrapa aux branches, puis soudain le paysage se transforma.

Quelques pins géants bordaient la rive, inondée de soleil. Jana ventila ses poumons au supplice. Les épines des pins étaient plus douces sous ses pieds meurtris, des oiseaux noirs rasaient l'horizon mais le monde était toujours hostile. Le sang coulait toujours à gros bouillons de son nez cassé, et les coups de machette se rapprochaient à l'orée du bois. Ajoncs et nénuphars se poussaient des coudes le long du rivage ; Jana courut vers le champ de fleurs aquatiques et les roseaux qui ballaient mollement. L'eau, couleur terre, s'échouait à petites vaguelettes sur le bout de plage. La Mapuche escalada un petit rocher, se glissa dans l'eau fraîche et, sans bruit, se cacha entre les roseaux…

Del Piro s'extirpait de la jungle, le coupe-coupe à la main. Des gouttes de sang égrainaient le parcours de la fugitive, jusqu'à ce terrain découvert clairsemé de grands pins. Aucune silhouette en vue : la piste était pourtant fraîche. Del Piro marcha vers le rivage, la joue couverte de griffures, repoussa le talkie-walkie pour caler la machette à sa ceinture et saisit son Glock : l'Indienne était là, quelque part…

— Tu te caches où, petite pute ? murmura-t-il dans le vide.

Del Piro serra la crosse dans sa paume moite, les sens aux aguets, ne capta que le clapotis des vaguelettes. Quelques cris d'oiseaux au loin dérangèrent le silence : il scruta la surface de l'eau à la recherche d'une tête qui émergerait, mais le canal était lisse, sans écume… Le pilote approcha des roseaux, le doigt sur la détente — oui, la fugitive était là, quelque part…

Jana s'était laissée couler à pic ; l'eau trouble et les nénuphars la protégeraient mais, en apnée, elle ne tiendrait pas plus de deux minutes. Les pas du tueur stoppèrent devant le lit de vase. Les lentilles ondulaient à la surface. Del Piro observa le petit champ d'ajoncs, l'eau brune qui courait jusqu'à ses chaussures. Les roseaux pliaient doucement sous la brise, le soleil brillait dans le ciel limpide : l'homme se pencha, intrigué par le mince filet coloré qui s'écoulait des ajoncs. Un petit nuage rouge qui, emporté par le courant, se dissolvait dans l'eau saumâtre… Il sourit : l'Indienne était là, qui pissait le sang.

Le pilote braqua le Glock vers les nénuphars, bang bang, quand le talkie-walkie à sa ceinture se mit à crachoter.

— Del Piro, putain, ramène-toi ! gueulait Parise. Vite !

Jana ne voyait rien : la boue et la peur brouillaient ses circuits, les sons lui parvenaient déformés. Depuis combien de temps était-elle immergée ? Une, deux minutes ? Elle n'avait plus de souffle, d'autonomie, qu'une douleur écrasante dans la cage thoracique. On allait la couper en deux. Les poumons à l'agonie, Jana remonta à la surface, prête à mourir.

La lumière du soleil l'aveugla une seconde ; elle aperçut la rive déserte, les rochers, mais plus l'homme lancé à ses trousses. Il avait disparu. La Mapuche resta un moment immobile, n'osant sortir des roseaux. Une rumeur perça bientôt à ses oreilles. Une plainte lancinante qui traversait la jungle : la sirène de la brigade fluviale.

*

Jana trembla durant tout le chemin. Ses pieds étaient écorchés, ses bras, ses mains, le sang gouttait de son nez fracturé, elle longeait le rivage qui la ramenait vers la maison, dégoulinant de vase, de stress : où était Rubén ? Elle n'avait pas vu l'hydravion décoller plus tôt, juste entendu le grondement des moteurs quand il s'était enfui dans le ciel. Le soleil filtrait à travers les branches. Elle découvrit l'embarcation dont parlait Rubén, cachée sous le ventre d'un grand saule ; le sac de cuir qui avait appartenu à son père était glissé sous le siège. Elle se tourna vers les bois.

— Rubén ?

Pas de réponse. La maison n'était plus très loin. Bloquée par un bosquet d'épineux, elle coupa vers la jungle, moins dense à mesure qu'elle approchait. Les voix bientôt se firent plus distinctes : la Mapuche s'accroupit derrière les fourrés, à quarante mètres à peine de la maison, observa la scène, un goût de terre dans la bouche… Les flics avaient investi les lieux, certains revêtus de gilets pare-balles. Deux civils s'affairaient autour des cadavres. Ils étaient une demi-douzaine, alignés sur le sol. Jana frémit sous les branches : il flottait là comme une odeur d'épouvante. Elle scruta fiévreusement l'étalage de morts, ombre noire sous les frondaisons, mais aucun des hommes qui gisaient là ne ressemblait à Rubén. Des agents de police échangeaient quelques mots indistincts devant la vedette à coque grise amarrée contre le ponton. L'un d'eux, jusqu'alors accroupi, se releva avant de se diriger vers celui qui semblait être son supérieur. Jana aperçut alors les deux corps à terre, à l'écart : une blonde en uniforme de police, le visage dévasté, et Rubén, lui aussi inerte, qui baignait dans son sang. Il était torse nu, allongé sur le ventre, les bras ramenés le long des jambes, deux banderilles encore plantées dans le dos…

Jana reflua sous les branches, sourde au monde.

Elle marcha en automate, un temps à jamais indéterminé, hagarde, et attendit de se perdre dans la jungle pour hurler.

TROISIÈME PARTIE

KULAN – LA FEMME TERRIBLE

1

Le temps était passé, déformé — le temps mapuche, qui compte les secondes en heures et le jour à l'aube. Les esprits flottaient mais Jana ne les reconnaissait pas — pas encore.

Elle avait attendu le départ des flics avant de retrouver la barque sur la rive, cachée sous les branches du grand saule. La police et ses supplétifs repartis, l'île du delta était de nouveau livrée au chaos de la nature. Jana avait disparu dans le décor. Son nez avait doublé de volume mais elle n'y pensait pas — elle ne pensait plus. Son cerveau imprimait des images, des gestes sans but, mus par une force extérieure, une forme d'entêtement à vivre qu'elle devait peut-être à ses ancêtres. Le trajet par les méandres des canaux jusqu'à la civilisation, les bateaux-taxis croisés à l'abord d'El Tigre, la barque à moteur abandonnée près du port, le détour vers la station de chemin de fer, son allure effrayante, pieds nus, écorchée, la traînée de morve rougeâtre qui poissait son tee-shirt, son visage tuméfié cerné d'horreur qui faisaient reculer les passants, le train de banlieue qui l'avait ramenée à Buenos

Aires, le *colectivo* : tout restait flou, vu par les yeux d'un autre moribond.

Jana était arrivée à la friche de Retiro avant la nuit, à bout de forces. Le malheur l'avait réduite à l'état sauvage. Elle resta prostrée sous les voûtes de l'atelier, fomentant des petites billes nucléaires qui lui ressortaient du cœur, syndrome chinois. Mourir ou devenir fou. Maintenant la nuit tombait, et à l'effroi succédait le désarroi. La sculpture de fer et de béton au milieu de l'atelier, ses bricolages, ses esquisses, ses rebuts, plus rien ne ressemblait à rien. Plus rien ne valait rien, comme si sa vie entière n'avait jamais existé. Elle était là pourtant, mapuche depuis la nuit des temps, et les monstres qu'elle croyait bannir par sa seule volonté étaient revenus par la porte des Morts. Ils n'avaient jamais quitté terre : ils rampaient au plus juste, s'enfonçaient dans les plaies les plus fraîches, jouissant du mal ou s'en arrangeant, empreinte de l'âme humaine foulée par des dieux sans tête.

Les heures passaient, du temps soustrait, qu'on vous ôterait plus tard, au moment des comptes. La torture de celui qui assiste impuissant au supplice de l'autre, des pensées sauvages, comme dans le cahier qu'il lui avait fait lire dans les Andes… Quel sens donner à ça ? Comment y survivre — fallait-il seulement y survivre ? Rubén s'était sacrifié pour elle, à la façon chrétienne qu'elle maudissait.

Ce soir, c'est elle qu'on torturait, toutes tripes dehors.

Le vent soufflait sur les structures métalliques du hangar, vague écho du réel. Une force maléfique œuvrait dans l'ombre, un saboteur de rêves, comme s'ils devaient payer pour quelque chose, un monstre cruel et obscène qui avait tué son amour par les mains des mêmes bourreaux qui avaient massacré son père et sa sœur, trente-cinq ans plus tôt… Non, tout cela n'avait pas de sens. Jana n'avait pas quitté sa communauté, tout enduré durant la crise et les années qui avaient suivi pour échouer là… Une colère noire l'envahit lentement. C'était fini les baisers à l'aube dans la cour, les petites étoiles myosotis, sa main chaude sur ses fesses, ces milliers de caresses pour consoler le monde. Prémonition, présage d'une fin imminente ? Jana ne savait pas pourquoi elle avait fui plutôt que de se livrer à la police. Elle avait agi sous le choc, par instinct, repoussée vers la jungle par la vision d'horreur, qui l'avait engloutie mieux que la végétation. Un bout de son âme était resté avec Rubén, dans le delta : un bout d'âme bleue. Elle avait pris une douche en arrivant mais elle se sentait toujours souillée. La peur qu'elle avait ressentie dans la chambre ne ressemblait à rien de connu. Jana sentait encore l'odeur du pourceau quand il avait voulu la violer, l'after-shave du géant chauve qui l'interrogeait, ses yeux d'aigle en chute libre au-dessus d'elle, prisonnière du madrier. Elle se remémorait la scène. L'agonie de Miguel, presque surréelle. Le vieux qui assistait à la séance de torture, celui qu'ils appelaient « général ». Ça devait être lui, le fameux commanditaire, un des répresseurs qui figuraient sur la fiche originale. Quelle importance ?

Un nom lui revint alors, un nom que les événements avaient refoulé : le frère Josef… À la fin de son interrogatoire, le général avait demandé à ses sbires ce qu'il fallait faire du frère Josef. Le prêtre dont la mère de Miguel lui rebattait les oreilles, il ne pouvait s'agir que du même homme. Ils avaient aussi parlé d'un monastère, un plan B, le temps « que le vent tourne »...

Une pluie tropicale picorait le toit de l'atelier.

Les billes de plomb fondaient toujours dans sa gorge mais Jana ne pleurait plus. Elle l'avait trop fait, son chagrin s'était tari. Tristesse, impuissance, désespoir, les Mapuche s'étaient toujours battus, jusqu'au bout. Jana Wenchwn était une *welfache*, une guerrière, depuis le jour où les carabiniers avaient fracassé la porte de la maison. Elle ne se tuerait pas sans combattre...

Caupolicán, le cacique mapuche en guerre contre l'Espagne, avait été cruellement torturé sur la place publique de Cañete : on l'avait mis en pièces des heures durant, sans qu'il prononçât la moindre plainte. Leurs ennemis les appelaient les Araucan, « ceux qui ont la rage » : Jana avait ce sang-là dans les veines.

Aujourd'hui elle n'éprouvait plus rien. Qu'une haine sans borne : une haine sans horizon.

2

Le sommeil fuyait. Il avait beau se retourner comme une carpe dans le lit de la mansarde, chaque pensée remontait à la surface, le plongeant dans des insomnies dont nulle prière ne venait à bout. N'avait-il fait que son devoir ? Le frère Josef officiait à l'*Immaculada Concepción de Maria*, l'église où Rosa la mystique venait vomir sa folie et son fiel, à quelques *cuadras* de la blanchisserie. Avait-il bien fait d'avertir sa hiérarchie ? Le frère Josef ne pensait pas que les choses iraient jusque-là. Il détestait la violence, la vue du sang lui répugnait ; son monde était celui des livres saints et des conseils avisés aux âmes tourmentées qui venaient s'absoudre auprès de lui. À rebours, il se disait qu'il avait posé un mouchoir sur les conséquences de ses actes, comme si l'accomplissement de son devoir le dispenserait de rendre des comptes. Mais des hommes étaient venus le trouver, et avaient fait de lui le complice d'un meurtre. Depuis ce soir maudit dans l'arrière-boutique, le doute taraudait le frère Josef, au point d'en perdre le sommeil. À qui en référer, sinon à l'Éternel ? L'écouterait-il seulement ? Et puis il croyait quoi au juste, que les choses se régleraient comme ça, par enchantement ?

La rue était déserte à cette heure matinale. Le prêtre se sentait seul avec ses doutes, plus seul qu'il ne l'avait jamais été. Les pieds nus comprimés dans des sandales en cuir, il marchait tête basse sur le trottoir qui menait à son église, plongé dans des abîmes de réflexions. Une voiture à la peinture défraîchie s'arrêta à sa hauteur.

— Frère Josef ?

Une Indienne l'apostrophait, à bord d'une Ford aussi mal en point que son nez. Il stoppa son pas, surpris.

— Oui ?

La jeune brune sortit du véhicule dans un mouvement de portière, qui le fit reculer.

— Prends le volant, lui lança-t-elle d'une voix rauque.

Le prêtre resta une seconde interloqué au milieu du trottoir, croisa le regard noir de l'Indienne et frémit en découvrant le revolver qu'elle cachait sous son poncho.

— Prends le volant et il ne t'arrivera rien, insista-t-elle. Allez !

L'homme ne réagit pas — le ciel était blanc, la rue désespérément vide. Jana empoigna le col de sa chasuble et, plantant le canon dans ses reins, le poussa vers le siège.

— Allez, putain !

*

L'ancienne gare de Retiro semblait à l'abandon, avec ses bâtiments désaffectés surmontés par une bretelle d'autoroute et ses sculptures aux rebuts amoncelés pêle-mêle dans les orties. Le frère Josef avait tenté de raisonner l'Indienne sur le chemin, de lui dire qu'elle se trompait de personne, mais elle s'était contentée de le guider jusqu'à l'avenue *Libertador*, le canon du revolver pointé sur lui. Ils arrivaient. Un soleil pâle en guise d'escorte, l'homme marcha devant elle jusqu'au hangar, obéissant.

— Notre église n'a pas d'argent, si c'est ça qui t'intéresse, dit-il en tirant la porte coulissante. Et ce n'est pas la peine de me menacer, je ne suis pas dangereux.

— Moi si, fit Jana dans son dos. Avance.

C'était un atelier foutraque, agencé avec les moyens du bord — un bar amovible, des ustensiles de cuisine, de vieux sièges de voiture. L'homme d'Église frémit en découvrant l'arsenal qui reposait contre le mur.

— Sois raisonnable, bredouillait-il. Lâche ce revolver et parlons.

Du canon, l'Indienne lui fit signe de reculer jusqu'aux palettes superposées, qui servaient de table.

— Agenouille-toi et enfile ça, dit-elle en lui jetant une paire de menottes. Attache-toi au support de la palette : les deux mains. Dépêche !

Sa voix résonna sous les tôles. Au loin, la rumeur des voitures sur le pont autoroutier leur parvenait à peine. Le prêtre prit peur. Personne n'entendrait ses appels au secours, ni le bruit d'une détonation. Il était seul à la merci de cette Indienne aux paupières encore gonflées de larmes, qui le menaçait d'une arme à feu. Il passa les menottes entre les planches, entrava ses poignets à la palette, sans cesser de la regarder.

— Qu'est-ce que tu veux ? souffla-t-il. Hein ?

La position était inconfortable, les perspectives de fuite nulles. Jana braqua le revolver à un mètre de son visage.

— Les choses sont simples, chrétien, dit-elle d'une voix neutre. Ou tu me dis ce que tu sais, ou je t'abats comme un chien. C'est clair ?

Il fit signe que oui.

— Rosa Michellini, enchaîna-t-elle sur le même ton. Elle faisait partie de tes ouailles.

Ce n'était pas une question. Le prêtre se mit à trembler. Le regard de l'Indienne était noir, triste, dangereux.

— Rosa, oui… Oui. J'ai… j'ai appris que la pauvre femme était morte, dit-il d'un air compassé.

— Assassinée, précisa Jana. Tu sais pourquoi ?

— Non…

Elle releva le chien.

— Non ! s'exclama-t-il.

— Réponds !

— Rosa m'a montré un document, glapit l'homme à genoux. Un papier où il était question d'enfants volés pendant la dictature.

C'était donc ça.

— Une fiche de l'ESMA, où il était question de son fils Miguel ? l'aida Jana.

— Oui…

— Qui la lui a donnée ?

— Une femme. Maria Victoria Campallo…

— La vieille t'a montré la fiche, et toi, tu l'as montrée à qui, à son père ?

Le prêtre déglutit, trempé de sueur.

— À qui ?!

— Au cardinal, dit-il enfin. Le… le cardinal von Wernisch.

Jana fronça les sourcils.

— C'est qui ?

— Mon supérieur, répondit le frère. Quand j'ai commencé mon séminaire.

Elle ne s'attendait pas à ça.

— Pourquoi, ce von Wernisch figurait aussi sur la fiche de l'ESMA ?

— Oui, répondit le jeune prêtre. Il était aumônier à l'époque. Le document pouvait le compromettre…

Le cardinal, mais aussi toute l'Église.

Les chrétiens.

La Mapuche serra la crosse du revolver.

— Tu l'as averti du danger, et von Wernisch a rameuté ses vieux complices, continua-t-elle. C'est ça ?

L'homme à genoux pâlissait à vue d'œil.

— Je ne sais rien de plus, dit-il. Je le jure.

— Ah oui ? On le trouve où, von Wernisch ?

— Dans un monastère, marmonna-t-il, loin d'ici…

La scène du delta. Les tueurs. Ils avaient parlé d'un monastère.

— Les autres se sont réfugiés là-bas ? relança-t-elle, le cœur battant. Le général et ses hommes ? Chez le cardinal ?!

— Je ne sais pas. Je le jure ! relança le frère. Le monastère de Los Cipreses, c'est là que réside le cardinal : c'est tout ce que je sais !

— C'est où ?!

— Près de Futaufquen, s'empressa-t-il de répondre, un village de montagne près de la frontière chilienne…

La province du Chubut : les anciens territoires mapuche… Le visage de Jana changea.

— Je t'en prie, glapit l'homme à ses pieds, relâche-moi. Je ne dirai rien, à personne, je le jure. Je le jure devant Dieu !

— Tu vas en avoir besoin, chrétien.

Elle rengaina son arme. Impossible de le laisser filer. Ce traître allait prévenir les autres, le général et les tueurs qui l'accompagnaient. Le confident de Rosa tremblait, prisonnier de la palette.

— Je vais te laisser là, annonça-t-elle d'une voix blanche. Los Cipreses, c'est ça ?

— Hein ? Mais…

— Le monastère de Los Cipreses, répéta-t-elle d'un air menaçant, tu es sûr ? Réfléchis bien, chrétien. Personne ne vient jamais ici. Tu pourras t'égosiller autant que tu veux, personne ne t'entendra.

Ses yeux noirs envoyaient des éclairs.

— Oui, balbutia le frère Josef, oui… Los Cipreses, près de la frontière. Ne m'abandonne pas, enchaîna-t-il, je ne dirai rien, je le jure !

— Ne t'en fais pas, je vais te laisser de l'eau.

— Quoi ? Non, attends, on…

— Garde ta salive, c'est un conseil que je te donne. La route va être longue…

Le soleil grimpait dans le ciel bleu roi quand Jana quitta l'atelier, ses sacs à l'épaule. La Ford attendait devant la grille. Elle referma la porte coulissante sans écouter les suppliques du prêtre. La Mapuche huma l'air du jardin de sculptures. Une odeur de gibier flottait quelque part, entre plaines et herbes hautes : c'était l'heure de la chasse…

3

Jana n'avait pas embarqué grand-chose avec elle : les armes de Rubén, le poignard en manche d'os de son arrière-grand-mère, le poncho de laine qui lui avait tenu chaud dix ans plus tôt sur la route de Buenos Aires, les quelques vêtements rescapés de son étagère, des herbes du jardin pour confectionner des cataplasmes. Elle avait jeté les clés dans les broussailles en sortant de l'atelier, vomi ce qui lui restait de bile devant l'aviateur déboulonné où ils s'étaient embrassés et quitté la ville sans regret, le ventre secoué de spasmes.

Buenos Aires n'était plus qu'une vieille dame emmurée dans ses souvenirs comptant ses derniers bijoux devant le morne Atlantique, qui ne la regardait plus. La Mapuche conduisait depuis des heures, le regard perdu sur les immensités de la pampa. Le soleil écrasait les contrastes, une catastrophe informe qui la ramenait au néant originel. Elle n'avait quasiment rien avalé depuis le delta, dormi comme on coule et vivait chaque minute avec la sensation que son visage *saignait*. Jana longea de grands lacs tapissés d'oiseaux, grues, hérons perchés, canards ou flamants, partout les couleurs de la nature étincelaient, et elle n'y voyait que des morts.

Un furieux coup de klaxon la fit sursauter, alors qu'elle dérivait sur la file de gauche : un camion à bestiaux rasa la Ford qui crachait sa fumée noire sur la nationale, répandant une odeur d'abattoir dans l'habitacle ouvert aux quatre vents... Jana s'arrêta à la station-service suivante, pointillé au milieu de nulle part.

Deux pompes poussiéreuses trônaient dans la cour écrasée de chaleur. Pas d'employé pour faire le plein, juste des vapeurs d'essence qui lui tournaient la tête ; Jana posa la main sur le capot. Le moteur de la Ford était bouillant — manquerait plus qu'elle lâche... La tête d'un chien pas très frais apparut alors entre les pompes. Un bout de langue rose pendait de sa gueule, un bâtard fluet et sans âge dont le pelage avait dû être noir et fauve. Elle remplit le réservoir de la voiture, jeta un œil à la boutique de la station fantôme. Le chien l'observait à distance, son long museau si râpé qu'il ne devait plus rien sentir. Jana sourit vaguement — on aurait dit qu'il avait le cancer...

Elle paya l'essence à la caisse et se réfugia aux toilettes, un réduit infâme aux lettres peintes à la main où elle appliqua un nouveau cataplasme. Son nez enflé virait au bleu dans le miroir moucheté d'immondices mais les cloisons n'étaient pas déplacées. Elle croisa son reflet et frémit malgré elle — elle avait un visage affreux.

Quatre heures de l'après-midi. Jana prit un Coca dans le frigo de la boutique pour oublier l'odeur de merde, bouda les sandwichs sous plastique, repéra les alcools derrière le type à la caisse qui se curait le nez devant un magazine de bagnoles.

— Je voudrais une vodka, dit-elle.

Décoller son regard des photos lui coûtait : le type releva un œil blasé.

— Laquelle, de vodka ?

— N'importe.

Le moustachu se retourna vers l'étagère, fourra une bouteille dans un sac de papier brun, ramassa le billet sur le comptoir, plongea coudes en avant sur le magazine.

— Et ma monnaie ? demanda-t-elle.

— Y en a pas. Trente pesos, tu sais lire ?

— « Piranov », déchiffra Jana sur l'étiquette. C'est quoi, une marque tchadienne ?

— C'est la vodka de base, rétorqua le type. Tous les ivrognes en boivent.

Quel connard.

Un camion venait de se garer devant les pompes, les chromes rutilants sous la canicule ; Jana évita le routier pachydermique qui s'extrayait de la cabine, marcha jusqu'à la Ford et se rembrunit en voyant la tête du clébard qui dépassait de la portière.

— Qu'est-ce que tu fais là, toi ?

Profitant de la vitre cassée, le chien pouilleux s'était installé sur le siège passager. Il la regardait d'un drôle d'air, l'œil mi-clos ou faisant semblant de dormir, comme si ce n'était pas vraiment lui…

— Tu entends ce que je te dis, Brad Pitt ? Allez, fit-elle en ouvrant la portière, dégage.

Le chien dressa un œil orange, plein de croûtons. Pas d'autre réaction qu'un soupir. Peut-être qu'il était sourd aussi. Elle secoua la tête devant le museau grisonnant de l'animal, visiblement décidé à quitter ce trou perdu, et s'installa au volant.

— Après tout, pour ce que j'en ai à foutre, marmonna-t-elle.

La route était encore longue avant les contreforts des Andes. Jana quitta la station-service sans un regard pour le sphinx rapiécé assis sur le siège — la larme qui coulait de son œil devait dater d'un an ou deux. Il puait l'essence, les puces lui couraient dessus, mais il restait stoïque, comme s'ils étaient de vieilles connaissances.

Elle l'appela Gasoil.

*

La *Ruta 3*, devenue 22, traversait le pays d'est en ouest, obliquant vers le sud déserté : Jana s'arrêta à la nuit tombée, en pleine pampa. Le coffre de la Ford renfermait des trésors violents — des matraques, une grenade, un calibre .22, trois bombes lacrymogènes, trois paires de menottes, un pistolet à impulsions électriques et un fusil de précision dans son coffret, avec plusieurs boîtes de munitions.

Il lui fallut près de vingt minutes pour monter le fusil à la lueur de l'habitacle, dix de plus pour aligner la lunette de visée infrarouge. C'était un modèle M40A3, basé sur le vieux Remington 700. Jana avait chassé avec ses frères, mais elle n'avait jamais tiré avec une arme aussi sophistiquée. Elle enfonça les six cartouches dans le magasin et partit sous la lune tester la mécanique. Les plaines luisaient faiblement, mer lisse et sans port à des kilomètres à la ronde. Gasoil l'accompagna dans les herbes, la queue battante, profitant de la balade pour ventiler ses relents de poussière et d'essence.

— Ça te plaît comme nom, Gasoil ? demanda Jana.

C'était la première fois qu'ils s'adressaient la parole. Le chien ne répondit pas, trop occupé à renifler on ne sait quoi. L'air était vif, la nuit violette sous le tapis d'étoiles. Ils marchèrent un kilomètre à travers la pampa. Enfin Jana posa l'arme qu'elle portait à l'épaule, évalua le paysage vierge alentour. Gasoil se rongea quelques puces, manqua de se décoller l'oreille en actionnant sa patte arrière, avant de chercher un endroit où se soulager. Le sol était encore tiède après la journée caniculaire ; Jana s'allongea dans l'herbe, régla le fusil en position de tir, et chercha une cible dans la nuit.

Un piquet de clôture, à cent mètres : elle visa et fit feu, trois fois. Les deux premières balles se perdirent dans la nature, faisant déguerpir Gasoil qui pissait là, la troisième décapita le piquet.

*

Rien dans le cœur, qu'un orage bleu anthracite. Un chien pouilleux et une Indienne au nez cassé pleurant à vide : leur équipe. La Ford aussi tenait le choc. Jana traversa San Carlos de Barriloche le lendemain, les yeux brûlants après la course contre le vent. Son estomac avait supporté un café au petit déjeuner, un Coca à midi, mais pas le sandwich acheté au hasard des stations-service. Les contreforts des Andes se dressaient dans le bleu du ciel, qui n'y pouvait rien ; Gasoil se tenait toujours assis face au pare-brise poussiéreux, impassible, se donnant un genre de vieux loup de mer paré à virer. Elle n'avait toujours pas entendu le son de sa voix. Enfin le paysage changea : de grands arbres millénaires faisaient de l'ombre sur les collines de la précordillère, que le soleil du soir allongeait. Jana traversa des plaines verdoyantes aux monts perchés dans les nuages et atteignit la petite ville de Futaufquen en fin de journée.

Les derniers caciques mapuche vaincus, on avait distribué les terres à l'oligarchie des *estancieros* avides d'espaces et bâti des églises pour évangéliser les sauvages épargnés par les maladies : le monastère de Los Cipreses avait été intégré à ce qui était aujourd'hui le parc national de Los Alerces, vallée perdue dans les Andes accolée au Chili. D'après sa carte de la région, ils n'étaient plus très loin... La Ford grimpa le lacet d'une piste caillouteuse, doubla un camion à benne scotché dans la côte, soulevant une tempête de poussière rouge, avant de basculer vers Los Cipreses.

Le soir tombait quand elle atteignit le village de montagne. Un lot de maisons aux volets clos s'étalait le long de la route bitumée, quelques fermes à l'aspect misérable. Jana ralentit devant le restaurant du bourg, une sorte de *pulpería* à l'enseigne déglinguée qui semblait ouverte, seul signe de vie dans cette ville fantôme, et poursuivit son chemin. Le monastère se situait à l'écart, un vaste bâtiment de pierre au pied d'une colline boisée. Un terrain vague servait de parking pour les visiteurs. Aucune lumière ne filtrait du monastère, sinon la veilleuse d'une lanterne à l'entrée. La Mapuche repéra les lieux à allure réduite et, après quelques détours exploratoires dans les environs, revint sur ses pas.

Toujours pas âme qui vive dans le village. Elle se gara dans la rue.

— Tu as faim ? demanda-t-elle en coupant le contact.

Gasoil haletait mollement sur la banquette, déjà couverte de poils.

Le restaurant de Los Cipreses était tenu par un *mozo perdido*, un jeune égaré, comme on appelait les gauchos métissés. Ses traits burinés par les vents des hauteurs contrastaient avec son regard juvénile, deux yeux sombres et timides qui ne devaient pas voir beaucoup d'étrangères. Jana commanda le seul plat à la carte, une escalope *a la milanese*, pendant que Gasoil faisait les poubelles à l'arrière du gourbi.

Une demi-douzaine de tables branlantes s'étiolaient entre les murs où quelques trophées de chasse de guingois prenaient la poussière. Le métis la reluquait derrière son comptoir à carreaux. Jana ne décrocha pas un mot, l'esprit absorbé par ses plans. Elle n'était jamais venue dans ce trou perdu, mais elle connaissait la région : expulsée par les carabiniers, sa famille s'était réfugiée dans une communauté amie, de l'autre côté de la cordillère...

— C'est pas bon ? demanda le serveur, intimidé.

La femme au nez cassé avait à peine touché à son assiette.

— Je n'ai pas très faim de toute façon, s'excusa-t-elle.

— Je peux faire quelque chose pour vous ?

Elle redressa la tête.

— Quoi ?

Le jeune homme se dandinait, mal à l'aise.

— Il est tard, se reprit-il. Vous savez où dormir ?

Comme la cliente allongeait une moue suspicieuse, il s'empressa d'expliquer :

— Je vous dis ça, il n'y a pas d'hôtel dans le village. Il faut aller jusqu'à Futaufquen. J'habite à côté, avec ma famille... Si vous voulez, on peut vous offrir un lit pour la nuit.

Le métis rougissait sous sa moustache de blanc-bec.

— Merci, dit-elle. L'addition suffira.

Jana paya avec l'argent de Rubén et, après un passage désagréable aux toilettes, quitta le petit restaurant de montagne. Le chien miteux marivaudait autour des poubelles éventrées : il trottina à sa suite vers la Ford, dont l'état rappelait son pelage, grimpa à bord, familier des lieux, et se mit à piétiner le siège en jappant, comme s'ils rentraient à la maison pour une soirée au coin du feu...

— Complètement à côté de la plaque, mon pauvre vieux, fit Jana en démarrant.

Les flancs de la cordillère se découpaient dans la nuit noire ; elle roula jusqu'à la sortie du village, remonta le chemin de terre repéré un peu plus tôt, qui serpentait vers les bois de la colline. Elle gara la Ford au bout du sentier, parmi les fougères et les haies de ronce. La forêt se fit plus dense quand elle coupa les phares. Jana enfila son poncho pour calmer les ardeurs de la nuit, attrapa la bouteille de vodka sur la banquette et la lampe torche. Gasoil fureta un moment dans le fossé avant de suivre sa maîtresse jusqu'au terre-plein d'arbustes, qui dominait le site. Le monastère se situait deux cents mètres en contrebas, les toits de tuile faiblement éclairés par la lune. Un bon poste d'observation.

La fatigue tomba avec l'humidité. Jana trouva refuge sous un *pehuen*, un grand arbre parapluie qui avait réussi à se glisser parmi les pins, installa ses maigres affaires. Des papillons de nuit toquaient à la lampe à gaz, fous de chaleur, que Gasoil happait au hasard des loopings. Elle ouvrit la bouteille de vodka. L'alcool brûla sa gorge asséchée par la route : elle but une deuxième rasade, se sentit à peine mieux. Le chien avait momentanément disparu, occupé à ses fourrés. Elle but encore mais deux jours de mauvais sommeil avaient entamé ses réserves. Elle éteignit la lampe à gaz, s'allongea face au ciel.

Le Chili était de l'autre côté des Andes, masse opaque dans la nuit : les territoires des ancêtres étaient perdus, mais ils avaient gardé leur âme magnétique. Jana pensa à sa jeune sœur, à ses frères… Non, impossible de leur demander de l'aide : ils voudraient qu'elle revienne dans la communauté plutôt que d'assouvir sa vengeance, qu'elle se rebâtisse avec eux, son peuple, exilés sur leur propre terre. Tout ce qu'elle avait entrepris depuis son départ n'aurait servi à rien, et elle avait ce soleil noir dans le cœur : Rubén… Jana pensa à lui, très fort, l'imagina esprit lumineux flottant quelque part dans le ciel, mais elle ne vit de la Voie lactée que les diamants du désespoir. Elle ferma les yeux, abrutie de fatigue et d'alcool, un chien râpé contre ses flancs. Lentement, la nature s'empara de ses sens.

Était-ce la proximité des siens, l'esprit mapuche de son enfance qui la rappelait, *Ngünechen,* la divinité suprême des volcans qui, depuis la nuit des temps, affrontait la force sombre de *kai kai* ? Des spectres s'affrontaient dans l'obscurité, elle pouvait presque les sentir courir sur sa peau glacée. Les forces. Elle les sentait bouillir de la Terre, se répandre dans son corps, comme si le feu tellurique que réveillait la *machi* était toujours là, crépitant… Jana se redressa soudain, les yeux écarquillés.

— Rubén ?

La Mapuche resta immobile sous le *pehuen*, le souffle court, n'eut pour réponse que le frémissement du vent dans les branches…

*

Un soleil blanc étirait ses brumes au creux de la vallée. Jana observait le monastère depuis le lever du jour, emmitouflée dans son poncho de laine, rétine fixe dans la lunette du fusil. Six cartouches en magasin, calibre 7.62, portée huit cents mètres, zoom grossissement 10 : elle pouvait balayer la moitié de la cour, invisible parmi les fourrés bordant la colline.

Un moine avait fait une apparition furtive un peu plus tôt, un jeune blondinet aux cheveux rares. D'après le prêtre confident de Rosa, le cardinal von Wernisch, très âgé, s'était retiré là pour une retraite définitive. Mais les autres ? Slalomant entre les arbustes, Gasoil marquait son territoire à petits jets désinvoltes. Le chien finit par se ranger à ses côtés, ombre loyale parmi les fourrés. Jana ne l'avait toujours pas entendu aboyer. La température grimpa avec le soleil. Il ne se passait rien. Gasoil s'endormit bientôt, museau calé sur ses pattes croisées, dernier chic canin. Jana attendait, maussade, quand son cœur se serra : un gros homme en chemise blanche apparut dans la cour.

Ces traits vulgaires, l'allure bovine : le tortionnaire du delta, le Toro. Il était là, dans sa ligne de mire. Un pan de monde bascula. Jana posa d'instinct l'index sur la détente : une pression et elle lui faisait sauter le crâne. Un flash traversa son esprit — la tête éclatée de cette vermine, les giclées de sang sur les murs, les bouts de cervelle éparpillés — puis elle se ressaisit. À cette distance, elle n'était pas sûre de toucher sa cible : en quelques pas le Toro serait à couvert. Alertée, le reste de la bande se barricaderait dans le monastère, d'où elle ne pourrait plus la déloger. Ils enverraient d'autres types pour la débusquer, la police locale, ou des gars aux ordres qui lui feraient la chasse... Jana garda son sang-froid : ils étaient là, pour le moment cela seul importait. Elle avait pour elle l'effet de surprise. Leur véhicule devait être à l'intérieur, sous un des préaux du monastère où les tueurs s'étaient réfugiés. Elle pourrait tirer dans le tas s'ils venaient à sortir — ils finiraient bien par acheter des cigarettes, de l'alcool, des provisions — mais une pensée l'ébranla : que faire s'ils restaient terrés là une, deux semaines sans sortir ?

Jana échafaudait des plans suicidaires au bout de la mire. Le Toro avait disparu depuis longtemps de la cour ensoleillée lorsque survint un événement impromptu.

Une Audi gris métallisé se gara sur le petit parking qui bordait le bois. Un homme en sortit bientôt, vêtu d'un blazer bleu à la coupe vieillotte, et se dirigea d'un pas lent vers l'entrée du monastère. Jana observa le nouveau venu dans la focale grossissante de la lunette : un septuagénaire de taille moyenne, de courts cheveux bruns sur un crâne dégarni, des traits las plutôt communs, et deux yeux de fouine qu'elle avait déjà croisés quelque part… Où ? L'homme se tenait maintenant devant la porte de bois brut, hésitant à faire tinter la cloche. Jana se souvint enfin : la photo envoyée sur le BlackBerry de Rubén le jour où ils rentraient des Andes. Le voisin de Colonia, qui avait pris la fuite. Diaz, l'ancien agent du SIDE.

*

Franco Diaz avait travaillé à des opérations spéciales sur et en dehors du territoire avant d'intégrer les services de renseignements. Falsifications de documents, organisation d'un meeting géant en vue de photographier et ficher les militants de gauche quelques semaines avant le coup d'État, infiltrations de groupes terroristes, éliminations ciblées, planifications d'enlèvements. La guerre sale, comme on disait. Il n'y en avait pas de propre. Diaz obéissait aux ordres. Ceux qui les donnaient étaient sévères mais justes. L'opération « Rosario », mal préparée, avait marqué le début de la fin : la défaite des Malouines consommée, les militaires avaient dû céder le pouvoir et effacer les preuves de ce qui pourrait se retourner contre eux. Le général Bignone lui avait fait confiance, à lui, l'agent de l'ombre.

Le botaniste avait fui Colonia mais le destin s'acharnait. Relation de cause à effet, manifestation du cancer qui le rongeait ? Une nouvelle crise s'était abattue sur lui, si violente qu'il avait dû se terrer dans un hôtel minable de La Plata avec ses pilules de morphine. Trois jours à délirer, shooté par la drogue, à imaginer qu'on venait déterrer son trésor, ou qu'une tempête dévastait son jardin d'Éden, que des flics et des juges en robe noire le condamnaient sur-le-champ pour détérioration de mémoire historique, des visions diurnes parfois sans queue ni tête d'où il ressortait hagard, souffrant le martyre, adjurant la Voix qui le guidait de lui offrir un peu de sa Miséricorde — encore un peu de temps… Après un combat âpre et sans merci, la Voix avait surgi du néant pour l'extirper des crocs de la maladie. Pouvoir de la foi en un Dieu unique qui, mieux que les cachets de morphine, l'avait remis debout. Non, Franco ne mourrait pas seul et malade dans une chambre d'hôtel anonyme, il n'échouerait pas si près du but. Le cardinal avait été sa caution morale lors de la guerre sale : Diaz augurait que le vieux sage saurait le conseiller une dernière fois, et l'absoudre devant la mort. Après seulement, il pourrait partir en paix.

Quittant l'hôtel de La Plata où il avait fini par surmonter la crise, Diaz retrouva bientôt la trace de von Wernisch via un prêtre du diocèse de la province. Il arrivait enfin dans le village perdu de Los Cipreses, après deux jours de route poussiéreuse, le visage cerné par la fatigue. Le monastère franciscain où s'était retiré le cardinal était un vaste bâtiment de pierres grises au toit de tuiles tapissées de mousse.

Franco gara l'Audi et sortit lentement de l'habitacle. La maladie était toujours là, guettant le premier faux pas.

La porte du monastère était massive, la cloche d'un autre temps ; le botaniste avait atteint son ultime objectif mais, au pied du mur, quelque chose le faisait hésiter. Gardant ses vieux réflexes, l'ancien agent n'avait pas appelé pour annoncer sa venue. Il chassa l'appréhension et fit tinter la cloche.

Un jeune moine lui ouvrit bientôt, quelque peu soupçonneux à son égard. Son visage austère changea quand Franco se présenta comme un vieil ami du cardinal von Wernisch, qu'il venait voir pour une affaire urgente. L'invitant à l'attendre sans autres commentaires, le moine avait poussé l'antique porte en bois de chêne qui donnait sur la cour, avant de disparaître de l'autre côté du bâtiment, le laissant seul dans le hall.

Une peinture plastronnait dans un cadre à dorures — un évêque des temps anciens, qui le regardait d'un air bienveillant. Franco prit ses pilules à l'ombre des voûtes fraîches, une douleur lancinante dans le ventre. Il n'y avait pas un souffle d'air dans la cour intérieure du monastère, où quelques lézards cuisaient sur les pierres. Le retraité transpirait sous son blazer, la gorge asséchée par les médicaments et la poussière avalée. Un gros homme apparut alors à une vingtaine de mètres, dans la cour, un civil au visage bouffi qui sortait du réfectoire, une assiette pleine à la main. Un holster vide pendait sous son aisselle, la chemise blanche auréolée de sueur.

Diaz se réfugia derrière la porte, le cœur battant. Alerte. Alerte rouge. Ce n'est pas l'instinct qui lui parlait, mais la Voix. Elle voulait le prévenir d'un danger : d'un danger imminent. Il resta tapi dans l'ombre. Le gros homme dans la cour ne l'avait pas vu, tout à sa nourriture. Qui était ce type, un flic ? Un des hommes de Colonia ? Le botaniste recula imperceptiblement. La Voix lui disait qu'il ne fallait pas rester là. Qu'un plan se tramait contre lui, un piège mortel. La Voix lui intimait de fuir : *sur-le-champ*.

Diaz rebroussa chemin sans attendre le retour du moine. La présence de cet homme armé était forcément en rapport avec son Secret. Comment pouvaient-ils savoir qu'il viendrait ici ? Von Wernisch était un ami mais on avait pu se servir de lui comme appât. Le soleil l'éblouit un court instant lorsqu'il quitta le monastère ; la voiture attendait sur le bout de terrain vague qui servait de parking. Franco accéléra le pas, pris d'une angoisse irraisonnée, bipa l'ouverture de l'Audi et grimpa à bord. Partir, vite. Il ne vit pas la silhouette jaillir des fourrés voisins : la portière s'ouvrit sur une Indienne au regard farouche qui se jeta sur le siège passager. Elle avait le nez cassé, des poches mauves sous les yeux et un poncho qui dissimulait un revolver. Diaz fit aussitôt un geste de défense mais l'Indienne enfonça le canon dans son ventre. Le chien était relevé.

— Démarre ou je te descends, sale fils de pute…

4

Elena Calderón habitait toujours la maison de San Telmo, *avenida Independencia* : elle et sa famille y avaient passé leurs jours heureux. Elena gardait la porte ouverte depuis leur disparition trente-cinq ans plus tôt, comme si Elsa et Daniel pouvaient revenir. Elle la fermerait non pas le jour où on lui ramènerait leurs ossements — ce deuil était personnel — mais le jour où tous les responsables seraient jugés : c'était sa façon *de ne pas faire le deuil.*

Les premiers rayons du soleil éclaboussaient les fleurs du jardin ; Susana frappa à la porte de bois verni et entra sans attendre de réponse.

— Duchesse ? C'est moi ! lança-t-elle au vide. Allez, debout !

La vice-présidente des *Abuelas* fila vers la cuisine sans attendre de réponse — contrairement à elle, Elena était une lève-tard, habitude que la bourgeoise devait à son passé d'oiseau de nuit. Susana sortit les abricots de leur sac de peur qu'ils s'écrasent, vit le maté qui chauffait sur la gazinière, commença à claquer les placards à la recherche de la pâte à gâteaux adéquate. Son amie apparut enfin à la porte de la cuisine, coiffée et maquillée, dans une longue robe de soie brodée.

— Salut, Duchesse !

— Bonjour, ma chère…

— Toujours en frou-frou ?

Elena portait un déshabillé d'une élégance rare, les épaules couvertes d'un châle blanc en angora : son front se plissa sous le fracas des placards, que Susana refermait comme si une bête tapie à l'intérieur allait lui sauter au visage. Elena vit les abricots échappés de leur sac, que la tornade avait répandus sur la table de la cuisine.

— Quelle douceur avec les choses, ironisa la maîtresse de maison.

— Je ne trouve pas la pâte à tarte, se défendit l'intéressée. Tu dois avoir ça en stock, non ? J'ai cherché partout : rien ! Il faut que tu m'aides, tu sais que je suis un vrai cordon noir, je fais tout brûler !

Elena Calderón, qui ne se présentait jamais sans un léger maquillage (la vieillesse est un naufrage, le fard était sa bouée), répugnait à parler librement avant d'avoir bu son maté. Elle se servit une tasse tandis que son amie s'escrimait.

— Alors ?!

— Tu as regardé dans le frigo ?

— Deux fois !

— Trop vite.

De fait.

— Aaah ! râla Susana pour la forme.

Elena acheva le breuvage amer, tandis que son amie étalait la pâte dans un moule.

— Carlos va arriver et tu n'es même pas habillée ! fit remarquer Susana.

La vice-présidente était vêtue d'une robe blanche aux motifs de cerises, simple mais fort jolie.

— Coupe donc les abricots plutôt que de nous casser les oreilles, rétorqua Elena en se levant. J'en ai pour dix minutes…

C'était le temps de la cuisson.

Elena réapparut, ponctuelle, apprêtée comme pour un mariage à la Casa Rosada.

— Ça va, je suis présentable ?

Robe bleue au cordeau, col blanc à mousseline, son châle d'angora assez grand pour couver une portée de pumas, une touche de mascara sur des cils courbés vers le soleil comme des tournesols : ne manquait plus que le fume-cigarette, songea Susana.

— Oui, oui, la rassura-t-elle. C'est plutôt la tarte qui m'inquiète !

Elena croisa son reflet dans le grand miroir du hall — la veille à l'hôpital, elle devait avoir une tête épouvantable… La tarte était encore brûlante lorsque le journaliste klaxonna devant la grille de la maison — Rubén adorait les abricots.

*

Le monde était là, avec ses poumons de pétrole, qui le ramenait aux heures noires de son existence. Les pires heures. Celles des pensées sauvages, des coups d'éperon, du feu dans la chair. Rubén connaissait la douleur, il avait vécu avec durant ses mois de détention : mourir ou devenir fou, la douleur qui ouvrait le corps comme une huître, ne laissait en soi qu'un champ d'atomes le ventre à l'air. Rubén était devenu de la glace. Froid. Méchant. Incassable.

Dans le délire du coma qui avait suivi la fusillade

dans le delta, il se souvenait de sa mère à son chevet, les rides floues de son visage et sa main douce qui caressait la sienne, les yeux clos, comme pour effacer le Mal immiscé dans son corps, comme elle le faisait quand il était enfant pour soulager ses mauvais rêves. Une chance sur cent d'en sortir vivant : Rubén avait lutté pied à pied avec ses tortionnaires avant qu'une deuxième banderille le transperce. On l'avait trouvé attaché au madrier de la chambre, baignant dans son sang. Miguel à ses côtés ne respirait plus : lui si. Plantée sous la pression des sirènes de la police, la seconde pointe effilée avait raté le cœur. Les secours avaient colmaté l'hémorragie sans réussir à tirer Rubén du coma mais, avec tout le sang perdu et la faiblesse du pouls en arrivant au bloc, il aurait dû mourir dix fois.

Son corps avait tenu le choc. Il s'était réveillé par flashs, soûlé de drogues, empêtré de pansements sur un lit d'hôpital, le plafond confondu aux bâches de plastique qui délimitaient sa couche. Des séquences chimiques hallucinées l'avaient vu replonger dans la fosse, se débattre parmi les crocodiles et les serpents, deux jours hors du temps qui le laissaient groggy. Enfin, Rubén reprenait pied avec le monde — le monde et ses poumons noirs.

Sutures, cicatrisation, antalgiques, tension, Pichot, le chirurgien qui l'avait soigné, avait préconisé six jours de repos complet avant de songer à regagner son domicile. Rubén restait de glace. Anita avait été achevée d'une balle dans la tête, on venait de repêcher le corps de son ami Oswaldo sur la rive opposée à l'île du delta, mais pas celui de la Mapuche, qui avait disparu dans la tourmente.

Rubén gisait sur le lit blanc de la chambre, les yeux cernés de cauchemars. Face à lui, Ledesma aussi faisait grise mine. Le commissaire détestait les hôpitaux — ça puait la maladie, la mort des autres —, il détestait surtout l'idée de partir sous les sifflets, à quelques mois de la retraite. Le vieux flic n'avait pas résisté à l'envie de torpiller Roncero et Luque, le navire amiral de Torres : Eduardo Campallo suicidé, les hommes du delta en fuite, c'est tout leur château de cartes qui s'écroulait. Son enquêtrice avait été tuée dans l'opération et l'affaire échouait à la police scientifique de Luque, celle-là même qu'il soupçonnait de haute corruption. Un fiasco, qui pouvait lui coûter cher.

Homme massif au gros nez grêlé malgré son abstinence, le commissaire Ledesma affichait un regard noir où se mêlaient colère et désolation. Il avait à peine reconnu le visage d'Anita Barragan quand on lui avait ramené la dépouille. Ses cheveux blonds poisseux de sang, la tête éclatée sous le choc hydrostatique : un tir à bout portant, qui ressemblait à une exécution sommaire.

— Je ne sais pas jusqu'où vous êtes impliqué, Calderón, conclut-il dans l'air vicié de la chambre, mais je tiens à vous prévenir tout de suite : la surveillance du portable de Del Piro n'apparaîtra nulle part et l'agent Barragan aura agi de sa propre initiative, lancée sur la piste du meurtrier de la rue Perú. Pas un mot concernant Campallo et sa fille. Luque et Torres me feront la peau s'ils apprennent que j'ai mené une enquête en sous-main. Je vous suggère d'ailleurs d'en faire de même. Le capitaine Roncero va venir vous interroger, aujourd'hui d'après ce qu'on m'a dit, l'informa-t-il. Cantonnezvous à l'affaire Michellini : c'est un conseil que je vous donne.

— Munoz a falsifié le rapport d'autopsie de Maria Campallo, rétorqua Rubén depuis son lit de souffrances. Il suffit d'exhumer le corps.

— Après le suicide de son père ? s'étonna Ledesma. N'y pensez même pas…

— Maria a été assassinée, vous le savez comme moi.

— Vous expliquerez ça à Luque et à Roncero, ils seront sans doute curieux d'entendre votre version de l'histoire. Moi, c'est fini.

Un silence nauséeux passa dans la pièce. Rubén crevait de chaud dans sa blouse de malade, planant sur un nuage antalgique qui ne calmait en rien ses envies de meurtres.

— Vous allez laisser la mort d'une flic impunie ?

— Je n'ai pas le choix, s'obstina le patron d'Anita. Luque a repris l'affaire, en personne, et il va faire du petit bois de vos déclarations.

Les relevés de poudre et la balistique impliquaient le détective dans la tuerie, il serait contraint de révéler les dessous de son enquête à Roncero, à Luque et à ses flics d'élite qui, dès lors, ne le lâcheraient plus.

— Luque vous fait si peur que ça ? grinça Rubén. Je croyais que vous le détestiez ?

— On déteste souvent ce qui nous fait peur.

— L'ADN de Miguel Michellini correspond à celui de Maria Campallo, insista le détective, pas à celui de leur prétendue mère, et…

— Oubliez Campallo, coupa le policier. Harceler une famille en deuil, qui plus est proche du maire, se retournera aussitôt contre vous, Calderón, soyez-en sûr. Le rapport que j'ai livré à Luque se cantonne à l'affaire Michellini, asséna-t-il. Vous avez laissé un tas de cadavres derrière vous, mon vieux. Légitime défense ou pas, vous n'êtes pas en situation d'attaque, mais de défense !

Prisonnier de sa potence, la main gauche entubée, Rubén émergeait à peine de son champ d'oreillers. Il ferma les yeux, soudain las. Le vieux flic se retirait du jeu. Il lâchait prise. Mais le commissaire avait raison sur un point : la police scientifique avait repris l'affaire et Luque ne lui ferait pas de cadeau... Ledesma se dandinait devant les relevés de température, à la fois pressé de partir et mal à l'aise à l'idée de laisser le détective seul, dans cet état.

— Je suis quand même heu... désolé pour ce qui est arrivé, dit-il.

Rubén ravala sa salive. Il ne pensait pas à la pointe d'acier qui l'avait transpercé dans la chambre, à ses oreilles brûlées par la *picana* et aux furies électriques qui lui mâchaient le cerveau, il songeait à sa copine Anita, à ses bulles d'enfance qui crevaient là, sur ce lit d'hôpital. Son sourire blond passa dans son esprit, quand, petite, elle lui avait donné son dessin de capitaine voguant sur une mer grise, pailletée de bleu... Ledesma voulut ajouter quelque chose mais Rubén montra les crocs, livide.

— Foutez le camp !

*

Samuel et Gabriella Verón n'étaient pas argentins, mais chiliens : voilà pourquoi les parents disparus n'apparaissaient dans aucune base de données.

Les Grands-Mères avaient fini par retrouver leur trace dans les archives de la « Maison Nazareth », un lieu d'accueil au cœur de l'église de Santa Cruz, où transitaient nombre de réfugiés chiliens après le coup d'État de Pinochet. Le père Mujica, proche des pauvres et des opprimés, avait été assassiné par les nervis de la dictature, mais les militantes avaient interrogé des témoins de l'époque. Samuel et Gabriella Verón avaient migré à Buenos Aires fin 1973, peu après la mort de Perón, sans savoir que la même clique de militaires y prendrait le pouvoir. Clandestin dès les rafles de la triple A, le couple avait échappé aux escadrons de la mort avant d'être finalement enlevé un jour d'hiver 1976 avec son bébé, une petite fille alors âgée de seize mois. Leur disparition était passée inaperçue car, comme le père Mujica qui les avait accueillis auparavant, leurs amis argentins avaient été aspirés par la machine d'État.

Quid de leur famille ? Les *Abuelas* avaient remonté la piste jusqu'au Chili, où d'autres associations se battaient contre les crimes de la dictature : Samuel Verón était un leader étudiant d'un groupe militant pro-Allende, marié en 1971 à Gabriella Hernandez, une Argentine rencontrée à la fac de Santiago. La chute d'Allende et la répression tous azimuts qui s'ensuivit les avaient vus fuir à Buenos Aires. Si Samuel Verón avait tout laissé derrière lui, les parents de Gabriella étaient des *estancieros*, propriétaires de centaines d'hectares dans la région de Mendoza. Décédés lors d'un accident de voiture peu après le coup d'État de Videla, ils avaient laissé les terres à leur unique héritière, Gabriella, qui, kidnappée avec son jeune mari, n'aurait pas le loisir d'en profiter.

Carlos, de son côté, avait suivi la piste des chantiers publics mis en place par la junte afin de moderniser le centre-ville — en expulser la population défavorisée pour bâtir de nouveaux édifices au bénéfice des entreprises privées. De Hoz, ministre de l'Économie, avait chargé le colonel Ardiles (devenu général en 1982) des travaux publics. Cette guerre contre les pauvres n'était pas nouvelle : la junte avait réduit les salaires des classes populaires de moitié, supprimé les hôpitaux gratuits, augmenté le prix du bétail par sept pour satisfaire les intérêts de la puissante *Sociedad rural* (l'association des grands propriétaires terriens), pendant que des quartiers entiers étaient privés d'eau ou d'électricité — on avait vu alors des maladies oubliées comme la diarrhée estivale ou la rage frapper certaines zones du *Gran Buenos Aires*, ramenant le pays cinquante ans en arrière. Le journaliste avait poussé son enquête : le général Ardiles n'était pas un inconnu puisqu'il faisait partie des hauts gradés visés par la CONADEP à la fin de la dictature. Après cinq années d'assignation à résidence, Menem l'avait finalement amnistié en érigeant la loi du « Point final ». Les associations de défense des Droits de l'Homme avaient réitéré leurs attaques à l'arrivée de Kirchner mais, malgré de nouvelles procédures qu'on faisait traîner en longueur, Ardiles avait bénéficié de délais d'instruction dépassés et de certificats de santé pour échapper à toute condamnation. Outre sa pension de l'armée, le vieux général touchait des dividendes d'actions et des jetons de présence de différentes entreprises, sans visiblement regretter le passé. Interrogé par un journaliste après le non-lieu dont il avait fait l'objet, Ardiles avait déclaré qu'une guerre impliquait forcément des morts, que c'était « nous » ou « eux » — sous-entendu les Rouges.

Susana en aurait mâché son dentier.

Leandro Ardiles jouissait aujourd'hui des activités liées à son âge (quatre-vingts ans) dans une propriété sécurisée de Santa Barbara, bâtie par Vivalia, la bétonneuse de Campallo. Appelé plusieurs fois à comparaître comme témoin, notamment en 2010 pour le procès de l'ESMA, Ardiles ne s'était jamais rendu aux rendez-vous, perclus de certificats médicaux signés par le professeur Fillol, propriétaire d'une clinique privée dans le même *countrie* de Santa Barbara : Fillol, qui figurait parmi les victimes de la tuerie du delta…

Carlos acheva son exposé par un sourire rondouillard qui cachait mal son opiniâtreté.

— Ardiles, conclut-il. Je suis sûr que c'est lui, le colonel qui a organisé l'extraction du couple Verón et la falsification des documents de naissance.

Les Grands-Mères opinèrent en silence. Un parfum d'abricot ferraillait avec l'air aseptisé de la chambre d'hôpital : Rubén enregistrait les nouvelles, le visage blême malgré les rayons du soleil qui perçaient par la fenêtre. Ardiles, un ancien général : il pouvait être le commanditaire des enlèvements et des meurtres, compter parmi les noms caviardés sur la fiche d'internement. Ça n'expliquait pas le suicide d'Eduardo Campallo. Pourquoi Ardiles avait organisé un rendez-vous secret dans les Andes, qui était l'« homme de l'*estancia* » ? Rubén serra les dents en se redressant sur l'oreiller.

— Que sont devenues les terres de Gabriella Verón ?

— C'est ce qu'on cherche, répondit le journaliste. J'ai entamé des démarches au greffe du tribunal de commerce de Mendoza, mais ça prendra du temps.

— Ardiles peut en profiter pour prendre la tangente.

— S'il ne l'a pas déjà fait, approuva la vice-présidente.

— Ne t'en fais pas pour ça, Rubén, assura sa mère. On ne va pas lâcher le morceau. Tu peux compter sur nous.

— Oui, approuva Susana. Repose-toi.

— Impossible. Non, dit-il, impossible.

Sa voix était rauque, presque mauvaise.

— Comment ça ? fit la Grand-Mère.

— Luque et sa clique vont me mettre sur le gril, dit-il, le regard trouble. Et, une fois entre leurs mains, c'est eux qui ne me lâcheront plus.

Rubén nageait dans des vapeurs chimiques. Il arracha le pansement de sa perfusion, puis l'aiguille enfoncée dans sa veine.

— Qu'est-ce que tu fais ?! s'inquiéta Elena.

— Il faut que je retrouve ces types.

— Hein ? Mais…

Rubén balança les tubes qui le reliaient à la potence, sous le regard implorant de sa mère, qui le connaissait trop bien.

— C'est de la folie, commenta-t-elle sobrement.

— Je suis d'accord, renchérit Susana. Avec ta tension, n'espère pas passer le bout du couloir.

— Je me sens mieux, mentit l'intéressé.

Rubén voyait net, c'était à peu près tout. Carlos croisa le visage défait de son ami, comprit qu'il était inutile d'insister. Il faisait la même tête quand ils lui avaient appris la disparition de Jana, témoin dont on cherchait toujours le corps… Rubén prit les vêtements que sa mère avait rangés dans le placard métallique.

— Tu ne peux pas partir dans cet état, souffla Elena. Tu vas te tuer.

Ses yeux luisaient de rage.

— C'est déjà fait.

*

Jana.

Rubén pensait à elle, sans cesse.

Il revoyait ses yeux d'amour dans la chambre du delta, son visage effrayé quand ils s'étaient séparés. Trois jours étaient passés depuis le massacre, et elle avait disparu. Elle aussi était devenue un fantôme. Rubén poussa la porte blindée de l'agence dans un état de confusion proche de l'étourdissement.

Carlos l'avait déposé rue Perú, après qu'il eut récupéré un jeu de clés chez sa mère. Ils étaient sortis incognito de l'hôpital mais la nouvelle ferait le tour du service et remonterait vite jusqu'à Luque.

Rubén fit quelques pas dans l'appartement, étranger à lui-même : les visages sur les murs, le canapé où elle avait dormi le premier soir, sans elle tout semblait inanimé. Inutile. Sordide. Il s'accouda au bar, pris de vertiges. Les effets de l'intraveineuse s'estompaient et la douleur montait dans ses poumons, sourde, lancinante. Il prit deux analgésiques de l'hôpital et passa sa tête sous l'eau froide de l'évier. Longtemps. Ses jambes étaient cotonneuses mais il ne fallait pas rester ici — c'était le premier endroit où les cow-boys de Luque viendraient le chercher. Il redressa sa tête, marcha jusqu'à la chambre au fond du couloir — quelques affaires, des armes, il emporterait le minimum…

Rubén gémit en faisant glisser la commode sur le tapis. Il souleva les lattes du parquet et resta un instant interdit : la cache d'armes avait été vidée. La grenade, les bombes lacrymogènes, les menottes, le revolver, les munitions, même le fusil de chasse haute précision et l'argent avaient disparu. Il ne restait qu'un poing américain, le Glock 19, son silencieux et trois chargeurs.

Le cœur de Rubén battit plus vite : Jana. Elle seule savait où il cachait son arsenal. Les clés de l'agence étaient dans son sac, sur le bateau d'Oswaldo : ils ne l'avaient pas tuée. Elle avait réussi à s'échapper. À rentrer à Buenos Aires. Des larmes d'émotion affleurèrent mais le fol espoir qui l'étreignit se dissipa rapidement : pourquoi n'avait-elle pas appelé les Grands-Mères, ni cherché à avoir de ses nouvelles ? Elle avait préféré embarquer les armes de la cache plutôt que d'avertir sa mère : pourquoi, sinon pour s'en servir ? Rubén frissonna sous son armure de glace.

Jana était sa sœur, sa petite sœur de rage… Et c'est bien ça qui l'effrayait.

5

Concentrées dans la zone du canal de Panamá, les écoles de guerre des États-Unis avaient instruit des milliers de militaires, qui formeraient les forces de sécurité des futures dictatures : contrôle social de la population, méthodes d'interrogatoires, tortures. Par un effet de dominos tombèrent sous le joug de régimes militaires le Paraguay (1954), le Brésil (1964), la Bolivie (1971), le Chili et l'Uruguay (1973), enfin l'Argentine, en 1976. Contrairement à son prédécesseur Jimmy Carter, le président républicain Ronald Reagan ne voyait pas d'un mauvais œil la politique menée par la junte argentine : l'ancien acteur avait invité à Washington le général Viola, qui avait remplacé Videla à la tête de la dictature, levé l'embargo qui bloquait les prêts financiers et militaires et s'était désolidarisé des *Madres de la Plaza de Mayo*, hostiles à l'installation de bases d'entraînements « anticommunistes » dans leur pays.

Le colonel Ardiles avait été nommé général par ce même Viola, avant l'épisode malheureux des Malouines. Les appuis politico-financiers de Leandro Ardiles lui avaient permis de passer entre les gouttes, mais l'affaire Campallo remettait tout en question — sa retraite dorée dans le quartier sécurisé de Santa Barbara, son autonomie, voire sa liberté. Au lieu de maîtriser la situation, elle lui échappait. Ils avaient dû prendre la fuite en catastrophe, son bras blessé le faisait toujours souffrir et la statue du commandeur commençait à craqueler sous le vernis ripoliné du militaire.

Leandro Ardiles détestait avoir son destin dans les mains d'un autre — en l'occurrence Parise, le chef de la sécurité du *countrie*. Même si son nom et celui du cardinal ne semblaient pas figurer sur la copie de la fiche d'internement récupérée par les Grands-Mères, le caractère d'ordinaire tempéré du général avait changé depuis qu'il se savait traqué. Trop de cadavres dans leur sillage, sans parler de cette maudite fiche. L'original avait-il brûlé dans l'incendie de la maison d'Ossario ? Rien n'était moins sûr. Le cardinal von Wernisch se portait garant du silence des moines, le refuge était sûr mais, Ardiles le savait, temporaire. Aumônier conviant les forces armées à « se baigner dans le Jourdain du sang » au plus fort de la répression, promu évêque en 1979, puis cardinal au tournant du siècle, von Wernisch faisait partie du haut clergé qui avait soutenu la dictature de Videla. À quatre-vingt-douze ans, von Wernisch croyait finir sa vie entre messes en latin et siestes papales quand il avait reçu l'appel du frère Josef, un de ses anciens disciples. Le cardinal avait aussitôt donné l'alerte, enclenchant une mécanique meurtrière...

Les deux vieillards s'entretenaient dans le jardin ombragé lorsque le jeune moine qui lui servait de secrétaire se présenta à la table de déjeuner.

— C'est encore lui, monsieur le cardinal, dit-il en se penchant vers son crâne décharné. Franco Diaz, au téléphone. Il dit que c'est urgent.

Ardiles croisa le regard luisant de von Wernisch, puis celui de Parise en bout de table. Diaz était venu au monastère la veille, avant de subitement se volatiliser. Étrange affaire. Von Wernisch avait bien connu Diaz à l'époque, un homme pieux et patriote, agent du SIDE : son apparition ne devait rien au hasard.

— Je vous accompagne, fit le général en se levant.

— Moi aussi, approuva Parise.

La voix de Diaz était tendue et de mauvaise qualité dans le haut-parleur du vestibule. Il appelait depuis un portable et prétendait détenir le « document original ». Diaz n'expliqua pas pourquoi il avait fui la veille : en quelques mots brefs, il affirma vouloir remettre le document « d'urgence et en mains propres » au cardinal. Ce dernier, pressé par Ardiles, proposa à son interlocuteur de passer au monastère mais Diaz, malade, semblait aux abois. Il lui donnait rendez-vous à la lagune d'Escondida en fin de journée, comme si le document dont il parlait lui brûlait les doigts. Pris de court, et après un bref conciliabule avec ses complices, von Wernisch donna le numéro sécurisé de Parise pour garder le contact, acceptant *de facto* le rendez-vous…

— Vous en pensez quoi ? demanda le général quand il eut raccroché.

— Diaz est un patriote, répondit le cardinal. On peut lui faire confiance…

Son long visage osseux portait le poids des ans, mais ses yeux bleus gardaient l'éclat vif du théologien bouillant d'en découdre : si l'ancien agent du SIDE disait vrai, ils avaient une chance d'effacer leurs dettes.

Le soleil brillait sur les cimes de la cordillère ; assis à distance respectable du barbecue qui enfumait le bout de jardin, Gianni Del Piro se morfondait, aveugle à la beauté des Andes. Si le pilote avait baratiné sa femme en arrivant dans ce trou paumé, il pouvait dire adieu à la bouillante Linda qui, à l'heure actuelle, avait dû quitter Punta del Este avec pertes et fracas. Tout ça se paierait cash — une prime de vol, certes : mais à combien évaluer une maîtresse qui pratiquait les fellations *on the rocks* ? En attendant, contraint de s'exiler dans ce monastère avec le général et sa garde rapprochée, le pilote était obligé de se farcir les deux abrutis.

En « vacances », le Toro avait revêtu sa tenue favorite, un survêtement. Planté jambes écartées devant le barbecue, il apostropha son acolyte.

— Tu devrais goûter !

— Attends au moins que ça cuise ! rétorqua le Picador.

— Bah !

Le Toro aspira bruyamment deux gros coquillages coup sur coup, répandant le jus sur son tricot de peau. Comme il buvait du vin rouge depuis un moment, ça ne faisait plus beaucoup de différences. Préposé à la cuisson, le Picador regardait son ami bâfrer, impassible. Trente-cinq ans de pratique. Le Toro avait de l'appétit, il fallait le prendre comme ça. Viril, obsédé même, avec ses délires de Sodome et Gomorrhe. Le Picador ne touchait pas à ça. Son vice était plus scientifique, plus élégant. Avec l'expérience, il pouvait presque sentir la douleur dans le corps des autres, l'évaluer en expert. Il affûtait lui-même ses armes. Calderón avait eu mal, dès la première « banderille », succédané de tauromachie qui lui avait valu son surnom de tortionnaire. Le Picador avait figé Calderón dans la pierre, une douleur de lave qui se répandait lentement, une douleur pour ainsi dire éternelle, que le supplément de *picana* rendait absolument insupportable. N'empêche que ce fumier n'avait rien dit.

— Attends, putain ! lança-t-il au Toro. Tu vois bien qu'elles sont pas cuites !

L'affamé attrapait une nouvelle moule géante qui fumait sur les grilles, l'aspira d'une longue succion satisfaite, essuya ses mains sur son maillot de corps passablement infect.

— Les moules, ça se bouffe cru ! décréta-t-il. Même les vieilles !

Son rire gras n'amusa que lui-même. Le gros homme versa un peu de jus sur les coquillages, faisant crépiter les braises. Trois jours qu'ils se la coulaient douce dans ce monastère de péquenots. Un havre de paix que les deux compères avaient bien cru ne jamais atteindre — ils avaient failli se faire choper par les flics dans le delta…

— Tiens, sers-moi donc du rouge, relança le Toro.

Il tendit un gobelet au spectre émacié, trinqua avec lui pour la cinquième fois. Les moules presque cuites, on passerait bientôt à la viande.

— Enfin ! gueula-t-il, du jus perlant sur son poitrail velu, dont les poils noirs et drus dépassaient du tricot.

Il y eut un mouvement depuis le préau du monastère, auquel ils ne prirent garde, accaparés par le repas. Parise traversa le jardin, le crâne d'un blanc maladif sous le soleil, et se posta devant les braises du barbecue.

— On va faire une petite promenade en voiture, annonça-t-il à ses hommes. À partir de maintenant, interdiction de picoler, c'est clair ? Et va me changer cette tenue ! ajouta-t-il à l'intention du Toro, le visage luisant de graisse. Le général et le cardinal viennent avec nous. Exécution.

*

Ils quittèrent le monastère de Los Cipreses en milieu d'après-midi, entassés dans le Land Cruiser aux vitres teintées. Les deux hommes de main s'étaient installés à l'avant avec Del Piro, Ardiles et von Wernisch à l'arrière, et le géant chauve au troisième rang, où il pouvait allonger les jambes. Itinéraire balisé, armes de poing, ils roulèrent sur des portions bitumées flanquées de nids-de-poule, croisant quelques Indiens pouilleux à cheval ou de rares camions forestiers s'aventurant dans ces contrées perdues.

Leandro Ardiles avait repris espoir après le coup de fil de Diaz. L'ex-agent du SIDE détenait la fiche originale de l'ESMA, laquelle une fois entre ses mains constituerait la meilleure protection possible, au cas où on déciderait de le lâcher. Trop de gens étaient impliqués dans l'affaire. On s'activerait en coulisses pour lui dégotter une retraite dorée dans un pays sans conventions d'extradition… Il y avait environ une heure de route pour atteindre la lagune d'Escondida, au cœur du parc national accolé au Chili. Une odeur de vieux s'épanchait dans l'habitacle : le Toro se pinça le nez à l'intention de son complice et lança un clin d'œil entendu en direction du cardinal. Von Wernisch s'agrippait à la poignée de la portière, observant la route d'un œil vitreux. Ils dépassèrent Puerto Bustillo et ses miradors minéraux, longèrent quelques fermes misérables, ultimes bastions d'humanité avant la forêt. La lagune d'Escondida se situait à une vingtaine de kilomètres.

Parise grommelait dans le coffre du Land Cruiser, à l'étroit dans son double mètre, le nez sur la carte de la réserve écologique. Le soleil déclinait sur la cime des pins ; les dernières habitations avaient fait place à des arbres touffus qui tapissaient les collines, contreforts des Andes dont les arêtes perçaient le ciel. La route, une simple piste, était plus longue que prévu.

— À ce rythme, on rentrera pas avant la nuit, fit remarquer le Picador.

— Merde, on va rater le derby !

— Quel derby ?

— River-Boca ! s'esclaffa le Toro.

Ils roulaient depuis un moment sur la piste de terre et de cailloux. Le Land Cruiser accélérait dans une côte quand Parise pesta à l'arrière : il n'avait plus de réseau. Manquerait plus que Diaz appelle à ce moment-là. Le 4 × 4 soulevait une poussière brune dans les méandres du parc naturel. Ils longèrent un lac limpide, qu'on devinait tout en bas. La lagune. Diaz devait les attendre quelque part près du plan d'eau, malade paraît-il. Pauvre chou… Le 4 × 4 atteignit le sommet de la côte et redescendit la longue pente qui traversait la forêt. Ils prenaient de la vitesse quand les pneus subitement explosèrent.

Le Toro écrasa la pédale de frein de tout son poids,

partit en travers et perdit le contrôle du véhicule. Propulsé vers les arbres, le Land Cruiser rebondit contre un tronc et s'encastra dans le pin voisin, striant le pare-brise au milieu du fracas. Parise, qui n'était pas attaché, valdingua dans le coffre, les autres s'agrippèrent à ce qu'ils purent. Enfin, après un dernier soubresaut, la voiture s'immobilisa dans le fossé.

Il y eut quelques secondes de stupeur, puis le gémissement du cardinal, qui se tenait les côtes. Près de lui, le bras en écharpe, Ardiles grimaçait.

— Qu'est-ce qui s'est passé ?!

Le Toro coupa le contact tandis que son compère dégainait son arme.

— Sortez du véhicule ! ordonna Parise, coincé à l'arrière. Vite !

Le Picador avait le visage moucheté d'éclats de pare-brise. Le Toro s'échina à pousser les portières enfoncées dans l'accident, sortit le premier. Le moteur fumait sous le capot plié ; il aida le cardinal à quitter l'habitacle, encore flageolant, libéra Ardiles et le chef de la sécurité. Les quatre pneus étaient crevés, le 4 × 4 incliné dans le fossé. On avait dû répandre des clous sur la piste.

— Diaz nous a piégés, grogna Parise.

Il dégaina son Glock, sur le qui-vive, fit un pas vers la piste quand une détonation claqua sur sa gauche. Del Piro fut projeté contre la portière du Land Cruiser, une balle de gros calibre en pleine poitrine. Il s'écroula dans un râle, sous le regard stupéfait du vieux cardinal.

— À couvert, à couvert ! hurla Parise.

Les balles ricochaient sous ses pas, on entendait les bruits d'impact sur les troncs tout près : ses hommes poussèrent von Wernisch et Ardiles vers les pins, abandonnant le corps ensanglanté du pilote au milieu du chemin. Le tir venait des fourrés, en aval. Parise trébucha alors sur les épines et lâcha un cri, la cheville foudroyée. Il serra les dents pour ne pas hurler, vit le sang et les bouts d'os sous sa chaussette, comprit qu'il avait été salement touché.

— *Vamos, vamos !* gronda-t-il pour qu'ils détalent.

Le géant jura en clopinant vers les autres, arrêtés un peu plus haut dans les bois. On les prenait pour cibles depuis les bosquets, de l'autre côté de la piste. Le Toro et le Picador vidèrent leur chargeur en aveugle.

— Remontez ! Remontez à couvert, nom de Dieu !

Les deux hommes ne virent pas que leur chef était blessé ; ils aidèrent les vieillards à avancer sur le terrain abrupt, les prenant par le bras. Parise couvrait leur fuite, adossé à un tronc, suant de douleur.

— Putain de connard de Diaz de merde, maudissait-il.

Une balle siffla au-dessus de sa tête, une autre percuta l'arbre voisin. Un tir précis, depuis les buissons en contrebas. Terrain défavorable. Parise claudiqua à la suite de la troupe qui remontait la pente, la cheville en feu. Si Ardiles tenait à marcher seul, le Picador soutenait le cardinal, qui se plaignait toujours de ses côtes. Une balle ricocha sous le nez d'Ardiles qui, le bras en écharpe, pâlissait de rage dans son polo Ralph Lauren. Le Toro l'entraîna sous les branches ; les balles fusaient dans leur dos. Ils coupèrent vers l'est où le terrain était moins difficile, le souffle court. L'odeur de pin avait disparu, ou la peur avait modifié leur sens. Parise se déplaçait à cloche-pied, ahanant :

— *Vamos, vamos !*

Il tirait quelques coups de feu au petit bonheur, pour les couvrir. Les hommes avançaient en baissant la tête à l'ombre des branches, butaient sur des racines, des haies de fougères. Von Wernisch gémissait sous l'effort, il fallait presque le porter. Enfin les tirs dans leur dos se firent sporadiques, puis se turent... Ils avancèrent encore une centaine de mètres, et n'entendirent bientôt que les brûleurs de leurs poumons.

— Halte ! s'écria Parise, qui fermait la marche.

Il faisait sombre sous les grands arbres. On ne voyait plus la piste en bas, qu'un mur de végétations enchevêtrées qui semblait s'épaissir avec la fin du jour. Parise était en nage.

— Toi, aide le cardinal à s'allonger sur un endroit à peu près confortable. Le Toro, tu sécurises le terrain, il faut qu'on s'arrête deux minutes...

— O.K. !

Ardiles avait vieilli de dix ans, von Wernisch semblait dépassé par les événements. Épuisé par sa course, Parise s'assit pour examiner sa cheville : la balle avait brisé la malléole en plusieurs morceaux. Le stress passé, la douleur lui remontait jusqu'au genou.

— T'as pris une balle, chef ? souffla le Picador en découvrant l'ampleur des dégâts.

— Ouais, fit-il, le crâne ruisselant.

Son portable ne captait toujours pas, et la nuit tombait sous les araucarias. Personne ne leur viendrait en aide, le coin était isolé et les deux vieillards limitaient leur mouvement. Parise rumina : avec sa cheville en miettes, lui ne valait pas beaucoup mieux. À moins de les abandonner à leur sort

— mais c'était laisser envisager à ses hommes de main qu'ils pourraient l'abandonner à leur tour, blessé, en cas de danger. Il fallait retrouver la piste, un lieu où le portable captait.

— Aidez-moi à me relever, je vous prie, souffla von Wernisch, que le Picador avait aidé à s'allonger. J'ai les os rompus avec ces satanées racines !

Ardiles s'épongeait le front, appuyé contre un arbre avec son bras en écharpe.

— Alors, Parise, s'impatienta-t-il, qu'est-ce que c'est que ce merdier ? Où est Diaz ?!

— J'en sais rien, général.

— Et vous, cardinal ? Je croyais que Diaz était un patriote ?!

— Je... je ne comprends pas, bredouilla l'intéressé.

Parise tenta de retrouver ses repères, évalua la situation. Le tireur embusqué avait au moins deux armes, un revolver et un fusil — le plus dangereux. Il pouvait envoyer ses hommes au charbon, mais les deux abrutis risquaient de se faire descendre avant d'avoir localisé la cible. Le Picador releva le malheureux cardinal, agrippé à lui comme à un numéro gagnant.

— J'ai trop mal aux côtes pour marcher, glapit-il, squelettique sous sa chasuble.

— Qui nous tire dessus ? insista Ardiles. Diaz ?

— En tout cas, c'est pas les flics.

— Votre job était de me protéger !

— Mon job est de vous sortir de là, feula Parise, que la douleur rendait mauvais. O.K. ?!

Le vieux la boucla.

L'humidité tombait avec le soir. Le Toro revint bientôt de son inspection, essoufflé.

— J'ai vu aucun mouvement, dit-il, le costume crotté. Je comprends pas ce que c'est, ce plan, chef !

— Moi non plus, commenta son binôme.

Le géant se releva, mâchoires bloquées pour contenir la douleur de sa cheville.

— Il faut retrouver la piste, dit-il. Le tireur se déplace ; on va le contourner.

— Le Land Cruiser est hors course, chef.

— Sans compter que j'ai laissé les clés dessus, renchérit le Picador.

— Et ton numéro de carte bleue, t'as pas pensé ?!

Le Toro rit de sa vanne, se ravisa en voyant le visage lugubre de ses compagnons. Le soleil avait basculé de l'autre côté des collines, la nuit tombait maintenant par nappes. Parise posa la question qu'il redoutait :

— D'après vous, elle est où la piste ?

— Par là.

— Là.

— Là…

— Je dirais là…

Trois directions, assez différentes pour ne jamais recouper cette maudite piste. Seul Ardiles pensait comme lui — à « cinq heures ».

Parise somma le Toro de porter von Wernisch aussi loin qu'il le pourrait. La boussole était restée dans le vide-poches, ils n'avaient pas de torche, on n'y voyait presque rien et ils n'avaient qu'un briquet, qui brûlait les doigts du Toro. Bon an mal an, la petite troupe se mit en ordre de marche. Les insectes sortaient avec la nuit. Ils gravirent péniblement cinq cents mètres, avant de bifurquer vers la droite et le versant de la colline. Parise espérait retrouver la piste tôt ou tard mais, au bout d'un moment qui lui parut trop long, le dénivelé arrêta de descendre. Pire, il commençait à remonter…

— C'est quoi, ce bordel ? grommela le Toro, qui en avait marre de porter le vieux. Je croyais qu'on devait tomber sur la piste ?!

Parise traînait la jambe à l'arrière du groupe ; ils ne se distinguaient presque plus dans l'obscurité. Les arbres étaient hauts, touffus, bouchant le ciel et les étoiles, s'il y en avait. Ils se turent, dans l'expectative. Un silence opaque enveloppait la forêt. Le noir viendrait bientôt. Total.

Le général Ardiles comprit le premier : ils étaient perdus.

6

Une odeur d'humus imprégnait le sol. Ils avaient marché à tâtons, plusieurs centaines de mètres sur un terrain dénivelé, avant d'abandonner la perspective de retrouver la piste. La végétation trop dense les obligeait à faire des détours ; ils ne savaient plus où ils se situaient, si le nord était devant ou derrière eux, personne n'y connaissait rien aux étoiles, d'ailleurs ils ne les voyaient pas, et risquaient de se perdre un peu plus s'ils continuaient de marcher en aveugle. Hector Parise boitait bas, pâle comme un linge sous le masque des ténèbres. Von Wernisch, arc-bouté sur l'épaule du Toro, se plaignait de sa hanche, de ses côtes, probablement fêlées lors de l'accident ; Ardiles aussi montrait des signes de faiblesse, comme si la perspective du danger avait ravivé la douleur de son bras blessé.

Ils s'arrêtèrent entre les troncs serrés et les fougères, en pleine obscurité.

— On va attendre le jour, décréta Parise. Ça ne sert à rien de continuer.

De fait, on n'y voyait pas à un mètre. Les autres acquiescèrent, épuisés, anxieux à l'idée de passer une nuit en pleine forêt. Le briquet du Toro rendit l'âme tandis que la troupe s'installait entre les racines d'un arbre multicentenaire, dont la cime semblait appartenir à un autre monde. Ils s'étaient répété les mêmes questions sans réponse, démoralisés, pendant que von Wernisch gémissait tous ses saints, ses vieux os au martyre. Le besoin de se regrouper se fit sentir, vieil instinct grégaire.

Après l'humidité, le froid les saisit. Ils n'étaient pas équipés. Et tous ces bruits étranges autour d'eux, qui les faisaient sursauter… Ils se turent. Ardiles guettait dans le noir, fauve sans proie, emmuré dans un silence rageur qui n'augurait rien de bon. Le Toro avait fait le fanfaron un moment, il allait « buter ce pédé de Diaz », puis lui aussi avait baissé d'un ton. Il crevait de soif après cette marche forcée, et cette forêt commençait à lui foutre les jetons. On n'y voyait plus rien, la lune n'avait jamais réapparu, les étoiles avaient foutu le camp.

Le temps s'écoulait, interminable. Plus personne ne parlait. Le noir les prenait dans ses anneaux, oppressant, une masse presque physique qui semblait les écraser chaque minute un peu plus. Un sentiment que le tortionnaire ne connaissait pas l'envahit inexorablement : la claustrophobie. Un avant-goût de panique, qu'il s'agissait de tenir à distance. Le Toro ne distinguait plus les autres au pied de l'arbre où ils avaient établi leur campement de fortune. Il ne restait que l'odeur des vieillards recroquevillés, puant la peur et la mort…

— On devrait peut-être faire un feu, murmura le Picador à ses côtés. J'ai des allumettes.

— Pour se faire repérer, c'est une idée.

— On n'y voit que dalle dans cette putain de forêt, chef !

— Raison de plus pour rester cachés jusqu'à l'aube, grogna Parise.

La douleur le rendait teigneux. Un silence de plus en plus suffocant cernait la forêt, ponctué par le craquement des branches au-dessus. Des branches ou autre chose. Comme si on les guettait...

— Et si y a des animaux ? s'inquiéta bientôt le Toro.

— T'as peur de quoi, des jaguars ? railla son compère.

— Y en a ?

— Dans ton cul ! singea l'autre.

— Fermez vos gueules et ouvrez vos yeux, maugréa le chauve, d'humeur belliqueuse. On va instaurer un tour de garde pendant que les autres se reposent.

Mais dans l'obscurité, avec cette masse autour d'eux, les minutes étaient devenues des heures... Le temps passa encore. Les vieillards ne se plaignaient plus, grelottant de froid. Le vent agitait les cimes des arbres. Ils l'entendaient à peine, comme si la forêt étouffait tout. Il n'était que onze heures à la montre électronique du Toro, une contrefaçon au bracelet de cuir qui irritait ses poignets boudinés. Il pesta contre les ombres et la faim qui le tenaillaient, avachi dans un nid de fougères irritantes, pensa au derby du soir pour chasser les mauvaises pensées. Un craquement tout proche le fit sursauter... Ce n'était pas un oiseau. Trop lourd.

Il secoua son compagnon.

— T'as entendu ?

— Hein ?

— Le bruit, chuchota-t-il.

— Nan… Un écureuil, merde…

Le Picador n'aimait pas se faire peur — pas comme ça. On lui avait raconté une histoire une fois, de types en panne dans une bagnole, la nuit. L'un d'eux était parti vers le village le plus proche en quête d'essence, et n'était jamais revenu. Ses copains, restés dans la voiture, avaient alors été réveillés par un bruit mat et répétitif contre la portière : la tête de leur compagnon, parti chercher de l'essence…

— Et là ?! sursauta le Toro.

— Qu'est-ce qui se passe ? souffla Parise sur leur droite.

Le gros homme aurait juré avoir vu passer une forme, entre les arbres… Toute proche.

— J'ai vu passer un truc, souffla-t-il.

— Quoi ?

— J'en sais rien, putain !

Le Picador scruta les ténèbres, la main rivée sur son pistolet automatique, les sens aux aguets. Une série de légers craquements se fit entendre dans leur dos, comme des pas furtifs qui couraient à « huit heures » : ils se retournèrent, braquèrent leurs armes vers le noir, attendirent, le cœur battant… Plus un bruit.

Parise s'était mis debout sans prendre appui sur sa cheville blessée, les yeux dilatés.

— Il y a quelqu'un, souffla le Toro. J'ai vu une forme…

— Il fait noir, connard !

— Justement !

Les vieillards se redressèrent à leur tour, dans l'expectative.

— Qu'est-ce qui se passe ?! lança le général.

Le Picador la vit alors sur sa droite, une fraction de seconde : une ombre striée de blanc filant à toute vitesse entre les arbres. Des rayures verticales. Un putain de fantôme. Il tira trois balles coup sur coup, qui se fichèrent dans l'écorce toute proche.

— Y a quelque chose, cria-t-il, là !

— Où ?! gronda le chauve.

Il ne sentait que la poudre et la peur des autres collés les uns aux autres.

— À dix heures !

Ils n'avaient plus de repères, et l'ombre avait disparu.

— Quoi ?! s'agaça Parise. Qu'est-ce que tu as vu ?!

— Une bête, rétorqua le Picador. Une bête avec des bandes blanches… phosphorescentes !

— Ouais ! confirma le Toro.

Les fuyards ne voyaient rien, que la nuit qui tremblait.

— Vous délirez ! gronda Ardiles. Vous êtes devenus complètement malades !

Le temps resta suspendu : puis il l'aperçut à son tour, sur sa droite, spectre ou animal dont l'ombre les contournait en se déplaçant très vite.

— Là ! C'est là ! Sur la droite !!!

Les détonations claquèrent dans l'air saturé de la forêt, dévoilant un bref instant leurs visages ébahis, mais s'il y avait une forme, elle avait disparu.

— C'est le diable ! fulmina von Wernisch. C'est le diable qui nous a menés là !

Le général tâtonna en aveugle, accrocha la veste de Parise et ne le lâcha plus.

— Donnez-moi une arme ! éructa-t-il, autoritaire. Donnez-moi une arme !

Le géant se dégagea d'un revers. Ils n'avaient que trois pistolets et les chargeurs étaient restés sous le siège du Land Cruiser. Le chef de la sécurité crut alors sentir une présence dans son dos. Il hésita à tirer de peur de blesser un des siens, mais c'était sûr : quelque chose rôdait autour d'eux. *Quelque chose* qui ne semblait pas humain.

— C'est quoi ? rugit le Toro.

— Il ne faut pas rester ici ! répéta le cardinal. Il y a des esprits mauvais dans ces bois, je les sens. Je sens leur présence autour de moi. Ils rôdent... Vous ne sentez pas ?!

Le diable errait dans la forêt, autour d'eux. Une menace terrible, qui allait bientôt les frapper. Même le général Ardiles tremblait à côté de lui. La vieille peur du noir l'avait saisi à la gorge. Un vent de panique souffla quand la tête du fantôme apparut derrière le tronc : une barre blanche, à peine perceptible dans l'obscurité, à trois mètres de lui.

— Donnez-moi ça ! siffla Ardiles en se jetant sur le pistolet de Parise.

Il voulut lui arracher l'arme des mains mais le chauve le repoussa brutalement : il avait la cheville brisée et les deux vieux pétaient les plombs. Jeté à terre, Ardiles hurla de douleur en tombant sur son bras blessé. Un projectile rasa le crâne de Parise, et ricocha contre le tronc de l'araucaria. Une balle de revolver, tirée tout près de là. Non, ce n'était pas des fantômes, mais un ou plusieurs chasseurs embusqués. Parise se baissa et fit feu, au risque d'essuyer une riposte ciblée.

— Dégagez de là ! cria-t-il en braquant son arme automatique. Putain, dégagez de là !

Il appuya sur la détente avant que le cliquetis

du percuteur ne s'affole. Il insista, en vain : le Glock était vide.

— *Mierda !*

Une balle fendit les ténèbres, sur leur gauche. Le Picador se mit à couiner, battant les bras autour de lui.

— Putain, je suis touché ! Aah ! Putain de saloperie de merde !

— Où ça, s'affola le Toro. Où ça, putain ?! On n'y voit rien !

— *La concha de tu abuela*[1] *!* jura l'autre entre les dents. J'ai la jambe cassée, putain, j'en suis sûr !

La balle lui avait brisé le tibia. Il s'appuyait contre le tronc sans savoir comment il pouvait tenir debout. Parise pesta dans le noir : ils allaient se faire tirer comme des lapins s'ils restaient là. Le tueur les observait, en ce moment même, et lui n'avait plus d'arme.

— Sauve qui peut ! gronda-t-il en relevant le général.

Le chef détalait. Pris de panique, le Toro et le Picador tirèrent trois balles pour couvrir leur fuite, abandonnant von Wernisch à son sort. Soutenant son ami blessé, le Toro se fraya un chemin entre les ronces. Parise était parti dans la direction opposée avec Ardiles, laissant le cardinal sous l'arbre — ils en étaient à sauver leur peau. Le géant se cogna aux branches, rebondit dans les cordes, serrant les dents pour ne pas hurler.

— Attendez-moi ! s'égosillait le général. Parise ! Pour l'amour de Dieu, attendez-moi !

1. « La chatte de ta grand-mère. »

— Magnez-vous, merde !

La forêt était hantée, on n'y voyait rien. Le Toro et le Picador écartaient les bras devant eux sans plus penser qu'à s'échapper du piège. Ils entendaient les appels au secours du cardinal dans leur dos, des cris effrayants qui leur glaçaient les os. Ils poursuivirent leur course à travers les fourrés, des aiguilles dans le sang.

— J'ai mal ! jurait le Picador à quelques encablures. J'ai mal, merde !

— Ta gueule, putain, on va se faire repérer !

Ils avançaient tant bien que mal, à tâtons, divaguant dans cet enchevêtrement de lianes et de ronces qui ne menait nulle part. Le Toro ouvrait la marche, les mains en sang à force de brasser les épines, il essayait d'enjamber les racines, les arbustes, rebondissait comme une bille folle. L'esprit occupé à fuir l'enfer où on l'avait mené, le gros homme buta tête la première contre un tronc.

— Putain ! jura-t-il à mi-voix.

Il chassa d'une main rageuse les bouts d'écorce incrustés sur son front, reprit son souffle sans cesser de scruter l'obscurité. Il ne savait pas combien de balles il restait dans son pistolet, ses poches étaient vides et la peur dégoulinait sur son visage. Il réalisa alors qu'il était seul.

— Picador ! cria-t-il. Tu es où ?

Pas de réponse. Il déglutit, hors d'haleine : il avait perdu son binôme. Il le suivait pourtant tout à l'heure — du moins le croyait-il. Une bouffée d'angoisse lui serra le cœur. Revenir sur ses pas pour quoi faire ? Se faire étriper par ces putains de fantômes à rayures ?!

— T'es où, bon Dieu ?! Pic ! Oh ! Pic !

L'obscurité étouffait ses appels. Toujours aucun écho. Qu'un vide tonitruant. On n'entendait que le bruissement du vent dans les cimes, le craquement des arbres au-dessus, ces bruits de forêt qui lui retournaient l'épiderme. L'envie de chier se fit plus pressante. Le Toro crut deviner quelque chose sur sa gauche, expédia deux balles dans la nature. La sueur coulait sur ses yeux d'aveugle, il écarquillait en vain les pupilles, les intestins retournés.

— Ooh ! T'es où ?!

Le Toro recula en braquant son arme sur une cible invisible, buta sur les pièges des racines, se rattrapa aux lianes. *Hijo de puta, hijo de puta*, il pestait, le pouls dégueulasse, en proie à une peur inconnue. Les coups pouvaient venir de n'importe où, le frapper n'importe quand, la forêt était une putain de cagoule géante qui lui serrait le crâne. Il entendit alors les pas dans les feuilles, des pas qui se rapprochaient. Le Toro expédia ses deux dernières balles, qui se perdirent dans la nuit.

— *Hijo de puta ! Hijo de puta !*

Il tira plusieurs fois à vide avant de percevoir le cliquetis du percuteur au bout de son bras. Il ouvrit de grands yeux effarés, voulut reculer : on l'épiait... Quelque part. Entre les branches. Il y avait une présence, il la sentait, là, au cœur des ténèbres. Soudain ses poils se hérissèrent : l'ombre fondit sur lui comme un tigre. Trop tard pour reculer. Il poussa un hurlement, la crosse brandie prête à s'abattre. Un point rouge fixait sa poitrine : le Toro allait frapper la bête immonde quand une décharge électrique atomisa son système nerveux.

Il chancela dans l'air humide de la forêt et, les muscles tétanisés, s'affala lourdement sur les racines. Une poignée de secondes passèrent, hors du temps.

— *La concha*…

Le faisceau d'une lampe torche éblouit ses yeux bovins. Le Toro fit un effort désespéré pour se relever, en vain : la crosse du fusil lui fracassa la mâchoire.

*

Il avait plu dans la nuit, ce qui avait transformé la clairière en un carré de boue. La première chose que vit le Toro en ouvrant les yeux fut un sexe de femme, qui lui pissait dessus. Un jet d'urine tiède dégoulinait entre une touffe de poils noirs, une chatte comme il les aimait pourtant, accroupie à quelques centimètres de son visage.

Le Toro voulut bouger mais il avait les membres entravés et la tête en mille éclats de bois. Les images lui revinrent, dans le désordre : la fuite éperdue dans la forêt, la panique qui les avait fait déguerpir chacun de leur côté, le noir total, la disparition du Picador qui se traînait pourtant dans son dos, la bête qui l'avait attaqué… Il détourna la tête : la pisse giclait sur ses lèvres fendues, et les plaies à vif le brûlaient.

— C'est pour t'éviter la septicémie, fit Jana en finissant de vider sa vessie.

Le coup de crosse avait démoli sa bouche et une partie de sa mâchoire supérieure. Le Toro cracha les deux incisives égarées au fond de sa gorge, manqua de s'étouffer en roulant sur la boue. Il cligna les paupières. L'Indienne reboutonnait son treillis, assez effrayante avec son nez cassé et le contour des yeux encore barbouillé de noir. Il eut un geste de recul : la fille du delta — bon Dieu, qu'est-ce qu'elle foutait là ?!

— Ne t'en fais pas, je reviens, dit-elle en s'éclipsant sous les branches.

Son visage peinturluré et sa voix d'outre-tombe le firent frissonner. Le Toro renifla des caillots de sang, allongé à même la terre, encore incapable de se redresser. Quant à articuler, le moindre mot lui arrachait des larmes. Il était nu comme un ver, jeté comme un paquet de linge sale au milieu d'une clairière, la bouche en charpie. Des arbres immenses ballaient au-dessus de lui, dont on devinait les cimes au jour naissant. Depuis combien de temps était-il là ? Il avait les mains liées dans le dos, ses chevilles aussi étaient entravées, des menottes qui lui sciaient méchamment la peau. Le gros homme se contorsionna et reconnut le Picador à quelques pas, nu lui aussi, gisant près d'un vieillard aux os saillant sous un corps décharné — le cardinal et sa triste figure. Bâillonnés, les prisonniers relevèrent à peine la tête. Von Wernisch semblait prier, les yeux mi-clos, recroquevillé comme pour cacher son sexe rabougri qui trempait dans les flaques. Le Picador se tenait dans une position similaire, hébété, livide. Il avait la jambe brisée, une fracture ouverte au tibia qui, à la lueur éteinte de son regard, semblait le faire souffrir atrocement.

Un chien pouilleux les observait depuis les fourrés, impassible, les pattes croisées sous son museau gris. Le Toro fit un effort pénible pour se tenir assis tant la tête lui tournait, grommela dans sa barbe ensanglantée. La petite pute lui avait brisé la mâchoire... Il lui fallut plusieurs secondes avant de retrouver pleinement ses esprits. Un froid humide lui glaçait les os. Il avait pourtant de la réserve. Où étaient les autres ? Parise, le général Ardiles ? Un bruit de chaîne sur sa droite le fit sursauter : un homme au crâne dégarni était tapi en bordure de clairière, un septuagénaire enchaîné par le cou comme un chien à un arbre… Diaz ? Le Toro croisa ses yeux de dément, et la peur inexplicable qui l'avait étreint dans la forêt lui serra les tripes. Un autre bruit l'alerta. Il se retourna vers l'araucaria : l'Indienne était en train de creuser un trou, un peu plus loin sous les branches…

Une tombe.

Jana s'échinait, tout à son ouvrage, pour ne pas penser.

Il n'y a pas de prison chez les Mapuche, que des réparations.

7

Les anciens quais du port de Buenos Aires avaient fait place au Waterfront, complexe ultramoderne conçu par des architectes étrangers de renom. Des bateaux de faible tonnage accostaient encore le long des entrepôts en brique, les autres bâtisses jadis désaffectées avaient été rachetées et transformées en lofts de luxe, avec jacuzzi et vue sur les bassins du port artificiel.

Rubén savait qu'il n'irait pas loin dans cet état : tousser lui tirait des larmes, les douleurs se réveillaient en sursauts furieux et son cerveau n'imprimait que des images sordides. Des joggeurs aux lunettes profilées couraient le long de la promenade. Il suivit l'allée de platanes qui menait à la digue Costanera Sur, marchant à pas comptés, l'esprit cotonneux sous l'effet des antalgiques. Il était deux heures de l'après-midi, quelques touristes anglo-saxons dans leur sempiternel short à carreaux farnientaient à la terrasse des restaurants, amollis par le malbec local. Il stoppa à hauteur de la frégate *Sarmiento*, le vieux bateau-école devenu musée : Isabel Campallo buvait un Perrier à la terrasse du bar lounge où ils avaient rendez-vous.

Rubén avait appelé chez elle avant de quitter l'agence, et lui avait laissé le choix. Ou elle acceptait de le voir dans un lieu public, seule, ou il racontait ce qu'il savait à Rodolfo quant au vol des enfants, preuves ADN à l'appui… Le regard errant sur les voiliers bâchés qui clapotaient dans le port, incognito sous ses grosses lunettes de soleil, la veuve cuvait son malheur au fond d'un brouillard anxiolytique. Il fallut que le détective s'assoie à la table pour qu'elle remarque sa présence. Le chignon bâclé, vieillie d'un siècle dans une robe noire, son bras droit en écharpe, stigmate d'une chute récente.

— Ma fille et mon mari sont morts, Calderón, l'accueillit-elle. Qu'est-ce que vous voulez encore ? Vous croyez que je n'ai pas assez souffert ?

Des femmes à poussette papotaient en longeant la terrasse. Rubén commanda un expresso à la serveuse qui se présentait, alluma une cigarette le temps qu'elle déguerpisse et se tourna vers l'*apropiador*.

— D'abord merci d'avoir accepté ce rendez-vous, recadra-t-il. Comme je vous l'ai expliqué, tout ce que vous pourrez me dire restera entre nous. Je n'en parlerai ni au procès, ni aux flics, ni à personne. Je vais vous avouer ce que je sais et vous invite à faire de même…

La mère de Maria ne broncha pas, sur la défensive. Tout était allé de mal en pis depuis sa première irruption chez eux : elle avait perdu sa fille dans des circonstances tragiques, puis son mari. Elle n'avait plus qu'un fils devenu autiste depuis les révélations du cimetière, et ses beaux yeux pour pleurer.

— J'ai retrouvé les cadavres des parents de Maria, reprit Rubén sans animosité. Samuel et Gabriella Verón, un jeune couple chilo-argentin assassiné en septembre 1976. Le Centre d'Anthropologie légiste confirme la concordance de leur ADN avec celui de Maria Victoria et Miguel Michellini, son vrai frère… Les actes de naissance de vos enfants sont des faux, vous le saviez.

Isabel Campallo secoua la tête.

— Non.

Rubén reçut son expresso, l'œil noir.

— Écoutez, madame Campallo. Pour le moment la presse n'est pas au courant, ni les juges, mais les Grands-Mères ont un dossier à charge contre vous qui, deuil ou pas, êtes toujours sous le coup d'une condamnation comme *apropiador*. Sept ans de prison, c'est la peine encourue. À vous de voir si vous voulez salir votre nom, et celui de votre mari.

Un silence passa le long de la promenade où s'enlaçaient les amoureux, sous les claquements des drisses. Isabel Campallo s'arc-bouta un peu plus sur son bras bandé.

— Alors ?

— Eduardo m'a parlé des petits, un jour, dit-elle enfin. Deux enfants en bas âge. Il m'a dit qu'ils avaient été abandonnés devant un hôpital, qu'on pouvait les adopter… Je l'ai cru.

— Oui, on a trouvé Rodolfo dans un chou et Maria dans une fleur… Été 76, vous saviez ce qui se passait à l'époque, non ? la rabroua-t-il.

— La dictature militaire, oui. Ça n'empêchait malheureusement pas les gens d'abandonner leurs enfants.

— Avant d'être liquidés. Des disparus, à qui on volait leurs enfants.

— Quand on pose deux bébés dans les bras d'une femme stérile, elle veut bien croire n'importe quoi, rétorqua Isabel Campallo. Et puis, d'une manière ou d'une autre, ces enfants n'avaient plus de parents, se défendit-elle. Nous leur avons donné la possibilité d'avoir la meilleure éducation qui soit. C'est ce que nous avons fait. Toujours.

Rubén cracha la fumée de sa cigarette à la figure de la veuve.

— Vous prétendez ne rien savoir sur les conditions d'adoption de vos enfants, ni des gens qui l'ont permise ?

— Non. Je me suis tenue à la version d'Eduardo. Peut-être m'arrangeait-elle, concéda-t-elle. J'ai vécu avec.

— Mais vous n'avez jamais dit à vos enfants qu'ils avaient été adoptés.

— Non.

— Pourquoi ?

— Par commodité.

— Et lâcheté : vous deviez vous douter qu'ils avaient été arrachés à leurs parents.

— Non, répéta la mère de famille, non, je voulais les aimer, c'est tout. Vous n'êtes pas capable de comprendre ça, Calderón ?

Des larmes muettes coulaient sur les joues de l'*apropiador*.

— Les aimer en cachant la vérité sur leur origine, acquiesça Rubén. Belle névrose que vous entretenez là.

— Ça ne fait pas de nous des monstres, se ressaisit Isabel. Mon mari et moi avons toujours aimé

Rodolfo et Maria Victoria comme s'ils étaient nos enfants.

— Il ne manquerait plus que vous les détestiez parce qu'ils venaient de parents assassinés, renvoya-t-il d'un air mauvais.

Piquée au vif, Isabel se rebella.

— Vous avez la mémoire courte ou sélective, monsieur Calderón. Le pays était alors en proie à l'anarchie. Il y avait des meurtres tous les jours, en pleine rue : commissaires de police, juges, militaires, chefs d'entreprise, les terroristes massacraient tout le monde ! *Montoneros*, communistes ou guévaristes, ça ne fait pas beaucoup de différences : ils voulaient changer le monde sans se demander si le monde voulait en payer le prix, celui du sang ! D'après vous, pourquoi les Argentins ont-ils bien accueilli le putsch des militaires ?! s'emporta-t-elle. Il y a peut-être eu des erreurs, mais ceux qu'on a internés en secret l'étaient pour de bonnes raisons : c'était eux ou nous !

Rubén jeta sa cigarette à défaut de la lui écraser sur la gueule.

— Vous avez des arguments de choc pour quelqu'un qui ne se pose pas de questions, observa-t-il avec cynisme. Pourquoi vous ne m'avez rien dit quand je suis venu vous signaler la disparition de votre fille ? On avait peut-être encore une chance de la sauver. Vous avez pensé à ça ou votre idéologie vous a bouffé le cœur ?!

Un voile inquiétant passa sur le visage cireux du détective.

— Rodolfo était présent, répondit sa mère, confuse. Je... je ne pouvais pas aborder le sujet devant lui.

— Le mensonge est plus important que la vie de votre fille, hein ? Vous me dégoûtez, dit-il entre ses dents.

Isabel ravalait ses larmes. Les gens flânaient au-delà de la terrasse, sourds au drame qui se dénouait là.

— Vous savez pourquoi votre mari s'est suicidé ? demanda Rubén.

La veuve haussa ses maigres épaules.

— Par chagrin… Évidemment.

— Il n'a rien laissé derrière lui ?

— Non…

— Ne m'obligez pas à vous casser l'autre bras, fit-il d'un air glacial. Si votre mari s'était suicidé par amour pour sa fille, il aurait laissé une lettre explicative. Alors ?

— Chez le notaire, dit-elle.

— Quoi, chez le notaire ?

— Eduardo a laissé une lettre, datée du matin même de sa mort.

— Elle dit quoi cette lettre ?

— Qu'il cède toute sa fortune à Rodolfo, répondit Isabel. Je ne garde que la maison, en plus des biens de ma famille…

Rubén eut un rictus.

— Votre mari vous a déshéritée ?

— Non. Non, Eduardo savait que je n'ai pas besoin d'argent. Ma famille est riche, ce n'est pas ça… (La femme soupira sous le corset noir de la robe.) C'est plutôt un dernier acte d'amour pour notre fils, expliqua-t-elle. Mon mari se doutait que Rodolfo apprendrait la vérité au sujet de l'adoption… Je crois qu'il a voulu lui prouver que, malgré notre silence, nous les avons aimés, lui et sa sœur, comme nos enfants… Que nous voulions les protéger.

L'image pieuse ne le convertit pas.

— Non, grinça Rubén. Non, il s'est passé autre chose… Une chose qui a poussé votre mari au suicide.

Les bulles de son Perrier commençaient à s'éventer dans l'air tiède de la terrasse. Isabel Campallo releva la tête, surprise.

— Qu'est-ce qui aurait pu pousser Eduardo à se suicider ?

— La vérité, dit-il. La vérité sur la mort de sa fille.

Isabel était pâle de l'autre côté de la table, bientôt transparente.

— Expliquez-vous, dit-elle.

— Votre mari semblait effaré l'autre jour au cimetière, quand je lui ai révélé les circonstances du meurtre de Maria. Pensez ce que vous voulez de moi, madame Campallo, mais je ne serais pas venu gâcher votre deuil si je n'avais pas eu la certitude qu'on l'avait tuée. Je crois que votre mari l'a compris aussi, à ce moment-là : et que ce fut pour lui un choc.

Le front d'Isabel se lézarda.

— Entre l'enterrement et son suicide, votre mari a vu qui, à part sa famille ? enchaîna-t-il. La police scientifique ? Luque ?

— Non… Non.

— Le maire ? Torres était son ami, non ? C'est lui qui a mis la police d'élite en place : votre mari a pu lui demander des explications au sujet du faux rapport d'autopsie, et du meurtre qu'on lui cachait. Ils ont dû se voir, se téléphoner…

— Oui, dit-elle. Oui, Eduardo est allé le voir le matin du jour où…

Isabel n'acheva pas sa phrase.

— Le jour où il s'est donné la mort, poursuivit Rubén. Réfléchissez. Votre mari rencontre son ami Francisco Torres, puis il dicte ses dernières volontés chez le notaire au bénéfice de Rodolfo, avant de se tirer une balle dans la tête. Pour quelle raison à votre avis ?

Isabel Campallo le fixait, décontenancée.

— Parce que Eduardo a compris que ses amis lui cachaient la vérité, l'enfonça Rubén. Qu'ils étaient eux-mêmes impliqués dans le meurtre.

— Non… (Elle secoua la tête, incrédule.) Non, Francisco est un ami de longue date. Il n'aurait jamais fait une chose pareille. Il n'a rien à voir avec la dictature. Et puis, il avait à peine vingt ans à l'époque. C'est impossible.

— Torres a pu céder à la pression. Beaucoup de gens sont impliqués, un ancien général, d'autres encore, peut-être proches de lui.

— Non, répéta Isabel, la voix cassée. Non, je vous répète que Francisco est un ami de la famille : il connaît Maria Victoria, Rodolfo… Je refuse de vous croire.

— Votre mari s'est quand même suicidé après leur entrevue.

— Je vous dis que c'est impossible. Francisco est un homme d'honneur.

— Il a pu justement avouer à Eduardo son implication dans l'affaire, insista le détective, les moyens mis en œuvre pour étouffer le meurtre, Luque et sa clique.

— Mais enfin, se rebiffa-t-elle, pourquoi Francisco ferait-il une chose pareille ?!

— Peut-être pour protéger quelqu'un. Quelqu'un qui figure sur la fiche d'internement prouvant l'adoption de vos enfants, asséna Rubén.

— C'était il y a plus de trente ans. Francisco n'avait même pas fait son service militaire : comment voulez-vous qu'il ait un lien avec vos anciens répresseurs ?!

Rubén alluma une cigarette, qui n'arrangea pas son état. Il reçut alors la réponse comme un éclair — comment n'avait-il pas fait le rapprochement plus tôt ? Isabel Campallo avait raison au sujet de Torres. Ce n'était pas lui ou un de ses amis que le maire de Buenos Aires cherchait à protéger : c'était son père. Ignacio Torres, l'homme qui avait fait fortune dans le vin avant de lancer la carrière politique de son fils. Gabriella Verón avait des terres dans la région de Mendoza... Ignacio Torres, c'était lui l'homme de l'*estancia*.

*

Sa tête bourdonnait sous les soubresauts de l'appareil. Trop d'événements à la fois — l'hôpital, Campallo, la trahison de Torres — et lui tenait à peine debout. Un enchaînement de coups qu'il prenait en pleine face, comme un boxeur dans les cordes. Jana. Rubén avait retourné l'équation dans sa tête des centaines de fois, et n'avait trouvé qu'une réponse à son silence : si elle avait pris les armes dans sa cache en omettant de prévenir les Grands-Mères, c'est qu'elle le croyait mort. Pas d'autres solutions. Rubén tremblait en songeant à ce qu'elle pouvait faire. Il n'avait aucun moyen de la contacter, la Ford n'était plus rue Perú, où Miguel l'avait laissée : Jana avait quitté la ville sans donner signe de vie, avec ses armes. Avait-elle une piste, une piste qu'il n'avait pas ? La peur de la perdre ne l'avait pas lâché. Elle croyait quoi, qu'elle allait les liquider, seule ? Était-elle devenue folle ?

Rubén comatait sur le siège arrière de l'avion de tourisme, en proie aux turbulences, à la douleur, ses chairs martyrisées comme coussin d'air. Un morse adipeux était aux commandes du Cessna, Valdès, le chef pilote de l'aérodrome d'El Tigre. Le détective l'avait trouvé dans son baraquement pourri, alignant les réussites, comme si rien n'avait bougé depuis la semaine précédente. Valdès n'avait pas de nouvelles de Del Piro mais ses grandes dents jaunies de nicotine s'étaient dévoilées devant le tas de billets déposé sur le comptoir…

— On arrive ! brailla-t-il enfin depuis le cockpit.

Le visage de Rubén ruisselait.

Mendoza, dix heures du soir. Il lui fallait un lit, un hôtel où se reposer. Le détective marchait à pas comptés sur le tarmac de l'aérodrome, le bras gauche collé au flanc comme s'il s'était cassé l'épaule. Rubén serrait les dents, dur au mal : le Glock était dans son sac, et lui tirait de la main droite…

*

La famille Torres appartenait à l'oligarchie de propriétaires terriens qui s'était partagé le pays deux siècles plus tôt. Ignacio avait grandi dans les vallées fertiles de l'Uco, fierté de l'Argentine. Il aimait sa région, magnifique, le vin qu'on y fabriquait, le pouvoir dont il avait hérité et l'argent qui le finançait.

La province de Mendoza produisait le meilleur vin du pays, pour un marché intérieur alors très demandeur. Le vin était la boisson populaire par excellence, mais Ignacio était un visionnaire. L'Argentine, qui avait prospéré en nourrissant l'Europe dévastée au sortir de la guerre, était exportatrice de ses matières premières : le vin serait le nouvel eldorado. Dès les années 70, Ignacio Torres avait compris la prédominance du capital sur le travail. Avec la libéralisation des marchés, les spéculations financières rapporteraient bientôt plus que les productions agro-pastorales et industrielles locales, plus encore si les bénéfices étaient placés à l'étranger. Encore fallait-il créer une société aux reins assez solides avant de se frotter à ces fameux marchés.

Ignacio avait profité des aléas de la dictature pour agrandir son espace vital, multipliant par trois l'étendue des terres familiales, afin de constituer le domaine de ses rêves, baptisé Solente.

Les principales exploitations viticoles de la région se concentraient autour de Luján ; Solente se situait plus au sud, hors des sentiers battus. Torres avait alors fait venir les meilleurs sommeliers d'Europe et d'Amérique pour améliorer les syrahs et les cabernets jusqu'alors consommés au tout-venant, et bâtir la réputation de la *bodega*. Après quoi il avait misé sur une communication intense, prospecté les marchés à l'export et les milieux influents, notamment Mondovino et la revue spécialisée qui établissait les cotes, à bon escient : le vin argentin avait vu son chiffre d'affaires exploser dans les années 90, en particulier celui de Solente, dont les bouteilles se vendaient aujourd'hui six fois plus chères qu'auparavant. Qu'importe si, faute de pouvoir payer ce qui était devenu un produit de luxe, la majorité de ses compatriotes ne buvaient plus de vin : l'exportation compensait largement la chute du marché local.

Solente. La situation géographique de la *bodega* était idéale, avec ses centaines d'hectares de vignes alignées au pied des Andes, et si la chapelle familiale rappelait l'architecture pinochetiste, un bâtiment ultramoderne accueillait public et marchands. Vaste hall d'exposition doté de sculptures et d'œuvres d'art contemporain, jardins de plantes exotiques, boutique climatisée vendant bouteilles et autre merchandising à l'effigie du domaine, restaurant lounge avec terrasse donnant sur la fabuleuse cordillère et ses monts enneigés : plus qu'une exploitation viticole, Solente était devenue une marque. Grâce à elle, Ignacio Torres avait amassé assez d'argent pour lancer son fils aîné dans la politique.

Accéder à la Casa Rosada : à soixante-seize ans, c'était pour lui la réalisation de toute une vie. Son fils Francisco avait l'envergure d'un président, la capacité de travail, le charisme, et lui de solides soutiens dans les milieux financiers et industriels. L'empreinte qu'il laisserait sur le pays serait irréversible : la marque Torres.

Ignacio avait certes quelques problèmes mais il ne changerait rien à ses méthodes. Comme tous les ans à cette époque, le maître du domaine était venu superviser les vendanges. Les rares nuages partis à l'assaut des Andes se délitaient le long des sommets, sous l'œil éteint du volcan Tupungato, gardien de la vallée de son enfance. Oui, il pouvait être fier de son ouvrage. Les grappes gorgées de soleil s'étendaient à perte de vue sur les coteaux, pour un cru qui s'annonçait exceptionnel. Ignacio goûta un raisin, recracha la peau, opina pour lui-même — acidité parfaite… Réfugié sous un chapeau à large bord, le vieil homme gambergeait au milieu de l'allée quand une voix le héla :

— Monsieur Torres ?

Coupé dans ses pensées, Ignacio eut un geste de surprise. Bref moment de flottement. Romero l'avait déposé au sommet de la parcelle Nord pour inspecter les vignes avant la vendange, le quad était arrêté en contrebas, il ne voyait pas Romero et un homme remontait le chemin de terre : un grand type brun vêtu de noir, qui marchait au pas lent et cadencé du légionnaire.

— Que voulez-vous ? lança Torres.

— Il faut que je vous parle, répondit l'homme en approchant.

Après dix heures de mauvais sommeil dans l'hôtel le plus proche, Rubén avait loué une berline près de l'aérodrome et filé à la *bodega* de Solente en se bourrant d'antalgiques. Encore dix mètres avant de rejoindre le boss.

— Si vous êtes journaliste, on a dû vous dire à l'accueil que je ne reçois que sur rendez-vous, s'irrita Ignacio. Vous voyez bien que je suis occupé.

— Oui, fit-il d'une voix lasse, j'ai appelé ce midi. On m'a dit que vous étiez au domaine pour superviser la récolte. Je ne suis pas journaliste.

Le détective s'arrêta au bout de l'allée, ruisselant de sueurs froides après sa marche forcée parmi les coteaux. Ignacio Torres avait un corps large et épaté au diapason de sa tenue de cow-boy. Ses yeux vifs viraient au vinaigre.

— Qui êtes-vous ?

— Rubén Calderón, dit-il. Je travaille pour les Grands-Mères.

Impossible de lire l'émotion derrière les Ray-Ban du propriétaire terrien.

— Qu'est-ce que vous voulez ? renvoya-t-il sèchement.

Rubén crevait de chaud sous le soleil et il n'avait pas de temps à perdre.

— La vérité sur le vol des terres de la famille Verón, dit-il à brûle-pourpoint. Septembre 76, vous vous rappelez ? Le colonel Ardiles vous a amené Gabriella, la seule héritière de ces terres, une jeune femme accompagnée de son mari, tirés des geôles clandestines de l'ESMA...

Ignacio sentit le danger : il jeta un regard en contrebas de la parcelle, aperçut le quad à mi-pente mais toujours pas cet abruti de Romero. Romero reposait quelque part entre les vignes, une balle dans le thorax, un duel qui avait tourné court.

— Personne ne viendra vous sauver, Torres, fit Rubén, devinant ses pensées. Encore moins un de vos hommes déguisés en *piqueteros*. C'est vous qui les avez envoyés sur la piste de Montanez, n'est-ce pas ? Avec l'aide de qui, Luque ?

Torres fit un bref panoramique sur les plantations : la *bodega* était trop loin pour qu'on les aperçoive.

— Je n'ai rien à vous dire, répliqua-t-il avec son autorité coutumière. Vous feriez mieux de retourner d'où vous venez avant que j'appelle la sécurité.

Il sortit un téléphone portable de sa chemise à carreaux : Rubén attrapa le poignet de Torres et, de sa main droite, le tordit jusqu'à ce que l'engin échouât sur le sol. Torres invectiva la brute, impassible malgré les suées qui inondaient son front, se tint le poignet comme s'il pouvait tomber. Rubén sortit le Glock de sa veste, le silencieux toujours vissé au canon, braqua l'arme sur le ventre du vieillard.

— Qu'est-ce que vous voulez, maudit Torres. De l'argent ?

Rubén secoua doucement la tête.

— Toujours aussi vulgaire, hein ?... Dites-moi plutôt combien valaient les terres de Gabriella Verón à l'époque. Vous les avez achetées une bouchée de pain, ou elle et son mari vous les ont cédées en échange de la vie de leurs enfants ?

Les mâchoires du vieux chef restèrent inflexibles.

— Je n'ai rien à vous dire, répéta-t-il. Voyez ça avec mes avocats.

— Pourquoi ne pas avoir fait remplir les papiers de la vente à l'ESMA pendant qu'on les torturait ? renchérit Rubén d'un air doucereux. C'était plus simple, non ?

— Je suis entrepreneur, pas militaire. Vous vous trompez de personne.

— Dites plutôt que vous avez préféré gérer l'affaire avec Ardiles, qui vous a amené Samuel et Gabriella Verón pour signer les papiers de la vente, avant de les liquider. Vous avez arrosé qui d'autre, des militaires hauts gradés ? Le couple a été enlevé dans le but de voler les terres de Gabriella ou vous avez appris leur existence lors de leur séjour à l'ESMA ? Hein ? Qui vous en a parlé, Ardiles ? Dans tous les cas, les papiers de la vente et la signature ont été extorqués par la force, à des gens sans défense, des gens qu'on a torturés avant de voler leurs enfants, s'échauffa le détective.

Torres eut une moue de Pieta confite.

— Vous ne pourrez jamais prouver ce que vous avancez, grommela-t-il.

— C'est ce qu'on verra au procès.

— Il n'y aura pas de procès, assura crânement le propriétaire terrien. Vous ne savez pas où vous mettez les pieds, Calderón.

— Si, justement. Vous avez financé la carrière politique de votre fils en tirant bénéfice des terres volées aux disparus, asséna Rubén. La fiche de l'ESMA récupérée par Maria Campallo risquant de vous éclabousser, vous avez fait l'union sacrée avec vos anciens complices pour protéger vos biens si mal acquis. C'est vous qui avez fait enlever et tuer Maria Campallo, vous qui avez commandé les basses besognes en vous appuyant sur les réseaux de vos vieux amis, Ardiles en tête. Luque et ses flics d'élite ont eu ordre d'étouffer l'affaire, quitte à sacrifier une de vos pièces maîtresses, Eduardo Campallo, dont vous veniez de supprimer la fille. L'ami de votre fils. Belle morale, grinça Rubén, vous qui n'avez que ce mot à la bouche.

— Vous êtes fou.

— Assez pour vous coller une balle dans le ventre et vous laisser crever là pendant des heures. (Il arma le Glock, changea de ton.) Dis-moi où se cache Ardiles. Dis-le-moi tout de suite, ou je te jure que je te laisse comme une merde au soleil…

Torres prit peur : Calderón le fixait avec des yeux de crotale, le doigt crispé sur la détente. Il allait tirer.

— Dans un monastère, lâcha-t-il. Un monastère, dans le sud…

— Où dans le sud ?

— Los Cipreses, dit-il, la gorge sèche. Dans la région des lacs.

Rubén serra la crosse, pris de nausées.

— Qui le cache ?

— Un ancien aumônier… Von Wernisch.

— Lui aussi figurait sur la fiche de l'ESMA ?

— Oui.

Une brise chaude remontait sur les coteaux.

— On va vérifier ça tout de suite.

Rubén s'accroupit pour saisir le portable de Torres à terre, le tendit à son propriétaire.

— Compose le numéro du monastère et branche le haut-parleur, ordonna-t-il. Tu l'as forcément dans tes contacts.

Torres avait perdu de sa superbe. Il saisit le téléphone.

— Je dis quoi ?

— Demande des nouvelles d'Ardiles. Juste ça. À la première entourloupe, je te descends.

Le vieil homme opina sous son stetson, obéit, le Glock en ligne de mire.

Un moine décrocha bientôt. Torres se présenta, s'enquit de la santé de son ami militaire et reçut une réponse mitigée : M. Ardiles était parti avec le cardinal pour une course urgente. Leurs amis les accompagnaient. Ils seraient de retour avant la nuit, c'est tout ce qu'il savait… Rubén lui intima de raccrocher. Torres ne mentait pas : ils étaient là… Rubén hésita. La région des lacs était à plus de quatre cents kilomètres, soit plusieurs heures de route sur une nationale défoncée. D'ici là, Ignacio

Torres aurait eu le temps de prévenir Ardiles et ses hommes. Il se tourna vers le patriarche. Impossible de le laisser libre de ses mouvements. Impossible aussi de le jeter en prison : Ledesma se dégonflerait… L'œil déjà sombre de Rubén s'obscurcit un peu plus.

— Tu aimes la terre, hein, Torres ? Eh bien, mange-la !

Ignacio pâlit derrière ses Ray-Ban.

— Quoi ?

— Mange-la ! ordonna-t-il.

— Mais…

Le canon du Glock lui crocheta le visage : Torres mordit la poussière, le chapeau roulant contre les plants de vigne. Le sang afflua dans ses mains constellées de taches brunes, tombant par gouttes depuis sa lèvre fendue.

— Mange ! feula Rubén en le pressant du pied. Mange cette putain de terre ou je te descends !

Un éclair mortel traversait la rétine du détective. Ignacio, couché dans les vignes, saisit une motte d'une main mal assurée. Ce type était fou.

— Mange, je te dis !

Il porta la motte à sa bouche, la déposa sur sa langue avec réticence.

— Encore !

Torres obéit en tremblant, releva la tête, la bouche déjà pleine, mais Calderón visait toujours son ventre.

— Encore ! siffla-t-il, le chien relevé. Allez !

Torres mâcha, péniblement. Rubén était en phase de combustion sous les rayons du soleil. Il faudrait des heures avant qu'on s'inquiète de l'absence du boss, parti inspecter les vignes. Torres se lamentait entre les grappes, le menton baveux de terre brune et de sang, à deux doigts de vomir. Rubén abaissa le silencieux et, tirant coup sur coup, lui pulvérisa les rotules.

8

Ituzaingó 67 : les Grands-Mères étaient fébriles en poussant la grille du jardin de Franco Diaz.

Elles avaient reçu la lettre de Jana au siège de l'association, quelques mots laconiques, à peine croyables, sans autres explications. La missive avait été postée deux jours plus tôt de Futaufquen, une petite ville du Chubut. Elena et Susana n'avaient pas tergiversé longtemps. Carlos les avait rejointes avec le matériel adéquat au Buquebus de Puerto Madero, où ils avaient pris le premier bateau pour Colonia del Sacramento, de l'autre côté de l'embouchure. La traversée, dans leur état d'excitation, avait semblé durer un siècle. Enfin ils arrivaient. Ituzaingó 67 : un soleil de plomb inondait le jardin du botaniste. La grille restée ouverte, le trio emprunta l'allée charmante où s'affairaient les abeilles. Les fleurs immaculées des *palos borrachos*, les roses trémières sur le mur, les violettes courant le long des plates-bandes, azalées, orchidées, Diaz avait créé un petit paradis autour de sa *posada*.

— Je boirais volontiers une bière bien fraîche,

remarqua Carlos en posant son matériel devant le *ceibo*.

— Creuse d'abord, après on verra, le fit marcher Susana.

— Et puis tu en as déjà bu deux sur le trajet ! confirma la mère de Rubén.

Réfugié sous un chapeau de paille, le journaliste bougonna comme quoi elles étaient une sacrée bande d'emmerdeuses, puis se mit à la tâche sans rechigner. Le *ceibo* dont parlait la lettre plastronnait au fond du jardin, face à la maison d'Ossario — on apercevait les murs noircis de sa terrasse et le toit effondré, qui dépassaient de la haie. Carlos dégagea la terre au pied de l'arbre avec mille précautions. Elena suait à grosses gouttes sous le foulard blanc qui la protégeait de la chaleur — ça ne lui arrivait jamais.

— Ça va, Duchesse ? chuchota Susana.

— Oui... Oui.

Elena écarquillait les yeux comme si quelque chose pouvait s'échapper du réel.

« Un agent ne détruit jamais ses archives. » D'après la lettre de Jana, l'ancien officier du SIDE avait enterré le document original au pied d'un jeune *ceibo*, l'arbre national argentin. Gardien du temple, Diaz aurait fui en laissant le document à sa place : dans les racines de l'arbre totem... Les Grands-Mères s'impatientaient dans le dos de Carlos qui, outre sa propension à boire de l'alcool à des heures intempestives, n'avait plus toute sa jeunesse.

— Alors ! l'encourageait Susana.

— Je l'ai, souffla enfin le barbu, accroupi devant sa bêche.

Les deux amies se penchèrent plus précisément sur l'épaule du journaliste, qui finissait de dégager la terre engluée aux racines : un petit cylindre était pris dans les rhizomes. Il le tira de là avant de se réfugier à l'ombre. Elena, qui avait la meilleure vue, ajusta ses lunettes et la loupe prévue à cet effet, avant de dévisser la capsule. Il y avait une bande enroulée à l'intérieur du cylindre, comme Jana l'avait dit.

— C'est quoi ? souffla la vice-présidente, qui n'y voyait diablement rien. La fiche de l'ESMA ?

Elena déroula la bande, encore… incrédule.

— Hein ? insista Susana. Qu'est-ce qui se passe ? Elena ? Qu'est-ce qui se passe ?

— On dirait… un microfilm, chuchota son amie.

Les noms et les dates étaient à cette échelle illisibles mais il s'agissait de fiches miniaturisées : certaines avaient le sigle tristement célèbre de l'ESMA, d'autres non… Elena Calderón continua de dérouler la bande, fit plusieurs fois le point avec la loupe, et la Terre soudain sembla reculer. Ce n'était pas seulement la fiche d'internement de Samuel et Gabriella Verón : il y en avait des dizaines, des centaines d'autres.

— Susana, chuchota la Grand-Mère, sous le choc. C'est le microfilm…

— Quoi ? Tu veux dire, *le microfilm* ?

Elena opina sous le foulard qui la protégeait du soleil.

— Oui. Oui, dit-elle, convaincue, c'est lui. Celui des disparus. C'est lui, Susana. Il existe… Ils sont là…

La vice-présidente et Carlos retinrent leur souffle. Les militaires avaient détruit les rapports des opérations clandestines à la fin des années 1970, le général Bignone en avait fait disparaître d'autres en 1982, la police fédérale avait tout brûlé quelques jours avant l'élection d'Alfonsín, mais la rumeur laissait entendre que l'intégralité des documents liés aux disparus avait été dupliquée sur microfilm, qu'il était caché dans un coffre au Panamá, à Miami, ou plus probablement détruit… Il était là, sous leurs yeux.

Réception des prisonniers, traitement et recyclage des informations, rapports périodiques sur l'avancement du « travail », noms et matricules, ordres reçus et exécutés, actions autorisées par la hiérarchie, tours de garde, vols nocturnes ordonnés par l'autorité supérieure, Diaz avait stocké les fiches d'internement des disparus argentins sur microfilm, un document Secret d'État dont on lui avait confié la garde, lui, le patriote… Les yeux des Grands-Mères s'embuèrent. Toute leur vie était là.

Pas seulement la vérité sur ce qui était arrivé à leurs enfants et leurs maris : la vérité sur la disparition des trente mille personnes enlevées par la dictature, ce qu'on avait fait de leurs dépouilles, cette part volée de l'Histoire argentine.

Susana serra fort la main de sa Duchesse de malheur. Le sort réservé à Daniel et à Elsa figurait fatalement sur une de ces fiches miniaturisées, mais Elena Calderón n'avait pas peur de l'affronter. Rubén croyait que la vérité achèverait de détruire sa mère, comme elle avait anéanti son père, il se trompait : Elena luttait parce qu'un pays sans vérité était un pays sans mémoire. Celle de son mari et de leur fille n'était qu'une partie du drame qui unissait le peuple argentin, victimes et bourreaux, passifs et complices. La Justice était là, entre leurs mains tremblantes.

Les Grands-Mères pourraient mourir en paix…

— C'est la fin de notre quête, chuchota Elena, la gorge serrée.

Les vieilles dames versèrent quelques larmes en songeant à leurs compatriotes, tous ces gens malheureux qui, comme elles, pourraient bientôt commencer leur travail de deuil, à tous ces vides insondables que les révélations du microfilm combleraient, à ces cœurs malades qui pourraient se reconstruire, enfin. Elles pleuraient dans le jardin, ne sachant plus s'il s'agissait de joie ou de soulagement, accueillies par les bras bienveillants de Carlos. Lui aussi avait bien du mal à contenir son émotion. « La vérité est comme l'huile dans l'eau : elle finit toujours par remonter », répétaient les militantes.

Le soleil brûlait tout à l'heure de midi. Elena appela Rubén, impatiente de lui annoncer l'incroyable nouvelle, mais son portable ne répondit pas.

Le visage de la vieille femme s'assombrit.

— Qu'est-ce qui se passe ? demanda Susana.

Elena réessaya, plusieurs fois, en vain : il n'y avait pas de réseau.

9

Franco Diaz pensait que l'Argentine n'était pas prête à laver son linge sale en famille : il faudrait attendre encore des années, quand sa génération ne serait plus. Le temps passerait avant que l'arbre fétiche de son jardin ne grandisse et, en s'épanouissant, recrache un jour la vérité. D'ici là il serait mort, rongé par le cancer, et les derniers protagonistes de l'époque avec lui.

Diaz ne savait pas que son voisin, échaudé par le résultat du jugement du procès intenté l'année précédente, l'espionnait nuit et jour pour prouver qu'il polluait bel et bien son jardin, que le paranoïaque avait installé une caméra à la fenêtre de son salon, un système infrarouge qui dominait son jardin d'Éden. Il ne savait pas qu'en visionnant une de ces cassettes Ossario l'avait vu enfouir quelque chose dans les racines d'un jeune *ceibo* — Franco avait même fait le signe de croix, avant de le recouvrir de terreau en surveillant les alentours, comme s'il avait eu peur qu'on l'observe. Ossario s'était introduit la nuit suivante dans son jardin, il avait trouvé un cylindre en grattant la terre encore meuble et l'avait rapporté chez lui. Ce qu'il avait découvert cette nuit-là dépassait tout ce qu'il avait pu s'imaginer. Diaz ne savait pas que l'obsédé du mystère avait fiévreusement copié des dizaines de pages du microfilm, remis le cylindre à sa place aux premières lueurs de l'aube et commencé à éplucher les fiches d'internement des disparus, en quête de témoins. C'était le scoop de sa vie. Eduardo Campallo, l'homme d'affaires dont la presse avait éreinté l'ancien paparazzi à l'époque de sa disgrâce, figurait sur l'une des fiches de l'ESMA, comme *apropiador* : imaginant sa vengeance comme un triomphe, Ossario avait contacté sa fille, Maria Victoria, signant par là même leur arrêt de mort... Non, Franco Diaz ne connaissait pas le dessous des cartes mais cela n'avait plus d'importance : après cinq heures passées pieds et poings liés dans le coffre de l'Audi, étouffant sous le bâillon, sans morphine pour le soulager, l'ancien agent du SIDE avait dit tout ce qu'il savait.

Jana avait écouté ses révélations sans dévoiler la moindre émotion, avant de lui proposer un marché. Glacé par la violence qui émanait de ses iris, sentant déjà la froideur du couteau dans ses chairs malades, Diaz avait obéi à tout.

La forêt où elle l'avait entraîné était compacte. Enchaîné au tronc d'un grand araucaria, l'agent du SIDE l'avait regardée se peindre le visage de noir, sans un mot. La Mapuche était partie avant le crépuscule avec son sac à dos, son fusil et ses armes, toujours sans un mot. La nuit avait été longue, fraîche, anxiogène. Et si elle l'avait abandonné ? Si elle ne revenait jamais ? Diaz avait cru entendre des coups de feu au loin dans la forêt, des cris, puis le silence. Il avait fini par s'assoupir, transi de froid et de peur.

L'Indienne était réapparue peu avant l'aurore, traînant ses prisonniers. Ils étaient trois, ligotés : le plus mince chancelait, le tibia visiblement fracturé, soutenu par un vieillard en chasuble, famélique. Le troisième homme était inanimé, emmitouflé dans une couverture que l'Indienne tirait entre les arbres. Franco avait reconnu son ami von Wernisch malgré son aspect pitoyable : le cardinal, manifestement ébranlé par ce qui lui arrivait, avait essayé de communiquer, mais Franco Diaz ne s'y était pas risqué. Interdit de parler, de bouger, de s'adresser des signes : l'Indienne avait été claire. Elle avait d'abord regroupé les prisonniers au milieu de la clairière, leur avait lié les pieds, avant de bâillonner le blessé et le malheureux cardinal. Puis elle avait déchiré leurs vêtements à l'aide d'un poignard, affreuse sous son masque de peinture.

Tenu à l'écart, Diaz avait droit à un traitement de faveur : de l'eau fraîche, les chevilles libres à défaut des poignets, et ses précieuses doses de morphine, que l'Indienne lui délivrait au compte-gouttes. Le botaniste frissonnait à la vue des captifs. Le gros type croisé deux jours plus tôt dans la cour du monastère émergeait, le visage salement amoché, couvert de pisse et de sang. À quelques pas de là, l'Indienne continuait de creuser son trou, en silence, méthodique…

— Qu'est-ce… qu'est-ce que vous faites ? s'enhardit Diaz.

Mais elle semblait ne pas les entendre, concentrée sur sa tâche…

Les Mapuche avaient assimilé les chevaux mieux que les *winka*, qui les avaient importés sur le continent. Les équidés avec eux étaient plus rapides, plus endurants, le reste se réglait à coups de lance. Les traités n'engageant que ceux qui y croyaient, *malon* et razzias étaient légion le long de la frontière. Les guerriers ramenaient les montures et les captifs au camp, où l'on fêtait chaque victoire contre les *winka*, les envahisseurs. Les femmes blanches étaient traitées selon l'appétit du cacique, les hommes littéralement jetés aux chiens. Réduits à dormir dehors, à demi nus et affamés, les chrétiens ne tardaient pas à en partager l'aspect misérable. Battus, humiliés, rognant les restes qui avaient échappé aux mâchoires avides des canidés, grelottant de froid et de désespoir, les captifs ne devaient la vie qu'au hasard. Les Reche les assommaient avant de manger leur cœur, la tête était ensuite soigneusement dépouillée de ses chairs et de son contenu, puis transformée en *ralilonko*, récipient-trophée dans lequel on buvait la *chicha*, l'alcool de maïs. Les os des jambes étaient évidés, taillés et utilisés comme flûtes dont on jouait pour faire chanter l'âme des sacrifiés. Chez les Mapuche, le temps de la guerre voyait toutes choses se teindre de noir, de l'arme symbolique du *gentoqui*, le maître de la hache de guerre, jusqu'aux combattants, les *conas*, qui se couvraient le visage de charbon avant de partir à la guerre. Jana avait trouvé les pigments adéquats, qu'elle avait mêlés à l'eau pour obtenir une pâte sombre. En maniant les pigments de son enfance, elle avait retrouvé son âme d'artiste, son âme mapuche… Ça ne la consolait pas.

Une heure passa, ponctuée par les raclements de pelle et les premiers murmures des oiseaux. Gasoil sortit de sa torpeur, étirant ses os roides après un somme parmi les fougères. Le jour se levait sur la forêt, chargé d'odeur de mousse, et les captifs ne bougeaient plus de leur carré de boue. Ils respiraient avec peine sous leur bâillon, en proie aux crampes, au froid, au désespoir. Le Picador jetait des regards grimaçants à son ami : un liquide visqueux suintait de son tibia fracturé par la balle de gros calibre, chaque geste lui coûtait des soupirs compliqués et Parise les avait abandonnés à leur sort. À ses côtés, enfermé dans son tourment, le vieux cardinal avait cessé de geindre : il surveillait d'un œil vitreux les mouvements du diable qui s'activait sous les branches. Le Toro, de loin le plus virulent malgré l'état de sa mâchoire, grognait toujours, les poignets en sang à force de tirer dessus. Une rage compacte, qui le laissait impuissant. Ils n'étaient que trois ankylosés jetés dans la fange d'une forêt perdue, nus et trempés jusqu'aux os, avec ce putain de clébard qui venait leur renifler le cul.

— Casse-toi ! balbutia-t-il dans le bain où macéraient ses dernières dents.

Le Toro éprouvait l'envie de tuer le monde entier, et la fille creusait toujours. Elle ne l'avait pas bâillonné, comme les autres, et lui avait uriné dessus pour nettoyer sa blessure. Pour quoi faire, gambergeait-il, l'épargner ?

Gasoil claudiqua jusqu'à sa maîtresse, qui ne le voyait plus. La sueur coulait sur son visage, faisant des rigoles sombres sur les restes de peinture. Le trou était profond, ses mains douloureuses, mais Jana n'était plus de ce côté-ci des choses. Cosmogonie du désastre. Dans le théâtre des morts, elle était devenue Kulan, « la Femme terrible »...

Jana lâcha la pelle, les larmes aux yeux.

Gasoil, qui lapait l'eau croupie de la mare, releva les oreilles à son approche, et déguerpit d'instinct. Alerté par le bref jappement du bâtard, le Toro s'ébroua. La silhouette de l'Indienne sortait du bosquet, la face charbonneuse, presque effrayante sous son masque de folle. Les prisonniers se tortillèrent pour tenter de s'échapper mais, ainsi ligotés, ils n'iraient pas loin : Jana attrapa le Picador par son pied valide, et le tira jusqu'aux arbres. Diaz se terra derrière son tronc, chassé par les gémissements étouffés du prisonnier. Elle attacha une corde à la cheville de sa jambe fracturée, et la passa pardessus la branche du grand araucaria.

Oui, Jana était folle : folle de douleur.

Le Picador hurlait sous son bâillon quand elle hissa son pied à la branche.

*

Gasoil avait disparu. Une pluie fine tombait à l'aube et un vent d'horreur flottait sur la clairière.

Pendu par la cheville au grand araucaria, le Picador avait cessé de geindre. Jana n'avait pas eu la force de le hisser en entier malgré son système de levier : la moitié du buste touchait terre, la jambe attachée pesant de tout son poids sur le tibia fracturé. Le chrétien ne bougeait plus, les yeux révulsés sous son bâillon devenu lâche, comme si la peur d'être démembré l'avait figé dans cette posture improbable.

Jana attendait à l'ombre des branches : le temps mapuche, qui compte les secondes en heures et le jour à l'aurore… Le treuillage et les cris étouffés du

Picador avaient semé la terreur parmi les captifs. Ils avaient bien essayé de fuir mais, nus et entravés, n'avaient réussi qu'à barboter dans la mélasse. Von Wernisch ne tiendrait plus longtemps ; squelette rabougri grelottant de froid, obus d'une autre guerre oublié dans la boue, le vieux cardinal s'était fondu au décor. Le Toro grommelait encore, familier de la fange, des injures probablement. Jana méditait à l'abri des branches, les yeux clos, immobile, statue cruelle et magique. L'esprit de Kulan rôdait toujours autour d'elle mais elle n'était plus seule avec son double : Shoort, Xalpen, Shénu, Pahuil, les esprits fantômes de son arrière-grand-mère lui revenaient d'un long voyage, tous ses anciens compagnons de rêve, cousins de sang et de matière, tous ces vieux témoins du temps autochtone qui l'accompagnaient dans l'agonie. Elle revoyait le visage de Rubén dans la chambre quand elle l'avait quitté — des souvenirs aux yeux crevés.

Jana rouvrit les siens mais ça n'allait pas mieux. Gasoil avait détalé, la queue basse, et n'était pas réapparu. Sans doute l'animal avait-il compris ce qui allait se passer. La bruine tombait, mélancolique. Jana se leva, un goût de fer dans la bouche, et se dirigea vers le centre de la clairière où clapotaient les prisonniers. Le visage fripé de von Wernisch virait au lait caillé ; il priait en silence, tournant le dos au Toro, masse graisseuse en reptation dans la fange qui l'avait vu naître. Le tueur devait chercher une pierre, quelque objet coupant. Jana empoigna le cardinal par les aisselles, et le tira à reculons vers la terre fraîche. Hum ! hum ! Le vieillard glapissait sous le bâillon tandis qu'elle traînait son corps ankylosé, mais il n'avait plus la force de résister. Le

Toro cessa de ramper, sur le qui-vive. Von Wernisch implora l'Indienne, les yeux mouillés de pitié, et paniqua en voyant le monticule de terre amassée près du trou. Il se débattit en de pauvres ruades, agita la tête avec vigueur, inaudible : Jana jeta le paquet gueulant dans la tombe.

Le corps du prêtre disparut de la surface de la Terre. Le Toro déglutit, à genoux. Enchaîné au tronc, Franco Diaz observait la scène avec épouvante : la Mapuche lui avait menti. Le traité qu'ils avaient passé était un marché de dupes, elle n'allait pas l'épargner comme promis, en échange de son obéissance : la sauvage allait les massacrer, un à un... Jana n'écouta pas les cris, les suppliques étouffées de von Wernisch au fond de la tombe : elle saisit le couteau selk'nam et se dirigea vers le Toro.

L'homme tira comme un forcené sur ses liens, rentra la tête dans ses épaules en proférant ce qu'il fallait prendre pour des menaces. Elle s'accroupit près de lui, grimaçant, la mâchoire défoncée.

— Le Toro, hein...

Jana se tourna vers l'orée de la clairière, et l'araucaria où pendait le Picador.

— Tu vois ton petit copain ? lança-t-elle d'une voix trop calme. Je te propose un marché. Soit tu le violes à mort, comme tu as fait avec Miguel, et je t'épargne, soit je t'enterre vivant avec le vieux.

Un voile de stupeur passa dans le regard du prisonnier. Jana ne se dépara pas de son ton faussement apaisé.

— Tu as le choix, le Toro : c'est toi ou lui.

Les gémissements de von Wernisch lui parvenaient depuis la tombe, toute proche. Le Picador ne réagissait plus, le pied tordu à la branche. Un rictus de haine enlaidit un peu plus la bouche ensanglantée du tortionnaire.

— *India de mierda !* balbutia-t-il.

Jana se redressa. Le gros homme se contorsionnait à ses pieds, fou de rage. Bien sûr. Il violait des garçons mais il n'était pas comme Miguel, non, pas *el Toro*... Jana était mapuche, de celles que les Espagnols chassaient avec des dogues dressés pour les dévorer, des coupeurs d'oreilles qu'on payait à la tâche. Elle commencerait par le pire : le porc.

Elle se jeta sur lui et le fit rouler dans la boue. Il éructa en donnant des coups d'épaule désespérés mais elle le chevauchait, les yeux injectés. Jana empoigna le scalp du Toro à terre, et serra fort le manche du poignard. Une larme de cruauté coula sur sa joue d'Indienne.

— De la part de Paula, le maudit-elle en coupant la première oreille... Et ça, de Rubén.

10

Gasoil attendait sous les branches, impassible dans son costume de chien. Un soleil timide perçait après les premières pluies du matin. L'animal se tenait au bord du ruisseau qui courait là, scrutant l'horizon restreint comme si un hypothétique navire de chair et d'os pouvait en surgir… Une odeur familière le fit sortir de ses rêveries d'affamé : tout à coup ragaillardi, Gasoil abandonna son poste d'observation et trottina vers sa maîtresse, qui venait vers lui.

Jana avait abandonné la clairière et marché en automate vers le ruisseau, repéré la veille. La vue de l'animal ne lui fit ni chaud ni froid. Gasoil lécha ses mains pour l'accueillir, frétillant de la queue, sans voir le collier d'oreilles qui gouttait sur sa poitrine rabougrie. Jana n'était plus elle-même. Ni sculptrice, ni fantôme mapuche ou selk'nam relevé d'outre-tombe pour venger les siens : elle resta accroupie au bord de l'eau, ses peintures craquelées sur le visage, le regard absent. Le tee-shirt sous sa veste était poisseux de sang, les cris du Toro résonnaient encore dans sa tête mais elle n'en avait pas fini : il manquait les deux autres. Parise et Ardiles. Après seulement elle pourrait rejoindre les siens. Rubén…

Gasoil jappa, comme pour la faire revenir sur la bonne face du monde, un couinement de souris qui se perdit dans le clapotis du ruisseau. Jana lava ses mains et le poignard dans l'eau claire, qui prit une brève teinte rosâtre. L'air tanguait sur le tapis de mousse quand elle se redressa. Les fugitifs avaient fui vers le nord. D'après sa carte détaillée du parc, il n'y avait qu'un sentier praticable à travers la forêt : celui qui menait à l'ancienne mission. Ils avaient dû attendre le jour pour tenter de se repérer. Une, peut-être deux heures d'avance… La Mapuche enfila son sac à dos, cala le fusil à son épaule et fila entre les arbres.

Gasoil la suivit entre les fougères, en frétillant de la queue.

*

Les oiseaux pépiaient de nouveau dans les branches humides. Le sol était encore plein de brume après la frayeur de la nuit ; sa cheville lui faisait mal mais Parise pouvait encore marcher. Ils semblaient avoir semé le tueur à leurs trousses, pour le reste la situation n'était guère reluisante : son pistolet était vide, il n'avait plus qu'un canif dans la poche de sa veste trop mince pour se protéger du froid, et la douleur le rendait méchant. Cinquante-neuf ans. L'ancien officier interrogateur n'était plus tout jeune mais il s'en sortirait, comme toujours. Ardiles l'avait choisi pour ça — même estropié, ce type restait une force de la nature.

Les deux hommes avaient fui dans l'obscurité, droit devant eux, sourds aux cris qui fendaient la nuit : ils s'étaient frayé un passage parmi la végétation anarchique, une heure qui en avait paru cent, avant de s'arrêter quelque part au beau milieu de la forêt, exténués. Il faisait trop noir pour continuer. Ils étaient de toute façon perdus, et l'un comme l'autre avaient besoin d'une pause pour retrouver leurs esprits. Ils avaient monté un tour de garde, dormi une poignée d'heures la peur au ventre, avant que l'aube, enfin, se lève. Le visage pâle de Parise s'était creusé, comme aspiré de l'intérieur, la balle fichée dans sa malléole l'élançait, mais le jour qui pointait entre les feuillages l'avait quelque peu requinqué. Le géant avait choisi une lourde branche, qui lui servirait autant de canne que de massue. Trempés, le ventre creux, ils avaient repris la route, épiant les ombres dans les sous-bois.

La lumière les guida entre les épineux. La forêt était moins dense à mesure qu'on gravissait le dénivelé ; les deux hommes suivirent les fougères qui filaient sous les frondaisons et, après une heure de marche forcée, trouvèrent un sentier balisé. Il continuait de grimper, en pente douce, vers les hauteurs…

— Vous en pensez quoi, Parise ? demanda Ardiles, le souffle court.

— Ce sentier mène forcément quelque part. À une route, ou à un col… Avec un peu de chance, les portables capteront.

Ils décidèrent de poursuivre vers le nord. C'était bien le diable s'ils ne retrouvaient pas la civilisation. Quant au mystérieux tueur lancé sur leurs traces, ils préféraient se taire — ils en avaient réchappé par miracle, cette nuit… La bruine les accompagna sous les futaies. À deux mille mètres d'altitude, leur sang manquait d'oxygène, et la pente se durcissait. Le général progressait avec peine, la blessure à son bras s'était ravivée — cette brute de Parise l'avait fait chuter quand il avait exigé une arme, au plus fort de l'attaque — mais l'heure n'était plus aux remarques acerbes ou au règlement de comptes. Ils marchèrent encore, en silence. La sueur collait à leur front, mêlée à la pluie. Le sol était gras, les pins plus rares.

— On approche du sommet, annonça le chef de la sécurité, exsangue.

Ils découvrirent d'abord un muret de pierres parmi les fougères, puis des éboulis ; il y en avait d'autres un peu plus haut, vestiges d'un bâtiment séculaire à l'austérité battue en brèche par la végétation.

Une ancienne mission.

Les fugitifs approchèrent lentement, à l'affût d'une mauvaise surprise. Plantes et herbes sauvages avaient gagné sur les murs effondrés, mais on devinait encore le tracé du monastère qui, vu l'état des vestiges, devait dater de la Conquête du Désert.

— Arrêtons-nous, souffla Parise.

Le vent était plus fort sur les hauteurs, le ciel enfin dégagé malgré les nuages qui grumelaient ; il posa les fesses sur un muret pour reposer sa cheville blessée, pendant que le général explorait les ruines. Ses mocassins glissèrent sur les cailloux ; Ardiles se rattrapa de sa main valide aux maigres arbustes qui prospéraient là, pesta dans sa barbe et atteignit bientôt l'arrière du bâtiment. La mission se situait au sommet d'un piton rocheux qui dominait la vallée boisée. Les contreforts des Andes, dont les sommets n'avaient jamais semblé si proches, s'étendaient sous les nuages vaporeux. Le vieux soldat fronça les sourcils. Un lac envoyait ses reflets au loin, inaccessible : un ravin d'une dizaine de mètres bloquait le chemin. En contrebas, un amas de ronces et d'arbustes enchevêtrés s'étalait, comme une mer d'épines et de roche… Ardiles grimaça : ils avaient fait tout ce chemin pour finir bloqués là, dans un cul-de-sac.

*

Jana avait marché plus d'une heure avant de retrouver leurs traces. Le géant était blessé — elle l'avait touché à la cheville la veille sur le bord de la route — et les empreintes dans la boue étaient de profondeur inégale. Le vieillard qui l'accompagnait ne vaudrait guère mieux. Un oiseau de proie planait dans le ciel livide ; elle remonta à travers la futaie, la gorge sèche malgré le plein d'eau dans son sac. Gasoil furetait toujours à ses côtés, plus préoccupé par les libellules que par leur odeur de charogne : Jana pouvait presque la sentir malgré ses cartilages écrasés, une odeur de mort, entêtante. Elle repéra les traces sur le sol détrempé. De vieux réflexes de chasse. Les choses auraient été différentes avec ses frères, qu'importait maintenant. Les oreilles du Picador et du Toro finissaient de coaguler sur sa poitrine, elle n'y pensait plus. Ne pensait plus. Le revolver était chargé, il lui restait cinq balles, six autres dans le fusil. Jana, qui avait jusqu'alors marché à un rythme soutenu, ralentit ostensiblement le pas. Le soleil avait grimpé, on l'apercevait maintenant entre les cimes éparses, et les fuyards n'étaient plus très loin. Que feraient-ils une fois acculés à l'ancienne mission ? Rebrousseraient-ils chemin, ou chercheraient-ils à contourner l'obstacle en longeant le précipice ? La Mapuche n'avait pas poussé la reconnaissance jusque-là, augurant qu'ils fuiraient au plus fort de la panique dans la direction opposée aux coups de feu… Elle avança, pleine d'appréhension, et atteignit les premières ruines.

Fidèle à son ombre, Gasoil cessa de malmener les fougères avec sa queue. Il vit sa maîtresse accroupie parmi la végétation, leva la tête vers les hauteurs et, truffe au vent, se mit soudain à aboyer. Un aboiement rauque, qui résonna vers la vallée.

— Putain, maugréa Jana, c'est bien le moment d'ouvrir sa gueule…

Elle chassa le bâtard d'un coup de pied, épia les alentours de la mission, longtemps : personne… Ils étaient là pourtant. Gasoil se tenait à distance, honteux, la queue basse pour se faire excuser.

— Casse-toi, merde !

Joignant le geste à la parole, elle fit fuir l'animal, qui déguerpit sans demander son reste. Quelques secondes passèrent, fébriles. Elle trouva bientôt un poste d'observation à l'orée des bois, posa le fusil, s'allongea entre les fougères et chercha une cible dans sa lunette. Deux cents mètres de terrain découvert menaient aux vestiges de la mission. Jana hésita. Les traces menaient ici mais elle n'en voyait plus d'autres… Elle avança à croupetons derrière les murets de pierres renversées, le Remington serré contre l'épaule, sur ses gardes. La pluie s'était remise à tomber, quelques grosses gouttes qui rebondissaient sur les corolles des plantes grasses. Les semelles de ses Doc craquèrent sur les petits cailloux ; elle progressa par à-coups à l'abri des murets, balayant les lieux à mesure qu'elle approchait du bâtiment principal. Gasoil avait disparu depuis longtemps ; son stupide aboiement avait trahi sa présence mais personne ne donnait signe de vie. Non, ils n'avaient pas pu aller bien loin : le vieux général devait être épuisé, le chauve brûlant de fièvre avec sa cheville en miettes… Jana avança encore, avec mille précautions, sans se douter qu'on suivait sa progression.

Parise tentait de confectionner un bandage avec un pan de sa chemise quand l'aboiement d'un chien l'avait remis d'aplomb. Quelqu'un approchait : le tueur, fatalement, celui qui leur avait tendu un piège sur la route. Mais cette fois-ci, il faisait jour et c'est eux qui auraient l'effet de surprise. Parise était remonté se cacher en clopinant derrière les ruines, à l'abri d'une meurtrière d'où il pourrait observer l'ennemi sans être vu. Ardiles, qui errait au bord du ravin, l'avait rejoint, anxieux.

— Vous avez entendu ? chuchota-t-il.

— Oui…

Les deux hommes s'étaient accroupis à couvert, épiant les mouvements en bordure de forêt. Le cœur de Parise bondit quand il reconnut la fille échappée du delta. La garce les avait pistés jusqu'au cul-de-sac et cherchait à les contourner par la droite. Elle n'était plus très loin, une soixantaine de mètres, silhouette furtive derrière les plantes et les éboulis…

— Levez-vous, général.

— Pour quoi faire ? souffla le militaire tandis que l'autre l'aidait à se relever. Attention à mon bras, nom de Dieu !

La fatigue et la peur le firent chanceler. Leandro Ardiles eut à peine le temps de rétablir l'équilibre.

— Désolé, général, mais je n'ai pas le choix.

Le géant le tirait vers la pente.

— Qu'est-ce que vous faites ?! Parise ! Parise, arrêtez ! Aah !

Ardiles tenta de s'agripper au col de sa veste, perdit un mocassin dans la manœuvre et glissa sur les cailloux.

— Parise ! Qu'est-ce que…

Le chauve serra les dents en prenant malencontreusement appui sur sa cheville brisée et poussa le vieillard vers les ruines en contrebas, où se terrait l'Indienne.

Jana entendit le cri, celui d'un homme, plus haut sur la corniche. Elle resta quelques secondes en suspens, la main crispée sur la crosse du revolver, avant de percevoir les appels au secours. Elle posa ses affaires, ôta le cran de sûreté, grimpa à couvert. Les geignements venaient du sommet. Elle s'approcha doucement, épiant les ombres sous la pluie, arme au poing, et découvrit Ardiles à terre : le général gisait contre un muret qui avait stoppé sa chute, parmi les épineux. Il geignait en tenant son bras blessé, pâle comme un linge. Jana braqua le revolver, sentit le vent glacé fondre sur elle, trop tard : elle fit volte-face, tomba nez à nez avec Parise qui jaillissait des ruines, et appuya sur la détente. Le coup partit alors qu'il abattait sa branche-massue sur son poignet. La balle s'enfonça de plusieurs centimètres dans le sol tandis que l'arme lui giclait des mains. Jana fit un pas de côté pour éviter la charge mais le géant l'attrapa par les cheveux et la tira brutalement vers le sol. Projetée, la Mapuche tomba face contre terre : le tueur se jeta aussitôt sur elle qui, roulant sur le dos, se débattit avec l'énergie du désespoir. Jana criait en donnant des coups de pied au petit bonheur, tous violents, espérant fracturer ce qui restait de sa cheville, mais Parise était trop vif, trop lourd : il la plaqua sur le sol, cent dix kilos de haine pesant de tout leur poids sur sa cage thoracique.

— Sale petite pute ! siffla-t-il à son visage échauffé.

Il s'aida de ses genoux pour l'immobiliser, mais l'Indienne se débattait comme un chat sauvage : elle griffa ses yeux, arracha la peau de ses paupières, le souffle court, les muscles sans oxygène. Jana résistait de toutes ses forces à la pression du tueur mais elle était prise au piège. Parise se dressa sur ses genoux, brandit son poing énorme et l'écrasa sur son nez cassé. Un flot de sang jaillit. Le tueur respirait bruyamment, allongé sur sa proie, expulsant l'adrénaline qui filait à travers ses veines. Coincée sous sa masse, groggy, la Mapuche ne bougeait plus. Lui avait encore le poing serré, dévisageant la fille à la figure peinturlurée étendue sous lui : il ne l'avait pas ratée. Parise jeta un regard nerveux autour de lui, le temps de se faire à la situation, qui enfin se retournait à son avantage. La fille semblait seule, avec son nez qui pissait le sang.

Ardiles geignait à deux pas de là, coincé contre le muret et les épineux.

— Aidez-moi... Parise, nom de Dieu, aidez-moi !

Jana voyait des étoiles dans le ciel triste, distinguait la brute au-dessus d'elle, qui l'écrasait. Des larmes brouillaient sa vue. Elle avait son couteau dans l'étui, tout là-bas, coincé dans sa Doc. Elle plia les jambes tandis qu'il la maintenait, les genoux plaqués sur son torse. Sa main tâtonna le sol humide, chercha désespérément une prise, sentit le manche du poignard au bout de ses doigts : Jana tira la lame et, de ses dernières forces, la planta entre les côtes du géant.

Hector Parise se figea une seconde, électrisé par la piqûre. Son rictus de surprise se transforma en colère quand il réalisa la traîtrise. Jana n'avait pas réussi à percer le foie, ni à atteindre d'organes vitaux : la lame avait glissé entre les côtes du colosse sans réussir à s'enfoncer. Il saisit la main qui tenait encore le manche, la tordit pour lui faire lâcher prise et, d'un geste rageur, envoya paître le poignard des ancêtres.

— Tu voulais me planter, hein ?! éructa-t-il, hors de lui. Tu voulais me planter !

Elle bougeait la tête, incapable de se dégager. Les jointures blêmes, Parise fixa sa proie. Une brise glacée souffla sur les hauteurs de la mission. Jana voulut protéger son visage dans un dernier geste de défense, inutile : il la massacra à coups de poing.

11

Rubén avait abandonné Torres au milieu des vignes ensoleillées et quitté le domaine de Solente dans l'après-midi. Une route cahoteuse à travers le désert longeait la cordillère. Quatre cents kilomètres. Rubén serra les dents jusqu'au crépuscule, les crocs de boucher rivés à ses entrailles se resserrant un peu plus sous les soubresauts de l'asphalte. Il émergeait sur les crêtes, le corps baignant façon formol dans l'habitacle. Il pensait à Jana, au vide de son absence, aux hommes réfugiés dans ce monastère perdu, bouillant de fièvre. Le soleil déclinait sur les monts enneigés quand il atteignit les premiers contreforts de la cordillère.

Le parc national de Los Alerces s'étendait sur près de trois cent mille hectares. Des forêts centenaires tapissaient les collines, ceinturant rivières et lacs clairs. Rubén suivit la route bitumée qui sillonnait la réserve, longea des campings fermés, quelques petites exploitations sans tracteurs où grognait parfois un cochon, des champs de pommes de terre, des vaches esseulées, une école… Effets secondaires d'antalgiques, hyperthermie ou contrecoup d'une convalescence suicidaire, il arriva au monastère de Los Cipreses dans un état de confusion proche de l'étourdissement.

La nuit était tombée sur le village de montagne. Rubén acheva la bouteille d'eau qui traînait sur le siège de la berline, vérifia le chargeur du Glock et marcha à pas comptés jusqu'à la cloche pendue à l'entrée du bâtiment. Les médicaments et la poussière avaient fini d'assécher sa gorge, l'eau qu'il buvait par litre n'y changeait rien, son corps le suppliait de s'allonger, de fermer les paupières, ou de changer d'enveloppe.

— Oui ?

Le moine qui lui ouvrit était presque aussi pâle que lui. Le type qu'ils avaient joint au téléphone, d'après la voix effacée. Rubén s'excusa pour le dérangement à une heure si tardive, se présenta comme un ami de M. Torres, demanda à voir le cardinal. Le jeune homme aux sandales élimées arbora une moue ennuyée.

— C'est que… ils ne sont pas revenus, dit-il. Ni M. le cardinal ni ses amis. Nous les attendons toujours.

— Il est onze heures du soir, nota Rubén.

— Oui, je sais. J'avoue que nous nous inquiétons…

Difficile de savoir s'il mentait ou non — on y voyait à peine à la lueur blafarde de la lanterne. Rubén tira le moine dehors et, de la main droite, le plaqua contre la porte de bois.

— Écoute, frère Tuck, lâcha-t-il d'un air mauvais, je suis fatigué et je n'ai pas de temps à perdre avec tes salades : Ardiles est là, avec les autres ?

Le moine fit danser sa pomme d'Adam devant le regard brûlant du détective.

— Dieu m'est témoin, dit-il. Quelqu'un a appelé le monastère hier après-midi en demandant à parler au cardinal. Ils sont partis peu après pour le rendez-vous.

— Quel rendez-vous ?

— Je ne sais pas, avoua le moine, le cardinal ne me l'a pas dit. Pas très loin, j'imagine : ils devaient rentrer avant la nuit, répéta-t-il.

— Qui a appelé le monastère ?

— Un certain Diaz.

Le botaniste en fuite depuis Colonia, l'ex-agent du SIDE.

— Le cardinal est parti avec Ardiles et ses hommes ? grogna Rubén.

— Heu… oui, oui.

— Quel genre de véhicule ?

— Un 4 × 4…

— Quel genre ?!

— Un Land Cruiser noir, répondit-il, les yeux louchant de peur, avec des vitres teintées…

Diaz. Il devait chercher à monnayer le document original. Ça n'expliquait pas où ils étaient partis, pourquoi ils avaient tant de retard. Le moine, visiblement, n'en savait pas plus.

— Une Indienne est venue ici ces jours-ci ? demanda Rubén. Une grande brune, la trentaine, mapuche ?

— Non. (Il secoua sa tête rasée.) Non…

Rubén grimaça devant la face blême du frère. Ils lui échappaient, une fois de plus… Il retourna vers la voiture tandis que le moine bouclait sa porte, quitta le parking. La nuit était noire. Il se gara un peu plus loin, à l'orée d'un bois. Il attendit plus d'une heure dans la pénombre de l'habitacle, guettant les mouvements à l'entrée du monastère, mais aucun véhicule ne se manifesta. Le vent dehors bruissait dans les arbres, chargé d'eau. Rubén inclina le siège, abruti de fatigue et de drogues, et plongea tête à l'envers dans un sommeil sans mémoire.

Le fantôme de Jana ne le visita pas cette nuit-là, mais le mauvais pressentiment était le même en se réveillant. Il avait comaté six ou sept heures et son corps à froid était maintenant comme une longue plainte. Le jour se levait sur les cimes et le parking vide du monastère. Rubén n'avait pas faim mais il ne tiendrait pas longtemps dans cet état.

Un chat à l'oreille croqué montait la garde devant la poubelle éventrée d'un restaurant aux rideaux tirés, encore fermé à cette heure. Rubén passait à hauteur de la ferme voisine, en quête d'un bar ouvert, quand une guimbarde à la peinture décolorée apparut dans son angle mort. L'arrière-cour d'une ferme. Il stoppa net : une vieille Ford paissait dans les flaques, sans vitre côté passager. Celle de Jana, reconnaissable entre mille. Son cœur battit plus vite. Rubén mit pied à terre et marcha vers le bâtiment, misérable sous la bruine qui s'était mise à tomber. La Ford prenait l'eau au milieu de la cour, où s'entassaient des bouts de planches, de ferraille. À l'abri d'un préau surmonté de tôles ondulées, quelqu'un bricolait sous les essieux d'un 4 × 4 : un Land Cruiser noir. Rubén jeta un regard fiévreux autour de lui, la main posée sur la crosse de son arme, ne détecta aucun mouvement derrière les fenêtres écaillées. La ferme semblait déserte, hormis le type sous l'abri qui servait de garage…

— Oh !

Un adolescent glissa du bas de caisse et dévisagea l'étranger qui approchait. Le métis avait vingt ans et se méfiait des *winka*.

— Je cherche la femme qui conduit la Ford, fit Rubén en désignant l'épave dans son dos : elle est ici ?

Les joues tachées de graisse du jeune homme s'empourprèrent.

— Elle est ici ? insista-t-il.

— Non…

— D'où il sort alors, ce tas de ferraille ?

— C'est à mon père, bredouilla le jeune homme.

— Immatriculé à Buenos Aires, commenta Rubén. Tu te fous de ma gueule ?

— Non… Non.

Felipe rougissait jusqu'aux oreilles.

— Écoute, s'adoucit Rubén, je suis un ami de la femme à qui appartient la Ford : dis-moi où elle est !

— Je ne sais pas, s'entêta le métis. Je sers au restaurant, c'est tout.

— Ah oui. Et ce 4 × 4 ? relança-t-il en désignant la carrosserie du Land Cruiser, trouée d'impacts de balles. Tu vas me dire qu'il est tombé du ciel, pile dans ta cour pourrie ?

Les yeux du *winka* le traversaient de part en part.

— Mon père et mon frère sont partis à la ville. C'est eux qui l'ont ramené, moi je…

— Je me fous du 4 × 4, coupa Rubén. Tout ce qui m'intéresse, c'est les types qui étaient dedans. Eux et la femme qui conduisait la Ford. Il s'agit d'une histoire de meurtre. Dis-moi ce que tu sais avant de t'attirer un tas d'ennuis.

Felipe se dandina, finit par avouer que les deux véhicules avaient été abandonnés la veille, dans la forêt. Le 4 × 4 était accidenté, ils avaient dû le sortir du fossé avec son père et son frère, partis chercher des pièces, la Ford était en l'état ; ils avaient ramené les voitures à la ferme, pour les réparer…

— Qui vous a dit que ces véhicules étaient abandonnés ? demanda Rubén.

— La Mapuche, répondit le serveur du restaurant. Jana…

Rubén fourra des billets de cent pesos dans la poche du blanc-bec.

— Montre-moi l'endroit.

Les cailloux de la piste ricochaient contre le bas de caisse. Felipe restait silencieux sur le siège avant de la berline. Il avait vu la crosse du pistolet qui dépassait de la veste de l'étranger, son visage trempé de sueur malgré la vitre ouverte, la douleur dans ses yeux. Ils traversaient la forêt, à fond de troisième sur la piste devenue glissante. Le jeune homme n'était pas rassuré, regardant d'un œil mélancolique la pluie élastique sur les collines. Il se demandait si ce type lui mentait, si on les accuserait de vol, de quel meurtre il parlait. Ils grimpèrent un lacet, s'engagèrent dans un long virage à travers la forêt. Felipe fit signe de ralentir : c'était par là.

Un coin perdu entre lacs et collines, au milieu des araucarias et des bosquets insondables. La première ferme était à des kilomètres… Rubén inspecta les traces sur le bord de la piste. Il avait plu mais un arbre se tenait incliné près du fossé. Un pin, avec des marques de peinture sur le tronc. Il courba l'échine, vit des éclats de pare-brise parmi les herbes, des bouts de plastique, aussi des douilles. Il y en avait au moins une dizaine, de plusieurs calibres, éparpillées près du lieu de l'accident... Rubén se redressa, des fourmis dans le sang. Le métis se tenait à distance, inquiet à l'idée de gagner tant d'argent si facilement.

— C'est Jana qui vous a dit de récupérer le 4 × 4 ? Sa Ford aussi, tu es sûr ?

Felipe fit un signe affirmatif. La veille au soir. Rubén se tourna vers la forêt, circonspect. La végétation était dense sous les branches, le ciel d'un blanc chimique par-delà les collines.

— Il y a un sentier à travers la forêt ? demanda-t-il.

— Oui. Un peu plus haut, dans le virage. Mais ça ne va nulle part, ajouta le jeune homme. Y a rien par ici : que les ruines d'un monastère, à une ou deux heures de marche...

Plein nord, c'était la direction. Rubén avait remonté la piste à pied en suivant les indications du métis. Les antalgiques le rendaient fébrile, la douleur irradiait de son flanc gauche, une pointe enflammée juste au-dessus du cœur. Il gémit le long du sentier, presque invisible sous les frondaisons. Les racines et les ronces freinaient sa progression, la pluie tombait à grosses gouttes éparses, filtrée par les branches, aiguisant l'odeur d'humus. Il trouva une nouvelle douille à terre, qui provenait d'une carabine. Calibre 7.62. Le même que son Remington. Jana. Elle les avait pris en chasse, dans la forêt... Rubén grimpa la pente douce qui filait à travers bois, les poumons au supplice, n'entendait plus que son pouls bourdonner jusqu'à ses tempes, comme des appels au secours. Il s'arrêta un instant pour boire un peu d'eau, jeta la bouteille vide, marcha encore, les poches de sa veste alourdies de chargeurs, épiant les bruits de la forêt. La pluie l'avait trempé sans le rafraîchir. Jana était là, noyée quelque part, chasseuse ou chassée parmi l'océan de verdure. Il stoppa de nouveau, perdu, épuisé par cette course comme une chute dans le vide. La boue collait à ses chaussures quand des croassements sinistres le guidèrent jusqu'à la clairière voisine.

Un vent maussade balayait la petite étendue de boue. Un homme pendait sous un arbre, pantin nu et grotesque avec sa tête tordue à même le sol, et son pied puant encore attaché à la branche. Le tibia fracturé était sorti de la jambe, la peau d'un noir violacé, comme si la gangrène déjà l'attaquait. Rubén dut chasser les corbeaux pour identifier le tortionnaire du delta. Les charognards s'acharnaient sur ses yeux et il n'avait plus d'oreilles : une blessure nette, qui n'était pas l'œuvre des oiseaux.

Rubén vomit au pied de l'arbre. Il se redressa mais le ciel basculait. Il aperçut la pelle métallique abandonnée près de l'amas de terre retournée, à quelques pas de là. Une tombe, fraîchement creusée. Les haut-le-cœur succédaient aux nausées. Il trouva quelques bouteilles d'eau pleines dans les fougères, une lampe à gaz, des emballages plastique : les restes d'un campement... Du massacre. Rubén pataugeait dans les flaques quand une sorte de couinement sur sa gauche le sortit de sa torpeur : Diaz se terrait derrière un tronc, enchaîné, le regard à moitié fou.

— Aidez-moi, glapit-il du bout des lèvres. Aidez-moi, je vous en prie...

Le botaniste rêvait de mourir parmi les fleurs, pas de faim dans cette auge, chiant de peur et suppliant. Il pleurait comme un chiot, incapable de maîtriser les tremblements qui l'agitaient. Reconnaissait-il le détective ? Rubén approcha de l'arbre où on l'avait enchaîné, le cœur serré. Jana : ce n'était plus de la vengeance, mais du suicide.

— Où est-elle ? le pressa-t-il. Où est l'Indienne ?

— Hiiii.

Oui, Franco Diaz était devenu fou. Rubén tira sur la chaîne qui serrait son cou.

— Par où est-elle partie ?! Putain, réponds-moi !

— Là… (Il tendit ses ongles pleins de terre vers les bois.) Là… Je… je vous en prie, libérez-moi.

Le nord, toujours. Pas d'autre solution que de le croire. Rubén visa les arbres sous la bruine et, sans un mot, abandonna le captif à son sort. Les exhortations du botaniste se perdirent vite dans son dos ; il appela Jana sous les futaies, plusieurs fois, mais ses jambes le portaient à peine. Il respirait par le ventre, l'esprit vague dans un corps cristallin. Il ne savait plus s'il était en train de se perdre, de la perdre, de tout perdre. Le Glock sous sa veste pesait une tonne, les chargeurs dans sa poche semblaient le tirer vers le bas.

— Jana ?!… Jana !

Des larmes d'impuissance montaient à ses yeux tandis qu'il l'appelait, en vain. Il marcha au hasard, sans plus de repères. La cage à lions, les petits pas d'orphelins, Elsa, Daniel, l'Histoire bégayait. Rubén désespérait au milieu de la forêt quand un chien apparut sous les branches. Un bâtard au poil sale qui émit un jappement bizarre en trottinant vers lui.

— D'où tu sors, toi ?

Difficile de savoir si sa queue frétillait ou s'il crevait de faim : il renifla l'étranger, tendit son museau grisonnant en gage d'on ne sait quoi, piétina le sol, tourna autour de lui comme un manège. À qui d'autre que Jana pouvait appartenir ce sac à puces ? L'animal semblait l'attendre. Rubén le suivit à travers bois. Le jour perçait par intermittence, il bouillait de fièvre mais ce chien miteux avait quelque chose de familier et savait visiblement où il allait. Les pins se firent moins denses. Le chien se retournait vers l'homme qui lui emboîtait le pas comme pour lui enjoindre de se presser, mais Rubén était déjà au bord de la rupture. Une détonation claqua soudain dans l'air humide. Un coup de feu qui venait des hauteurs : trois cents mètres peut-être. L'ancienne mission. Rubén s'élança, le cœur dans la gorge. Chaque mètre lui coûtait une vie mais il n'y avait plus de chien, de ciel blanc ni de pluie : deux silhouettes gisaient plus haut entre les ruines.

Une femme aux cheveux noirs, et un géant chauve dressé sur elle, qui s'acharnait sur son visage à coups de poing. Ses sutures craquaient dans son dos, Rubén sentait le sang couler sous ses vêtements, ou alors lui aussi devenait fou. Un mauvais rêve.

— Tu voulais me planter, hein ?! Tu voulais me planter !

Parise soufflait si fort pour expulser sa haine qu'il n'entendit pas venir les pas dans son dos : quand il se retourna, deux lames grises piquées de bleu le fixaient, et la gueule noire d'un Glock.

Rubén pressa aussitôt la queue de détente. La tête projetée en arrière, le géant effectua une brève vrille avant de tomber sur le sol. Un nuage de poudre s'évapora. À bout portant, le cerveau de Parise avait explosé. Le chien jappa, apeuré. Sentant une présence, Rubén braqua le pistolet sur sa droite et vit le vieillard qui tremblait contre le muret. Ardiles. Il tenait son bras bandé contre lui, recroquevillé parmi les épineux et les pierres rongées de mousse, sans arme. Jana ne bougeait pas, écrasée par le cadavre de Parise ; Rubén s'agenouilla et gémit en dégageant les cent dix kilos de la brute.

— Jana…

Des morceaux de chairs gélatineuses avaient giclé sur elle, inerte. Rubén ne voyait que son visage affreux sous la peinture craquelée, ne savait par quel bout la prendre : le nez, les lèvres, les yeux, tout ce sang qui s'écoulait d'elle… Il découvrit le collier d'oreilles sur sa poitrine, frissonna d'horreur.

— Jana, murmura-t-il. Jana…

Ses arcades avaient éclaté sous les coups, son nez cassé était en bouillie, sa bouche fendue. Pas d'impact de balles, ni de plaies, que le poison de la barbarie dans ses veines. Rubén arracha le collier sanguinolent de son cou et l'envoya au loin.

— C'est fini, dit-il en la serrant. C'est fini…

La bruine tombait sur le champ de ruines. Il berça sa fée malade, ses cheveux poissés de sang, l'implorant de vivre.

Non, Jana était une fille courageuse, elle ne pouvait pas mourir, pas maintenant, pas après ce qu'ils avaient traversé. Il tressaillit en sentant son pouls contre son cœur. Elle eut un soupir et ouvrit les yeux, subjuguée.

— Rubén…

Sa voix remontait du fond des âges. Était-il devenu comme elle, un fantôme ? La Mapuche resta un moment incrédule, dévisagea Rubén, les yeux baignés de larmes roses, puis elle aperçut Gasoil à ses côtés, qui reniflait le cadavre du tueur. Tout redevint net, réel : les ruines de l'ancienne mission, la lumière blanche du matin, la bruine. Secondes stupéfiantes. Rubén.

— Je croyais... qu'ils t'avaient tué, bredouilla-t-elle.

— Non... Non.

Jana l'enlaça, de toutes ses forces, et la haine qui depuis des jours lui tordait le ventre sembla voler en éclats. Rubén l'avait ramenée d'entre les morts. Il lui dit des mots de réconfort, des mots d'amour, blottis l'un contre l'autre, le temps qu'elle réalise sa terrible méprise. La pluie fine rafraîchit leurs visages ; celui de Jana n'était qu'un masque de douleur, des larmes de sang coulaient sur ses joues mais elle ne les sentait plus. Rubén voulut l'aider à se relever mais c'est lui qui chancelait. Elle vit son teint livide, le bras qu'il pouvait à peine bouger, les bouts d'âme bleue qui s'accrochaient à la vie.

— Tu vas tenir le coup ? demanda-t-elle.

— Oui, oui...

Il y avait de l'eau au campement, la descente à travers bois les mènerait jusqu'à la clairière où Diaz les attendait, enchaîné à son arbre. Les Grands-Mères avaient besoin de l'ex-agent du SIDE, du général et des autres pour recueillir leurs témoignages et les juger, tous, jusqu'au dernier... Gasoil menait une garde inutile près d'Ardiles, qui les observait depuis les épineux, l'œil vitreux. Jana cala Rubén contre son épaule, pour l'aider à marcher. Il marcherait. Ils ne se quitteraient plus — plus jamais.

Leurs ennemis les appelaient les Araucan, ceux qui ont la rage. Du pied, la Mapuche secoua le vieil homme à terre.

— Relève-toi, sale fils de pute.

BIBLIOGRAPHIE SÉLECTIVE

Anne Chapman, *Quand le Soleil voulait tuer la Lune,* Éd. Métaillé

Pilar Calveiro, *Pouvoir et disparition*, Éd. La Fabrique

Diana Quattrocchi-Woisson *(sous la direction de), L'Argentine après la débâcle,* Éd. Michel Houdiard

Miguel Benasayag, *Malgré tout,* Éd. François Maspero

Carlos Gabetta, *Argentine, le diable dans le soleil,* Atelier Marcel Jullian

Éric Sarner, *Mères et « folles » sur la place de Mai,* Éd. Charles Léopold Mayer

Victoria Donda, *Moi, Victoria, enfant volée de la dictature argentine,* Éd. Robert Laffont

Philippe Broussard, *La disparue de San Juan*, Éd. Stock

Alicia Dujovne Ortiz, *Buenos Aires,* Éd. Champ Vallon

Sarah Botton, *La multinationale et le bidonville,* Éd. Karthala

Carmen Bernand, *Histoire de Buenos Aires,* Éd. Fayard

Pierre Kalfon, *Pampa,* Points poche

William Henry Hudson, *Un flâneur en Patagonie, Sous le vent de la pampa,* Éd. Payot

Pauline Pascal, *Traveland,* Éd. l'Harmattan

José Muchnik, *Guide poétique de Buenos Aires,* Tiempo Éditions

REMERCIEMENTS

Un *abrazo* aux Magnificent Seven, fidèles compagnons d'aventure, constants du Niceto à La Mascara, à Sergio Nahuel, photographe tout-terrain, à Daniela, Leslie et Karla, petite fée mapuche ramassée sur la route de la *machi*, à Miguel et Barbara, *flores* et noctambuleries portègnes, à Nicolas et Emilie Schmerkin pour le prénom, le contact et vos parents humains, aux délicieux Rodolfo De Souza et Marilù Marini, du théâtre aux livres, un *abrazo* à Sophie Thonon, avocate pugnace, et à Rosa la fine *Abuela*, à la fondation France-Libertés de Danielle Mitterrand, au Collectif argentin pour la Mémoire, Alicia à Paris et les autres, à vous les filles, à Fabien anthropologue et à l'aide du Quai-Branly, à Florent pour l'aviation, à mes lectrices Clem et Stef du Collectif des Habits Noirs, un *abrazo* à toi Aurel pour les mots qu'il fallait, à la placide patience de Susana lors des cours préparatoires (« *Las putas al poder !* »), à Florence Malgoire pour le premier appart de San Telmo, à Eugenio pour l'*asado* breton du delta, à Jose et à ses Frères mapuche détenus au Chili (*Pewkawal !*) — mais c'est une autre histoire…

DU MÊME AUTEUR

Aux Éditions Gallimard

Dans la collection Série Noire

CONDOR, 2016.

MAPUCHE, 2012, Folio Policier n° 716.

ZULU, 2008, Folio Policier n° 584.

UTU, 2004, n° 2715, Folio Policier n° 500.

PLUTÔT CREVER, 2002, n° 2644, Folio Policier n° 423.

Dans la collection Folio Policier

SAGA MAORIE, Haka-Utu, 2016, n° 798.

LA JAMBE GAUCHE DE JOE STRUMMER, 2007, n° 467.

Dans la collection Folio 2 €

PETIT ÉLOGE DE l'EXCÈS, 2006, n° 4483.

Aux Éditions Baleine

HAKA, 1998, Folio Policier n° 286.

Dans la collection Le Poulpe

D'AMOUR ET DOPE FRAÎCHE, 2009, coécrit avec Sophie Couronne, Folio Policier n° 681.

Chez d'autres éditeurs

POURVU QUE ÇA BRÛLE, Albin Michel, 2017.

LES NUITS DE SAN FRANCISCO, Arthaud, 2014, Folio Policier n° 842.

COMMENT DEVENIR ÉCRIVAIN QUAND ON VIENT DE LA GRANDE PLOUQUERIE INTERNATIONALE, Le Seuil, 2013.

NOUVEAU MONDE INC., La Tengo Éditions, 2011.

QUEUE DU BONHEUR, édité par le MAC/VAL, 2008, d'après l'œuvre du plasticien Claude Clotsky.

RACLÉE DE VERTS, Éditions La Branche, collection Suite noire, 2007, Pocket nº 14870.

Aux Éditions Pocket Jeunesse

MAPUCE ET LA RÉVOLTE DES ANIMAUX, 2015, illustré par Christian Heinrich.

KROTOKUS Ier, ROI DES ANIMAUX, 2010, illustré par Christian Heinrich.

Aux Éditions Thierry Magnier

JOUR DE COLÈRE, littérature jeunesse, collection Petite poche, 2003, nouvelle édition, 2016.

MA LANGUE DE FER, littérature jeunesse, collection Petite poche, 2007.

Aux Éditions Syros

L'AFRIKANER DE GORDON'S BAY, littérature jeunesse, collection Souris noire, 2013.

ALICE AU MAROC, littérature jeunesse, collection Souris noire, 2009.

LA DERNIÈRE DANSE DES MAORIS, littérature jeunesse, collection Souris noire, 2007.

LA CAGE AUX LIONNES, littérature jeunesse, collection Souris noire, 2006.

Composition: Nord Compo
Impression Novoprint
le 3 janvier 2018
Dépôt légal : janvier 2018
1er dépôt légal dans la collection : mars 2016

ISBN 978-2-07-078495-0/ Imprimé en Espagne.

333401